EU SEI QUEM VOCÊ É

Louisa Luna

EU SEI QUEM VOCÊ É

Tradução de
Marina Vargas

1ª edição

EDITORA RECORD
RIO DE JANEIRO • SÃO PAULO
2025

CIP-BRASIL. CATALOGAÇÃO NA PUBLICAÇÃO
SINDICATO NACIONAL DOS EDITORES DE LIVROS, RJ

L983e   Luna, Louisa
          Eu sei quem você é / Louisa Luna ; tradução Marina Vargas. - 1. ed. - Rio de Janeiro : Record, 2025.

          Tradução de: Tell me who you are
          ISBN 978-85-01-92349-3

          1. Ficção americana. I. Vargas, Marina. II. Título.

25-97001.0   CDD: 813
                          CDU: 82-3(73)

Gabriela Faray Ferreira Lopes - Bibliotecária - CRB-7/6643

Título original:
Tell Me Who You Are

Copyright © 2024 by Louisa Luna
Publicado mediante acordo com MCD, um selo de Farrar, Straus and Giroux, Nova York.

Texto revisado segundo o Acordo Ortográfico da Língua Portuguesa de 1990.

Todos os direitos reservados. Proibida a reprodução, no todo ou em parte, através de quaisquer meios. Os direitos morais da autora foram assegurados.

Direitos exclusivos de publicação em língua portuguesa somente para o Brasil adquiridos pela
EDITORA RECORD LTDA.
Rua Argentina, 171 – Rio de Janeiro, RJ – 20921-380 – Tel.: (21) 2585-2000, que se reserva a propriedade literária desta tradução.

Impresso no Brasil

ISBN 978-85-01-92349-3

Seja um leitor preferencial Record.
Cadastre-se no site www.record.com.br e receba informações sobre nossos lançamentos e nossas promoções.

Atendimento e venda direta ao leitor:
sac@record.com.br

Para JP e Florie, finalmente!
Vou arrumar o tabuleiro de ludo...

Dra. Caroline

Você pode me contar qualquer coisa.
Enquanto estiver neste consultório, sentado diante de mim, com a mente dando voltas em todas as coisas ruins que você fez com outras pessoas e em todas as coisas ruins que fizeram com você, pode despejar tudo no espaço entre nós. As histórias bizarras de sexo, a masturbação compulsiva, o sangue de menstruação manchando o short de educação física quando você tinha 13 anos, as traições, os arrependimentos por ter ou não ter tido filhos. Pode me contar da vez em que comeu cogumelo e passou três horas beijando uma janela, ou daquela vez com o amigo do seu pai, a vez que sentiu o pau duro de um estranho roçando seu corpo no metrô, como gostaria que sua mãe morresse logo, como transou sem querer com aquela garota do TI na sala de reuniões, como a cena de estupro em *Amargo pesadelo* te excita, como você pensa de maneira obsessiva em sexo, comida ou morte, como acha que deveria dormir mais e ganhar mais dinheiro, como deveria parar de jogar fora aquelas frutas machucadas e feias e comprar mais sacolas reutilizáveis, como mentiu sobre ter votado no Obama. Como você gostaria de ser uma pessoa melhor, um cônjuge melhor, um pai ou uma mãe melhor, um funcionário

melhor, um cidadão melhor. Como deveria estar fazendo outra coisa, como se sente preso nessa vida e nesse corpo e todo dia é como se estivesse vivendo e revivendo aquela música do Talking Heads. *Bem, como cheguei até aqui?*

Você pode me contar tudo isso; pode fazer uma lista com antecedência ou simplesmente vomitar tudo assim que se sentar, e eu nunca vou contar para ninguém.

Imagine que você está se pesando em uma balança no banheiro, e os tracinhos pretos representam tudo o que pode me contar: o ponteiro pode oscilar quantas vezes quiser, e seus segredos estarão seguros comigo. Há apenas uma linha vermelha com a qual temos que nos preocupar, apenas uma marquinha na qual, se o ponteiro pousar, eu vou ter que quebrar minha promessa, e essa linha é se você me disser que vai matar alguém.

Meus pacientes anoréxicos adoram essa metáfora.

E sim, é claro, se você estiver pensando em se machucar ou se matar, eu tenho que fazer uma ligação, mas, se você diz pessoalmente ao seu psiquiatra que está planejando se matar e a arma que escolheu usar não está na sua bolsa, é provável que ele consiga te dissuadir.

Meus pacientes me chamam de Dra. Caroline por algumas razões. Primeiro, porque a ideia é deixá-los à vontade, convencê-los de que sou como uma amiga inteligente e imparcial que só está preocupada com o que é melhor para eles. Segundo, por causa do lance da Marvel. Tem um super-herói, o Doutor Estranho, que viaja no espaço-tempo e entende de física, acho. Só vi uns dois filmes desses com a minha família e não gostei muito. Todo aquele *Sturm und Drang*, todos aqueles conflitos emocionais e dilemas diante das escolhas da vida. Lido com isso todo dia, das oito e meia da manhã às oito e meia da noite, então, quando vou ao cinema, só quero ver carros explodindo e talvez um belo peitoral que eu possa admirar de maneira respeitosa a distância.

Moro em um bairro endinheirado em uma cidade endinheirada. Onde Botox e açougues gourmet dividem espaço, e até os sem-teto sabem fazer uma bela pose de cachorro olhando para cima na ioga. Estamos falando do Brooklyn, então ainda existe certo toque alternativo aqui e ali: os gêmeos do vape, altos e magrelos, que mal conseguem manter os olhos abertos, mesmo quando sopram fumaça na sua cara quando você passa por eles na calçada; o sujeito com uma tatuagem elaborada no rosto pedindo dinheiro para um café em frente ao consultório pediátrico; a senhora sentada em um ninho de sacos de lixo na entrada do banco. Gosto disso onde moro. Fui criada em um bairro de classe média pacato no Wisconsin, onde a coisa mais empolgante que já aconteceu foi dois dentistas rivais saírem no soco em um bar. Depois que vim fazer faculdade em Nova York, nunca mais olhei para trás.

Meus pacientes são, em sua maioria, das massas privilegiadas: donas de casa de Prospect Park e pais hipsters que estão envelhecendo, *millennials* ansiosos com emprego fixo e suas contrapartes desempregadas e curiosamente tranquilas.

Todos foram silenciados durante algumas semanas pelo estrondo sônico coletivo da pandemia. No início, eles resistiram às sessões pelo Zoom, mas depois capitularam um a um, e as primeiras consultas foram cacofonias de pânico; quaisquer transgressões triviais que tivessem vivenciado ou causado em sua vida anterior foram esmagadas como uma lata de kombucha sob o pneu de um Prius. Pouquíssimos deles contraíram o vírus ou conheciam alguém que tivesse morrido, mas, ainda assim, um pavor desmedido se infiltrava pela tela e eu estava lá para absorvê-lo.

Naquele período, eu me sentia extremamente útil, guiando-os dia após dia, muitos deles alcançando as mais valiosas percepções ("Eu deveria passar menos tempo nas redes sociais e mais tempo com meus filhos!", "Eu deveria ouvir mais e falar menos!", "Eu deveria parar de forçar as pessoas a olharem para o meu pau!"). Mas então, passados alguns meses, eles perceberam que provavelmente não iam morrer, que estavam seguros em seu cantinho no mundo, por isso retomaram os velhos hábitos e as velhas queixas, gastando todo o nosso tempo sofrendo por amores não consumados com colegas de trabalho ou porque o pai tinha gritado demais, e eu encerrava as sessões dando-lhes um tapinha virtual na cabeça e renovando a prescrição de escitalopram/clonazepam.

E daí que não é como uma triagem no pronto-socorro? É o meu trabalho e, para ser bem franca, todas essas queixas e medicamentos pagaram pela casa geminada onde moro com a minha família nos andares de cima enquanto atendo pacientes no consultório no térreo.

Ainda sinto uma leve empolgação quando atendo um paciente novo, porque, em muitos aspectos, é bem parecido com um encontro às cegas: será que vamos ter afinidade; será que vamos nos dar bem; será que ele vai me reconhecer como um ser humano e me mostrar algo. Mas, cá entre nós, não importa se ele vai decidir me mostrar alguma coisa, porque eu vou ver de qualquer maneira. Observo as mãos; observo as pernas se cruzando; observo os olhares para a janela. Ouço a modulação da voz quando ele fala sobre dinheiro/sexo/mãe/pai. Me dê uma hora e eu lhe direi quem você é.

Na verdade, me dê cinquenta minutos.

É um dia escaldante de junho depois do que indiscutivelmente foi o pior ano da humanidade em um bom tempo, e vou atender um paciente novo, que chegou até mim sem indicação prévia, o que é ainda mais empolgante, dois cegos em um encontro às cegas.

Há uma escada interna que leva da minha casa ao consultório, mas eu saio, desço o pequeno lance de degraus em frente à casa e entro pela porta abaixo da escada só para poder ver o que ele vai ver: diante das janelas, um sofá bege com uma mesinha cilíndrica no canto, onde ele pode colocar o celular e a garrafa de água. Também sobre a mesinha há uma caixa de lenços de papel e um relógio com display regulável, que me ajuda a controlar o tempo da sessão. Ele também vai ter um relógio idêntico para consultar, em outra mesa cilíndrica ao lado da minha poltrona com estrutura de madeira, que é uma cadeira de escritório feita para não parecer um móvel de escritório. Mas ele tem uma escolha: do outro lado da mesinha há uma poltrona giratória aveludada.

Onde o paciente se senta me dá a primeira pista. A maioria das pessoas escolhe o sofá porque ele fica bem diante de mim. Elas não pensam muito a respeito. Já as que escolhem a poltrona giratória não se importam de se sentar na diagonal, ou gostam de girar no assento, ou não querem se sentir como pacientes; aprenderam a associar sofás a psicoterapeutas e não querem nada disso. Portanto, quando escolhem a poltrona giratória, estão fazendo uma pequena declaração, cruzando os braços e batendo o pé: *Não, não vou te contar nada.*

Há duas portas atrás da minha poltrona, uma que dá acesso à cozinha, onde há uma Nespresso para o meu uso pessoal, e a outra que dá acesso a um lavabo que os pacientes podem usar. Há um espelho de corpo inteiro pendurado na porta do banheiro dos pacientes, e o tempo que passam lá dentro depois de usarem o banheiro, se olhando, murmurando, arrumando o cabelo e verificando os dentes, também me revela muito.

Não uso o banheiro dos pacientes — quando preciso, subo a escada até minha casa —, mas gosto de me olhar no espelho. Uso um terninho branco para as sessões todo dia. Uma mistura de lãs da Alexander McQueen — blazer de botão único e calça *boot cut*. O branco é para ambas as partes: para os pacientes, que me encaram como uma folha em branco na qual podem escrever o que quiserem; e para mim, como uma barreira a mais. Já conheci terapeutas que usam jeans com bainha desfiada e suéter de gola drapeada quando atendem os pacientes, que se sentam de pernas cruzadas em pufes, mas isso não é mesmo para mim. Não estamos aqui para dançar a porcaria de uma quadrilha; isso aqui é trabalho.

Os pacientes precisam das barreiras, mesmo que resistam a elas. E alguns, eu diria que a maior parte, acabam se sentindo gratos. Onde será que Nelson Schack vai se encaixar?

Posiciono as duas almofadas com capa de linho, uma de cada lado do sofá. Apenas alguns pacientes usam as almofadas, sempre como apoio — agarrando-as como apoio emocional, ajeitando-as nas costas como apoio para a lombar.

Ajusto a temperatura do ar-condicionado split em um grau. Descobri que alguns pacientes externam sua tristeza por meio do suor em vez de lágrimas, então é melhor ficar mais frio do que quente.

Eu me olho no espelho mais uma vez. O terninho está passado, mas o corte é simples — não pareço estar indo trabalhar em um fundo de investimentos em Wall Street ou a um casamento. Toda manhã, arrumo o cabelo usando secador e escova; o resultado é natural, mas controlado, que é o objetivo.

Em seguida, ouço os três tons da campainha digital.

Abro as portas-janelas duplas que dão para o hall, onde há uma única cadeira e uma mesinha com edições recentes da revista *New Yorker* arrumadas em formato de leque. Abro a porta de casa, e lá está Nelson Schack. Um ou dois centímetros mais alto que eu, esguio. Cabelo quase raspado, mas não totalmente. Olhos azul-piscina e barba feita, exceto por um pequeno ponto que escapou debaixo do nariz. Camisa polo, círculos de suor sob as axilas. Calça cáqui com linhas na diagonal se cruzando no joelho, passada de qualquer jeito.

— Oi, Nelson — digo. — Eu sou a Dra. Caroline.

Ergo a mão em um aceno estático. Embora tenhamos trocado cópias dos nossos cartões de vacinação por e-mail, não preciso fazer ninguém pesar os prós e os contras de trocar um aperto de mãos com uma desconhecida.

— Oi — diz ele, os olhos encontrando os meus por apenas um instante.

— Entre — digo em um tom caloroso, mas profissional.

Seguro a porta para ele, que passa por mim, exalando um perfume de desodorante almiscarado com um leve toque de odor corporal.

Ele fica parado no hall enquanto fecho a porta, em seguida se vira para mim para receber instruções.

— Por favor, sente-se — digo, indicando o consultório.

Sei que ele vai se sentar no sofá antes mesmo que ele se sente no sofá. Está nervoso; nunca fez terapia antes; não vai nem refletir sobre isso.

Ele se senta no sofá, na almofada do meio, e cruza os braços, os dedos aconchegados nas saunas gêmeas das axilas.

Fecho as portas-janelas e me sento na minha poltrona.

— Antes de começarmos, preciso informá-lo de uma coisa — digo.

Ele está com uma cara de guaxinim recém-capturado, então não o deixo na expectativa.

— Você pode me contar qualquer coisa — digo, girando o dedo em um pequeno círculo. — Estamos em um espaço seguro.

Então sorrio, e ele sorri, aliviado.

— O que traz você aqui hoje, Nelson?

Ele ri e coloca as mãos nos joelhos, então diz:

— Tenho mais de um motivo, doutora. Só não sei ao certo sobre qual deles falar primeiro.

Faço que sim com a cabeça, porque sei disso. Na primeira sessão de terapia, eles não sabem por onde começar. "Como minha vida chegou a esse ponto?" é um baita buraco sem fundo no qual podemos cair, cada pedra no caminho sendo mais um ente querido para culpar.

— Por que você não tenta me contar o que vem à mente primeiro? — pergunto, como se nunca tivesse sugerido isso a um paciente antes.

— É, essa é uma boa ideia.

Sua voz é inesperadamente aguda, como se ele estivesse se preparando para fazer uma pergunta. Em seguida, dá um tapinha nos joelhos com um ar decidido e diz:

— Bem, vamos lá.

Abro outro sorriso, com o intuito de transmitir a regra do "pode me contar qualquer coisa", e ele parece mesmo ter entendido a mensagem, porque então diz algo que eu jamais poderia ter previsto que ele ou qualquer outro paciente fosse me dizer, não em meus treze anos de ensino fundamental e médio, nem nos doze anos somados que passei no ciclo básico da faculdade, na especialização em medicina e na residência, nem nos onze anos atendendo em consultório particular.

— Acho que vou matar uma pessoa, doutora — diz ele naquele estranho registro agudo, os olhos examinando cada canto do consultório. Então ele olha bem nos meus olhos e diz: — E eu sei quem você realmente é.

Vou contar um pouco sobre a omissão narrativa na terapia. Todos nós — você, eu, sua mãe, a pessoa que trabalha na lavanderia — reescrevemos as histórias da nossa vida quando as contamos para outras pessoas. Às vezes, mudamos algumas coisas, mas, na maior parte do tempo, simplesmente fazemos omissões. Contamos aos nossos ouvintes o que eles precisam saber e nada mais. Fazemos isso porque é da natureza humana ir direto ao ponto e, em menor medida, porque não queremos entediar os ouvintes. Por quê? Porque queremos que eles continuem nos ouvindo.

Ninguém dá a mínima se um homem das cavernas do Paleolítico cagou em um buraco ou recebeu um belo de um boquete da patroa. O que importa para nós é se ele matou o bisão e, de alguma forma, mesmo com seu cérebro de Neandertal pouco desenvolvido, se ele entendia isso e, portanto, foi o que pintou nas paredes das cavernas.

Meus pacientes fazem isso o tempo todo; porém, há um aspecto ligeiramente mais ardiloso aqui. Tenho uma paciente, vamos chamá-la de Marjory Meandros. Marjory bebe demais, mas finge que não, o que a torna tão única quanto metade da população dos Estados Unidos. Então, às vezes, ela chega e me conta tudo o que fez no dia antes da nossa sessão, como tomou café pela manhã, deixou as crianças na escola, foi ao supermercado e passeou com o cachorro, e leva vinte minutos para contar essa parte da história, e fica soprando ar, o lábio superior tremulando como uma portinhola para cães, e adota, de maneira arbitrária, um linguajar das ruas ("Sacou, garota?"), já eu levo cerca de trinta segundos para fazer com que ela admita que também bebeu um dark'n'stormy antes da nossa sessão.

Se você já fez terapia, também fez isso de alguma forma. Às vezes, as pessoas fazem isso para ir direto ao ponto; outras, porque não querem que o terapeuta saiba de algo.

Eis uma dica valiosa: nós sabemos.

Mas fique tranquilo, nós fazemos a mesma coisa. Porque somos todos homens das cavernas! Todos nós cagamos em buracos e fazemos/recebemos felação e, ainda assim, só pegamos o carvão para desenhar a porcaria do bisão.

Então, quando eu disse que fui criada em um bairro de classe média pacato no Wisconsin onde a coisa mais emocionante que já aconteceu foi uma briga entre dois dentistas em um bar, não contei a história toda. O Dr. Brower e o Dr. Nowak de fato saíram no soco no Gator Sam's, mas a cidade é conhecida por um acontecimento totalmente diferente.

Na época, foi notícia no país inteiro, mas Jeffrey Dahmer havia sido capturado apenas dois anos antes, e o povo das costas Leste e Oeste só aguenta as notícias do que acontece no meio do país até certo ponto, mesmo que sejam sanguinolentas. Mas, no alto Meio-Oeste, foi um grande acontecimento por um bom tempo.

No fim de junho de 1993, na pequena comunidade de Glen Grove, Wisconsin, um homem assassinou a própria família com uma tesoura de poda. A esposa tinha 38 anos; os filhos, 16 e 13 anos. As lâminas da tesoura tinham trinta centímetros de comprimento.

A esta altura, você está avançando, correndo os olhos rapidamente pelo texto, pulando trechos. Você quer saber tudo, não quer? Está desesperado por detalhes: como ele os matou com a tesoura, ele os golpeou, cortou os dedos ou a cabeça? Ou pior, você pensa, será que ele arrancou os corações... será que arrancou os corações e os comeu inteiros, será que a polícia encontrou um pentagrama desenhado com sangue em um altar no porão?? Não, espera, ele... não, é terrível demais, ele não poderia ter... *será que ele fez sexo com os cadáveres vazios, decapitados e sem dedos???*

Todo mundo acha que vai ser maduro e ter autocontrole suficiente para não olhar para o acidente de carro, mas é claro que olhamos; esperamos ver algo horrível para sentirmos o alívio por não ter acontecido conosco. É natural! Não se culpe por isso, mas, sério, canibalismo de inspiração satânica e necrofilia não são tão comuns assim, apesar do que algumas parcelas intelectualmente prejudicadas da população diriam.

Sim, os assassinatos em Glen Grove foram macabros e brutais e piores do que as piores imagens do primeiro *slasher* a que você assistiu, que se enraizaram tão profundamente no seu inconsciente que, às vezes, você se pergunta se não as imaginou — Jason decapitando a mãe, Freddy estripando Johnny Depp (antes de ele ser o Johnny Depp).

E, por acaso, eu tenho uma ligação pessoal com o evento, o que não é exatamente um segredo, tampouco é exatamente de conhecimento geral, então, quando Nelson Schack faz essas duas confissões, acho melhor me concentrar na que parece mais urgente.

— Há quanto tempo você vem pensando em matar uma pessoa? — pergunto.

Ele ri, mas não é de nervoso. Parece satisfeito com a minha pergunta.

— Essa? — pergunta ele. — Não faz muito tempo.

Ele toca o rosto, passando os dedos pelos lábios e pela nuca. São movimentos de uma pessoa ansiosa, mas, ainda assim, ele não transmite ansiedade. Seus olhos bruxuleiam como a chama de uma vela e o sorriso, embora discreto, é genuíno. Alguém com um segredo maravilhoso. Ele disse "essa" achando que talvez eu não percebesse. Essa, como quem diz que já houve outras. Embora eu esteja sempre conduzindo a situação, às vezes gosto de deixar os pacientes acharem que eles é que estão no comando. Me ocorre que Nelson pode se beneficiar de uma guinada repentina.

— Você já decidiu quem vai matar dessa vez? — pergunto no tom mais casual possível, como se estivesse perguntando a um dos amigos imbecis do meu filho mais velho quais esportes extracurriculares ele vai praticar no outono.

Ele para de mexer as mãos, que permanecem pousadas na nuca. Algo não o agrada. Ele para de sorrir.

— Já decidi, sim.

Sei que esse seria o momento de ficar nervosa, se eu ficasse nervosa. Mas não fico. Nelson Schack pode ser alguns centímetros mais alto que eu, mas não parece malhar tanto quanto eu. Não consigo ver os bíceps dele, e, pelo que vejo dos antebraços, duvido que ele consiga fazer uma única aula de resistência na Pure Barre. A forma como as roupas caem sobre o corpo sugere que ele não está armado e, se estiver, a arma é pequena e inútil. Provavelmente semelhante aos seus órgãos genitais e/ou à atividade do seu córtex pré-frontal.

— É uma informação que você gostaria de compartilhar comigo?

— Hum, não, ainda não.

— Está bem — digo. — Podemos deixar isso de lado por ora. Você já decidiu o método que vai usar para matar essa pessoa?

— Ah, sim — responde ele, como se uma música conhecida tivesse acabado de tocar na playlist. — Tenho quase certeza de que vou deixá-la morrer de inanição.

— Hum — digo, porque, se não era um jogo de adivinhação antes, agora é. — Então essa pessoa mora com você?

Ele sorri.

— Não.

— Essa pessoa é parente sua?

— Ã-ã, não. Ela mora na vizinhança, e eu já estou de olho nela faz um tempo. A senhora também a conhece, doutora.

Ele definitivamente gosta de um desafio! Durante a residência, tratei alguns casos extremos de transtorno de personalidade antissocial — pessoas que chamaríamos de sociopatas e psicopatas. O que todos eles tinham em comum era uma ausência de remorso, uma tendência a mentir e, mais especificamente no caso dos psicopatas do que dos sociopatas, um padrão de manipulação e agressividade. Mas existem também os que chamo de fanáticos. São aqueles que devoraram livros sobre o Assassino do Zodíaco e Ted Bundy, que assistiram e reassistiram obsessivamente a *O silêncio dos inocentes* e, possivelmente, *Caçador de assassinos*; talvez até relaxassem tomando uma cerveja nas noites de quarta-feira enquanto assistiam a *Criminal Minds*, mas isso é raspar o fundo do tacho das narrativas de assassinos em série.

Na minha opinião, Nelson Schack parece mais um fanático do que um psicopata. A intenção dele é provocar, me desafiando a entrar no jogo. Ele pode até ter feito uma pesquisa superficial sobre mim, mas não me conhece o suficiente para saber que venci quase todas as noites de jogos da minha família desde que meus filhos passaram a ter idade suficiente para encaixar os pequenos triângulos de plástico nas tortinhas de Trivial Pursuit.

Digo "quase" porque me forcei a perder algumas partidas. Os psicólogos infantis dizem que é importante deixar os filhos perderem, porque isso os prepara para lidar com o fracasso no mundo real e, em última análise, concordo, mas às vezes eles só precisam de uma vitória. Principalmente os meninos. E sim, eu também deixo o meu marido ganhar algumas vezes.

Porque eu também gosto de transar.

Então tudo bem, Nelson, estou com a tortinha vazia, as sete pecinhas de letras (todas consoantes, a propósito), um conjunto completo de peças de xadrez e um bonequinho de biscoito de gengibre vermelho-vivo da porcaria do Candy Land. O vencedor começa.

Sorrio e digo:

— Eu conheço muita gente. Se importa de ser mais específico?

Ele passa os dedos pelo queixo e responde:

— A senhora sabe quem ela é, mas talvez não a conheça pessoalmente.

— É uma celebridade local?

Dou uma passada de olho rápida no meu arquivo mental de famosos e quase famosos do bairro que, acredite, é maior do que você imagina. Candidatos a prefeito, atores, músicos, donos de restaurante, escritores. Uma vez, vi Padma, do *Top Chef*, na pista de patinação de Prospect Park. Sobre os patins, ela parecia ter três metros de altura.

— Não. Algumas pessoas sabem o nome dela.

— Acho que dá para dizer isso sobre qualquer um — comento.

O rosto dele murcha e fica abatido. De repente, ele parece ter mais papada do que quando se sentou.

— A senhora não acredita em mim — diz ele.

— Por que você acha isso?

— Sabe como é, pelo jeito como está brincando.

— Nelson, tudo o que sei é o que você está me contando, e levo muito a sério tudo o que você diz. Porém, percebo que está me contando só um pouco de cada vez, o que sugere que gostaria que eu fizesse suposições e observações.

Ele mordisca os lábios, fazendo beicinho, e qualquer traço de dureza nele se dissolve. É como todos os meus pacientes, sobretudo os homens, esperando um afago suave em uma ferida frágil que pulsa logo abaixo da superfície. Como sempre, caberá a mim ser a pessoa mais madura.

— Me desculpe por ter entendido errado. Se quiser, podemos recomeçar. Você pode até sair do consultório e entrar de novo — continuo, indicando a porta com um gesto. — Podemos fingir que nunca nos conhecemos.

Então ele sorri, encantado com a ideia e com meu pedido de desculpas.

— As pessoas fazem isso? — pergunta ele, inclinando a cabeça até quase encostar no ombro. — Recomeçam?

— É claro. Começar com o pé esquerdo faz parte da experiência humana. Já perdi a conta de quantas vezes um paciente novo decidiu entrar pela porta pela primeira vez duas vezes.

Vou lhe dizer o número de vezes: zero.

Ele levanta a cabeça e parece estar pensando nisso. Embora eu tenha acabado de ter a ideia, é irresistível: recomeçar. Quem não gostaria de ter essa chance, mesmo que fosse apenas a partir desta manhã, será que perderíamos menos tempo lendo bobagens na internet, será que comeríamos o muffin, será que ligaríamos para nossa mãe? No meu caso, a resposta para os três casos seria não, mas concordo que pelo menos ter essa opção seria intrigante.

— Tá bom — diz ele.

— Tá bom?

— Ã-hã — responde ele, passando os dedos pelo queixo outra vez. — Eu gostaria de fazer isso. Sair e entrar de novo.

— Ótimo — digo, enquanto me levanto, como se tudo não passasse de mera formalidade.

Ele se levanta e olha fixamente para um ponto além de mim, já desinteressado.

— Por favor — digo, gesticulando em direção à porta.
— Eu simplesmente saio e entro de novo.
— Isso mesmo, Nelson. Você simplesmente recomeça.

Alguma coisa no que digo toca o ponto certo, porque ele redireciona o foco para mim de novo, os olhos azuis brilhando. Será que ele poderia ser atraente? Não no estado em que está agora, com certeza, mas talvez com roupas mais largas, uma tatuagem aqui ou ali, cabelo um pouco mais comprido — ele poderia ser um barman moderadamente bonito.

Ele vai até as portas duplas e as abre, e eu o sigo, ainda surpresa por estarmos representando essa cena típica de uma série de comédia. Em seguida, ele atravessa o hall e sai pela porta da frente.

— Obrigado, doutora — diz ele, já do lado de fora. — Por todos os ótimos conselhos.

— De nada, imagina.

Fecho a porta e espero um minuto, não o observo pelo olho mágico para que ele não veja o vidro escurecer.

Ele não toca a campainha nem bate à porta. Quando enfim olho pelo olho mágico, Nelson não está mais lá.

Abro a porta e atravesso o pequeno pátio pavimentado, passo pelo portão da frente, olho para a esquerda, depois para a direita e o vejo, com os braços pendendo ao lado do corpo, se arrastando até a esquina. Fico parada, esperando, mas ele não faz menção de voltar, nem mesmo vira a cabeça para trás ou olha para mim.

Deixo escapar uma risada contida. A reviravolta é revigorante. Mandou bem, Nelson. Parabéns por ter colocado sua peça na Montanha de Jujubas.

Tenho pelo menos meia hora até a próxima consulta, Charlotte Chata de Galocha, já que Nelson não usou todo o seu tempo. Dou apelidinhos a todos os pacientes, tão aliterativos e no estilo dos cards da Gang do Lixo quanto possível, como uma maneira de me lembrar deles, é claro, e de me divertir um pouco. Charlotte Chata de Galocha tem um estúdio de ioga que também é uma loja de chás personalizados e é minha paciente há quatro ou cinco anos. Para alguém que deveria viver em êxtase por causa da endorfina liberada pela postura do pombo-rei e pelos blends de cúrcuma e canela, ela costuma ser bastante reclamona e irritadiça. Mesmo nos dias mais sombrios da pandemia, ela encontrava algo insignificante com o qual ficava obcecada em cada sessão, como o fato de o Whole Foods ficar sem o macarrão de grão-de-bico que ela precisa comer porque grãos integrais lhe dão gases.

Subo os degraus até a porta, digito a senha e entro. O andar térreo da minha casa cheira a alecrim e hortelã, por causa de um spray que instruí a faxineira a borrifar no ar e em sofás e poltronas. A sala de estar é mobiliada com itens que eu chamaria de modernos, mas não exagerados: um sofá curvo com pés afilados, uma cadeira Eames, um pufe de couro. Há também algumas obras de arte.

Meu marido é Jonas Eklund, o escultor, e ele é muito conhecido em certos círculos. Vende duas ou três peças por ano, o que, para um artista em atividade, é considerado um sucesso. Também tem peças nas coleções permanentes do Whitney e da Tate. Se você não conhece bem esses círculos, pode achar que esse sucesso custeia uma parte significativa do nosso estilo de vida. Eu diria, no entanto, que ele contribui de forma modesta para nossa renda familiar.

Passo pela cozinha, que é em plano aberto e foi um pesadelo reformar (quantos erros e quantos descuidos um empreiteiro pode cometer? A resposta é: muitos), mas agora está tão linda, com as bancadas de quartzito branco e o *backsplash* de mosaico de mármore importado da Itália, que mal penso naquela época sombria quando pedaços de gesso cobriam o chão e toda superfície estava úmida e pegajosa. Agora só quero tocar em tudo.

Nunca fui pobre, mas nunca tive muito, então agora realmente valorizo tudo o que tenho. Acho que não há nada de errado em desfrutar da vida burguesa pela qual trabalhei a vida toda. Não sou praticante de nenhuma religião organizada; portanto, rezo no altar do meu forno Bosch e me unjo com uma gota de Amber Aoud atrás de cada orelha.

Pelas janelas da cozinha, vejo meu marido sentado no deque, vestindo seu uniforme de verão: calça de pijama branca e larga com cordão, sem camisa. O cabelo, ainda mais loiro do que grisalho, embora ele seja cinco anos mais velho que eu, está molhado por causa da natação e da ducha diária na YMCA. Ele chama atenção mesmo sem querer, alto, bronzeado e magro, a aparência de um autêntico sueco, o que de fato é. Um homem naturalmente gostoso. As mulheres caem aos seus pés, sempre caíram. Tive que passar por cima de algumas para chegar até ele.

Deslizo a porta de vidro que dá para o deque, e Jonas olha para mim, desviando o olhar do celular e do copinho descartável com café *espresso*, o canto da boca curvado em um sorriso.

— O paciente novo terminou mais cedo, doutora?

É uma brincadeira na família: todos me chamam de doutora. Começou com Jonas me provocando sempre que eu assumia uma postura mais autoritária, então os meninos começaram a fazer o mesmo quando eram pequenos. Agora temos uma coleção de histórias para contar em eventos e reuniões, como quando nosso filho mais velho, Elias, estava no jardim de infância e insistiu que o segundo domingo de maio na verdade se chamava "Dia da Doutora".

— Pois é — respondo, me sentando na cadeira em frente a Jonas à mesa do pátio. — Ele era um pouco diferente.

— Ah — diz Jonas, sem prestar atenção. Seu sorriso se alarga ao olhar para a tela do celular. Em seguida, ele o estende para mim. — Elias voltou a jogar tênis.

Passo os olhos pelas fotos. Nossos dois filhos estão em uma colônia de férias em Vermont por quatro semanas. Pagamos milhares de dólares aos administradores da colônia de férias e, em troca, eles nos enviam um fluxo constante de fotos dos nossos filhos fazendo coisas divertidas.

Elias tem 13 anos, se parece com Jonas e age como ele. Teve a primeira namorada aos 9. Nas fotos, está sorrindo enquanto espera a bola em uma posição neutra, os membros longos brotando da camisa e do short brancos, o cabelo loiro caindo sobre um dos olhos.

— Tem alguma de Theo? — pergunto.

— Ah, tem, vai passando.

Passo as fotos até ver nosso caçula. Theo tem 11 anos, é alto e loiro como o irmão e o pai, mas emocionalmente mais parecido comigo quando eu era criança: sempre analisando tudo e, portanto, um pouco nervoso. Mas aprendi a equilibrar as duas coisas, e tenho certeza de que ele também vai aprender. Talvez só leve algum tempo.

Nas fotos de Theo, ele está segurando um pequeno pote de argila em espiral em uma das mãos e uma ferramenta com ponta de arame na outra. Está muito concentrado. Dou zoom para ver melhor o pote.

— Essas espirais estão uma zona — comento.

Jonas toma um gole de café e diz:

— Não reparei.

Viro o celular para ele ver.

Ele solta uma gargalhada.

— Ele vai dar um jeito.

— Se você está dizendo...

Coloco o celular sobre a mesa e o deslizo para ele.

— Quais são os seus planos para hoje?

Ele alonga os braços atrás da cabeça.

— Vou passar um tempo no ateliê. Depois, tem a inauguração e a sessão de autógrafos da exposição de David Layton na Sapirstein, em West Chelsea.

Meu marido vai a uma ou duas inaugurações de exposição por semana. Às vezes ele conhece o artista, às vezes não. Diz que vai para apoiar os amigos e para conhecer compradores em potencial. Segundo ele, "arte é conexão", em todos os sentidos que essas palavras podem ter. É claro que acredito nele, mas sei também que ele gosta de ir para beber rosé barato e flertar com garotas de 25 anos. E tudo bem. Sei com quem me casei, e ele me conhece. Considerando a quantidade de pacientes que vão ao meu consultório e reclamam da falta de compreensão nos relacionamentos, passei a encarar isso como algo raro.

Conversamos por mais um minuto, depois ficamos vendo coisas no celular. Abro o formulário que Nelson Schack havia preenchido e enviado por e-mail antes da consulta. O endereço não é muito distante do meu, em Sunset Park. Verifico que seu depósito, feito pelo Venmo, não foi alterado. Pesquiso o nome dele no Google, mas um economista peruano com o mesmo nome aparece em todos os resultados.

Penso em ligar para a polícia.

Na verdade, nunca tive que fazer isso antes. Já ouvi inúmeras divagações sobre ideação suicida e fantasias homicidas — eu diria que é normal. O desejo de não ter mais que acordar às cinco e quarenta e cinco da manhã para trabalhar todo dia e viver nesse corpo incômodo, com todas as suas dores e flacidez, é forte para a maioria das pessoas, pelo menos em alguns momentos. Ou fantasias sobre a morte da ex-mulher — talvez pelas suas mãos, ou quem sabe atropelada pela varredeira a caminho de uma aula de velas artesanais ou algo assim. Normal.

No fim das contas, também sou culpada de uma pequena omissão narrativa, veja bem. Ao lado do grande traço vermelho na minha balança, que indica uma violação necessária do sigilo médico-paciente, há, na verdade, três traços rosados mais finos: o pensamento expresso de que um paciente deseja ferir a si mesmo ou ferir outra pessoa específica ("Quero matar a minha mãe"), um plano articulado para cometer o ato ("Vou matar a minha mãe colocando veneno no chá dela") e uma intenção clara ("Pretendo matar a minha mãe colocando veneno no chá dela hoje à noite"). Se você me disser algo assim, eu serei obrigada a fazer uma ligação.

Mas não ouvi nada tão específico de Nelson Schack.

Então o deixo de lado. Meu trabalho exige foco total e compartimentado. Se estiver no meu sofá (ou na minha poltrona giratória), você terá toda a minha atenção.

Desço a escada para afofar as almofadas para Charlotte. Ela chega cinco minutos atrasada, reclamando da fila da farmácia CVS que fez com que se atrasasse (ela jamais pediria desculpas por estar atrasada) e bebendo de um galão de água com mensagens motivacionais impressas a cada duzentos e cinquenta mililitros ("Você consegue — Um gole de cada vez!"). Mas a consulta dela começa e passa e não ouço nada de novo nessa sessão, exceto que acha que talvez esteja com uma infecção urinária, mas ainda não fez o exame; aparentemente, ela está tentando encontrar um novo ginecologista, porque sua médica atual tem "dedos estranhos de alienígena".

Charlotte vai embora, e o próximo é Rahul Soturno e Sóbrio. Ainda sóbrio, sempre soturno. Toda vez que o vejo, falamos sobre medicamentos, como poderiam mudar as coisas para ele, como poderíamos começar com a dose mais baixa possível, mas Rahul é inflexível quanto a não tomar nada, nenhuma droga, nenhum medicamento. Não toma nem mesmo um multivitamínico. Acho sua determinação admirável, mas chega um momento em que se pode dizer: "Acho que hoje não quero ficar tão deprimido."

Depois de Rahul, temos Amanda Demanda. O que Amanda Demanda faz?, você se pergunta. Bem, ela demanda. E pede, e suplica, e se queixa: "Por que as coisas não podem ser mais fáceis?" "Por que tudo é tão difícil?", "Por que parece que nunca sou a primeira a ser escolhida no kickball?"

O curioso é que ela tem motivos válidos para fazer esses questionamentos. Vivenciou algumas tragédias, perdas e dores, como a maioria de nós e, bem, depois do último ano, provavelmente podemos ampliar esse "a maioria" para "todos". Mas é preciso fazer mais do que simplesmente exigir, mais do que dar nome ao seu desejo e admitir que está com raiva ou triste. É igual para todo mundo, agora mais do que nunca — nossas exigências, nossas preces, nossas súplicas, elas não são nada, tão sem peso e tão invisíveis quanto a fumaça com aroma de algodão-doce dos cigarros eletrônicos. Por isso, tento fazê-la entender, da maneira mais gentil e cuidadosa possível, que não devemos ficar esperando que as condições melhorem, devemos reunir forças para satisfazer nossas próprias demandas, querida Amanda.

Depois de Amanda, subo correndo para fazer um lanche, uvas e um punhado de amêndoas, e desço apressada para atender Doug Desgosto. Doug trabalha no Departamento de Parques e Jardins e ainda está mergulhado no luto pelo irmão, que morreu quando eles eram crianças. É raro ele se entregar à autocomiseração. Não sou neurologista (embora tenha conhecido alguns na faculdade e, minha nossa, que galera estranha), mas acredito que, quando uma pessoa vive o luto por tanto tempo, os caminhos da tristeza ficam gravados tão fundo no cérebro que é quase impossível tirá-la desse estado. Já tentei todas as técnicas de padrões de pensamento, tirei todos os coelhos cognitivo-comportamentais da cartola de terapeuta e nada funcionou com o pobre Doug. Mas ele continua vindo às consultas, então continuo a atendê-lo.

Meu dia não estaria completo sem uma chorona. Hoje é Jasmine Chorona. Ela não tem um apelido mais criativo porque, se a conhecesse em uma festa ou trabalhasse com ela (ela é professora do ensino fundamental, que Deus tenha piedade dos seus alunos), sua única impressão seria que ela chora por qualquer motivo. Quando está feliz, quando está triste, quando está com raiva, quando acha algo hilário. Já passou sessões inteiras comigo durante as quais mal conseguiu formar frases em meio aos soluços. Eu apenas aceno com a cabeça e ofereço a caixa de lenços de papel, que ela acomoda no colo como se fosse um gato doente. Ela me paga a consulta quer fale, quer não, então pode passar a hora como quiser.

É nessas horas que as pessoas pensam que ser um profissional da saúde mental é fácil — ah, eu também poderia ouvir alguém chorar por uma hora, você pensa. Dou ótimos conselhos para minhas amigas depois de términos de namoro e fui muito legal com um cara que conheci no teleférico da estação de esqui uma vez.

Deixe-me contar uma coisa: é preciso ser um tipo muito específico de pessoa, sem falar de anos de estudo e prática, para ser capaz de ouvir. Apenas ouvir. Estar presente no consultório e não compartilhar nada da própria vida nem dar nenhuma sugestão, ouvir ativamente outro ser humano *ser* é quase impossível para a maioria das pessoas comuns. Como já disse, trabalhei muito com uma parcela da população com distúrbios mais agudos, pessoas que pontuam muito além do gráfico da Escala de Psicopatia, que teriam explodido a balança de banheiro da minha analogia com todas as merdas sombrias que pensavam e diziam. Essas pessoas melhoram um dia? Algumas, talvez. Com muito acompanhamento e muitos medicamentos, talvez consigam passar alguns dias por semana sem sentir tanta fúria quanto no restante do tempo. No fim das contas, no entanto, quando chegou a hora de abrir o consultório, escolhi trabalhar com as pessoas que só precisavam de alguém que realmente as ouvisse.

E que pudessem pagar o valor da minha consulta antes de atingir o limite de reembolso do plano de saúde.

Depois da consulta de Jasmine, como costumo fazer toda vez que ela vai embora, jogo fora todos os lenços de papel descartados no pequeno cesto de lixo. Eu os despejo, como um bando de pássaros sem asas e cobertos de ranho, na lata de lixo maior que fica na cozinha, então a campainha toca e eu levo um susto.

Meu último paciente, Bambi Ben, está marcado para só dali a uma hora. Ben é um sujeito esguio, gay e do Sul, com os olhos mais úmidos e inocentes que você já viu. Ele é diferente da maioria dos meus pacientes porque acho que está de fato interessado em mudar, comprometido com o desejo de ser mais feliz. Ele chega para as nossas sessões com um copo de café grande e toma notas, revendo os traumas da infância gay no Sul do país como coisas que aconteceram e foram terríveis, mas ficaram para trás. Às vezes, gostaria de colocá-lo na frente dos meus outros pacientes e dizer: "Estão vendo? É possível. Vocês não precisam superar, mas podem seguir em frente."

Só que Ben nunca erra o horário e nunca chega tão cedo.

Vou até a porta, espio pelo olho mágico e vejo dois desconhecidos parados ali. Abro a porta e eles me mostram os distintivos.

Então começamos.

Ellen Garcia

Minha língua está enorme, como se tivesse saído direto de uma vitrine de carnes do Katz's Deli, inchada, seca e grudada no céu da boca.

Tusso e cuspo no chão, porque é onde estou deitada: no chão. Um chão. Um ambiente escuro como breu. Levanto a cabeça, que lateja na parte de trás, toco o galo e solto um gemido de dor. Fico de quatro, o latejar aumenta ainda mais, e acho que vou vomitar, mas só tusso de novo e começo a engatinhar.

O chão é áspero, um porão inacabado, talvez? Mas não consigo enxergar nem as minhas mãos quando as estico na minha frente. Eu me lembro de dar uma volta nos carrinhos do PeopleMover na Disney com Chris e Bella, há três anos, e tem um trecho em que tudo fica totalmente escuro, e senti como se meu corpo não existisse, e pensei: *Será que a morte é assim, uma paz leve, sem peso, com ar-condicionado?*

Só que isso aqui não é paz, então não pode ser a morte. Isso aqui é dor. Está quente, e o fato de não conseguir enxergar nada está me deixando tonta. Meu estômago emite um som que nem sei se posso chamar de ronco, parece mais um gemido de morte.

Enquanto engatinho, tento recuperar minha última lembrança. O lixo reciclável? Eu o levei até a calçada, então vi um sujeito que deixou a mochila cair, ou pelo menos foi o que pensei, mas ele se sentou na calçada com as pernas estendidas, ofegante, e parecia assustado, então perguntei:

— Ei, você está bem?

— Não sei — respondeu ele. — Minha frequência cardíaca está um pouco alterada.

Ele me mostrou o relógio, e tinha razão. O número estava subindo, cento e quarenta, cento e cinquenta.

— Quer que eu chame uma ambulância? — perguntei.

Ele balançou a cabeça.

— Acho que só... preciso de uma ajuda.

Estendi a mão. Ajudei-o a ficar de pé. Ele parecia desorientado, mas não a ponto de desmaiar.

— Tem certeza de que está bem?

— Tenho, muito obrigado.

Pensei em como eu contaria nossa interação para a revista, a descrição de um breve encontro pós-Covid, nenhum de nós dois usando máscara na rua, sem medo do contato das mãos. Vizinho ajudando vizinho. Eu descreveria suas feições um tanto femininas, difíceis de distinguir sob a aba do boné de beisebol, seu sorriso inquieto.

Eu disse alguma coisa, algo como "De nada" ou "Imagina", então me virei para entrar pelo portão e...

Fim.

Ele deve ter me acertado. Paro de engatinhar por um segundo, fico sentada e apalpo o corpo. Ainda estou vestida — short jeans, camiseta de corrida de náilon, chinelos de dedo e nada de estranho na área da vagina, portanto é provável que eu não tenha sofrido nenhuma agressão sexual. Passo as mãos pelos braços e pelas pernas e depois por baixo da camiseta. Minha pele está molhada de suor, mas é só isso. O único ponto dolorido é a parte de trás da cabeça.

Filho da puta. Sério, cara, você vai agredir e sequestrar uma mãe recém-divorciada depois do verdadeiro caos que foi o ano passado? Quero mais é que isso se foda e que você se foda.

Volto a engatinhar e chego a uma parede. Me levanto devagar e quase perco o equilíbrio, as pernas trêmulas, a cabeça explodindo, tateando a parede; parece áspera, mas não empoeirada como o chão. Sigo a parede e ando de lado. Dou apenas três passos e chego a um canto, depois mais seis e chego a outro canto, depois dois, então os dedos da minha mão direita encontram um interruptor, e eu o aperto.

Na claridade, vejo uma porta metálica industrial cinza ao lado do interruptor, me lanço sobre ela e tento girar a maçaneta, que praticamente não cede em nenhuma direção, trancada. Eu me viro e me encosto na porta. É um cômodo pequeno, como um depósito, com cerca de dois por quatro metros, provavelmente dois metros e meio do chão ao teto. Não há janelas; uma lâmpada nua pende do teto. Nenhum balde para urinar. Nenhuma bandeja com comida para a refém. Nenhuma serra. Nenhuma cestinha com creme hidratante.

O galo na minha cabeça lateja, então deslizo até o chão e me sento, e a dor diminui um pouquinho. Estendo a mão à frente como um trampolim e ela treme como se alguém tivesse acabado de saltar.

Tento fazer alguns cálculos. Não posso ter ficado apagada por muito tempo — uma hora, talvez? O que significa que deve ser domingo à noite, e, quando eu não responder a nenhum e-mail ou mensagem do meu editor sobre as revisões amanhã, ele vai perceber que aconteceu alguma coisa. Embora seja possível que ele apenas ache que estou me dedicando intensamente à edição.

Vai ter que ser Bella, e pensar na carinha dela quando eu não aparecer para buscá-la na escola parte o que ainda resta do meu coração. Mas isso vai ser crucial, porque vão ligar para Chris, e Chris vai buscar Bel, e em seguida vai tentar entrar em contato comigo (mesmo que ainda esteja com raiva de tudo o que aconteceu, ele com certeza não me quer morta) e vai mandar uma mensagem para o meu editor, para os meus pais e para a minha irmã, e então vai até o meu apartamento e vai encontrar meu celular, meu laptop e minha carteira, então vai chamar a polícia.

A menos que eu tenha passado mais tempo apagada, mas isso seria ainda melhor, porque me deixa mais perto do horário de saída da escola, amanhã à tarde. Tento desacelerar a respiração. Já vi esse filme antes. É melhor manter a calma e poupar energia.

Então noto algo no canto mais distante do cômodo. Panos — uma cortina, mas é da cor das paredes, por isso meus olhos não a perceberam de início. Tento ficar de pé outra vez, mas é difícil; vejo faíscas da falta de oxigênio explodindo na minha visão periférica.

Dou passinhos pelo cômodo, me apoiando na parede, puxo a cortina para trás e vejo que é um espelho de corpo inteiro. Fico diante dele e me encaro.

O que percebo, mas não prende a minha atenção de imediato: eu, pálida e molhada de suor, lábios ressecados, uma mancha no short que suponho ser urina seca.

O que atrai o meu olhar e para o que continuo olhando enquanto me dou conta de que a tarde de segunda-feira já veio e foi embora: escrito na minha testa, com marcador preto, estão as palavras FAZ MAIS TEMPO DO QUE VOCÊ IMAGINA.

Dra. Caroline

Deixo os detetives entrarem.
A mulher se chama Makeda Marks, negra, corpulenta, terno azul-marinho com camiseta e tênis pretos. Seu parceiro se chama Miguel Jimenez, latino, um pouco mais baixo que Makeda e não tão bem-vestido, de jeans e blazer.

Depois que concordamos em ficar sem máscara, eles se sentam no sofá, e os olhos de Makeda examinam a sala. Ela se senta inclinada para a frente, com os joelhos afastados, de um jeito que me faz suspeitar que é lésbica. Não sei se existe um conjunto de critérios na comunidade lésbica para avaliar essa distância — joelhos a oito centímetros um do outro ou menos, hétero; joelhos a nove centímetros ou mais um do outro, gay.

Você acha que eu não deveria nem ao menos especular? Que direito tenho eu, a mais branca e heterossexual das mulheres brancas heterossexuais, de imaginar se a mulher negra à minha frente é gay ou não? Vou lhe dizer por quê: porque não há nenhum julgamento na minha observação. Porque todos nós fazemos isso, todo dia, e porque Makeda acabou de fazer a mesma coisa quando examinou o meu consultório, avaliando os móveis, e agora também está me dissecando, seu olhar indo dos meus sapatos ao meu rosto.

Miguel parece menos confiante do que Makeda. Ele não sabe ao certo como se sentar confortavelmente no sofá, inclinando-se para trás e em seguida para a frente e, por fim, imitando a postura da parceira.

— Em que posso ajudar? — pergunto.

— Estamos procurando uma pessoa desaparecida — responde Makeda. — Uma mulher chamada Ellen Garcia.

Dizer que o nome me soa familiar seria um eufemismo, porque sei exatamente quem é Ellen Garcia e, considerando que dois detetives estão sentados bem na minha frente, eles também devem saber da conexão que tenho com essa mulher desaparecida.

Isso não significa que vou facilitar as coisas para os dois.

— Talvez a senhora tenha visto no noticiário — sugere Miguel.

Faço que não com a cabeça, o que é uma resposta totalmente honesta. Quem é que assiste ao noticiário local?

— Reconhece o nome? — pergunta Makeda, em um tom afável.

Solto o ar, pensativa.

— Sim, acho que sim, mas não sei exatamente de onde. — Em seguida, balanço a cabeça com um ar autodepreciativo. — Desculpem, no meu trabalho, conheço muita gente, então às vezes os nomes me escapam.

Essa é a primeira mentira deslavada que conto a eles. Minha memória não é fotográfica, mas ainda assim é extraordinária. Tiro cochilos sempre que posso, e isso desde a adolescência. Costumo tirar dois ou três cochilos de vinte minutos por dia, o que faz com que as coisas se consolidem, grava tudo que ouço dos pacientes, além de listas de compras e do tamanho dos uniformes de futebol dos meus filhos, direto no meu cérebro. Por um tempo, quando eu era mais jovem, era problemático e beirava a narcolepsia a facilidade com que eu adormecia subitamente, mas essa fase acabou passando e aprendi a controlar essa característica um pouco melhor. Agora, vejo isso como uma grande vantagem, assim como todos os especialistas em distúrbios do sono que defendem os benefícios do cochilo para adultos: melhora a concentração e o humor e reduz a fadiga.

— Tudo bem — diz Makeda, que não tem certeza se acredita em mim. — Ela definitivamente sabe quem é a senhora, e é por isso que estamos aqui.

Em seguida, ela acena com a cabeça para Miguel, que, de uma só vez, pega o celular, desliza o dedo pela tela e vira o aparelho para que eu possa ver. Eu me inclino para a frente e estreito os olhos, mas já sei o que ele está me mostrando. Reconheço o cabeçalho, o logotipo de um sol se pondo atrás da ponte do Brooklyn.

— Ellen Garcia é redatora de uma revista chamada *Brooklyn Bound*. A senhora conhece essa revista?

— Conheço, claro que conheço. Eles publicam muitas críticas boas de restaurantes e entrevistas com empresários locais, coisas assim.

— Isso — diz Makeda, acenando com a cabeça para Miguel mais uma vez.

Ele vira o celular para si novamente, desliza o dedo e digita.

— Dois meses atrás, ela publicou uma matéria sobre os piores médicos do Brooklyn — continua Makeda. — A senhora está na lista. Sabia disso?

É claro que eu sabia disso. É claro que li essa matéria e encontrei um erro de digitação quase que imediatamente.

— Ah, sim — respondo, como se tivesse sido uma tolice da minha parte ter esquecido. — Um amigo me encaminhou.

Outra mentira. Tenho alertas do Google configurados para me enviar notificações quando meu nome for mencionado.

Miguel enfim abre a matéria e vira o celular para mim outra vez. Aceno com a cabeça para a tela, e ele pousa o celular ao seu lado no sofá.

— Ã-hã, é essa mesma — digo. — Mas não conheço Ellen Garza.

— Garcia — corrige Makeda. — Ellen Garcia.

— Isso, perdão. Ellen Garcia. Não a conheço pessoalmente. Mas ela está desaparecida, isso é terrível. Há quanto tempo?

— Quase setenta e duas horas — responde Makeda.

Mentalmente, volto o relógio para três noites atrás. Jonas estava na inauguração de mais uma exposição, então levei o lixo comum e o lixo reciclável para fora.

— Parece muito tempo — comento.

Makeda sorri, mas não é bem um sorriso, é mais como se ela estivesse fazendo algum tipo de exercício de alongamento de lábios.

— A senhora escreveu uma carta bastante substancial sobre a matéria para o editor, quem era mesmo... Ned Lee? — diz ela, acenando com a cabeça para Miguel outra vez.

Basta dizer que o relacionamento deles consiste em muitos acenos de cabeça dela e muitos esforços dele para encontrar documentos no celular.

— Escrevi — respondo. — Achei que a jornalista não pesquisou o suficiente, no fim das contas. Ela alegou ter falado com duas fontes, e não achei que isso bastasse para justificar um ataque à carreira de alguém. Mas — continuo, passando as palmas das mãos uma na outra como se quisesse limpá-las — liberdade de expressão. É uma via de mão dupla.

Miguel se inclina para a frente e me mostra o celular de novo. É a carta que enviei por e-mail para o editor.

— Ã-hã, é essa — digo a ele, de forma encorajadora.

— Liberdade de expressão — repete Makeda. Ela encosta o dedo indicador no lábio inferior e em seguida o aponta de leve para mim. — Então, agora há pouco, quando mencionei o nome de Ellen Garcia, a senhora sabia quem ela era?

Ai, Makeda. Você vai ter que se esforçar um pouco mais.

Sorrio, mas tomo cuidado para não parecer presunçosa. É um sorriso gentil, um sorriso de "deixe-me ajudá-la a entender". Agora é a minha vez de acenar com a cabeça para Miguel.

— Você vai reparar que, na minha carta, não menciono o nome da jornalista; para ser sincera, não me concentrei nisso quando li a matéria. Meu objetivo era comunicar ao editor responsável que ele deveria se preocupar com a integridade do material que publica.

Makeda não chega a me dar um aceno de cabeça, mas levanta ligeiramente o queixo, o que me diz que ela entendeu. Dizer que ela me vê como só mais uma mulher branca racista que exige falar com o gerente não seria exagero. Não me importo de desempenhar esse papel, se for conveniente para mim.

— Desculpem — digo. — Ainda não entendi muito bem como posso ajudar.

Makeda endireita um pouco a postura e puxa a frente do blazer para arrumá-lo.

— Temos uma lista, Dra. Strange — explica ela —, de pessoas que não gostam de Ellen Garcia ou que têm alguma coisa contra ela. A senhora está nessa lista.

— Eu? — questiono, dando risada. — Eu não gostava do que ela escrevia, mas jamais... Não tenho nada a ver com isso.

Makeda sorri e, desta vez, o sorriso é verdadeiro, mas sinto que é fruto mais de resignação do que de satisfação. *C'est la vie*.

— Mesmo assim, temos que perguntar: a senhora pode nos informar onde estava no último domingo à noite?

Admito que sou fã do "mesmo assim, temos que perguntar". É uma das minhas falas favoritas de diálogos na TV, e a implicação é: "Não queríamos perguntar, sabemos que você nunca faria mal a uma mosca, você, o verdadeiro pai do bebê da vítima/a ex-mulher ciumenta/o paciente com transtorno dissociativo de identidade, mas, só para nos certificarmos, por acaso tem um álibi?"

— Eu estava em casa — respondo. — Moro no andar de cima.

— Havia alguém aqui com a senhora?

— Meu marido estava em um evento e chegou em casa por volta da meia-noite, acho. Também pedi comida em algum momento. Desculpem, devo me preocupar?

— De jeito nenhum — responde Makeda de imediato, mas de forma pouco convincente. — Como eu disse antes, a senhora está na nossa lista, e estamos verificando todos que estão nela. Se puder nos enviar por e-mail os detalhes desse pedido de comida, ficaríamos muito gratos.

Ela tira um cartão de visita do bolso interno do paletó e me entrega.

— Uma formalidade — digo.

— Isso — confirma Makeda. — Uma formalidade.

Examino o cartão por um instante. As palavras *Makeda Marks, detetive, 78º Distrito Policial*, ao lado de uma impressão sem graça do distintivo em forma de escudo. Ao que parece, o Departamento de Polícia de Nova York não permite muita ostentação.

— Vocês precisam falar com o meu marido? Ele não está em casa agora, mas posso pedir que ele ligue para vocês.

— No momento, não. Entraremos em contato, se for necessário.

Abro um sorriso caloroso e aceno com a cabeça.

— Hum, doutora? — chama Miguel. — A senhora tem mais alguma informação que gostaria de compartilhar conosco? Algo que possa ser relevante para o caso?

Ora, ora, parece que Makeda deveria dar a Miguel mais algumas atribuições além de apenas servir como seu mecanismo de busca pessoal.

Solto um breve suspiro.

— Agora que você tocou no assunto... Eu não ia mencionar nada, mas está me parecendo uma circunstância incomum. Atendi um paciente novo hoje, e esse homem afirmou que estava planejando matar alguém e que eu conhecia a vítima.

Acredite em mim quando digo que você daria tudo para ver a cara de Makeda. Essa mulher não leva o menor jeito para o pôquer. Miguel olha para ela, meio que se desculpando, como se dissesse: *Eu não queria ter aberto essa caixa de merda de cachorro explosiva.*

— A senhora se importa de repetir o que disse? — pede ela. — A última parte.

— Sobre o paciente novo?

— É, isso mesmo.

— Sim, claro. Atendi um paciente pela primeira vez hoje mais cedo, ao meio-dia. O nome dele é Nelson Schack. S-C-H-A-C-K — soletro, olhando para Miguel, que entende a dica, pega o celular e começa a digitar. — Ele me disse que ia matar uma pessoa e que eu conhecia a vítima.

— Ele mencionou o nome "Ellen Garcia"? — pergunta Makeda. Tenho que reconhecer que ela só deixou transparecer o choque por alguns segundos. Se recompôs rapidamente, o que considero admirável.

— Não, e foi isso que me fez achar que ele não estava falando sério.

— A senhora já teve algum paciente que confessou ter a intenção de matar alguém?

— Não de maneira explícita, mas tenho diversos pacientes que dizem coisas sem estar falando sério, por diversas razões.

Makeda tenta se sentar mais ereta, mas é difícil fazer isso em um sofá moderadamente macio. Tenho a impressão de que ela se sentiria mais segura se estivéssemos em uma sala de interrogatório na delegacia.

— O que fez a senhora pensar que ele era um desses?

— Ele parecia se regozijar com coisas sórdidas.

Makeda me encara. Será que ela entende o que quero dizer? Será que ela sabe o que essas palavras significam? Miguel está ocupado exaurindo seu pobre dedo indicador com todos os movimentos de deslizar e pressionar.

— Ele era um exibicionista — declara Makeda por fim.

— Isso, exatamente.

— Então a senhora não acreditou nele.

— Não, não acreditei — respondo. — Ele estava se deleitando com as tentativas de me provocar, então adotei a estratégia de entrar no jogo dele.

— Como funciona essa estratégia?

— Ao fingir que estava levando o que ele dizia a sério, mostrei que, em suma, não ia satisfazer o desejo dele. Ele queria chocar; eu mostrei que nada me choca. O que, aliás, também é a verdade.

— Porque a senhora já viu de tudo? — sugere Makeda, parecendo pouco impressionada.

— Isso, como você — digo com entusiasmo, tentando forçar uma camaradagem.

Ela faz uma pausa; as sobrancelhas finas se erguem por um segundo, depois voltam a se abaixar.

— Esse aqui não é ele, certo? — pergunta Miguel, virando o celular para que tanto Makeda quanto eu pudéssemos ver a página de resultados do Google Imagens mostrando o economista peruano.

— Não, não é. O Nelson Schack que atendi tem um *c* no sobrenome depois do *s*. Não se escreve "shack", como o sobrenome desse economista.

— A senhora tem os contatos dele? — pergunta Makeda.

— Tenho, vou encaminhar para vocês tudo que ele me enviou — digo, pegando o celular na mesinha lateral.

— Endereço?

— Endereço, telefone, e-mail. Dados de pagamento do Venmo. Uma cópia do cartão de vacinação também, se isso ajudar.

— Tudo o que a senhora tiver — diz Makeda. — Ele disse mais alguma coisa sobre o que estava planejando?

— Deixe-me ver se consigo me lembrar exatamente.

Agora estou me divertindo um pouco, porque é claro que me lembro. Cubro a boca com a mão, indicando o quanto estou me esforçando para lembrar.

— Perguntei se essa pessoa morava com ele, e ele respondeu que não. Ele disse que não era um parente dele e que algumas pessoas sabiam o nome dela, mas, de novo, eu concluí que ele só estava tentando me provocar.

— Vago — comenta Makeda.

— É, mais um sinal de blefe, eu pensei. Ele não tinha planejado ir tão longe, não esperava que eu entrasse no jogo, então não ia ser específico.

— A senhora perguntou mais alguma coisa a ele?

— Perguntei como ele planejava matar essa pessoa, e ele disse que tinha quase certeza de que ia deixá-la morrer de inanição.

Makeda reflete a respeito.

— Morrer de inanição — repete ela. — Essas foram as palavras que ele usou?

— Foram, morrer de inanição. O que significa que ela já estava sob os cuidados dele. Ou sob as privações dele, acho que seria mais preciso.

Todos nós paramos para pensar nisso por um instante. Até mesmo Miguel desvia o olhar de suas pesquisas ineficazes na internet. De fato, parece ser uma das formas mais desagradáveis de morrer.

— E me explique mais uma vez por que a senhora não chamou a polícia. Assim que ele saiu do seu consultório — questiona Makeda com um tom que fica entre a condescendência e a acusação.

Não gosto nem um pouco disso.

— Porque, por lei, sou obrigada a informar se um paciente tem a intenção de machucar a si mesmo ou a outras pessoas e me comunica essa intenção de forma inequívoca. Qualquer coisa que não se enquadre nesse caso está protegida pelo sigilo entre médico e paciente. Como eu disse, as pessoas me contam todo tipo de coisa; é a essência do meu trabalho. Tenho que fazer avaliações o tempo todo, todo dia, sobre suas intenções, e costumo acertar na primeira avaliação. Então, hoje mais cedo, minha avaliação foi de que Nelson Schack era mais um jovem que poderia se beneficiar de terapia e, possivelmente, de medicamentos antidepressivos ou ansiolíticos. Mas, quando vocês mencionaram Ellen... — digo, estreitando os olhos, fingindo que tentava me lembrar do sobrenome dela — ... Garcia, certo?

Miguel acena com a cabeça enfaticamente. Ele é muito prestativo.

— Eu reavaliei.

— Entendo — diz Makeda. — Acho que é nesse ponto que nosso trabalho diverge. Nós não podemos nos dar ao luxo de reavaliar. Não temos tempo. Se reavaliarmos, alguém morre.

Ela faz uma pausa, e não tenho certeza do que está esperando. Uma lenta salva de palmas, talvez? A vinheta sonora de *Law & Order*? Na verdade, sei o que ela está esperando. A mesma coisa que todos os meus pacientes esperam: alguém que finalmente diga: "Ai, meu Deus, você é muito importante!"

— Claro — digo. — Minha avaliação, por enquanto, é que, no fim das contas, vale a pena compartilhar com vocês os detalhes da sessão de terapia de Nelson Schack. No entanto, se ficar provado que ele não tem nada a ver com isso, posso perder meu registro profissional, e ele pode me processar na esfera civil. Então, estou arriscando a potencialmente perder o meu emprego e tudo o que vem com ele ao ajudar vocês a fazerem o seu trabalho e juntar as peças para *vocês*.

Fico tentada a dar uma de Marjory Meandros e acrescentar um "Sacou, garota?", mas me contenho.

Makeda não parece se sentir culpada nem pede desculpas de imediato, mas tudo bem. Não precisa fazer isso. Ela me encara com um sorriso educado, mas tenso, que só posso esperar que esteja camuflando uma pontada de humilhação.

— Obrigada — diz ela, como se eu tivesse indicado em que parte da loja fica a areia para gatos. Em seguida, ela se levanta e diz: — Não vamos tomar mais seu tempo, então.

Ela se dirige para a saída, com Miguel logo atrás. Makeda abre a porta e sai, e Miguel a segue, então ela se vira enquanto ainda estou parada na entrada.

— Pode nos avisar se Nelson Schack entrar em contato? — pede ela.

— Com certeza — respondo, muito prestativa.

— Muito obrigada.
— De nada.
— Obrigado — murmura Miguel, então acena, e eles vão embora.

Fecho a porta e ouço o portão da frente ser aberto e fechado.

Tenho apenas alguns minutos antes de Ben Bambi chegar, então vou até a cozinha, bebo um copo de água, aperto o botão da Nespresso e ouço o gorgolejar da máquina se preparando.

Enquanto espero, volto ao consultório e me olho no espelho. Não pareço cansada, embora o dia tenha sido mais cansativo do que eu esperava. Mas, apesar disso, me sinto bem por ter ajudado. Mesmo que não tenha contado tudo a eles.

Gordon Strong

A primeira semana de desemprego parece uma festa. No primeiro dia, na verdade, todos vamos ao Gator Sam's às onze da manhã, logo depois de esvaziarmos nossas salas. Ligo para Evelyn do reservado nos fundos e conto o que aconteceu, como Rieger foi passando pelo departamento inteiro, um por um, sem nem sequer ter a decência de mudar o discurso de demissão.

— Sem vendas, não precisamos de distribuição — disse ele, como se eu tivesse faltado à aula sobre oferta e demanda na faculdade.

Evelyn emite sons de compreensão, "Ã-hã" e "Ah", e sei que ela está tentando fazer com que eu me sinta melhor, mas não suporto esses sons; é como se ela estivesse falando com as crianças. Dá vontade de fingir que não é tão ruim.

— Não é nada de mais, Evelyn, é sério.

— Ah, claro, tudo vai se resolver.

Então ela muda de tom e diz que eu me divirta com os rapazes, que não me preocupe, e acredito nela. Ela sabe que trabalhei duro e engoli cada uma das broncas de Rieger sobre entregas erradas ou listas faltando. Cometi alguns erros, claro, mas não mais do que qualquer outra pessoa da equipe, e com certeza não mais do que esses caras. Remy podia até fingir que nunca errava, sempre com aquela mania de levantar a mão e se voluntariar nas reuniões semanais, mas, no fim das contas, todos levamos um pé na bunda, não foi? Saio do reservado e vou me sentar com os outros, que já pediram uma rodada de shots de uísque e duas jarras de cerveja da cervejaria que acabou de nos demitir.

Remy faz o brinde com os shots:

— À liberdade.

E todos nós gritamos, brindamos e bebemos, mas o entusiasmo é meio artificial porque, olhando para os rostos da equipe, vejo que estão todos tristes e morrendo de medo do que sabem que está por vir: vasculhar os classificados e fazer ligações para a Miller, a Pabst, a Schlitz e até mesmo para a Leinie's, lá no norte, para ver se precisam de alguém que cuide da distribuição ou que atenda o telefone ou até que tire a porcaria do lixo.

Logo pedimos hambúrguer e batata frita e mais cerveja e nos revezamos brindando ao "saco de bosta do Rieger"; à bartender, Sally; ao fim dos entupimentos no banheiro da direita do segundo andar. Quando chega a vez de Jason, ele diz:

— Um brinde às mulheres, mas especialmente a Evelyn, porque ela é gostosa pra caralho!

Todos assobiam e aplaudem, e em qualquer outro dia tudo isso provavelmente teria me irritado, ele com tesão na minha mulher, mas hoje isso faz com que eu me sinta importante, como uma espécie de convidado de honra, porque todos sabem que ele tem razão. Ela é gostosa pra caralho *mesmo*. E se esforça para isso também, é muito rigorosa com as dietas e com os vídeos de exercícios que faz no porão. No ano passado, bastou eu dizer a ela uma vez que talvez não devesse comer o sorvete do Kopp's e ela entendeu o recado.

Sally traz mais uma rodada de cerveja, e continuamos brindando, até que entram uns engravatados, funcionários de banco ou algo assim, e um deles para na nossa mesa e diz que ouviu nossa conversa e quer pagar uma rodada de shots para a gente, então ele paga, e os caras do banco se juntam a nós e todo mundo brinda a se aposentar daqui a vinte anos e ir pescar na Flórida. Então, alguém enche a mesa com maços de cigarro da máquina, e todo mundo começa a fumar. Não fumo um cigarro há quinze, vinte anos, mas é ótimo, hilário, na verdade, todos nós fumando, a maioria tossindo.

Depois, mais shots, desta vez de tequila, e Sally chega com a bolsa e os óculos escuros, dizendo que o turno dela acabou, e Mike a puxa para o colo, e Sally, que é uma figura, ri e diz que ele merece levar umas palmadas, então Mike se levanta e empina a bunda, e ela faz o que disse, dá umas palmadas nele, e nós vamos à loucura. Depois ela manda beijos para todo mundo e vai embora.

Agora são Dennis e Tasker que estão atrás do balcão, e eles nos oferecem uma rodada de cerveja para manter o clima. Como já é oficialmente hora do jantar, o atendimento começa a ser feito pela garçonete, uma jovem gostosa chamada Missy. Parece meio bobinha, mas é muito simpática, dizendo-nos que nunca mais vai beber outra Kinzer por uma questão de princípio. É como se todos estivessem torcendo por nós, e foi preciso sermos demitidos para descobrir isso. Vai entender.

E nunca nos demos conta de como éramos bons amigos, eu, Remy, Mike e Jason. Foi preciso passar por tudo isso para enxergar o que é amizade verdadeira. Faço um brinde a isso, e eles dizem:

— Você deveria ser escritor, cara, olha as coisas que você fala.

Em algum momento, vou ao banheiro e estou lavando as mãos, pressionando a alavanca do dispenser de sabonete, e a coisa toda despenca da parede na minha mão. Fica aquela gosma rosa espalhada por todo lado, e eu simplesmente largo o dispenser na pia e enxáguo as mãos como dá.

Quando volto para a mesa, alguém já pediu umas vinte cestinhas de asinhas de frango e, de repente, bate uma fome absurda, então mando ver. Todo mundo manda, com dedos e rosto manchados de vermelho por causa do molho de pimenta. A pele ao redor da minha boca fica tão ardida que é como se eu tivesse uma queimadura de sol só nessa área. Depois, fazemos pilhas de cestinhas vazias com todos os ossos dentro, e é uma cena meio macabra, sim, apenas pilhas e pilhas de ossos. Quem quer que esteja sentado ao meu lado me passa um lenço umedecido dentro de um sachê de alumínio, e limpo o rosto e os dedos o melhor que consigo, a pele ainda ardendo, e jogo o lenço na cestinha de cima.

Então, as pessoas começam a apontar para trás de mim e a virar as cadeiras para a TV porque os Brewers vão jogar, e me lembro de ter pensado hoje de manhã que ia assistir ao jogo hoje à noite, tomando uma cerveja, e que Brendan talvez assistisse comigo, se não estivesse mais irritado. Nos últimos tempos, não conversamos muito, a não ser quando brigamos, porque ele é um adolescente babaca, e hoje de manhã derrubou um litro inteiro de leite no café da manhã, e eu lhe disse que, se calasse a boca e se concentrasse, talvez não fosse tão desastrado.

Pelo menos os Brewers e o Green Bay ainda nos mantêm unidos. Por um segundo, penso que talvez eu devesse ir para casa, para o caso de ele estar lá, no sofá da sala, mas, assim que o jogo começa, esqueço todo o resto, porque os Brewers jogam pra valer.

Quando Jaha faz um *home run* na sétima entrada, estamos todos gritando, pulando e tomando mais shots. Meus amigos me abraçam, e Remy diz:

— Esse provavelmente é o melhor dia da minha vida.

E em qualquer outra ocasião eu diria o dia do meu casamento, o dia em que fechamos a compra da casa, quando Brendan conseguiu rebater pela primeira vez na Liga Peewee, mas agora tenho que concordar com Remy, ele tem razão, há algo mágico acontecendo aqui.

Nunca vi uma vitória como essa — dez a zero —, simplesmente um milagre monumental, e isso me dá esperança; isso me faz pensar que talvez perder o emprego seja algo que tivesse que acontecer para que eu encontre outra coisa. Para que eu me torne outra coisa. Para que eu me torne o que deveria ser.

Quando o jogo termina, já é quase meia-noite, e Dennis, Tasker e Missy estão organizando caronas, porque não vão nos deixar dirigir. Nenhum de nós está em condições de discutir: Mike está sentado no chão como se estivesse em uma rodinha da pré-escola, Jason está tentando dar em cima de uma mulher no balcão do bar e Remy está praticamente dormindo.

Tasker me leva para casa. Não me lembro muito do trajeto, mas aparentemente indico o caminho certo, porque ele consegue chegar a minha casa, pergunta se tenho as chaves, e eu as tiro do bolso e as balanço diante dele. Acho que agradeço, saio do carro, e Tasker vai embora enquanto atravesso o gramado.

Então vejo alguém em frente à casa dos vizinhos. Por um segundo, acho que é minha filha, Savannah, mas não é. É a amiga dela, Caroline, tirando o lixo. Alguém já colocou nosso lixo na calçada. Deve ter sido Evelyn — ela nunca foi muito firme com nossos filhos.

— Oi, oi, Caroline — cumprimento.

Ela me encara. Eu não diria que é exatamente bonita. Tem o rosto comprido, cabelo fino e usa aparelho nos dentes.

— Oi, Sr. Strong — responde ela.

É sempre muito calma essa garota, quase calma demais. Um pouco esquisita.

— É muito gentil da sua parte tirar o lixo para os seus pais — digo.

Ela acena com a cabeça e corre para dentro de casa.

Eu me esqueço dela em um segundo, porque estou indo em direção à porta, feliz por estar em casa, com os ossos doendo, o estômago fazendo sons como os de um touro batendo o casco na terra, e subo os três degraus, mas antes de chegar à porta preciso me sentar um segundo, então me ajoelho, depois me sento, em seguida me deito, e adormeço ali mesmo no último degrau da entrada da casa pela qual paguei.

Dra. Caroline

Desço as escadas pouco antes das oito da manhã e vejo Jonas apagado no sofá. Ele é lindo até dormindo, um braço esguio esticado sobre a cabeça e uma das pernas pendendo da almofada, o rosto um retrato da paz. Está com as roupas de ontem à noite, e uma manta de sarja fina está jogada sobre ele. Eu me inclino para beijar sua testa e sinto em sua pele e seu cabelo um cheiro que só pode ser de perfume feminino, barato e enjoativo, como se alguém tivesse misturado pó de bala com um frasco de mijo. Também noto um brilho: uma camada de glitter espalhada nas bochechas e no queixo.

Vou ter que falar sobre isso com ele mais tarde. Agora, tenho trabalho a fazer. Preparo um *espresso* quádruplo e desço pela escada interna até o térreo, fecho a porta no pé da escada e entro no meu consultório.

Meu primeiro paciente só chega às nove e quinze: Troy Trincado. Troy costumava ser o garoto-propaganda do transtorno de personalidade borderline, o que significa que tinha certa dificuldade em regular as emoções, para dizer o mínimo. Ele curtia se cortar, quebrar vidro e beber Everclear, teor alcoólico 95%. Não curtia situações estressantes, conflitos e sonhos com a falecida mãe. Eu o conduzi por todas as etapas da terapia comportamental dialética, mas é um desafio ensinar atenção plena a alguém que enxerga a automutilação como uma amante. Então, há alguns meses, chegamos a uma combinação ideal de paroxetina e bupropiona que permitiu que ele passasse os dias sem ter vontade de socar um espelho. O único efeito colateral, ou, na verdade, podemos chamá-lo de "efeito adicional", é que Troy está transbordando energia. Ele não para de falar e de se mexer desde o momento em que entra pela porta até o momento em que vai embora, o que é ótimo, considerando que costumava parecer que tinha uma nuvenzinha escura em cima dele o tempo todo. Também receitei um pouco de alprazolam para ajudá-lo a dormir à noite, mas o período de lua de mel com qualquer medicamento costuma durar dois ou três meses, no máximo, portanto, esse estado pode não ser permanente. Mas preciso estar na minha melhor forma para acompanhá-lo, por isso as quatro doses de *espresso* para mim esta manhã.

Primeiro, porém, quero ligar para Nelson Schack. Desde ontem à noite, já repassei algumas vezes na cabeça a conversa que tive com a detetive Makeda, e me ocorreu que talvez ela esteja confiante demais, achando que ele vai falar com ela. Não sei ao certo qual é a estratégia dela, e meu conhecimento sobre procedimentos policiais em geral vem basicamente da televisão, então não faço ideia se ela pode simplesmente conseguir um mandado de busca com causa provável ou prendê-lo sob suspeita de culpa com base apenas nas minhas informações. Mas algo me diz que ela ainda não tem indícios suficientes contra ele.

Sento-me à mesa e abro o arquivo dele no meu laptop, digito seu número no celular e salvo como contato. Depois, pressiono o botão de chamada e encosto o celular no ouvido. Suponho que não vá ter a sorte de ele atender, mas, se cair na caixa postal, talvez eu consiga descobrir algo pelo modo como ele fala. A ligação vai para a caixa postal logo em seguida, mas é só a gravação automática: "Você ligou para 347..."

Deixo um recado:

— Oi, Nelson. Aqui é a Dra. Caroline. Percebi que não tivemos oportunidade de confirmar nossa consulta semana que vem, no mesmo horário, então vou presumir que você vai estar aqui na próxima quarta, a menos que me avise que não vem. Espero que esteja bem. Até logo.

Tenho dois objetivos, é claro. Mostrar a ele que não fiquei abalada com nosso último encontro e que ele não tem motivo para não voltar, porque não tem nada de errado. E, falando sério, tem? Embora Makeda pareça achar que há alguma conexão, só é possível ver uma coincidência. Se você não mora na cidade de Nova York, ou no distrito do Brooklyn, ou no bairro de Park Slope, isso pode parecer loucura, mas se já vive aqui há algum tempo, se seus filhos estudam aqui, se você faz compras nas lojas e come nos restaurantes e bebe nos bares e frequenta as casas de shows e os clubes de comédia (Jonas teve uma fase em que me arrastava para noites de microfone aberto: pavoroso), a grande metrópole encolhe até ficar do tamanho de uma cidade de Lego.

Mas não vou ter certeza de nada a respeito de Nelson a menos que consiga falar com ele de novo. Quero ajudar Makeda e seus colegas mas também sei que posso fazer um trabalho melhor que o deles.

Neste exato momento, no entanto, Troy Trincado está diante de mim. Ele está em ótima forma, senta-se na poltrona para aproveitar o movimento giratório e me conta sobre sua semana, acrescentando pormenores sobre os cheiros do metrô debaixo da máscara e sobre como seu banheiro nunca fica embaçado depois do banho. Fico satisfeita com o nível de detalhe; antes, quando ele estava deprimido e estávamos tentando ajustar os medicamentos, eu teria sorte se conseguisse uma palavra que fosse a respeito do tempo.

Depois que ele vai embora, verifico o celular. Apenas uma chamada perdida e uma mensagem de voz de Abby Elevada cancelando a consulta de amanhã. Abby é uma paciente relativamente nova e, sim, ela é bem alta. Ela também vem sentindo um certo mal-estar. Isso é tudo o que abordamos até o momento.

Como é quinta-feira, tenho quase duas horas de intervalo de almoço, e normalmente usaria esse tempo para ir a alguma das academias recém-reabertas em que estou matriculada, mas, em vez disso, decido dar uma caminhada até o apartamento de Nelson, para ver se a rua tem algo para me contar.

Antes disso, porém, ainda tenho outros dois pacientes. Caroline Cópia Barata, condenada a esse apelido só porque temos o mesmo nome, e Byron Bilioso, que nunca pegou Covid, mas passa as sessões fungando e espirrando há anos. Faltam vinte minutos para Caroline chegar, então inclino a cadeira para trás e fecho os olhos. Nunca preciso de alarme; meu relógio interno é mais confiável do que qualquer coisa movida a bateria. Sempre tive esse dom, minha capacidade de adormecer e só acordar quando meu ritmo circadiano soa o alarme. Não durmo por tempo suficiente para sonhar, mas, quando acordo, me lembro do rosto de Nelson Schack: um oval perfeito.

Meus pacientes vêm e vão, e eu estaria mentindo se dissesse que não estou um pouco distraída. "Me corroendo" seria um bom jeito de colocar, embora ache a imagem repugnante — me faz pensar em vermes me devorando por dentro, mas há alguma verdade nela, porque é exatamente assim que a confissão de Nelson está agindo, se infiltrando e mordiscando meus vasos sanguíneos.

Depois que Byron vai embora, tossindo na curva do cotovelo, troco os saltos por um par de tênis brancos e deixo o blazer pendurado na cadeira. Pego a bolsa no armário perto da porta, coloco óculos escuros e saio ao sol.

Às vezes, o bairro parece um cenário de filme, e está assim há mais ou menos um mês. Como se um diretor tivesse gritado no megafone "Verão no Brooklyn, ação!", e eis o céu azul com nuvens de algodão, a vovó porto-riquenha com bobs no cabelo sentada na varanda, as crianças da colônia de férias em traje de banho voltando de uma corrida entre os irrigadores. Ao ar livre, as máscaras foram dispensadas, e as pessoas não estão mais se tratando como se estivessem cobertas de cocô de passarinho.

Ando pela Fifth Avenue e observo a mudança de cenário, menos restaurantes com mesas e mais estabelecimentos de comida para viagem, menos bares descolados e mais lojas de cadeias baratas: *frozen yogurt*, sapatos em liquidação. A gentrificação avança mais lentamente do que se imagina. Ela ainda avança, mas nem mesmo as pessoas que trabalham de casa e têm algum dinheiro, e não precisa nem ser tanto assim, querem ficar muito longe de Manhattan. Se você perguntar o motivo, elas vão responder: "Eu não saí de Kansas/Boise/Peoria para passar o resto da vida nos bairros mais afastados." Já construíram toda uma narrativa para si mesmas e decidiram que a mudança para Nova York vai ser o ápice de sua transformação. É tudo muito bonitinho, de verdade, mas, se há um fio condutor entre meus pacientes, se houvesse um único conselho que serviria para todos eles, seria: "Administre suas expectativas."

Chego às ruas entre a 40 e a 45 que Nelson listou em suas informações de contato, atravesso a Fifth Avenue e vou até a Fourth. As casas aqui são um pouco mais antigas — a inclinação do terreno é mais evidente do que no meu quarteirão. As pessoas com quem interajo socialmente comentam sobre a inclinação dos alicerces de suas casas geminadas, as paredes desniveladas, o que torna difícil a instalação do piso e o alinhamento dos azulejos na parede da cozinha. Acho que faço a mesma coisa. O prazer das queixas administráveis não me passa despercebido. Há um privilégio nisso que não subestimo. Como disse, cresci sem privações, mas não na riqueza. Agora tenho meu quinhão de riqueza, literalmente, e ele mede cento e vinte metros quadrados.

Entre a Third e a Fourth Avenue, o estado das casas é pior, elas são mais estreitas, com a estrutura inclinada sobre bases de concreto. Fico surpresa com a quantidade de alçapões de ferro que dão acesso a porões nos pátios da frente, cercados por latas de lixo.

Normalmente, isso é algo que vejo nas avenidas, em frente a imóveis comerciais. Acho que os nova-iorquinos ficam divididos quanto a se é seguro passar por cima deles ou não. Alguns fazem desvios consideráveis em uma rua movimentada para evitá-los. Eu não faço isso. Já passei por cima de uns mil e ainda não caí.

Isso me faz pensar em uma paciente que eu costumava atender, Megan Mandinga. Existem pessoas supersticiosas, que são apenas tolas, e existem os obsessivo-compulsivos, que mascaram suas obsessões e compulsões com superstições, o que é triste. Megan fazia parte do segundo grupo. Se eu dissesse a ela que nunca caí em um desses alçapões, ia ouvir um sermão sobre como, neste exato momento, hoje mesmo, eu pisaria em um alçapão e cairia, rolaria escada abaixo, quebraria o pescoço e perderia os dentes da frente. Talvez ficasse paraplégica. Tudo isso porque eu tinha manifestado esse pensamento, porque o havia pronunciado em voz alta, lançado a mensagem para o "universo". As pessoas têm ideias bizarras sobre o universo. O universo é composto de espaço, partículas e vácuos e, se realmente tivéssemos que antropomorfizá-lo, garanto que ele não ia dar a mínima para você ou para suas superstições.

O que eu realmente penso quando vejo todos esses alçapões fechados é que seria bom ter um porão de verdade para guardar coisas. Temos apenas um espaço com teto rebaixado, onde por pouco não temos que nos agachar, com mais ou menos cinco metros quadrados de área, abaixo do térreo, com caixas empilhadas sobre blocos de concreto, porque todas as casas geminadas na encosta alagam na primeira chuva de verão. Quase nunca olho lá dentro. Também alugamos de um senhor um quarto sem janelas e com temperatura controlada em Gowanus para guardar as obras de arte antigas de Jonas. Para mantê-las em um depósito, teríamos que pagar vários tipos de seguro, então Jonas encontrou esse senhor por intermédio de um colega artista, que disse em termos inequívocos que poderíamos guardar qualquer coisa que quiséssemos lá, desde que não latisse.

Acho que deveria ter pesquisado o endereço no Google Maps antes, porque, ao andar até a Third e depois até a Second Avenue, me dou conta de que o endereço fornecido por Nelson fica em um quarteirão em que não parece haver nenhuma casa ou prédio residencial. Todos os imóveis são industriais: oficinas com letreiros anunciando DESIGN AUTOMOTIVO e vitrines de lojas com fachadas de tijolos aparentes anunciando ARMÁRIOS DE COZINHA SOB MEDIDA (LIGUE PARA FAZER UM ORÇAMENTO).

A esta altura, já estou suando bastante por causa da caminhada e enfim chego ao prédio listado no formulário preenchido por Nelson. É mais um prédio de tijolos aparentes de dois andares, com três portas de aço retráteis e uma placa desgastada na fachada em que se lê AR COMPRIMIDO & ÓLEO LUBRIFICANTE, além de outra placa maior: ALUGA-SE.

Ler o endereço em um arquivo no meu celular não significou nada, mas, olhando para ele agora, impresso em letras verdes desbotadas em um toldo na menor das portas de aço, me dou conta de onde estou: no número 171 da rua 41. Faço aniversário em 17 de janeiro e tenho 41 anos.

Que universo pequeno e aconchegante esse nosso.

Ellen Garcia

Não acho que eu estivesse dormindo, mas há algum tipo de transição em que, aos poucos, me dou conta de que estou acordada. Estou no chão, ao lado do espelho coberto, com a boca tão seca que não quero nem abri-la para umedecer os lábios, com medo de que expor a língua e as gengivas ao ar sugue a pouca umidade que ainda resta. Levanto a cabeça, e o latejar agora é uma pulsação que sacode o meu corpo inteiro.

Viro a cabeça para a porta e agora tenho certeza de que estou alucinando, igual ao Pernalonga no desenho animado depois de fazer a curva errada em Albuquerque, quando vê um oásis e palmeiras: vejo uma garrafa gigante de água e um prato com pão. Mas não pode ser uma miragem, porque é só uma fatia de pão de forma e, se eu estivesse sonhando, se a minha mente estivesse inventando coisas, seria um bagel recheado com tudo a que tenho direito: salmão defumado, cebola, *cream cheese* e tomate, e haveria café com leite e açúcar, além de dois ou três cachorros-quentes do Nathan's de sobremesa.

Sem pensar, abro a boca e aspiro um pouco de ar, e o movimento faz meus lábios arderem, mas acho que, de alguma forma, estou esperando que a água da garrafa voe como um jato e entre direto na minha boca se eu inspirar com força suficiente.

Simplesmente não estou raciocinando direito.

Sei que preciso ir até o pão e a água, mas, minha nossa, estou exausta; antes, eu achava que estava aqui havia pelo menos vinte e quatro horas, mas ele deve ter me drogado assim que me deu a pancada na cabeça, porque, de início, fiquei desacordada por um bom tempo. Aposto que, se procurasse em meus braços e pernas, se examinasse meu pescoço no espelho, encontraria um pontinho vermelho em algum lugar — o lugar onde a agulha entrou —, mas isso parece mais uma atividade para alguém que consegue levantar a cabeça do chão e não está coberta de xixi seco.

Isso me lembra de uma gripe que tive aos vinte e poucos anos, quando fiquei três dias sem comer. Também não bebia nada, porque não conseguia manter nada no estômago, e meu corpo estava exausto demais para continuar vomitando. Naquela ocasião, o que aprendi é que, se você fica tempo demais sem comer e sem beber água, seus sentidos começam a ficar embotados, a visão fica embaçada, a audição fica abafada, como se todos estivessem falando com aquela voz dos adultos do desenho do Snoopy. E você não consegue ficar de pé sem desmaiar.

Sei que preciso me arrastar, mas não consigo me imaginar usando minhas pernas para nada. Elas parecem incrivelmente pesadas. Penso em Bella quando era bebê, como ela costumava se impulsionar com os braços no chão antes de descobrir que as pernas também poderiam ajudar. Chris chamava isso de o engatinhar do "Exterminador".

Bella. Sou uma mãe de merda, e tenho consciência disso. Metade do tempo em que estou com ela passo trabalhando, e não porque seja uma grande escritora e não consiga me afastar do trabalho, mas porque não gosto da função de ser mãe. Quando ela era pequena, eu não gostava de brincar de massinha, e agora não gosto de fingir que estou interessada nas porcarias que ela encontra na Netflix e nas bonequinhas esquisitas com cabeças gigantes.

— Você tem que fingir melhor — disse Chris em uma das nossas últimas brigas. — Com ela e comigo.

Pegou pesado, Tai.

Não consigo fingir, essa é a verdade. Mas também não posso fazer a pior coisa de todas e morrer. Mesmo que ela me odeie no futuro, mesmo que eu ferre a cabeça dela e a condene a anos de terapia, isso vai ser só umas bolinhas de cocô de coelho comparado às toneladas de merda que ela vai carregar se eu morrer agora, quando ela tem só 7 anos.

Prendo a respiração e tento me balançar de um lado para o outro. Minha cabeça está me matando; se essa sensação não é prova de que o cérebro simplesmente boia em uma gosma dentro do crânio, não sei o que é. Respiro fundo e me viro de lado, minha língua acompanhando a gravidade e escorregando para fora da boca em direção ao chão. Consigo recolhê-la, planto uma das mãos no chão, depois a outra, e tomo impulso para cima, grunhindo.

Mas não dá certo, meus braços cedem e meu queixo bate no chão, meus dentes trincando uns nos outros.

Ofegando, rouca, solto um:

— Vamos lá.

Não deixe a pequena Bella na merda, penso, e tento de novo. Tento me apoiar em ambas as mãos e desta vez funciona, não caio, e começo a me arrastar. Até as pernas começam a colaborar, os pés descalços escapando dos chinelos e raspando no chão de concreto como se eu estivesse em uma parede de escalada.

Estou me movendo mais rápido, a água e o pão cada vez mais perto. O esforço deixa minha visão duplicada, e minha cabeça está tremendo tanto que me deixa nauseada, embora não haja nada no meu estômago, mas continuo me impulsionando, me arrastando e rastejando, então finalmente consigo.

Sei que preciso me sentar, não posso correr o risco de derramar a água quando abrir a garrafa. Me elevo um pouco mais, apoiada nas mãos, com os braços tremendo, e passo as pernas por baixo do corpo até ficar de joelhos.

Meu coração está disparado, bem no alto da caixa torácica, e tenho a sensação de que vou vomitar, então viro a cabeça para longe da água e do pão e cuspo uma pequena poça no chão. É chocante perceber que ainda tenho algum líquido no corpo, mas estou quase certa de que foi o último.

Minhas mãos encontram a garrafa. Desenroscar a tampa leva um minuto, a borda de plástico cortando a lateral do meu dedo indicador. Levo a garrafa à boca e bebo direto no gargalo, sem saber ao certo como eu me lembro do nome das partes de uma garrafa.

No início, não sinto nada, nenhuma água, nada toca meus lábios e minha língua, e o pânico na minha garganta começa a transbordar, mas então aperto a garrafa e a água sai pelo gargalo, e percebo que estou fraca demais para beber direito, então lambo as gotas que escorrem pelas laterais e consigo sentir a água, e ela é real.

Sei que não posso beber tudo de uma vez ou vou colocar tudo para fora de novo, então dou um gole, só um pouquinho maior que o primeiro. Mantenho a água na boca por um segundo, tentando deixar que ela seja absorvida, como se minha língua fosse uma esponja, então engulo. Depois outro gole, e mais outro.

Sei que preciso parar e não posso nem pensar em comer o pão ainda, senão vai entalar no deserto que é meu esôfago, por isso examino a garrafa e vejo que é do tipo que vendem na Starbucks: Ethos, com o slogan e o formato de torpedo. É então que percebo que há um rótulo na lateral, perto da base, a notinha adesiva de um pedido feito por celular com o nome da cliente bem ali, em preto e branco: *Caroline*.

Dra. Caroline

Petra Pobrezinha não é uma pessoa ruim; ela simplesmente se meteu em um péssimo casamento com um corretor de imóveis verbalmente abusivo e tem uma filha adolescente desbocada que vive matando aula na escola particular que custa cinquenta mil dólares por ano.

O problema é que Petra relata toda essa tragédia com uma voz aguda de bebê e pontua cada frase com uma risadinha nervosa. Ela até conta que uma vez foi demitida de um estágio não remunerado porque o chefe disse que ouvi-la atender o telefone todo dia fazia com que ele tivesse vontade de dar um tiro na própria cabeça.

Não costumo usar fantasias suicidas para fins de humor ou para qualquer outro fim, mas digamos apenas que o ex-chefe de Petra e eu temos algo em comum.

Não posso deixar que seu jeitinho Smurfette de ser me impeça de fazer meu trabalho, por isso o removo delicadamente do caminho a fim de me concentrar em desmontar algo mais importante: seu castelo de areia disfuncional. E o que podemos dizer quando todo mundo na vida de uma pessoa é horrível, mesmo que talvez essa pessoa faça por merecer só um pouquinho?

— Não é culpa sua — digo. Várias e várias vezes.

Estou atendendo Petra, de maneira intermitente, há cerca de dois anos, e ela ainda acha que a culpa é dela, e eu continuo afirmando que não é, mas o que não posso dizer é: "A verdade é que a sua voz é irritante pra caralho, e se você tentasse falar em um tom normal de adulto, as pessoas talvez gostassem mais de você." Tenho que deixar esse tipo de trabalho prático para um *coach*.

Chegamos ao fim de mais uma hora, e Petra vai embora parecendo animada, lançando-se no mundo, pronta para irritar a pobre alma que se sentar ao seu lado no salão de beleza ou que, por acaso, entregar seu pedido de comida da Seamless. Ela é o que eu chamo de interlocutora agressiva: faça contato visual por um nanossegundo a mais ou abra um sorriso educado e já era; você vai ouvir tudo sobre o pai, o marido e a filha dela e sobre como ela não deveria ter tomado aquela xícara de chá a mais hoje de manhã porque, minha nossa, como ela precisa fazer xixi!

Depois de fechar a porta, fico parada, respiro fundo e fecho os olhos, pressionando a ponta dos dedos na área logo abaixo deles, onde talvez houvesse olheiras se eu não dormisse tão bem.

Verifico o celular e vejo que há três chamadas não atendidas de um número que não reconheço. Uma mensagem na caixa postal. Seleciono a mensagem e escuto. É um homem, a voz baixa, quase sussurrada.

"É... alô? Dra. Strange? Meu nome é Billy Harbin, e acho que, bem, acho que preciso falar com a senhora."

A gravação diz apenas isso. Não é a mensagem de voz mais estranha que já recebi. As pessoas, em especial pacientes novos, ligam para mim pela primeira vez em todo tipo de estado: chorando, gritando, irritantemente calmas.

Tenho algumas fontes de indicação. O boca a boca de outros pacientes é a mais eficaz. Há também um médico local de quem Jonas e eu somos amigos, o Dr. Kevin, cujos filhos estudam na mesma escola que os nossos. Ele é clínico geral da Pro-Medical, uma rede de consultórios médicos enorme para pessoas com um pouco mais de dinheiro que não gostam de ficar aguardando em salas de espera. Basicamente, você paga uma taxa mensal e tem o privilégio de ser atendido pelo médico no horário da consulta. Nada de revistas ensebadas, nada de momentos extras na sala de exames com a bunda para fora da bata hospitalar. Talvez você ache que não se trata de um modelo de negócios tão revolucionário, mas a Pro-Medical vai de vento em popa. Por quê? Porque é possível pagar pelo tempo. O tempo é o patrão de todos nós, então, quando você tem a oportunidade de virar esse jogo, se puder, você vira. É um tempo que pode usar para ganhar dinheiro para sua família ou ficar brincando com os dedos dos pés — na verdade, não importa o que você faz com o tempo, contanto que ele seja seu.

De qualquer forma, o Dr. Kevin e Jonas passaram uma noite cheirando carreiras de cocaína no banheiro masculino durante o leilão da escola há alguns anos e, desde então, ele nos trata como se tivéssemos lutado juntos no Vietnã ou algo assim. Então encaminha para mim qualquer paciente que se queixe do mais leve abatimento ou sentimento de tristeza e, depois, se descobre que esse paciente de fato tem muito dinheiro para gastar, menciona as peças de Jonas.

É claro que é impossível dizer, pela breve mensagem de Billy Harbin, quem o encaminhou; a única coisa que consigo perceber é que a voz é grave, mas o tom é hesitante, como se ele tivesse acabado de sair da puberdade e perdido o falsete de coroinha. Tipo, ontem.

Toco no número para retornar a ligação e ouço o tom de chamada algumas vezes antes de a ligação ser interrompida. Não há opção de caixa postal.

Alguns segundos se passam, tempo suficiente para pensar no que Jonas e eu vamos jantar e em como posso torturá-lo por ter se esfregado em uma *millenial* aproveitadora por tempo suficiente para que o perfume dela ficasse impregnado em sua pele.

E então Billy Harbin liga.

— Aqui é a Dra. Caroline.

— Oi, alô?
— Sim, alô. É Billy?
— Sou eu — diz ele com alívio na voz por ter sido reconhecido. — A senhora recebeu minha mensagem?
— Recebi, sim — respondo. — Como posso ajudar, Billy?

É uma frase batida que, infelizmente, teve seu significado esvaziado pelo uso excessivo. Quando todo balconista de loja animado, funcionário público entediado e profissional terceirizado se esforçando para falar um inglês mais formal pergunta como pode ajudar, tende-se a deixar de acreditar que tenham essa capacidade. Sinto que só consigo comunicar o quanto estou falando sério por meio da gravidade do meu tom de voz e torço para que Billy entenda o que estou de fato tentando dizer. "Como posso ajudar?" é, na verdade, "Deixe-me ajudar". Um apelo, não uma pergunta.

— Eu... hum... — diz ele. — Será que podemos nos encontrar?
— É claro. Em geral, é melhor para você de dia ou mais para o fim da tarde?
— Não — responde ele de imediato. — Quero dizer, desculpe, eu só queria... Acho que preciso falar com a senhora agora.
— Desculpe, mas não posso falar agora — digo. — E, antes de nos encontrarmos, preciso enviar para você um formulário e precisamos trocar algumas informações. Mas, enquanto isso, se me disser quando pode...
— Não — interrompe ele. — Não preciso de um médico. Eu só... eu liguei para a senhora porque preciso perguntar se...

Ele faz uma pausa. Parece que está andando na rua. Ouço os sons da cidade ao fundo. Motores de carro e conversas.

Espero, pegando uma almofada do sofá que foi massacrada por Petra. Eu a sacudo como se fosse uma toalha de praia. Percebo que não consigo mais ouvir o ruído de fundo da ligação e penso que Billy pode ter desligado.

— Billy?
— Estou aqui.

Parece que ele está falando do fundo de um poço, mas sem eco, apenas desolação.

— Eu também — digo. — Você estava me fazendo uma pergunta, acho. Se eu o quê, Billy?

A respiração dele se torna audível, com fungadas e bufadas rápidas.

— A senhora conhece um homem chamado Nelson Schack?

Deixo a almofada cair. Penso rápido.

— Sinto muito, mas não posso dizer nem que sim nem que não — digo, sabendo muito bem que isso já responde à pergunta. — Qualquer pessoa que eu venha a conhecer em um contexto profissional está protegida pelo sigilo médico-paciente.

— Isso não... — diz ele, parecendo nervoso e frustrado. — Olha, isso não importa. Eu tenho... informações sobre ele.

Em seguida, ele faz uma pausa, o que, conscientemente ou não, significa que quer que eu assuma o controle.

— Billy, tudo bem se nos encontrarmos pessoalmente?

— Sim, por favor. Sim — responde ele de imediato.

Digo a ele que me encontre no Lafayette Memorial, na rua 9, em Prospect Park, então desligamos. Envio uma mensagem de texto para Jonas, que está no andar de cima — "Fui comprar vinho" — e, em seguida, tiro os sapatos de salto alto, calço os tênis e saio.

Avalio alguns cenários enquanto vou andando até o parque. Como Billy Harbin conhece Nelson Schack? Os dois devem ser bastante próximos para Nelson ter contado a ele que procurou uma terapeuta. Próximos de verdade para ele ter feito questão de mencionar o meu nome. Irmãos, colegas de quarto, namorados. Alguma combinação entre os três. Ou, se Nelson não compartilhou a informação voluntariamente, então Billy a obteve ou por acaso ou bisbilhotando. Talvez colegas de trabalho?

Ainda assim, há um nível implícito de intimidade se Billy conhece Nelson bem o suficiente para entrar em contato comigo, se sabe de algo que acha que eu deveria saber, se tem medo do que

Nelson possa fazer, mas, se for esse o caso, por que não ligar para a polícia? Tenho certeza de que Makeda pularia sobre sua mesa de escritório genérica assim que ficasse sabendo que havia um informante em potencial na linha com informações sobre Nelson Schack.

Cruzo a Eighth Avenue e vejo a entrada do parque adiante, o baixo-relevo do Lafayette visível. É outra tarde digna de um set de filmagem, o ar fresco, mas não úmido, o sol começando a se pôr atrás da sinuosa Brooklyn-Queens Expressway.

Meu celular vibra com uma mensagem de texto, e o tiro do bolso. É uma mensagem de Jonas: "A gente já tem um monte de vinho. Que merda de exagero é esse?"

Sorrio. Jonas não fala assim de verdade. Isso vem de mais uma história de família em que nossos filhos dizem coisas adoravelmente inapropriadas: uma vez, quando os meninos eram pequenos, Jonas fez vários discursos sobre como era um crime o povo dos Estados Unidos começar a decoração de Natal logo depois do Halloween, como isso era mais um sinal de comercialização insensível, como na Suécia eles começam a decorar apenas em dezembro e compram a árvore três ou quatro dias antes do Natal. Eu me acostumei a revirar os olhos e acenar com a cabeça educadamente, porque, sério, quem se importa, até parece que a gente acredita que o foco precisa voltar a ser o menino Jesus, os reis magos e tudo o mais, portanto, se a loja de um e noventa e nove da esquina quiser empurrar guirlandas de festão e saias para colocar na base da árvore importadas da China, tudo bem.

Os discursos eram, na maioria das vezes, direcionados a mim, mas não tínhamos percebido que os meninos estavam ouvindo (as crianças estão sempre ouvindo, a propósito — elas são como pequenos agentes da CIA; ouvem enquanto vocês conversam e transam e têm discussões passivo-agressivas sobre o futuro), principalmente Theo, que tinha cerca de 4 anos, e em algum momento de novembro, não era nem Dia de Ação de Graças ainda, estávamos todos andando pela Fifth Avenue em nosso bairro quando passamos por uma vitrine elaborada de uma loja de brinquedos — luzes, flocos de neve pendurados e bonecos — e Elias ficou encantado, nariz pressionado contra o vidro, mas Theo apenas apontou e disse em tom ríspido:

— Que merda de decoração de Natal é essa?

Seguiram-se risadas alegres de surpresa.

E assim, desde então, essa expressão tem sido usada para expressar confusão com um toque de indignação, embora de uma maneira bem-humorada: "Que merda de *espaço em branco* é essa?"

Chego ao parque. O baixo-relevo do memorial tem cerca de três metros de altura por seis de largura, com um banco de pedra na base. No momento, o banco está lotado: alguns adolescentes segurando skates e celulares de um lado, e o que parece ser uma família de apenas um adulto com três crianças pequenas do outro. Eu me sento em um banco próximo, de frente para um dos lados do memorial. De onde estou, consigo ver todo mundo que entra no parque pela Prospect Park West e pela rua 9, de onde eu vim. Também consigo ver as pessoas saindo do parque e indo para a calçada.

Observo os rostos de quem vem pelos caminhos e de quem entra no parque vindo da rua. Corredores, ciclistas, pessoas indo fazer piquenique, pais com carrinhos de bebê. Jovens, idosos. Diversos tons de pele e texturas de cabelo. Qual dessas pessoas é Billy?

Admito que não estou na minha melhor forma; não estou acostumada a encontrar pacientes, em especial novos, fora do consultório. Meu consultório é um ambiente delimitado e sei o lugar das coisas, não apenas no sentido físico: a relação é clara tanto para o paciente quanto para mim. Eles vão ao meu espaço em busca de ajuda. Aqui fora, no mundo, bem, tudo é mais indefinido e ambos temos a mesma desvantagem de estarmos distraídos.

Imagino o que vou dizer a Billy primeiro para direcionar sua atenção: "O que o traz aqui, Billy?"; "Como você conhece Nelson Schack?"; "Você fez a coisa certa".

Gosto disso. "Você fez a coisa certa." Isso vai fazer com que ele tenha a sensação de que conquistou o impossível. Todo mundo adora recompensas, desde quando se recebe uma estrelinha na pré-escola. Ainda mais do que as recompensas, no entanto, adoramos pensar que a parte difícil acabou. O que, obviamente, é uma baboseira. A parte difícil nunca acaba.

Vejo um homem se aproximando pela Prospect Park West, vindo da direção de South Slope — um rapaz, na verdade, provavelmente com seus vinte e poucos anos, usando jeans que parecem grandes demais, tênis All Star surrado e uma camiseta dos Knicks. Fungando sem parar, tocando o rosto. Nervoso. Tento fazer contato visual, me sento mais na ponta do banco e começo a levantar a mão para acenar.

— Caroline!

Abaixo a mão rapidamente e vejo Georgina Melios, mãe de um dos amigos de Theo, saindo do parque. Ela está, é claro, de roupa esportiva, porque não trabalha. O marido dela trabalha com finanças, um grego atarracado que parece o Super Mario e é claramente o provedor da casa. Georgina está envolvida em todos os eventos de arrecadação de fundos da escola — o Leilão de Primavera, o Festival de Outono, o Baile de Fim de Ano, a Festa do Solstício de Inverno —, então imagino que seja isso que a motiva. Ganhar dinheiro para uma escola já saturada de dinheiro. Eu não me ressinto muito dela — quer dizer, antes ela do que eu —, mas ela também é uma tagarela de marca maior e, embora eu definitivamente seja capaz de acompanhar seu ritmo, quase nunca quero. Ainda mais agora que vejo o garoto com a camiseta dos Knicks se aproximando.

Georgina faz o gesto do telefone com a mão ao lado da cabeça e move os lábios, perguntando: "Você está ao telefone?"; e, a princípio, não entendo por que ela pergunta isso, mas depois me dou conta de que talvez eu estivesse falando sozinha. Às vezes, pratico antes das sessões com os pacientes, apenas para ouvir como as palavras soam. Sou confiante, mas sempre há espaço para melhorar, uma maneira de fazer com que as minhas perguntas pareçam menos invasivas e de tornar a conversa espontânea, embora eu esteja controlando cuidadosamente cada centímetro do percurso.

Balanço a cabeça para responder que não. Não estou falando ao telefone.

— Faz séculos que não te vejo! — diz ela, parando a uma distância respeitável. Deus abençoe a Covid. Se não fosse pelas regras da pandemia, ela já estaria se aproximando para me dar dois beijinhos falsos no rosto.

— Tudo bem, Georgina? — pergunto, sem deixar de monitorar o garoto com a camiseta dos Knicks, que passa pelo Lafayette Memorial e pelo meu banco sem se deter.

Ou ele não é Billy ou foi afugentado. Na verdade, não importa; em ambos os casos, quanto mais rápido eu me livrar de Georgina, melhor.

— Tudo bem — responde ela, depois de refletir por um instante, como se estivesse realmente pensando no assunto, o que significa problema. Significa que ela vai me contar mais. — A gente mandou as crianças para a Grécia nesse verão.

— Que ótimo.

— Ah, não, o número de casos lá está aumentando — diz ela, com ar sério.

Parece que dei a resposta errada. Essa conversa já está dando mais trabalho do que deveria.

— Eles estão com a sua família? — pergunto.

— Estão, com os primos de Steve em Tessalônica. O número de casos está mais alto em Atenas, que fica ao sul, então eles vão ficar longe de lá.

— Está vendo? Há lugares bem piores para se esperar o fim de uma pandemia do que um paraíso mediterrâneo.

Georgina sorri, hesitante. Não sei ao certo como acabei na posição de consolá-la, mas não estou surpresa. Quando descobrem que sou terapeuta, as pessoas começam a buscar conselhos de vida gratuitos, mesmo que seja na forma de um encorajamento genérico.

— E Theo? — pergunta ela, o rosto se iluminando. — Está na colônia de férias?

— Está, em Vermont, com o irmão — respondo, deixando meu olhar vagar em busca de candidatos a Billy.

— Que incrível — diz ela com um suspiro. — Parece que era exatamente disso que Theo estava precisando depois do mal-entendido do mês passado.

Volto a fixar os olhos em Georgina. Repito a frase lentamente na minha cabeça.

— Tem sido muito revigorante para ele — digo. — Eu me pergunto se Stavros já passou por algo parecido.

O rosto dela cora à menção do filho, um garoto gorducho que é quase sempre o último a ser escolhido nos esportes.

— Não, Stavros não... ele nem saberia o que essa palavra significa — comenta ela. — Ele parece bem menos maduro que Theo, ainda joga Pokémon.

Ela ri, e eu também, impressionada com o fato de ela ter feito uma espécie de comentário autodepreciativo à custa do filho.

— Eu queria ter conversado com vocês sobre isso, mas nunca os via na hora de deixarmos as crianças na escola... Queria dizer que achei que você e Jonas lidaram com a situação de forma muito adequada.

E, neste instante, ela, Georgina Melios, a rainha da bajulação, não consegue olhar nos meus olhos, o que implica que o episódio sobre o qual está falando e que envolveu meu filho e meu marido é constrangedor, escandaloso, ou ambos. De fato, há poucos tópicos capazes de fazer com que uma pessoa extrovertida e ousada se encolha como um camarão seco, e eu diria que todos têm a ver com sexo.

— Obrigada, Georgina. Não sei nem dizer o quanto isso significa para nós.

Ela sorri, encorajada pela minha humildade, o que deve tê-la desorientado, porque então ela literalmente, efetivamente, na vida real e não em uma novela ou como uma piada, olha para o smartwatch, ri e diz, como se fosse uma surpresa:

— Desculpa, mas tenho que correr!

— Sem problemas — digo. — Foi muito bom te ver.

— Ah, muito bom ver você também! Tenha um ótimo resto de verão!

Desejo o mesmo a ela, que se afasta, como se falar comigo fosse apenas mais uma parada planejada em sua jornada de exercícios físicos.

Não sei ao certo o que me incomoda mais: que minha família tenha escondido algo de mim ou que Georgina tenha fingido estar apressada para encerrar a nossa conversa.

Pego o celular para ligar para Jonas, meu marido cabeça-fria. Às vezes, acho que ele se satisfaz por ser mais calmo que eu. Nunca o vi perder a cabeça, jogar coisas, gritar. As decorações de Natal antecipadas trazem à tona o pior dele, o que, de modo geral, é bastante moderado.

Eu, por outro lado, já perdi a cabeça várias vezes ao longo do nosso casamento, quebrei copos e pratos e gritei até ficar rouca, e parte de mim acha que ele gostou desses momentos: ser mais calmo do que a psiquiatra.

Toco no nome dele, e ele atende depois do primeiro toque.

— Doutora?

— Acabei de esbarrar em Georgina Melios — digo enquanto observo um garoto no fim da adolescência empurrando uma bicicleta ao redor do memorial.

O garoto para e olha para o baixo-relevo, pega o celular da bolsa e tira uma foto.

Será que Billy é fã de *Hamilton*?

— Pobre doutora — diz Jonas.

— É, pobre de mim.

O garoto com a bicicleta anda devagar na minha direção, olhando em volta. Depois, olha para mim por um instante. Ele parece relaxado, os membros soltos e preguiçosos e, embora eu não esperasse que Billy fosse parecer tão calmo, isso não é algo inconcebível. Às vezes, as surpresas são boas.

Mas, de repente, alguém surge na minha visão periférica à esquerda, rápido e agitado, como se tivesse acabado de descer de um helicóptero por uma escada de corda.

— Dra. Caroline? — pergunta ele.

Eu me viro para olhar para ele, o homem, e me levanto, com o celular ainda ao ouvido, e o garoto de bicicleta passa por mim porque, agora está claro, ele não é Billy.

Esse é Billy, bem na minha frente, suando, a cabeça fazendo um movimento brusco para a direita enquanto ele esfrega o pescoço, o cheiro de ansiedade não tratada e de um ou dois dias sem tomar banho, e vejo pela maneira como me olha — na expectativa, mas genuinamente inseguro — que ele acha que nunca me viu antes. Esse é Billy.

O único problema é que ele é Nelson Schack.

— Tenho que desligar — digo a Jonas, então desligo. — Billy?

Ele faz que sim com a cabeça.

Fico olhando para o rosto dele, esperando que me reconheça, mas isso não acontece. Faço um gesto para que ele se sente no banco, para que nós dois nos sentemos e conversemos, porque o que mais posso fazer além de fingir que não há nada de anormal, embora a única coisa que eu consiga pensar seja: *Que merda de transtorno dissociativo de personalidade é esse?*

Gordon Strong

Nos primeiros dias, dou uma olhada nos classificados e faço algumas ligações. Eu me lembro de Dirk Glauber, que trabalhou na Kinzer muito tempo atrás e agora está no alto escalão da Miller. Eu não o conhecia muito bem, mas não tenho nada a perder, então ligo. A ligação cai umas quatro ou cinco vezes e tenho que negociar com a secretária antipática dele, que não para de repetir o mesmo discurso de que ele é muito ocupado, como se soubesse que acabei de perder o emprego e a ideia de estar ocupado em um trabalho remunerado fosse um bife alto e suculento pendurado na minha frente enquanto eu ando de um lado para outro dentro da jaula.

Digo a ela que posso esperar o dia todo, porque sei que é isso que vai levar. Hoje de manhã, antes de sair para o trabalho, Evelyn me deu um beijo no alto da cabeça e disse "Boa sorte na busca por emprego", e eu dei um sorriso forçado e agradeci com a boca cheia de cereal matinal, porque foi uma coisa meio estúpida de se dizer da parte dela. Não posso exatamente culpá-la, ela só estava tentando me animar, mas nada disso é questão de sorte. É uma porcaria de ringue de boxe. Quem aguenta apanhar mais e continuar de pé.

Por fim, consigo falar com Dirk, que me cumprimenta de forma calorosa.

— Grande Strong! — grita ele, como se fôssemos velhos amigos, e é claro que somos; quer dizer, é por isso que estou ligando. Mas, sendo sincero, éramos apenas cordiais um com o outro na copa e nas festas de Natal. Nunca assistimos a um jogo nem fizemos um churrasco juntos.

Mas penso: que se dane, se alguma vez precisei de um amigo, ainda mais um que possa me ajudar a conseguir um emprego, esse momento é agora. Posso ser tão amigável quanto o cachorrinho da família em uma série de TV.

— E aí, Dirk — digo, tentando lembrar se ele tinha algum apelido, mas não me vem nada à mente. Fico pensando em Dirkenador, mas tenho certeza de que acabei de inventar isso. — Como estão as coisas?

— Tudo bem, tudo ótimo — responde ele, e acredito.

O cargo dele é de gerente adjunto de distribuição da América do Norte, e eu sei que isso significa basicamente Estados Unidos e Canadá, mas soa como algo mais importante. Continental.

Colocamos o papo em dia por alguns minutos, e eu queria poder dizer que estou curtindo, e estou tentando ao máximo soar natural ao cobrir os assuntos básicos: filhos, esposas, tempo, esportes. Mas, por dentro, é como se eu estivesse faminto, suando, e fico aliviado que ele não possa me ver andando de um lado para outro de meia em frente à grande janela da sala.

Mas eu sabia desde o começo que isso fazia parte do pacote, a conversa fiada: esse é o mundo dos negócios. Negócios são pessoais, é algo que ninguém conta quando você está começando, que todas as partes da sua vida, na verdade, estão interligadas.

Há algo de bom nisso, essa conexão. Eu me lembro de quando estava no ensino médio e tinha um daqueles cadernos de cinco matérias com uma espiral que sempre acabava entortando e machucando a palma da mão. A ideia era manter as matérias separadas

— matemática, inglês, história —, mas por que não misturar tudo, deixar as coisas se sobreporem, porque tudo está relacionado, sabe? Assim como essa conversa fiada com Dirk é, na verdade, uma conversa importante, essa amizade casual de corredor pode acabar salvando a minha pele.

— Já imagino por que você está ligando — diz Dirk depois de alguns minutos, e tenho que admitir que, embora esteja me xingando por não ter ligado antes, sabendo que outra pessoa chegou até ele antes de mim, fico aliviado por não precisar explicar tudo.

— Então você ficou sabendo?

— Ã-hã, Tony Ruggiero me ligou há alguns dias — explica ele. — E mais uns outros caras dos velhos tempos.

Balanço a cabeça, mais uma vez aliviado por Dirk não poder me ver. Tony Ruggiero é o tipo de pessoa que cagaria no reservatório do vaso sanitário só para ver todo mundo enlouquecer com o cheiro.

— Caramba, desculpa — digo.

Então ele ri, mas não consigo identificar o tipo de risada. Quer dizer, não parece que ele esteja rindo de mim, mas, como eu disse, nunca fomos muito próximos, então, se ele estivesse tirando sarro de mim, talvez eu nem percebesse.

— Por que raios você está se desculpando? — diz ele. — Estou feliz por você ter ligado. Para falar a verdade, desde que soube das demissões, fiquei torcendo para receber uma ligação sua.

— Sério? — digo, sem acreditar de primeira, porque agora parece que as coisas estão indo rápido demais a meu favor.

— Você nem deve se lembrar disso, Gordon, mas, quando comecei na Kinzer, eu não tinha a menor ideia do que fazer com aqueles relatórios agregados trimestrais; tinham me explicado no treinamento, mas entrou por um ouvido e saiu pelo outro. — Ele ri de novo e continua: — A ironia é que hoje é isso que faço o dia inteiro, todo dia, mas naquela época ninguém dava a mínima para um novato... Jim Kambach, Remy Parsons, Mike Lotke, até Tony disse que estava ocupado demais... Mas você não, Gordon. Lembro que você parou o que estava fazendo e me mostrou como entender os números, onde colocar cada coisa.

Estou sorrindo enquanto ele fala, embora, para ser sincero, não tenha a menor lembrança desse bendito evento que, ao que parece, foi a coisa mais inteligente que já fiz. Então por apenas um segundo penso em dizer: "Olha, Dirk, não faço ideia do que você está falando." Mas talvez tenha acontecido... Quer dizer, eu costumava ficar na minha e fazer o que precisava até as cinco, mas vai saber se não fiz uma pausa para ajudar um novato.

Dirk continua:

— Eu pensei a respeito e me dei conta de que nunca te agradeci. Você não tem ideia do quanto isso significou para mim, então obrigado.

Ele parece estar ficando com a voz embargada, e fico um pouco constrangido, mas ele tem as chaves do meu futuro, então entro no jogo.

— Ei, não precisa agradecer — digo. — Fui criado assim.

— É disso que estou falando! — exclama ele. — De integridade! É o tipo de coisa que não se aprende: ou você tem, ou você não tem.

— Você está pregando para convertido, Dirk — digo, e ele dá risada de novo.

Também dou risada, várias vezes, tentando pensar em uma maneira de direcionar a conversa de volta para o favor, quando, para minha surpresa, ele acaba fazendo isso por mim.

— Olha, Gordon, talvez eu tenha algo para você. Não tenho certeza se vai ser na distribuição. Talvez seja em outro departamento; você estaria aberto a essa possibilidade?

— Dirk — digo, torcendo para que ele não ouça o alívio agudo na minha voz —, não sou exigente. Quero trabalhar. — Em seguida, acrescento: — Você me conhece. — Porque, honestamente, tenho a impressão de que ele me conhece mesmo. Nunca acreditei muito em destino, mas toda essa conversa quase me convence, me faz acreditar que tudo que fiz até agora, todo o meu trabalho duro, está finalmente dando resultado; eu estava apenas preparando o terreno.

— É, eu conheço.

Conversamos por mais alguns minutos. Ele me diz que precisa falar com algumas pessoas no departamento dele e na gerência; que precisa ter algumas conversas formais e outras informais a fim de avaliar a situação e que entrará em contato comigo em alguns dias.

Quando desligo, me sento no sofá e encosto o telefone sem fio na testa por alguns minutos, pensando: *Obrigado, obrigado, obrigado*. Ou pelo menos acho que estou pensando, até perceber que estou falando em voz alta, e dou risada porque pareceria um maluco se alguém entrasse agora e me visse. Sorte que estou sozinho.

Jogo o telefone no sofá e vou até a porta, pensando em cortar a grama e podar a cerca viva antes de Evelyn chegar, mas então a vejo. Ela chegou mais cedo e está lá fora, na calçada estreita que se estende ao longo de todo o nosso quarteirão. Está conversando com Chuck, nosso vizinho da casa ao lado. Eles estão rindo, e ela está apoiando todo o peso em um dos pés, o outro meio que na ponta dos dedos, e está olhando para baixo enquanto fala, e parece a pose de uma adolescente, como algo que eu veria Savannah fazendo.

E Chuck também está rindo.

Dra. Caroline

Transtorno dissociativo de identidade. Tenho algumas considerações a respeito.

A condição anteriormente conhecida como transtorno de personalidade múltipla foi popularizada nos anos setenta por causa de uma psicanalista chamada Dra. Cornelia B. Wilbur e de sua paciente "Sybil", que, aparentemente, tinha dezesseis personalidades distintas.

"Aparentemente" é a palavra-chave.

O transtorno de personalidade múltipla virou moda depois disso e se estendeu pelos anos oitenta. De repente, todo mundo tinha pelo menos algumas personalidades escondidas em sua psique tumultuada. Os terapeutas organizavam encontros para seus pacientes, "encontros múltiplos" durante os quais todas as suas personalidades fragmentadas podiam se manifestar e comer enroladinho de salsicha juntas. Além disso, houve alguns casos de grande repercussão: criminosos que alegavam sofrer da condição como defesa jurídica. *Não, Meritíssimo, eu não estuprei/matei/derrubei aquela cerejeira; foi um dos meus alter egos.*

Pode-se dizer que se trata de uma condição bastante conveniente. Uma condição que garante a quem sofre dela muita atenção e, possivelmente, uma absolvição em caso de homicídio.

Não se ouve mais falar muito sobre isso, acho que porque a sociedade de modo geral já superou o assunto. Assim como o pânico em massa em relação a satanistas que devoravam bebês, essas ondas vêm e vão, mas todas começam da mesma forma: com pacientes excessivamente imaginativos e seus terapeutas excessivamente sugestivos.

O júri ainda está deliberando, por assim dizer, sobre o transtorno dissociativo de identidade. Alguns profissionais de saúde mental se apegam à ideia de que é um diagnóstico válido, publicando dissertações, notas e artigos afirmando que o Paciente X é um caso autêntico, mas o restante de nós, depois de revisar a pesquisa existente e utilizar, sei lá, o bom senso básico para adultos e o mínimo de pensamento analítico, chegou à conclusão inevitável de que o transtorno dissociativo de identidade não passa de um monte de bobagem, que aqueles que alegam ter múltiplas personalidades são, na verdade, tipos comuns de personalidade borderline ou indivíduos com comportamento antissocial, sendo que os mais violentos dentre eles usam o TDI como desculpa para cometer seus crimes brutais. Há também os casos mais tristes, como o de Shirley Mason, em quem a famosa Sybil foi baseada e que provavelmente encontrou conforto na ideia de que todas as partes fragmentadas de sua alma de fato formavam um todo que fazia sentido para alguém. A certa altura, ela confessou que era tudo falso, as personalidades, que ela era apenas uma jovem destroçada por anos de ansiedade debilitante e repressão, explorada pela Dra. Connie, que queria mais do que qualquer outra coisa ser levada a sério como médica (além de apreciar o dinheiro e a notoriedade).

Não me entenda mal, carrego um saco de compaixão tamanho família por isso. Não importa o que a Beyoncé diga agora, são os versos de James Brown que, infelizmente, ainda têm mais peso: esta porcaria de mundo ainda é dos homens.

E, ainda assim, será que eu inventaria uma condição para consolidar minha carreira? Bem, talvez.

Mas não é isso que está em questão.

Billy Harbin, como ele quer ser chamado, está nervoso de um jeito que Nelson não estava. Ele passa as mãos para cima e para baixo nas coxas em um movimento constante, como se estivesse tentando limpar o excesso de álcool em gel. Vira subitamente a cabeça para uma direção e depois para outra, como se ouvisse ruídos repentinos de todo lado. Há medo em sua voz quando ele fala, enquanto com Nelson havia apenas decepção diante de sua incapacidade de chocar e, em seguida, prazer quando sentiu que tinha uma chance de fazê-lo. E Nelson dava a impressão de aceitar seus tiques e movimentos bruscos, enquanto Billy parece ser refém deles.

Portanto, ou Nelson/Billy é um ator talentoso e um vigarista, ou ele é um verdadeiro caso de TDI. A essa altura, não adianta confrontá-lo; nesse aspecto, é como qualquer outra sessão. Primeiro, ouço o histórico; em seguida, conversamos. O confronto fica para depois.

— Obrigado por vir me encontrar — diz ele, soando ofegante.

— De nada.

Eu me viro um pouco na direção dele, para observar sua expressão e sua linguagem corporal, mas nós dois estamos quase totalmente voltados para a frente, sentados lado a lado.

— Eu... hum... não sei por onde começar — diz ele, fungando e limpando o nariz.

— Você já começou — digo. — Chegou até aqui. Por que não me conta o que está mais à tona?

Coloco a mão perto da testa como em uma continência.

— Na superfície — acrescento. — O primeiro pensamento que vem à sua mente, e, se eles estiverem todos misturados...

Ele acena vigorosamente com a cabeça.

— Então basta dizer algumas palavras e nós as encaixamos — continuo.

— Como peças de Lego — diz ele, ansioso.

— Isso, como peças de Lego — confirmo, satisfeita por ele ter me dado uma chave mestra, mesmo que ainda não saiba disso. — Você brincava com Lego quando era criança?

— Ainda brinco — responde ele, fazendo que sim com a cabeça.

— Mas as peças são caras, se você comprar separadas dos conjuntos. Tem uma loja em Fort Greene que vende, mesmo sendo ilegal, eu acho. É um negócio muito licenciado.

— Eu não fazia ideia. O que você monta?

Pessoalmente, acho o cúmulo da autoindulgência adultos brincarem com brinquedos infantis, embora, sendo casada com um artista, já tenha visto instalações inteiras feitas com nada além de massinha Play-Doh e pinos de Lite Brite, então reconheço que talvez haja alguma habilidade envolvida. Ou, pelo menos, posso fingir que reconheço.

Ele dá de ombros e diz:

— Jardins. Placas de base verdes com árvores e arbustos.

— Você tem alguma foto?

— Não — responde ele, parecendo surpreso. — Não são tão bons assim.

— Não precisa ser, se for algo que você gosta de fazer.

Ele olha para mim de relance, intrigado com a ideia.

— É, acho que a senhora tem razão.

Nós dois ficamos em silêncio, observando as crianças subirem no ressalto ao redor do Lafayette Memorial. O ar da noite perdeu o calor do dia e agora parece um sopro leve na pele.

— Nelson nem sempre esteve comigo — declara Billy.

— É?

Ele inspira rapidamente pelo nariz, balança a cabeça e diz:

— O diabo o trouxe quando eu tinha 12 anos.

Outra dica importante para vocês, futuros terapeutas: mesmo quando alguém diz a coisa mais absurda do mundo, aceite a nova informação como se fosse algo absolutamente normal e como um assunto sobre o qual você tem curiosidade de saber mais.

— E o que exatamente ele disse? — pergunto com ar inocente.
— O diabo.

Billy seca o suor da metade inferior do rosto, começando abaixo do nariz e passando a palma sobre a boca e o queixo.

— Eu acordei e ele estava lá, no meio da noite. Ele disse que queria me ajudar, então me deu um amigo chamado Nelson.

E esse é o momento em que, se fosse a estrela do meu próprio reality show, eu olharia para o produtor por cima da câmera e diria: "Me tira daqui, porra."

Mas isso é real, e eu sou uma profissional, e sou boa no que faço, então vou me concentrar na parte mais importante do que ele está me dizendo.

— Com o que você precisava de ajuda, Billy?

Ele se retrai e diz:

— Não quero falar sobre isso.

— Tudo bem, não precisamos falar sobre isso — digo. — Você quer me contar mais sobre o que o diabo disse, sobre como ele te deu um amigo chamado Nelson?

Ele faz que sim com a cabeça e continua:

— O diabo disse que, sempre que eu precisasse dele, era só chamá-lo.

— Chamá-lo? — repito. — Como você faria isso?

— Bem, naquela época, eu fazia como na brincadeira de Red Rover. "Red Rover, vamos lá, mande Nelson para cá", e ele vinha.

— E agora?

Ele se vira para me encarar. Não é exatamente um cara bronzeado, para começo de conversa, mas sua palidez fica ainda mais intensa neste momento.

— Ele meio que me obriga a dizer isso. Como se viesse de qualquer maneira, mesmo que não tenha sido chamado.

— E como é isso?

Ele se volta para a frente de novo, olhando para o Lafayette Memorial.

— É como se você estivesse dirigindo e, de repente, está no banco de trás e ele está ao volante.

— Você tem consciência das coisas que ele faz? — pergunto. — Quando ele está no comando?

— Às vezes.

Ele passa a mão na boca e no queixo outra vez, como se houvesse mais suor, mas sua pele parece seca como giz.

— Por que você quis me contar sobre Nelson, Billy?

Ele se inclina para a frente, entrelaça as mãos e diz:

— Acho que ele fez uma coisa muito ruim dessa vez.

Olho para as mãos dele, os dedos bem apertados. A cabeça abaixada. É um homem pronto para confessar.

— Billy, o que Nelson fez com Ellen Garcia?

Ele desfaz abruptamente a postura e se levanta do banco.

— Eu... eu... eu tenho que ir — gagueja.

— Billy — digo, me levantando de pronto.

Estendo a mão para tocar o ombro dele, mas sei que não devo fazer contato físico.

— Sinto muito — diz ele e sai apressado, passando pelo baixo-relevo do memorial, pelo vendedor de sorvete e pelas pessoas que entram e saem do parque.

Atravessa a rua 9 correndo, indo para o oeste no último piscar do sinal de "não atravesse", e os carros buzinam como são obrigados a fazer.

Demoro exatamente um segundo para me repreender por ter ido longe demais, rápido demais. Se a sessão tivesse acontecido em um ambiente controlado, como meu consultório, eu jamais teria pressionado tanto. Mas eu poderia jurar que ele estava pronto para me contar tudo. Um erro a ser corrigido. Embora Billy tecnicamente não seja meu paciente, nem Nelson, uma vez que tivemos apenas uma consulta introdutória, ainda sinto um grau de responsabilidade. Também estou determinada a resolver isso, então me sinto compelida a seguir o que alguns consideram o segundo princípio do médico, logo depois de "não fazer o mal": aonde seu paciente vai, você vai atrás.

Ellen Garcia

Só dor, nada além de dor, martelando na minha cabeça. Mesmo assim, tento forçar a lata velha a trabalhar. Imagino um choque elétrico cutucando a massa de rugas úmidas e trêmulas na minha mente, mas quem estou tentando enganar? Esse cerebrozinho mais parece uma uva-passa ressecada, torrada por anos de ansiedade e margaritas. É um milagre eu conseguir juntar três palavras que façam sentido.

Mas, ainda assim, eu tento.

Estou no chão, naquilo que os franceses chamariam de *la position fetale*. Eu deveria estar fazendo flexões ou pranchas laterais, algo para manter a força, mas meu estômago, minhas entranhas, meus intestinos — basicamente tudo entre o pescoço e a virilha — estão queimando. Sei que é porque comi o pão e bebi a água. Segui as instruções, assim como Alice.

Não acho que eu tenha sido envenenada a essa altura. Por que se dar ao trabalho de me sequestrar e armar toda essa coisa de cativeiro só para me matar de uma vez sem um pouco de estupro e tortura recreativos antes?

É mais provável que sejam as calorias atingindo o meu organismo, que já não está nas melhores condições; tentei não beber água rápido demais e não engolir o pão, mas eu sempre como rápido mesmo, e não porque queira terminar logo; é o contrário, eu amo comer. Se não corresse pela cidade inteira atrás de bicos, entrevistando pessoas para matérias e levando Bella ao caratê duas vezes por semana, se eu fosse alguma espécie de *dona de casa* com um fundo fiduciário ou tivesse um marido que botasse literalmente a comida na mesa, eu comeria sem parar, feito aquelas mulheres na TV que não conseguem sair do quarto de tão gordas. E, mesmo durante o pior período da Covid, eu corria, só que no meu apartamento e em um raio de um quilômetro ao redor, batalhando para ganhar dinheiro, organizando encontros no parquinho com distanciamento social e brigando com meu marido, então, quando enfim me via diante de alguma comida, era como uma espécie de cerimônia pagã de consumação, uma união entre mim e o meu grande amor, a maionese. Ou arroz, feijão e carne de porco do restaurante cubano, ou panquecas, ou o que quer que fosse, e, como sempre estava com muita fome na hora de comer, eu devorava tudo e, se fosse à noite, ou às vezes nem isso, ainda bebia três ou quatro cervejas light.

O que estou querendo dizer é que era prazeroso! Talvez fosse para me anestesiar ou me desanestesiar, mas eu gostava.

Daquele pão e daquela água, no entanto, eu nem senti o gosto. Se havia algum sabor, não consegui discernir. Só queria colocar tudo para dentro.

A garrafa de água vazia está a uns trinta centímetros de mim, deitada de lado, como eu. Ainda consigo ver a etiqueta: *Caroline*. Quem é Caroline?

Será que o Assassino Psicopata tem uma cúmplice? Será que o nome dela é Caroline? Tento me lembrar do rosto dele. Penso, penso, penso, e meus pensamentos se transformam em um poema do Dr. Seuss. Ela pensou e pensou e não conseguiu mais pensar. Que pena, que pena que não conseguiu se lembrar.

Os olhos dele eram azuis, disso eu me lembro. A pele era lisa, suada, não escorrendo, mas reluzente, como se ele tivesse aplicado o suor com um pincel de maquiagem. É assim que eu o descreveria se estivesse escrevendo uma das minhas histórias.

O que me faz pensar que, quando escrever sobre toda essa experiência para a revista, vou começar com o panorama: pós-Covid, a cidade reabrindo, eu tento ajudar o próximo, e vejam o que acontece... de novo. Aquela piranha da Lucy tira a bola de futebol do caminho e eu caio de bunda no chão outra vez.

Vou escrever sobre o meu estado de espírito, como tinha acabado de consumir minhas cervejas noturnas em uma tentativa de sentir alguma coisa e, ao mesmo tempo, não sentir nada, como talvez essa merda de pandemia tenha me afetado, mesmo eu tendo sorte. Quantas vezes já ouvi este disco arranhado: tenho sorte, tenho muita sorte, não morri, tenho muita sorte por minha filha não ter morrido; se tudo o que aquele ano de merda fez foi intensificar o ódio que meu marido e eu sentíamos um pelo outro, bem, não é melhor, no fim das contas, que saibamos disso? Sorte, sorte, sorte. Hashtag gratidão da porra.

Depois, vou escrever sobre a fome, o cheiro de mijo, a caneta hidrográfica na minha testa, o espelho encoberto, a picada de agulha invisível e, em seguida, vou escrever sobre o medo, como é bom que ele esteja embotado pela dor, então me ocorre que talvez *isso* seja a dor. Talvez seja o calor sob a minha pele, as lâminas do cortador de grama triturando os meus órgãos: o medo.

Começo a chorar, as lágrimas escorrendo para o sul, de lado, sobre a ponte do meu nariz até a têmpora e depois até o chão, porque, meu Deus, estou com medo, talvez pela primeira vez na vida. Com certeza não é a primeira vez; é claro que já tive medo antes, mil vezes, mas estar neste cômodo me transformou em uma espécie de virgem do medo. Tudo o que consigo pensar é: "Por favor, que o que estou escrevendo na minha cabeça seja apenas uma matéria especial e não um livro inteiro. E, por favor, que não seja escrita por outra pessoa."

Dra. Caroline

É difícil não me notar. Tenho quase um e oitenta de altura, uma cascata de cabelos cor de caramelo com mechas castanho-avermelhadas (meu colorista diz que a tonalidade é "vinho quente") e estou vestida de branco dos pés à cabeça. Sou impactante. "Atraente" é outra palavra que já ouvi, mas acho que "impactante" é mais preciso, e é minha preferência. Até Jonas disse que, na primeira vez que me viu do outro lado da sala, foi como um impacto direto, um ataque vindo de cima, então foi atraído para mim, como se estivesse sendo abduzido por um raio trator.

Acho que, nessa metáfora, sou uma espécie de espaçonave alienígena, e tudo bem. Elas são belas e misteriosas, mesmo nas imagens borradas. Isso foi há quase dezesseis anos, e acho que estou melhor agora, em diversos aspectos — certamente presto mais atenção, porque hoje em dia é necessário.

Dou duro para ter essa aparência: exercícios, dieta, idas ao cabeleireiro a cada seis semanas, clareamento dental, unhas pintadas com pó de imersão, sobrancelhas delineadas com linha, virilha e axilas depiladas. Adoro os produtos para a pele da Goop. São suaves e não têm cheiro de remédio. Mas não compro o resto da filosofia. Todo mundo adora uma vagina, mas ninguém gosta de exibicionismo.

Sim, dá trabalho, e não é que seja desagradável, mas também mereço um pouco de crédito simplesmente por ser eu mesma sob todos esses artifícios. Eu ficaria bem até enfiada em um barril com suspensórios.

Só estou dizendo que é um pouco difícil passar despercebida agora, me manter longe o suficiente de Billy para que ele não me veja, caso olhe para trás. Ao mesmo tempo, não posso perdê-lo de vista, o que não é tão fácil quando metade da população do Brooklyn está andando chapada pelas ruas, curtindo o clima perfeito.

Não devemos subestimar o poder do fim da primavera e do início do verão, como isso une as pessoas, famílias e jovens solteiros — procriadores e bons partidos, por assim dizer. Os pobres e os ricos e os intermediários, os crossfiteiros e os drogados desgrenhados.

Por falar nisso, vejo os gêmeos do vape enquanto sigo Billy, que vira à esquerda na Fifth Avenue. E até eles estão rindo em meio aos acenos de cabeça opiáceos, o ar quente e perfumado acariciando os rostos marcados pela acne.

Billy continua descendo a rua, a camisa azul-marinho desbotada se misturando à multidão. Aperto o passo, pensando no que vou dizer se ele me flagrar antes de chegarmos ao destino.

Usarei a mesma tática que usei com Jonas na noite em que nos conhecemos, exceto pelo fato de que Billy não precisa me achar atraente; ele só precisa se sentir atraído por mim no sentido mais literal: como se estivesse sendo abduzido por um óvni. *Não precisa fugir, Billy. Posso ajudar você. Talvez já tenha ouvido isso antes de pessoas que acabaram fazendo mal a você, mas prometo que não vou fazer isso. Sua dor é preciosa para mim.*

Agora estamos na Fifth Avenue, nos aproximando do South Slope, e me ocorre que ele pode estar indo para Sunset Park e, por fim, para o prédio com a placa de AR COMPRIMIDO & ÓLEO LUBRI-

FICANTE, aquele que ele, ou melhor, Nelson, deu como endereço residencial. Aquele que é uma combinação do meu aniversário e da minha idade atual.

Não tenho pensado muito nisso porque coincidências acontecem e elas não passam disso, de coincidências. Meus pacientes mais paranoicos talvez vissem "armadilha" escrito em letras garrafais, mais uma vez o universo traiçoeiro e todas as suas forças ameaçadoras conspirando contra uma única portadora da verdade que vê as coisas como elas realmente são. E pergunto de novo: o que faz de nós, pequenos seres insignificantes, tão especiais?

Acho que tudo se resume a talentos individuais com os quais poucos nascem. Algumas pessoas, como o meu marido, passam pela vida como se estivessem sempre sendo recompensadas. Ele é um bom artista, não um grande artista, mas isso não o impediu de vender suas obras, porque ele age como se fosse grande. Só que para ele não é fingimento. Além de uma dose de privilégio cultural e de toda aquela coisa de "mundo dos homens", ele também tem uma autoconfiança cega e inabalável. É o tipo de homem que outros homens odeiam quando descobrem que não são capazes de fazer o mesmo.

Quanto a mim, nunca passei muito tempo sentindo inveja de outras mulheres. Não nasci inteligente, bonita ou rica, mas descobri como me tornar tudo isso sozinha, então por que teria inveja? De uma socialite maluca com um fundo fiduciário ou de uma supermodelo cadavérica com bochechas encovadas — claro, teria sido bom começar a vida com uma vantagenzinha, mas não tive nada disso. Não em Glen Grove. Não com Chuck e Lil.

Naquela época, eu não tinha a aparência que tenho hoje. Era tão desajeitada quanto uma menina poderia ser, com ombros ossudos, cabelos nos quais não conseguia passar uma escova e sempre com o sutiã errado. Acho que as coisas começaram a mudar no fim do ensino fundamental. Chegou um momento em que tomei algumas decisões.

Uma rajada de ar quente me atinge pela esquerda, e saio de Glen Grove e volto para a Fifth Ave, o ônibus B63 passando veloz ao meu lado, e vejo Billy acelerando o passo em direção ao ponto de ônibus do outro lado da rua.

Também acelero o passo; na verdade, corro, percebendo rapidamente que preciso desistir do jogo de espionagem se quiser ter alguma esperança de estabelecer uma conexão ou, pelo menos, de vê-lo e/ou de ver Nelson de novo.

Contraia o abdômen e corra, sua bundona, digo a mim mesma. Como profissional de saúde mental, desaconselho discursos autodepreciativos, mas, às vezes, cá entre nós, um pouco de depreciação é bem útil e pode, na verdade, servir como motivação.

Corro na ponta dos pés, desviando dos retardatários, e vejo o ônibus parar bruscamente, liberando ar quando as portas se abrem e a parte dianteira do veículo se abaixa para permitir a entrada dos passageiros.

As pessoas começam a embarcar, e vejo Billy de costas, o último da fila, tirando uma máscara de papel, daquelas não cirúrgicas, do bolso traseiro. Vamos!, digo a mim mesma, movimento os braços e quase trombo com três pessoas diferentes, mas consigo passar entre elas. Eu realmente deveria correr mais, porque é uma sensação incrível ser rápida.

Billy coloca o pé no degrau do ônibus, já de máscara, e se segura no corrimão para entrar. Quando eu chamar seu nome, ele vai reagir com um movimento brusco e se assustar, mas vai se recompor e fugir, e é claro que eu poderia segui-lo, mas vamos estar dentro de um ônibus, cercados de gente, e o cortisol vai correr pelas veias dele e ele vai estar muito mais propenso a se sentir encurralado pelas janelas escuras e pelos quatro lados do ônibus. Então tudo se resume a duas coisas: se eu quiser manter essa conversa aberta, preciso que ele permaneça na rua e, para impedi-lo de entrar no ônibus, tenho que fazer contato físico. Tocar os pacientes é proibido, exceto pelo aperto de mão inicial, mas isso é o que chamaríamos de circunstância extrema.

Estendo a mão e digo, talvez mais alto do que pretendia, mas meus batimentos cardíacos estão acelerados e minha respiração, ofegante:

— Billy!

Minha mão pousa em seu ombro, e ele reage com um movimento brusco e se assusta, exatamente como imaginei que faria. Ele se vira para mim, surpreso, e vejo de imediato que seus olhos são castanhos e que ele tem barba sob a máscara. Olho para o restante do corpo dele e vejo uma cobra tatuada no braço e o logotipo dos Yankees na camiseta.

Recolho a mão e digo:

— Desculpa. Achei que fosse outra pessoa.

Gordon Strong

Decido me tornar útil e dar um jeito no gramado da frente. Evelyn não consegue usar o cortador de grama, o que não é culpa dela — ela não é uma mulher muito forte, e nunca compramos um cortador motorizado, e agora, bem, não é hora de gastar.

Ela está no trabalho, Brendan está em seu emprego de verão, atendendo clientes no Cousins Subs, e Savannah está no ginásio esportivo, na colônia de férias. Estou sozinho de novo.

Estou com uma bela dor de cabeça, acho que exagerei um pouco na bebida ontem à noite. Foi uma daquelas ocasiões em que você nem se dá conta. Eu estava apenas assistindo ao jogo dos Brewers e tomando umas cervejas, e lá pela nona entrada acho que já tinha bebido umas seis latinhas, e, quando Wegman cedeu mais uma corrida para o time adversário, eu xinguei a TV, algo como "filho da puta imbecil", e Brendan, que estava assistindo à partida comigo enquanto jogava no Game Boy, se levantou e disse: "Relaxa." Então me lembro de ter dito a ele que repetisse aquilo se tivesse coragem, e, quando me virei, vi Savannah e Caroline, a amiga dela que mora na casa ao lado, sentadas na bancada da cozinha, e eu nem sabia que elas estavam ali. As duas me encararam e saíram pela porta dos fundos, Caroline primeiro, e Savannah, antes de sair, se virou e disse: "Meu Deus, pai!" Talvez a voz dela tenha soado embargada, e talvez ela estivesse com lágrimas nos olhos, e talvez Caroline tenha olhado para mim como se eu fosse uma sujeira que ela raspou da sola do sapato.

Evelyn estava no banheiro, ou no quarto; onde quer que ela estivesse, não estava lá para encher o meu saco por falar palavrão na frente das crianças. Mas, falando sério, não dá para dizer que isso é novidade para eles, ainda mais agora que Savannah é oficialmente adolescente. Quer dizer, eles ouvem coisa pior no rádio.

Savannah, eu juro, eu a amo, mas as porcarias que ela e Caroline ouvem fariam seus ouvidos sangrarem. Elas vão para o quarto de Savannah, colocam o som no máximo e ficam batendo os pés — acho que estão praticando passos de dança. A palavra que começa com *m*, a palavra que começa com *c*, a palavra que começa com *p*. Ela não diz essas coisas na escola, na frente dos professores, então por que eu deveria me preocupar? E, se estou tomando uma cerveja e assistindo a um jogo na minha própria casa e Wegman está fazendo merda, por que alguém se importaria de eu soltar uns palavrões?

Em resumo, tomei mais algumas cervejas e acabei pegando no sono enquanto assistia aos melhores momentos. Acordei por volta das quatro da manhã com uma dor de cabeça excruciante e a boca seca, subi, tomei um analgésico, tomei um antiácido e me deitei ao lado de Evelyn, que estava encolhida de lado, tão pequena perto do travesseiro que parecia um caranguejo-eremita. Então apaguei de novo e, quando acordei, todo mundo já tinha saído.

Não posso fazer muita coisa em termos de paisagismo, mas ninguém mais no quarteirão pode. Todos nós temos o mesmo pequeno quadrado na frente de casa, portanto não tem muita margem para competição entre vizinhos. Chuck Strange, o vizinho do lado, deixa a grama ficar bem alta, quase selvagem, e, quando saí hoje de manhã com o meu café, concluí que a nossa não estava muito melhor, mas, droga, por que não? Agora que tenho tempo, por que não dar um jeito no gramado e deixar Chuck com inveja? Talvez fazer com que a mulher dele, Lil, diga a Evelyn: "Queria que o nosso gramado fosse tão bonito quanto o seu." Ou então: "Será que Gordon pode dar umas dicas de jardinagem para Chuck?"

O mais fácil é começar pela grama, porque é só ir para a frente e voltar, recolher as aparas e começar de novo. A essa altura, a grama está tão alta que tenho que passar o cortador duas vezes. Em seguida, pego a tesoura de poda e começo a aparar a grande cerca viva, que está em condições piores que a grama. Um buxinho desgrenhado e crescido demais, que de cerca não tem mais nada — a esta altura, não passa de um arbusto selvagem. Então decido começar por um dos lados, o que fica voltado para fora de casa, cortar os galhos até ficar reto, e talvez amanhã eu cuide da parte de cima, no dia seguinte do lado que fica voltado para casa, e assim por diante, até todos os lados estarem limpos e aparados. A cerca não contorna a propriedade inteira, mas, no total, deve ter uns dez metros, separando nosso terreno da rua. Entre nós e os vizinhos do outro lado, Bob e Cheryl, há uma fileira de hostas gigantes, mas elas ficam no lado de Bob, então não penso muito nelas. Entre a nossa casa e a dos Strange, há uma cerca que costumava ser branca, mas agora só se vê o marrom da madeira com alguns pontinhos brancos. A cerca viva sempre esteve lá, desde que compramos a casa, quando as crianças eram pequenas; acho que a ideia dos proprietários anteriores era ter mais privacidade e deixar os vizinhos com inveja pela precisão do corte dos arbustos, pelas bordas bem-definidas.

Por volta do meio-dia, está quente, uns vinte e sete graus. Estou suando, os braços e a lombar começando a doer, mas a sensação é boa. Uma sensação de merecimento. Faço uma pausa e entro em casa, preparo um sanduíche de presunto e paro por um segundo quando vejo as cervejas na prateleira de baixo da porta da geladeira, a garrafa de dois litros de Diet Coke de Evelyn bem no meio. Pego duas cervejas com uma das mãos e volto para fora.

Aparo mais ou menos dois metros da cerca viva, cortando para cima e para baixo, alguns galhos são tão teimosos que tenho que mastigá-los com a tesoura de poda, os cabos castigando a pele das minhas palmas. Termino o almoço e as cervejas e corro para dentro de casa de novo, para pegar outra cerveja. Nada cai tão bem quanto uma Kinzer. Foi uma campanha que veicularam há alguns anos. Ainda vejo cartazes desbotados com esse slogan nos bares de South Side. Eu costumava sentir uma pontada de orgulho ao vê-los. É claro que eu fazia piada: "Não consigo ficar longe do trabalho nem por um minuto!" Mas, por dentro, me dava uma sensação de satisfação, como se eu trabalhasse em um lugar famoso.

Estou de joelhos, ainda aparando a faixa que fica voltada para a rua, quando vejo pelo canto do olho uma roda de bicicleta e um par de tênis brancos. Olho para cima e me deparo com a amiga de Savannah, que mora na casa ao lado. Ela surgiu do nada; nem a ouvi chegar.

— Oi, Caroline, de onde você brotou? — pergunto, tentando fazer com que soe engraçado, embora seja um pouco assustadora a maneira como ela fica à espreita.

Ela dá de ombros e diz:

— Eu só estava dando uma volta.

— Já deu sua hora na colônia de férias lá no ginásio?

— Eu não frequento o ginásio.

— Ah, é? — digo. — Por que não?

Ela dá de ombros de novo, não responde, mas também não sai do lugar. Para começar, ela não é uma garota muito simpática, tampouco parece querer participar da conversa, então me pergunto por que simplesmente não vai embora.

Tomo o último gole de cerveja e olho para ela. Ela força um sorriso em resposta, a boca cheia de metal.

Eu me lembro da noite passada, quando disse um palavrão enquanto assistia à TV. Não que eu tivesse esquecido, mas quando estou com as mãos ocupadas é mais fácil não pensar nisso, então volto a aparar a cerca. Mas, ao olhar para Caroline de novo, me lembro de como ela pareceu chocada e enojada, como Savannah ficou desapontada e envergonhada.

Então me pergunto se Caroline está esperando um pedido de desculpas. Mesmo que não esteja, talvez ela conte a Savannah se eu me desculpar. E talvez isso seja como um pequeno pagamento, um depósito para conseguir seu perdão.

— Ei, Caroline?

Ela olha para mim, o pé girando um dos pedais.

— Me desculpa por ontem à noite.

Ela franze as sobrancelhas. A pobre garota tem sobrancelhas masculinas: tiras pretas como as do pai.

— Quando falei aquele palavrão enquanto assistia à TV.

Ela ainda parece não ter a menor ideia do que estou falando, então continuo, tentando refrescar sua memória.

— Você sabe, durante a partida de beisebol. Quando eu gritei com a TV.

Ela balança a cabeça de novo. Ainda não se lembra de nada. Ou talvez esteja fingindo não se lembrar.

— Bem, eu agi de maneira meio infantil e peço desculpas por isso. Pelo meu linguajar.

Ela não parece mais tão confusa quanto um minuto atrás, mas continua não facilitando as coisas para mim. Custaria muito ela me dar uma colher de chá e dizer algo como "Tudo bem, Sr. S., não se preocupe com isso. O senhor deveria ouvir o meu pai durante um jogo dos Packers!".

Mas ela não diz nada, o que me faz pensar que devo continuar falando.

— Perdi um pouco a linha. Coisa de pai, não é? — digo, tentando fazê-la rir. — Tenho certeza de que o seu pai também fica empolgado quando vê algum esporte.

— Às vezes — diz ela, me olhando de esguelha.

Dou uma risadinha, não porque tenha sido engraçado; na verdade, estou só aliviado porque ela disse alguma coisa. Volto a trabalhar na cerca viva e continuo podando. Ainda assim, ela não parece disposta a ir a lugar nenhum.

— Então, o que o seu pai tem feito ultimamente? — pergunto.

Se não me falha a memória, Chuck trabalhava como auxiliar de enfermagem em um hospital. Mas já faz algum tempo que não converso com ele, então como vou saber? Contudo, se o gramado dele está do jeito que está, e ele não tem dinheiro nem para pagar a taxa mensal da piscina e a taxa de equipamentos para Caroline frequentar o ginásio no verão, talvez a situação dele esteja pior que a minha.

Eu não saberia explicar se alguém me perguntasse, mas, de repente, quero muito saber quão ruins as coisas estão para Chuck Strange.

— Ele ainda trabalha no Aurora como auxiliar de enfermagem — responde ela. — Mas está estudando à noite para ser paramédico.

— Ah — digo, bastante surpreso. — Sério?

Eu sabia que auxiliar de enfermagem fazia ressuscitação cardiopulmonar e coisas do gênero, mas paramédico parece ser algo mais sério; quer dizer, ele vai de fato salvar vidas todos os dias. Parece importante.

— Há quanto tempo ele tem feito isso?

— Mais ou menos um ano, eu acho — responde ela, esfregando o nariz no pulso. — Ele já vai começar a fazer estágio em ambulâncias.

— Bem, isso é... — Faço uma pausa e deixo a tesoura de lado por um segundo. — Isso é ótimo. Que bom para ele. Não é à toa que ele não tem tempo para cortar a grama.

Assim que digo isso, percebo que cometi um erro. Eu queria que soasse engraçado, mas Caroline não parece ter achado muita graça. Suas pequenas narinas se dilatam e círculos cor-de-rosa surgem em suas bochechas, e ela pisca algumas vezes, como se estivesse segurando as lágrimas.

— Ai, não, Caroline, eu só quis dizer que ele está tão ocupado com os estudos e o trabalho que não tem tempo para essas coisas.

Tipo eu, que precisei perder o emprego para conseguir cortar a porcaria da grama, entende o que quero dizer?

Ela desvia o olhar e faz que sim com a cabeça.

— E a sua mãe, tenho certeza de que ela é igual à minha mulher, pequena demais para usar o cortador de grama manual, não é mesmo?

Caroline dá de ombros e acena com a cabeça ao mesmo tempo, o que eu acho que é um sim. Em seguida, ela seca o canto do olho com o ombro. Para ser sincero, Lil Strange pode ser baixinha, mas não é magra, não se parece nem um pouco com Evelyn, na verdade. Quando eles se mudaram para a vizinhança, mais ou menos um ano depois de nós, ela era bem bonita, sempre usava jeans apertados e camisetas amarradas com um nó na cintura, mas foi ganhando peso com o passar dos anos e agora — já faz um bom tempo, na verdade — está gorda. Bem gorda. Há cerca de um mês, eu a vi em um short cáqui que era pequeno demais para ela, e a costura no meio da barriga dividia a gordura em dois blocos. Isso me fez lembrar de uma cena de um filme de ficção científica antigo em que uma gosma assassina escorre pelo cinema e é dividida ao meio pela moldura da porta ao sair.

Eu nunca diria essas coisas a ninguém! Lil é muito simpática. Ela e Evelyn costumavam ser bem próximas, mas não são mais. Pensando bem, quando as crianças eram pequenas, fizemos alguns churrascos com eles, ajudávamos nas festas de aniversário dos filhos uns dos outros, coisas assim. Estou tentando lembrar quando isso mudou, mas não consigo.

— Ei, você se lembra de quando a sua família fazia churrasco com a gente? — pergunto a Caroline, abrindo outra cerveja.

Ela parece surpresa, as sobrancelhas escuras se erguendo, e acho que mudei de assunto de repente, mas agora isso está me intrigando e quero muito descobrir.

— Você se lembra de quando você, Savannah e Brendan eram pequenos e a gente ia a churrascos na sua casa e vocês na nossa?

— Acho que sim.

Tomo um gole e tento não demonstrar como é boa a sensação de beber uma cerveja gelada com o sol na cara.

— Estou tentando lembrar quando foi a última vez — explico. — Você, Savannah e Brendan tinham aquela brincadeira de fazer uma corrente de mãos dadas e correr uns contra os outros? Como é mesmo o nome?

— Red Rover.

Então, algo que eu não me lembro de jamais ter visto acontece: Caroline sorri, mas desta vez é um sorriso genuíno. Quer dizer, a menina ainda não é exatamente bonita. Sei que estou sendo injusto: estou comparando-a com Savannah, e Savannah é minha filha, mas todo mundo diz que ela é bonita, porque se parece com Evelyn, e Evelyn é e sempre vai ser uma beldade, ainda mais quando fica longe dos doces. Lamento dizer que Caroline está puxando ao pai, com uma cabeça em forma de ovo e lábios finos, ambos altos e fortes. Mas todo mundo fica mais bonito quando sorri, até mesmo Caroline, com o aparelho cintilando ao sol.

— Isso, Red Rover. Normalmente precisa de mais gente para brincar, mas vocês davam um jeito.

Ela faz que sim com a cabeça e em seguida diz:

— Eu me lembro do meu pai ensinando Evelyn a virar um hambúrguer na grelha.

Sei que não sou um sujeito muito moderno, mas me incomoda um pouco quando as crianças não chamam os mais velhos de senhor e senhora. Deixo passar porque tenho muitas perguntas. Não tenho nenhuma lembrança de Evelyn aprendendo a operar uma churrasqueira, muito menos de ela ter tido aula de churrasco com Chuck.

— É? — indago. — Quando foi isso?

— Ah, não sei. Quando eu e Savannah tínhamos uns 8 anos.

Tomo um gole maior do que planejava — a cerveja desce pela garganta como se eu estivesse competindo para ver quem bebe mais rápido em uma festa. Engasgo, e um pouco de cerveja escorre pelo meu queixo. Vejo os olhos de Caroline seguirem o líquido e o limpo com as costas da mão, murmurando:

— Desculpa.

Pego a tesoura e volto para a cerca viva, tento me concentrar em cortar um galho seco torto, mas só consigo pensar em Chuck Strange e na minha mulher.

— Então ele, o seu pai, ensinou a Sra. Strong a virar um hambúrguer? — pergunto. Mas percebo que talvez tenha soado sério demais, como se a estivesse acusando de alguma coisa, então dou uma risada e digo: — É que eu não me lembro disso.

— Ah, tenho quase certeza de que aconteceu, porque me lembro dele atrás dela e, tipo, segurando a mão dela sobre a espátula, e então eles deixaram um hambúrguer cair no chão por acidente, e todos nós rimos, eu e Savannah, meu pai e Evelyn.

— E eu? — pergunto, sem me importar muito com como soo, se com raiva ou autoritário ou até mesmo um pouco bêbado. — Eu estava rindo, Caroline?

Ela empurra a bicicleta alguns centímetros para a frente, para mais perto da casa dela. Afastando-se de mim.

— Não sei — responde ela. — Vocês todos, todos os adultos, tinham bebido muita cerveja, vinho com suco e outras coisas.

— Sei, entendi.

Então ela sorri de novo. É um sorriso leve, mas genuíno.

— Meu pai ainda trabalhava no turno da madrugada, então costumava sair às nove, mas acho que nessa noite ele estava de folga.

— Eu tinha esquecido que o seu pai trabalhava no turno da madrugada.

— É, ele ainda trabalha. Até dois ou três anos atrás, antes de começar a estudar, ele ficava em casa durante o dia. Só ele e todas as outras mães da rua que não trabalham.

Não estou mais olhando para ela, só estou tentando cortar a porcaria do galho, as lâminas da tesoura mastigando-o, a pele esfolada e descascando na ponta dos dedos.

Evelyn só começou a trabalhar há três anos, quando parei de receber aumentos e bônus. A empresa disse que as vendas estavam fracas e que estavam de mãos atadas, o que todo mundo sabia que era uma grande mentira, mas o que poderíamos fazer? Tenho certeza de que os engravatados receberam seus bônus para pagar pelo novo barco da casa no lago e pela adesão ao clube de golfe, e eu fiquei furioso, estressado e preocupado na época, pensando: "Como vamos sobreviver, como vamos pagar os uniformes de futebol, as lembrancinhas das festas de aniversário e as sapatilhas de balé?" Então Evelyn simplesmente se ofereceu para arrumar um emprego, disse que não era nada de mais, que as crianças estavam mais crescidas agora, e por que toda a pressão deveria recair sobre mim? Sei que as mulheres de alguns dos meus colegas resmungariam, se queixariam e falariam sem parar no ouvido deles, mas não a minha. Ela simplesmente se ofereceu.

Quase como se estivesse tentando me compensar por alguma coisa.

— Bem, tenho que ir — disse Caroline de repente. — Até mais.

Ela pedala um pouco para a frente.

— Tchau, querida — digo.

Não penso muito a respeito — eu chamaria Savannah da mesma forma, e tenho certeza de que eu ou provavelmente Evelyn já chamamos Caroline de "querida" antes, ou "meu bem", ou "meu anjo", mas então os ombros dela se curvam como se eu tivesse enfiado gelo dentro de sua camisa, e ela tira o pé esquerdo do pedal e o planta no chão. Ela vira a cabeça para o lado e a inclina um pouco, e percebo que está examinando a parte da cerca viva que já aparei.

— Isso está parecendo meio torto — comenta ela. — Tipo um escorregador, sabe?

Dou uma risadinha, tentando manter o clima leve.

— Acho que não, Caroline — digo, alinhando a cabeça ao lado da cerca viva para olhá-la de frente. — Me parece bem reta.

— Hum — diz ela. — Só estou dizendo que daqui, de onde estou, parece tudo torto.

Em seguida, ela acena com a mão mole na minha direção, sinalizando para que eu me levante.

Começo a me levantar, e é constrangedor e estranho dizer isso, mas me sinto um pouco tonto e tenho que me apoiar na cerca ao ficar de pé, dou alguns passos até ela e olho para baixo, da mesma forma que ela está olhando. Custo a acreditar, mas Caroline está certa. Olhando de cima, todo o arbusto está inclinado para baixo, mais largo na parte inferior, como uma onda prestes a quebrar.

— Você tem razão — digo, então, sem pensar, acrescento: — Merda.

Mas, desta vez, ela não reage ao palavrão. Em vez disso, dá batidinhas suaves na minha mão, e eu olho para baixo e percebo que ainda estou segurando a tesoura.

— Acho que você só precisa de lâminas mais afiadas, Gordon.

Dra. Caroline

Quando volto para casa, pouco antes das oito, Jonas está sentado à ilha da cozinha, bebendo vinho branco e mordiscando uma bolacha. Ele preparou uma tábua para nós: seu jantar padrão composto de fatias finas de pão de centeio, salmão defumado, um pote de iogurte islandês, amêndoas e maçã fatiada.

— Doutora.

Suei um pouco perseguindo Billy e estou sentindo dores nos glúteos e nos músculos posteriores da coxa por não ter me alongado antes. Ignoro Jonas e lavo as mãos na pia da cozinha, pego uma taça no armário e sirvo um pouco de vinho.

— Achei que você fosse comprar mais vinho — comenta ele.

Eu me sento em uma das banquetas da ilha, em um ângulo reto em relação a ele.

— Não fui — digo, tomando um gole.

Tenho a sensação de que a minha língua absorve o vinho antes que eu consiga sentir o sabor — um sinal de que preciso mais de água do que de álcool no momento, mas não estou nem um pouco interessada em me hidratar.

— Fui encontrar um paciente.

Jonas ergue as sobrancelhas e pega uma fatia de maçã da tábua.

— Georgina Melios? — pergunta ele.
— Não — respondo. — Não foi Georgina Melios. Foi um paciente novo.
Ele mastiga. Eu bebo. Permanecemos assim por alguns minutos. Por fim, ele fala:
— Estou com a impressão de que você sabe de alguma coisa.
— Sua impressão está correta.
Os olhos dele brilham de um jeito que me é familiar. Uma pequena descarga de dopamina invadindo o cérebro. Como ele não sente raiva, sua típica reação quando fico chateada é predominantemente excitação.
— Georgina abriu aquela linda boca grande dela — diz ele.
— "Linda" é discutível, mas sim, ela compartilhou algumas coisas comigo.
— Ah — diz ele, sorrindo.
Ele consegue mesmo ser um imbecil, meu marido, que eu amo.
— Talvez você tenha perguntas — diz ele, inclinando-se para a frente, com os cotovelos apoiados na ilha.
— Não, Jonas, eu não tenho pergunta nenhuma — rebato, pousando a taça de maneira um tanto brusca. — Não é assim que funciona. Você está guardando um segredo, então cabe a você me fornecer informações. Para mim. Sua mulher. Mãe dos seus filhos.
Ele desenha um círculo com o indicador na tábua e suspira como se isso fosse um inconveniente, mas ainda mantém uma expressão felina, sorrateira e satisfeita.
— É, acho que você tem razão — concede ele.
Pego a taça de novo e a inclino na direção dele em um brinde.
— É um bom começo.
Ele pega a garrafa de vinho e se serve.
— Fui buscar Theo na escola em um dia em que Elias tinha treino de lacrosse, e a mãe... Aquela que tem...
Ele aponta para o olho direito, mexendo o dedo.
— Estrabismo — completo.

Ele parece intrigado. É claro que sei que ele não sabe o que é estrabismo (verdade seja dita, eu também não sabia até conhecer Allison Vaughn e pesquisar no Google, e como é agradável, às vezes, descobrir um termo médico que você não fazia ideia de que existia), mas gosto de saber coisas que ele não sabe. E gosto que ele saiba disso.

— O olho desviante — digo, impaciente. — Allison Vaughn.

— É, Allison — continua ele. — Ela me chamou para conversar e disse que no dia anterior Theo tinha xingado a filha dela e que eles não queriam envolver o diretor. "Fazer uma cena", ela disse. Mas, se Theo pedisse desculpas à menina... — Ele faz uma pausa, tentando se lembrar do nome.

Dou um suspiro exagerado e digo:

— Bronwen.

— Bronwen. Se Theo pedisse desculpas a Bronwen, todos nós poderíamos seguir em frente e dar o assunto por encerrado.

Ele toma um gole de vinho e olha para mim, como se estivesse esperando que eu fizesse uma pergunta.

— Por favor, continue — digo.

— Eu perguntei a Theo se ele tinha algum motivo para pedir desculpas a Bronwen, e ele respondeu que sim. Então perguntei por que ele não pedia desculpas, e ele disse que ia pedir. Aí ele se desculpou, e Bronwen disse que estava tudo bem. E Allison agradeceu.

Ele pega uma fatia de pão de centeio da tábua e começa a espalhar iogurte nele. Observo enquanto coloca uma fatia de salmão e um raminho de endro por cima. Quando dá uma mordida, percebo que a história acabou.

— E foi isso — digo.

— Foi isso.

— E você não deu muita importância porque foi algo apenas entre você e Allison Vaughn. E entre Theo e Bronwen — explico por ele.

— Hum — diz ele, com a boca cheia, encolhendo um dos ombros.

— Então como Georgina Melios sabia?
Jonas engole e em seguida toma mais um pouco de vinho.
— Tenho certeza de que foi fofoca das mulheres. Ninguém levou a questão para a escola, então que importância tem?
Ele termina de dar de ombros e joga uma amêndoa na boca.
— E por que você não me contou nada?
— Achei que não valia a pena te chatear com isso — responde ele. Em seguida, abre um sorriso com seus dentes quase perfeitos, apenas o canino esquerdo um pouco torto. É meu dente preferido, e ele sabe disso. — A doutora é muito ocupada — acrescenta.
— Sou. Mas Theo também não me contou nada.
Mentir nunca foi natural para Theo. Ele tem aversão a mentira e, por isso, nunca conseguiu acompanhar o irmão mais velho quando ele tocava a campainha dos vizinhos e saía correndo ou quando descia escondido depois que dormíamos para pegar biscoitos. Elias, por outro lado, não vê problema nenhum em mentir; é capaz de mentir com a cara mais lavada, em seguida se virar e contar uma mentira diferente para outra pessoa. Felizmente, ele não faz isso com muita frequência. Pelo menos ainda não.

Mas Theo é incapaz de guardar um segredo. Qualquer segredo. Então, se ele deixou de mencionar esse incidente para mim, só há uma explicação.

— Talvez eu tenha dito a ele que não te incomodasse com isso — diz Jonas, mal contendo um sorriso.

— Não encaro a criação dos meus filhos como um incômodo.

— Claro que não — diz Jonas. — Eu nunca acharia isso. É só que, na época, esse episódio pareceu insignificante.

— Então é ainda mais insignificante agora que... O quê? Agora que já se passou um mês inteiro?

— Exatamente — responde ele, satisfeito.

— Não, exatamente coisa nenhuma — digo, sentindo a garganta se contrair de raiva. — Você, meu querido, acha que me poupou de um estresse desnecessário; já eu acho que o que você fez foi coagir nosso filho a conspirar para esconder algo de mim. Então, está vendo, há duas maneiras de encarar o que aconteceu. Como os rostos e os vasos de Johns.

Ele ri. Não porque esteja impressionado; ele só acha engraçado o fato de eu introduzir arte moderna na conversa.

Continuo:

— E isso não aconteceu em um passado muito distante, já que está bem fresco na memória de Georgina, sem contar que ela e Allison Vaughn nem sequer são amigas.

— Como você sabe disso, doutora? — provoca ele.

— É a divisão entre meninos e meninas — respondo. — Nessa idade, meninos não interagem socialmente com meninas até começar a surgir um interesse sexual, então os pais acabam se dividindo da mesma forma.

— Sério? — questiona ele, sem nunca ter pensado nisso antes.

— Sério — digo, soando exausta por causa dele, como se estivesse profundamente desgastada por ter que explicar tudo. — Então isso significa que muita gente já sabe disso, se aplicarmos a regra dos seis graus de separação com Georgina Melios.

Jonas me olha intrigado, mas ainda animado para que eu continue bancando a professora. Às vezes, ele é um completo ignorante em se tratando de cultura pop dos Estados Unidos.

— Seis graus — repete.

— Funciona assim — digo. — Allison Vaughn, mãe de Bronwen, conta para Hope Chee, mãe de Chloe, já que Bronwen e Chloe são melhores amigas desde o terceiro ano. Chloe Chee joga futebol depois da escola com Lily Aaronson, então Hope conta para Astrid Aaronson enquanto elas descascam tangerinas para o lanche.

Faço uma pausa e pego algumas amêndoas. Agora estou me divertindo um pouco e não quero que passe rápido demais.

— Ainda não cruzamos a divisão entre meninos e meninas — intervém Jonas, balançando o dedo para mim.

— Estou chegando lá. Astrid Aaronson também é mãe de Jake, que toca trombone na banda e se senta ao lado do segundo trompetista. Que é...

Estendo a mão, como se esperasse que Jonas colocasse a resposta gentilmente na minha palma.

— Stavros Melios? — arrisca ele.

— Correto.

— Então, os filhos dos Aaronson são gêmeos fraternos. É assim que se cruza a divisão! — diz ele, absolutamente maravilhado.

— É.

— É incrível como eles contam tudo uns para os outros — comenta ele.

Ele está e não está certo. A mãe rica e fofoqueira é um clichê por um motivo; no entanto, acho que nove em cada dez mães ricas e fofoqueiras fazem isso não por malícia, mas por ansiedade. Começa quando as crianças são pequenas, com assaduras, birras e rituais estranhos na hora de fazer cocô; depois, as crianças crescem e vem a questão: será que são apenas sensíveis ou têm problemas sensoriais? Têm TDAH ou só são impacientes? E então, quando acham que conseguiram resolver tudo isso, as crianças chegam à puberdade e tudo pode acontecer; então o refrão assustador atinge o ápice: isso é normal? Meu filho é normal? Será que ele vai ficar bem? Será que eu vou ficar bem?

Não me surpreende nem um pouco que o que quer que tenha acontecido entre Theo e Bronwen Vaughn já tenha se espalhado por pelo menos metade da turma do sexto ano.

Mas isso não significa que eu goste de ser a última a saber.

— E agora todas essas mulheres estão falando sobre Theo e sobre a gente, e eu não fazia a menor ideia — digo, dando batidinhas com a unha do dedo médio na bancada da ilha.

— Você está dando importância demais a isso, doutora — diz ele, exibindo os dentes de novo em um esforço para me cativar. — Não acho que nenhuma delas tenha dado tanta importância a isso quanto você.

— Também não acho — concordo. — Mas a questão não é essa. Assim que Allison Vaughn encontrar um novo serviço de refeições veganas ou Georgina Melios conseguir sobrepor o rosto do acupunturista ao rosto do marido enquanto ele dá tudo de si em cima dela, elas vão esquecer tudo sobre Theo e Bronwen e o incidente. A mente delas é dispersa e distraída...

— Mas longe de você julgar — comenta Jonas, com ironia.

— Não estou julgando, espertinho — digo, sentindo o calor subir pelo pescoço. — Que bom para elas que podem passar pela vida com essa leveza, se incomodando com as coisas apenas enquanto estão diante delas e depois "puf". Acabou.

— Mas não é assim no seu caso.

— Não, não é assim no meu caso.

— Porque as coisas ficam em você.

— Porque eu me lembro de tudo, Jonas. E não gosto de saber que ninguém, muito menos aquelas mulheres, tenha algo contra mim ou contra Theo sem que eu nem ao menos saiba o que é.

— Talvez você devesse deixar isso para lá — sugere ele, despreocupado, sabendo muito bem como vou reagir.

— Deixar isso para lá? — repito. — Isso implicaria algum tipo de resolução.

— Ah, um pedido de desculpas — diz ele. — Sinto muito.

Ele não parece arrependido. Parece satisfeito. E, como qualquer homem que é, na verdade, uma criança por dentro, ele só lamenta por ter sido pego e, mesmo assim, não lamenta muito.

— Aceito seu pedido de desculpas patético.

— Você está brava comigo? — pergunta ele, sem esperar uma resposta direta, mas rezando para algum deus sueco do erotismo que a resposta seja sim.

— Inútil e patético.

— Olha como fala, doutora — diz ele, a voz ficando mais rouca.

As discussões em geral servem como preliminares para nós. Isso não nos torna especiais. Depois de tantos anos casados, na verdade, parece bastante inofensivo. Nunca pesamos demais a mão, a não ser que se conte algumas das coisas realmente pervertidas que falei para ele e que o deixaram excitado. E vê-lo excitado me deixa excitada. Então seguimos juntos.

Mas agora há uma barreira, e estou tentando entender o que é.

— Qual foi a palavra? — pergunto.

— Que palavra?

— Que Theo usou para xingar Bronwen. O que deu início a todo esse drama?

Isso contém a excitação dele por um instante, enquanto ele pensa.

— Não sei — responde. — Acho que Allison não me disse.

— E você não perguntou?

— Não — responde ele, acenando com a cabeça para mim e voltando ao jogo. — Eu deveria ter perguntado?

Ele espera que eu o repreenda de novo, e com certeza o farei, mas meu entusiasmo diminui porque estou realmente desapontada. Theo demorou um pouco para começar a falar, não o suficiente para justificar terapia ocupacional ou um fonoaudiólogo, mas durante muito tempo ele apenas apontava para as coisas e soltava grunhidos fofos, como um bebê Frankenstein. Agora está adiantado na leitura, mas ligeiramente atrasado na escrita e na fala. Já tomei a decisão de contratar um professor particular assim que ele começar o sétimo ano, no outono, porque ele ainda parece ter dificuldades para se expressar. Mesmo em casa, Elias conta uma história ou uma piada da escola, e Theo tenta acompanhar verbalmente, acrescentando detalhes aqui e ali, mas percebo que ele precisa se esforçar.

Como você pode ver, eu também não sou imune. Isso é normal? Meu filho é normal? Ele vai ficar bem? A diferença é que eu jamais discutiria o desenvolvimento dos meus filhos com outras mães superprotetoras e fofoqueiras.

Meu ponto é que Theo não fala palavrão, pelo menos não na minha frente. Não tem respostas prontas para tudo nem dá patadas como o irmão ou alguns dos amigos, então como poderia ter ofendido Bronwen Vaughn? "Sua mãe tem estrabismo"?

— É claro que deveria — resmungo. — Agora tenho que ligar para Allison e descobrir.

Jonas parece surpreso. Excitado, mas surpreso.

— Tem mesmo? — pergunta ele.

— Sim, tenho, Jonas — respondo, deixando a raiva transparecer. — Se tivesse conseguido ver além da sua ressaca de espumante espanhol e perguntado a ela você mesmo, eu não precisaria fazer isso.

Ele sorri.

— E se não tivesse dormido até o meio-dia hoje, quem sabe você não tivesse a chance de limpar a merda do glitter da pele. O que você fez? Chupou a Sininho?

Isso o faz rir. Ele se levanta da banqueta e vem para o meu lado da ilha. Eu também me levanto, e ficamos de frente um para o outro, com uns trinta centímetros de distância entre nós.

— Você sabe que eu só tenho olhos para você, doutora — diz ele, com o que pode ser considerada a voz mais rouca e sexy de qualquer homem com sotaque estrangeiro, mas não há a menor possibilidade de eu ceder sem ter algumas exigências básicas atendidas. Felizmente, ele não é burro e acrescenta: — Como posso compensar?

— Você tem que me fazer gozar duas vezes — digo, levantando dois dedos. — Orgasmo clitoriano. Nada dessa merda de cego tateando em um puteiro.

Então ele dá um passo à frente e coloca as mãos nos meus quadris.

Eu as afasto e digo:

— Nada de mãos ainda.

— Sim, doutora.

Ele pressiona os lábios no meu pescoço, as mãos nas próprias costas. A sensação é boa. O cabelo dele cheira a xampu de cravo, a barba por fazer arranhando de leve minha pele. Talvez melhor do que boa. Inclino a cabeça na direção dele, o queixo e a bochecha enterrados em seu cabelo.

Um dos motivos pelos quais me casei com ele, possivelmente o principal, é que ele é o único homem que já conheci que consegue me fazer esquecer tudo. Em geral, não dura muito tempo. Não fazemos orgias tântricas de setenta e duas horas como Sting. É uma questão de segundos, aqui ou ali, quando ele me toca pela primeira vez, ou quando estou prestes a gozar, no delírio da antecipação, em que finalmente minha mente se esvazia. Até mesmo o clímax do orgasmo é tarde demais para mim, os neurônios já disparando sobre o que vem em seguida e o que vem depois disso, explodindo com força total na minha consciência.

Mas há momentos, como agora, exatamente agora, em que fico líquida.

Então, minha bolsa em cima da bancada da ilha começa a zumbir, a luz fantasma do celular dentro dela brilhando. E se for Billy? A versão líquida de mim vai ter que esperar. O cérebro sempre vence.

Empurro Jonas com gentileza para longe. Ele fica surpreso, mas não chocado, olhando na direção da luz e do ruído.

— Quem é? — pergunta, pois está acostumado a que eu saiba a resposta.

Não respondo, me inclino sobre a ilha e puxo a bolsa, abro o zíper. Devido à lei que rege os celulares, ele para de tocar assim que o alcanço. Mas sou agraciada com uma segunda chance: ele volta a vibrar e se iluminar.

O nome "Makeda" aparece no topo da tela, e me permito apenas um segundo de decepção antes de atender.

— Oi, Makeda.

Ela faz uma pausa, suspeito que ainda irritada porque não a chamo de detetive. Eis como chegar ao ponto de partida no Território da Dr. Caroline, Makeda: saiba que há uma razão para tudo que faço!

— Oi, Dra. Strange — diz ela.

Eu a ouço inspirar, preparando-se para falar, e falo primeiro:

— Alguma notícia de Nelson?

— Sim e não — responde ela. — Temos mais algumas perguntas para a senhora. Gostaria que viesse falar conosco na delegacia.

Já vi essa série antes: eu vou até a delegacia. Eles dizem que não sou obrigada, mas que provavelmente ficaria mais confortável lá. Dizem que não estou presa; querem apenas fazer algumas perguntas. Eu pergunto, surpresa: "Espera, eu estou entre os suspeitos?" Então eles — Makeda e Miguel, o encarregado de trazer água — se entreolham. Ao vê-los trocando olhares, eu gaguejo: "Acho que preciso de um advogado." Makeda suspira, seus peitos fartos sobem e descem com a decepção. Corta para o comercial.

Mas a principal diferença entre mim e todos aqueles pobres coitados de *Law & Order* é que eu de fato adoraria ter mais coisas a dizer à polícia. Tenho muito a compartilhar e nada a esconder. Nada que eles precisem saber, pelo menos.

— É claro — digo. — Pode ser agora?

Ela faz outra pausa, sem dúvida surpresa com minha disposição em cooperar, mas se recompõe rapidamente.

— Ã-hã, pode. Estamos aqui.

Ela me passa o endereço, que não preciso anotar, apenas repito depois dela para memorizar a informação. Depois, ambas agradecemos, nos despedimos e desligamos.

Jonas voltou para a banqueta e está comendo mais amêndoas em uma tentativa de fazer com que a ereção desapareça.

— Delegacia? — pergunta ele, intrigado.

— Depois explico — digo, tirando a chave do carro da bolsa. — É sobre um paciente.

— Sempre um paciente.

Não há nada em seu tom que sugira que esteja ofendido pela posição que ocupa na minha lista de prioridades, porque ele simplesmente não está. Até onde sei, ele nunca sentiu ciúme. Isso é algo que admiro nele. Também me dá vontade de transar com o encanador na bancada de quartzito da cozinha bem na frente dele só para provocar uma reação. Quer dizer, não o *nosso* encanador

— ele deve ter uns 60 anos —, mas um encanador, o encanador da fantasia pornô de uma dona de casa frustrada.

Mas a ausência de ciúme é útil agora, pois ele me oferece a face para um beijo e diz que me ama antes de eu sair.

A delegacia parece mais o Departamento de Trânsito do que um cenário de *Law & Order*. Na área da recepção, tudo é em algum tom de bege, desde o balcão lascado até o piso salpicado e as cadeiras de vinil desgastadas. O ar é estagnado e morno, e parece que alguém borrifou um aromatizador com cheiro de peido segundos antes de eu entrar. Não há, no entanto, nenhum ruído de fundo de telefones tocando ou máquinas de escrever datilografando mandados, mas por que haveria se todos os dólares que pagamos de imposto na cidade de Nova York contribuíram para tirar o Departamento de Polícia dos anos oitenta?

Makeda aparece na escada ao lado da recepção e acena com a mão para mim quando chega ao último degrau, mas não se aproxima. Ela está de máscara, assim como eu, e não sei dizer se está fingindo sorrir. Seus olhos grandes permanecem impassíveis.

Eu a sigo escada acima e entro em uma sala surpreendentemente arrumada, com paredes de vidro manchadas, como era de esperar. Na verdade, seria um espaço de tamanho razoável, não fosse pelo fato de ficar evidente que Makeda divide a sala com Miguel, duas mesas encostadas uma na outra, como em uma redação de jornal de antigamente. Miguel se levanta da cadeira quando me vê e acena.

Makeda fecha a porta, aponta para sua máscara e diz:

— É obrigatória nos corredores e nos banheiros, mas aqui dentro, se você não se importar, podemos ficar sem.

— Se vocês não se importarem, eu também não me importo.

Nós três nos entreolhamos por algum tempo, cada um se certificando de que os outros dois estão de acordo, então Makeda e eu tiramos a máscara, e Miguel guarda a dele de volta no bolso.

Makeda faz um gesto indicando uma única cadeira dobrável encostada na parede e diz:

— Por favor.

Eu me sento e ela puxa a cadeira de trás da mesa para ficar de frente para mim, assim como Miguel. É a mesma configuração do meu consultório, e eu diria que eles têm a vantagem de estar no território deles, mas, francamente, a sala é tão sem graça que não me sinto ameaçada de forma nenhuma.

No entanto, tenho consciência suficiente de como meu passado afeta meu presente para reconhecer quando algo funciona como um gatilho, e qualquer coisa que envolva a polícia de forma mais direta do que eu assistindo a policiais na TV é sempre um gatilho. Posso permanecer calma, manter a frequência cardíaca estável, em quarenta e quatro batimentos por minuto, mas é impossível entrar em uma delegacia e não me lembrar da outra vez em que estive em uma, aos 13 anos, descrevendo todas as coisas horríveis que tinha visto.

Gordon Strong

Na noite em que os Brewers perdem o último jogo da temporada contra os Yankees, eu encho a cara. Tenho que ir até a garagem para pegar o restante do fardo de doze cervejas, o que é hilário, considerando que a geladeira de lá está quebrada há três meses. Mas Evelyn me disse que só tem espaço para um fardo de seis na geladeira da cozinha, então as duas outras caixas de Busch que comprei na promoção da Bev-Town tiveram que ficar na garagem.

Bebo algumas das cervejas quentes e assisto aos Brewers partirem o meu coração. Começo a gritar com a tela de novo, mas não falo palavrões, pelo menos não muitos, e, quando o jogo termina, tenho vontade de xingar todos os caras em campo de covardes inúteis e arremessar o controle remoto na TV, mas, em vez disso, apenas digo em voz alta: "Bem, não dá para ganhar todas."

Parece uma coisa tão justa de se dizer, uma coisa tão madura; assim que falo, fico orgulhoso de mim mesmo e me viro para ver a expressão no rosto de Evelyn e das crianças, mas elas não estão mais lá. Foram dormir, imagino. Estou sozinho na sala de estar, e me pergunto há quanto tempo.

Eu me levanto da poltrona reclinável e quatro ou cinco garrafas vazias rolam de cima de mim e dos braços da poltrona para o carpete. Eu me abaixo para pegá-las e sinto uma fisgada na lombar, como se alguém tivesse mirado com um estilingue cheio de bolinhas de gude. Então tento me endireitar, e é como se os ossos das minhas costas estivessem soltando faíscas de soldagem, acompanhadas de estalos e rangidos.

Atravesso a cozinha, curvado, pego o analgésico que Evelyn guarda na prateleira de baixo do armário de temperos, junto com as vitaminas dela. Tiro a tampa e engulo quatro comprimidos. Então me lembro de uma coisa: no fundo do armário, à esquerda da pia, é onde guardamos as bebidas destiladas.

Não bebemos muito esse tipo de coisa, nem Evelyn nem eu, só temos para quando recebemos visitas, mas, honestamente, não consigo me lembrar da última vez que recebemos gente em casa em um contexto social, a não ser que as festas do pijama de Savannah ou as maratonas de videogame de Brendan com os amigos no porão contem.

Eu me agacho um pouco sem endireitar a coluna e abro o armário, fazendo um rápido inventário: gim, vodca, uma garrafa de Kahlúa com a tampa coberta por uma crosta e meia garrafa de Jack Daniel's. Pego o Jack.

Minha coluna não gosta nada quando me levanto do agachamento. Parece uma dobradiça de porta precisando desesperadamente de WD-40. Não acho que consiga abrir um armário para pegar um copo; até mesmo o porta-canecas onde está pendurada a minha caneca de REI DO CASTELO está recuado demais no balcão para que eu o alcance.

Seguro bem firme o gargalo da garrafa e volto para a sala de estar. Primeiro, vou em direção à poltrona reclinável, mas então vejo o telefone na mesinha ao lado do sofá e penso em ligar para Remy, já que a mulher dele, Eileen, é enfermeira.

Desenrosco a tampa do Jack e tomo um golezinho. A bebida queima minha garganta e fico me perguntando se uísque estraga, mas então lembro por que não bebo essas bebidas fortes. Sentir o cheiro no bafo do meu velho quando era criança foi o suficiente para me afastar delas pelo resto da vida, mas a verdade é que só não gosto do sabor.

Agora, porém, sei que é um remédio, provavelmente a única coisa que vai anestesiar a dor nas costas sem uma receita médica, então levanto a garrafa e tomo alguns goles, como se estivesse em um comercial de Mountain Dew. Por um segundo, fico um pouco atordoado, as costas ainda latejando, mas então mais um minuto se passa, e outro, e tomo um gole mais generoso, e outro, e de repente minhas costas não parecem mais doer tanto. Meu estômago, talvez, mas minhas costas estão melhores, a pressão aliviada.

Sinto que enfim posso respirar fundo, então respiro e tomo outro longo gole do Jack, que agora tem um gosto aceitável, e consigo apreciar o dulçor amadeirado. Pego o telefone e ligo para a casa de Remy, mas a secretária eletrônica atende.

Então mais alguns goles, e está funcionando, me sinto bem, ainda melhor, na verdade, do que antes de dar um jeito na coluna. Não sei por quê, mas decido ligar para o meu velho. Já faz um tempo que não falo com ele — tento lembrar quando foi a última vez, talvez três anos atrás, quando ele teve o derrame. Acho que está na hora de saber como ele tem passado. Olho para o telefone na minha mão e aquela música me vem à cabeça: "*I just called... to say... I love you.*"

Meu velho e eu não dizemos isso um ao outro, mas eu poderia contar a ele como andam as coisas, falar das notas das crianças na escola etc.

Disco o número dele, que atende de imediato, como se estivesse esperando a minha ligação.

— Pai, sou eu — digo. Então percebo que é melhor ser mais específico, já que faz algum tempo. — Gordy.

— Gordy — diz ele, e soa exatamente o mesmo. Não o mesmo de três anos atrás, mas o mesmo de quando eu era criança. Jovem e irritado. — O que raios você quer?

— Só queria saber como o senhor está.

— Na mesma — responde ele, como se estivesse lendo a minha mente. — Estou na mesma. Você também está na mesma.

Não sei dizer se ele está bêbado. Melhor corrigir: não sei dizer *quão* bêbado ele está. Deve estar pelo menos tão embriagado quanto eu, mas, estranhamente, considerando o quanto bebi, não acho que eu esteja tão bêbado assim. Ele definitivamente não está menos, isso posso garantir.

— Como anda a saúde?

— Na mesma — responde ele. — O que você faz para viver, mesmo?

Ele não está brincando quando diz "na mesma". Meu velho sabe que trabalhei para a Kinzer por vinte anos. Ele gosta de fingir que não lembra, mas sei que lembra — ele só gosta de me passar a impressão de que não está nem aí.

— Engraçado você perguntar — digo, e é como se estivesse ouvindo essas palavras específicas nessa ordem pela primeira vez, porque na verdade não há nada de engraçado nisso. Engraçado pode significar muita coisa. Estranho. Insano.

O velho fica em silêncio. Não consigo nem ouvir a respiração dele, nem mesmo o ruído característico dos pulmões, que é sua marca registrada depois de ter fumado dois maços de Lucky Strike por dia durante cinquenta anos.

— Me mandaram embora.

— Como é? — pergunta ele, farejando uma oportunidade de me humilhar.

Está fingindo de novo — mas, desta vez, finge que não consegue me ouvir, então tenho que repetir. Para ser obrigado a ouvir de novo. Não que eu tenha esquecido, mas conversar com ele me faz lembrar: não foi o que ele fez com você; o pior foi o que ele fez você fazer consigo mesmo.

— Me demitiram, pai — digo. — O setor inteiro, então não é como se tivessem me escolhido.

— Você perdeu o emprego?

— É, eu perdi o emprego — digo, mais alto. — Junto com todo o setor. Eles dispensaram todo mundo sem nenhum tipo de aviso.

Faço isso toda vez que falo com ele, deixo a língua correr solta, porque tenho receio do que ele vai dizer, então não paro de preencher os espaços da conversa. É algo que sei que faço, mas não significa que não fique irritado.

Tomo outro grande gole de Jack e coloco a garrafa entre as coxas, mantendo a mão firme no gargalo. O velho continua em silêncio.

— Que foi, pai? — pergunto. — Sei que você tem uma opinião sobre isso, então por que não desembucha de uma vez?

Eu o imagino na velha poltrona reclinável de braços puídos na qual passou praticamente todos os minutos desde que se aposentou, quinze anos atrás. Ele estava desmaiado e se mijando nessa mesma poltrona na noite em que a minha mãe foi embora e nunca mais voltou.

Então o ouço rir. Começa com uma risadinha baixa e, em seguida, explode, e sinto o estômago embrulhar como se eu tivesse bebido leite estragado. Quantas vezes ouvi isso quando era criança: eu e os meus irmãos nos escondendo dele no porão, e ele gargalhando enquanto descia a escada cambaleando para nos dar uma surra.

Minhas mãos estão tremendo, então as coloco ao redor da garrafa e tomo mais alguns goles. Afasto a garrafa e vejo que quase a esvaziei, talvez ainda restem dois dedos. Pelo menos minhas mãos pararam de tremer.

O velho enfim parou de rir.

— Eu sabia — diz ele. — Você não conseguiria manter um emprego nem se a sua vida dependesse disso.

— Você está errado, pai — retruco, apontando para o telefone como se ele pudesse me ver. — Eu trabalhei lá por vinte anos.

— E daí? Eu nunca perdi o emprego. E ia trabalhar totalmente bêbado duas vezes por semana.

Ele se orgulha disso. É como se fosse uma espécie de honraria deturpada dos escoteiros da qual ele pudesse se gabar. O distintivo de "bêbado no trabalho". Claro, ele foi carcereiro da Prisão de Green Bay durante toda a vida, então os presos não estavam exatamente em posição de reclamar.

— Meu trabalho era diferente do seu, pai — digo. — A Kinzer é uma empresa grande, e as vendas estão caindo em todos os setores.

Ele boceja de maneira ostensiva, para deixar claro que está entediado com as minhas desculpas.

— Eles mantêm quem querem manter — rebate no fim do bocejo. — Se você fizesse o seu trabalho melhor do que todo mundo, teriam te mantido.

— Não é assim que funciona lá — digo, percebendo, enquanto falo, que não faz nenhuma diferença. Discutir com o velho não leva a lugar nenhum e sempre termina comigo socando a parede.

Ele me ignora e diz:

— Já contou para a sua mulherzinha?

— Contei, pai, é claro que contei. Ela está me apoiando totalmente.

— Claro que está — diz ele, e percebo que está se preparando para desferir um golpe. — Ela já apoiou o cavalo manco por tanto tempo, o que raios ia fazer agora?

— Ela é uma boa mulher — respondo, perdendo a paciência.

— Nisso não posso discordar de você, rapaz. Ela tem que ser uma santa para continuar do seu lado.

Talvez seja por causa do Jack, mas não fico tão irritado quanto costumava ficar quando ele me atacava dessa forma.

— Você tem razão — declaro. — Ela é de fato uma santa.

— É? — diz ele, e percebo que isso o pegou desprevenido.

Bebo um gole da vitória e penso que talvez essa seja a única maneira de falar com meu pai, bebendo uísque e me rebaixando ao nível dele. Talvez seja a única maneira de suportar ouvir aquela voz.

— Já te contei sobre Murph? — pergunta ele.

— Quem?

— Murph. O pobre coitado trabalhava comigo na prisão. A mulher dele era a dona de casa mais linda que já se viu. Sempre limpando a casa, assando biscoitos, fazendo massagem nos pés de Murph quando ele chegava do trabalho. Já mencionei que ele trabalhava no turno da noite?

O velho não espera que eu responda e continua:

— O que ele não sabia era que, assim que ele tirava o carro da garagem, ela se levantava do sofá, saía de casa e ia até o Mackey's Pub pegar um garanhão novo toda noite da semana e duas vezes aos domingos. Deixava que eles comessem ela na cama deles mesmo, enquanto os filhos sonhavam com doces no quarto ao lado. Pobre coitado do Murph. Não fazia a menor ideia — comenta ele, rindo.

Como não posso tapar os ouvidos, fecho os olhos. Sei que deveria simplesmente desligar, mas não posso, não posso deixá-lo vencer.

— Por que você está me contando isso, pai?

— Por quê? — responde ele, chocado. — Seu imbecil. Nenhuma mulher é tão boa assim. Elas estão sempre de olho, rapaz. Ainda mais uma com a aparência da sua.

— Chega, pai — digo, tentando imprimir um pouco de veemência na voz. Mas a única veemência em mim é a da bebida se revirando no meu estômago.

— Você tem um leiteiro bonitão? Um entregador de jornal?

Sinto a fúria crescer no peito.

— Você não sabe nada sobre a minha mulher, meu velho — aviso.

Parece e soa como uma advertência, mas só faz com que ele ria ainda mais.

— Claro que sei! Ela é mulher. Tem meio cérebro e uma bocetinha sorrateira. Agora, pense bem: talvez seja um amigo do seu filho. O carteiro. O vizinho da casa ao lado.

O fogo ganha vida. Eu me levanto do sofá e começo a gritar. Primeiro, grito com ele, digo que ele é um filho da puta e um imbecil e que está errado e não sabe nada sobre a minha mulher ou sobre a minha vida e que eu queria que ele tivesse morrido há três anos, quando teve o derrame.

Então começo a gritar por causa das minhas costas. Parece que os músculos da base da minha coluna foram dilacerados, as extremidades queimadas em uma grelha. Caio de costas no sofá e a dor de ficar sentado é tão intensa que apago ali mesmo, depois acordo com vômito no peito, a garrafa em uma das mãos, o telefone na outra, o tom de ligação finalizada invadindo os sonhos.

Dra. Caroline

De repente, a sala de Makeda e Miguel fica com um cheiro horrível. Se fosse um episódio de *Law & Order*, talvez o detetive dissesse: "Tem alguma coisa fedendo aqui, e não é o purificador de ar com aroma de peido."

Eles também devem estar sentindo o cheiro, mas continuam agindo como se nada tivesse acontecido, ambos inclinados para a frente na beirada da cadeira, Miguel segurando um caderninho com espiral como se fosse seu primeiro dia de aula de inglês avançado.

— O cartão de vacinação de Nelson Schack é falso — diz Makeda. — Além disso, o endereço residencial que ele te deu é de um estabelecimento comercial, e os proprietários não conhecem ninguém com esse nome. O número de telefone também não existe.

Ela diz tudo isso com uma espécie de gravidade pragmática. Como quem diz: "Eu sei que você sabe que está toda enrolada, mas vamos fingir que só preciso listar todos os fatos por enquanto."

— Isso não me surpreende — digo.

— Não?

— Não — repito. — Fiz uma pequena investigação por conta própria e agora acho que Nelson Schack talvez seja um nome falso.

— Por que a senhora acha isso? — pergunta Makeda.

Boa garota, continue assim, não vacile.

A ironia é que quero que Makeda e Miguel se saiam bem. Quero que eles peguem o cara. Mas não consigo evitar a sensação de que eu o pegaria mais rápido. E, para ser sincera, me aflige um pouco saber disso. A inteligência é, na maioria das vezes, um fardo — há inúmeros estudos sobre como algumas das mentes mais brilhantes, algumas das pessoas que realizaram os maiores feitos, as mais comprovada e indiscutivelmente inteligentes são também as mais ansiosas, as mais deprimidas e as que apresentam os maiores índices de vícios. Elas simplesmente sabem demais.

Mas, por mais que eu queira guardar meu encontro com Billy para mim mesma, acho que é melhor compartilhar essa informação. Se tivesse sido ele em cujo ombro toquei ao embarcar no ônibus, eu teria dito: "Venha comigo, Billy. Vamos resolver isso juntos." E ele teria vindo. E, quando Makeda me ligasse, eu o teria entregado a eles, embrulhado no mais lindo papel de presente para suspeitos. Mas não era ele.

Não costumo me permitir arrependimentos. O que digo aos meus pacientes é: permita-se lamentar algo por cinco, dez minutos, no máximo, em seguida jogue o arrependimento na lixeira de reciclagem mental e o transforme em ação para a próxima vez.

A desvantagem agora é que não faz sentido não dizer a verdade.

— Por algumas razões — digo. — Mas a principal delas é que acho que o verdadeiro nome dele é Billy Harbin.

Miguel levanta os olhos do caderninho, pego de surpresa e intrigado com a nova informação, mas Makeda não se abala.

— Por que a senhora acha isso?

— Porque ele me disse, Makeda. Seria útil se eu contasse a história toda?

— Por favor.

Então conto a eles a história toda. A ligação, como encontrei alguém que eu conhecia antes de vê-lo no parque, como ele fugiu e eu o perdi no meio da multidão. É tudo verdade, exceto uma torção no tornozelo, que incluí para parecer mais realista o fato de eu não ter conseguido acompanhá-lo.

— A amiga que a senhora encontrou no parque... qual é o nome dela? — pergunta Makeda.

— Georgina Melios — respondo. — M-E-L-I-O-S.

— A senhora acha que ela o viu, Schack... ou Harbin, não é isso?

— Acho que não, mas vocês podem perguntar. Terei prazer em fornecer os contatos dela — respondo, já temendo as mil conversas que terei no futuro com o corpo docente, a equipe e a comunidade de pais e alunos da escola dos meus filhos sobre esse assunto.

— O nome é Billy Harbin? — pergunta Miguel, tirando o celular do bolso do paletó, depois de deixar o caderninho de lado.

— Ã-hã, é isso mesmo. Vou te dar o número que ele usou para me ligar, mas tenho a impressão de que é um celular pré-pago.

Makeda se recosta na cadeira, e percebo que ela está pensando bastante, os olhos fixos em algum ponto ao longe.

— A senhora acha que ele tem dupla personalidade? — pergunta ela.

— O nome é TDI. Transtorno dissociativo de identidade. E ainda é cedo para dizer se Billy sofre ou não desse transtorno.

— Nelson-barra-Billy — diz Miguel, visivelmente orgulhoso por estar acompanhando o raciocínio.

— Isso — confirmo com um sorriso de aprovação.

— Então ele pode não sofrer desse transtorno? — pergunta Makeda.

— Minha opinião, como médica, é que essa condição provavelmente não existe — explico, adotando um tom mais professoral. — Acredito que as pessoas que afirmam sofrer desse transtorno fazem isso porque é conveniente para elas.

— Então ele está fingindo?

— Acho que sim — respondo. — Embora tenha que admitir que ele é um ator talentoso, se for, de fato, uma encenação.

— Então, espera, ele pode sofrer do transtorno? — intervém Miguel, o aluno aplicado.

— Correto — respondo, em seguida decido adotar um tom mais humilde. — O TDI não é uma área na qual eu seja especialista, portanto não posso afirmar com certeza, mas, se a condição for falsa e ele estiver fingindo, pode ser que mesmo assim ele acredite que é verdade, em algum nível. Então é melhor também tratarmos como verdade. Pelo menos por enquanto.

— Muitos William Harbin — diz Miguel, dando uma olhada nos resultados de sua busca.

— A senhora disse que o perdeu de vista perto da rua 9 com a Fifth Ave? — pergunta Makeda.

— Isso, tinha muita gente.

— Antes disso, quando conversaram, ele deu alguma outra informação sobre si mesmo... seja como Billy ou Nelson?

— Conversamos por alguns minutos — respondo. — É consenso entre profissionais de saúde mental que o TDI, se de fato existe, se manifesta como resultado de traumas emocionais e físicos severos, o que está de acordo com o que Billy me contou.

— Como assim?

— Ele disse que Nelson apareceu pela primeira vez quando ele tinha 12 anos e que foi o diabo que o trouxe.

— O diabo? — pergunta Miguel, mas não parece tão chocado quanto eu imaginaria.

Makeda também não parece abalada. Fico um pouco impressionada, mas, pensando bem, eles são policiais no Brooklyn. Já devem ter visto todo tipo de coisa. Não tanto quanto eu, mas muita coisa.

— A senhora se lembra das palavras exatas dele? — pergunta Makeda.

— Lembro, ele disse: "O diabo o trouxe quando eu tinha 12 anos. Ele disse que queria me ajudar, então me deu um amigo chamado Nelson." Estou deduzindo que ele, Billy, sofreu algum tipo de abuso e criou Nelson como um mecanismo de defesa.

— Mas a senhora também acha que ele está fingindo?

— Em algum nível. Ele pode ter se convencido muito tempo atrás de que Nelson era real, mas há algum grau de consciência da parte dele. De novo, isso é apenas uma teoria minha.

Makeda apoia os cotovelos nos joelhos e entrelaça as mãos.

— Então a resposta à pergunta se ele de fato tem dupla personalidade... TDI — diz ela, corrigindo-se — é irrelevante.

— Certo — respondo. — Traumas costumam dar origem a comportamentos antissociais na vida adulta, se não a uma psicopatia completa, por isso a história dele faz muito sentido, na verdade.

Miguel passou do leve choque para uma expressão que lembra a de um surfista chapado. Makeda parece intrigada.

Então ela pergunta:

— Mas uma pessoa antissocial não é necessariamente um psicopata, certo?

Isso me faz hesitar. Fico surpresa e um pouco irritada por não poder exibir meu conhecimento.

Ela continua:

— Antissocial é o caminho; psicopatia é apenas um dos destinos?

Acho que o que realmente me incomoda é o fato de Makeda não estar tentando me impressionar: seu rosto não exibe nenhum sinal de que ela esteja se gabando.

— É exatamente isso — confirmo.

— Então, se Nelson, também conhecido como Billy, tem TDI, é sociopata, psicopata ou apenas antissocial, essa não é a pergunta que precisamos responder agora, concorda?

— Concordo — digo, fazendo o possível para esconder a constatação de que talvez eu realmente tenha subestimado Makeda. — Acho que, no fundo, só temos uma pergunta a responder: para onde ele foi?

— Eu tenho outras perguntas além dessa — acrescenta ela.

Então me dou conta, não que isso nunca tenha passado pela minha cabeça, de que ela me chamou até esta saleta fedida não para exibir tudo o que aprendeu no podcast da *American Journal of Psychiatry*, mas porque alguma coisa na minha história original não fazia sentido.

— Eu também, Makeda — digo. — Muitas, mas até encontrarmos Billy Harbin não há muito mais que eu possa fazer.

Ela reflete sobre isso. Não gosta do fato de eu estar me esquivando da perspectiva de ser interrogada de novo. Uma pena, sinto muito.

— Quando o localizarmos, vamos aguardar ansiosamente sua avaliação psiquiátrica — diz ela, recuperando-se rapidamente. — Mas, se entendi o que a senhora disse, se estamos trabalhando com a suposição de que, se Billy Harbin tem TDI, então ele está ciente de sua identidade alternativa como Nelson Schack, ou vice-versa, então isso nos obriga a retroceder alguns passos e nos leva de volta ao motivo pelo qual a chamei aqui em primeiro lugar.

— Você chamou mesmo, não chamou? — digo. — Mas agora, já que discutimos isso, o que mais pode haver?

Mantenho o tom calmo, mas firme, para enfatizar o pragmatismo da minha resistência. Meu tom diz: "Você não vê que temos mais coisas em comum do que diferenças, Makeda?" Quer dizer, eu não acredito nisso, não de verdade, mas ela me encurralou, então não tenho escolha a não ser recorrer a algo mais agressivo, as palavras mágicas das mulheres trabalhadoras em toda parte:

— Não queremos desperdiçar o tempo uma da outra.

— Não, definitivamente não — diz ela. — É por isso que vou ser breve e depois deixo a senhora ir.

Não acho que ela tenha dito isso por acaso: "Deixo a senhora ir." O que dá a entender que, neste momento, estou presa.

— A senhora não mencionou sua história antes.

Há um tom confiante na voz dela que não me agrada muito.

— Não achei que a minha história pessoal fosse particularmente relevante. Ainda não acho.

— Talvez eu discorde da senhora nesse ponto — retruca ela.

De muitas maneiras, estou torcendo pelo sucesso de Makeda, mas agora que ela está deliberadamente tentando vasculhar o meu hipocampo com seus dedos rechonchudos, estou inclinada a erguer uma nova barreira, tijolo por tijolo.

— Em primeiro lugar, não é uma "história" — digo, fazendo aspas no ar. — É a minha vida. Em segundo lugar, não é algo que eu discuta com pessoas que não conheço bem.

— Entendo. Mas espero que a senhora entenda que o meu trabalho — diz ela, com a mão no peito — é traçar linhas, enxergar padrões, fazer conexões. Assim como o seu.

Ela parece muito orgulhosa dessa frase. Me poupe da sua gestalt, querida.

Ela continua:

— Schack te procura e confidencia que vai matar alguém. Ele pode ter pesquisado antes e descoberto que a senhora tem experiência no assunto.

— Experiência em que assunto? Em ouvir confissões? — digo, alisando um amarrotado na perna da calça. — Óbvio. Ele não seria o primeiro paciente a me tratar como um padre.

— Não — diz Makeda, balançando a cabeça suavemente. — Não como um padre. Como uma testemunha de assassinato.

Ela abre bem os olhos e finge ingenuidade, como se essas fossem perguntas absolutamente banais que ela faria a qualquer pessoa.

— Então, sua teoria é de que o homem que se autointitula Nelson Schack decidiu matar alguém e pesquisou no Google "terapeuta com experiência em testemunhar assassinato", e desse jeito ele chegou até mim. É só a opinião de uma cidadã comum, mas acho que isso soa como uma conexão bem frágil, na melhor das hipóteses.

Makeda mantém um sorriso de lado controlado. Percebo que está satisfeita com minhas tentativas de evitar sua linha de questionamento. Ah, como vai ser satisfatório acabar com a confiança dela. Ela junta as mãos como se fosse rezar. É melhor começar a rezar para alguém, sacou, garota?

— Perdão — diz ela, cheia de benevolência. — Então, por que a senhora acha que ele te escolheu? De todos os terapeutas do Brooklyn?

Então tudo se encaixa: eu não havia compartilhado com ela a segunda parte da confissão de Nelson, aquela em que ele disse: "Eu sei quem você realmente é"; o que implicaria que a conexão não era tão frágil, afinal de contas. Mas nunca contei isso a Makeda, e aqui está ela, farejando a verdade como se fosse uma trufa debaixo da terra.

— Ele não me disse — respondo. — Mas, se eu tivesse que arriscar um palpite, foi porque ele sequestrou Ellen Garcia, e ela é a chave de tudo isso.

Eu os encaro, ambos aparentemente perplexos.

— Não é? — digo. — De alguma forma, ele conhece Ellen Garcia, provavelmente a fetichiza a distância. Um dia, finalmente, cria coragem de dar uma pancada na cabeça dela com o cano de chumbo na sala de jantar e depois a tortura por diversão. Ele lê todas as merdas que ela escreveu para o *Brooklyn Bound* e conclui que seria muito divertido focar nas pessoas que ela difamou.

— Para incriminar essas pessoas — sugere Miguel, aparentemente ainda acordado.

— Para desviar o foco — corrijo. — E, sim, para incriminar essas pessoas.

— Então como ele se fixou em Ellen Garcia? — pergunta Makeda, dando de ombros com um ar de brincadeira. — Desculpa, mas me parece uma obsessão bem específica, querer incriminar os inimigos dela.

Ela continua a jogar um joguinho comigo. Percebo que ela acha que ganhou uma rodada ao me fazer perder a paciência, e talvez tenha ganhado. Mas só acaba quando termina, Makeda. Sabe quem disse isso? Yogi Berra e Lenny Kravitz. Um falando de beisebol e o outro cantando sobre amor. Savannah Strong e eu costumávamos ouvir aquele CD sem parar, imaginando como seria ficar com Lenny Kravitz e como nossos pais enlouqueceriam se a gente namorasse um homem negro. Mesmo que ele tivesse pele clara e fosse rico.

No quarto dela, ouvíamos Lenny, House of Pain ou Stone Temple Pilots. Savannah tinha uma caixa de plástico cheia de CDs de singles que usávamos para fazer mixagens para nossas festinhas. Eu sempre levava *Check Your Head*, dos Beastie Boys, quando dormia na casa dela; ouvia as músicas desse disco todo dia de manhã e à noite. Se tem uma coisa que o Spotify não consegue fazer é provocar a reação pavloviana de empolgação produzida pela arte da capa de um álbum ou até mesmo pelo CD em si. Meu coração acelerava toda vez que eu via o vermelho aveludado de *Check Your Head*, com o logotipo da Grand Royal no topo.

Mas Makeda não precisa saber nada disso.

— Por que Ellen Garcia? — pergunto a ela.

— É, por que ela?

Deixo escapar um suspiro, frustrada de verdade, e digo:

— Não sei. Ele a acha bonita, gosta de como ela fica quando bota um caftã? Ela pode estar na rota de entregas da FedEx dele ou eles podem ser vizinhos. Sei que só o encontrei brevemente, duas vezes, mas, se me permite sugerir uma direção, que tal parar com essas perguntas inúteis e começar a focar em pessoas que moram ou trabalham perto o suficiente de Ellen Garcia para persegui-la?

— Porque nosso suspeito provavelmente está obcecado por ela — diz Makeda, e não sei se ela está concordando comigo ou apenas regurgitando tudo que digo.

— É — respondo.

Miguel está concentrado no celular de novo e, neste momento, tanto ele quanto Makeda parecem estar tantos passos atrás de mim que acho que ele provavelmente desistiu do caso e está apenas clicando em todos os quadrados com postes de luz para poder entrar de novo em sua conta da Zappos.

— Pode ser — concede Makeda. — Ou ele lê tudo sobre a senhora e o seu passado na internet, sequestra alguém que te fez mal recentemente, depois aparece para te contar sobre isso, fingindo ter dupla personalidade para te deixar na dúvida. Mata a vítima de inanição como uma oferenda... para a senhora. Ou para te incriminar de alguma forma, não sei, a senhora só esteve com ele duas vezes.

Nesse momento, ela tem a audácia de suspirar, como se estivesse exausta por eu ter levado tanto tempo para entender isso.

— Então, se nós encararmos as coisas dessa forma, parece que Ellen Garcia não passa de um peão no tabuleiro. Ele não está obcecado por ela, de jeito nenhum — diz ela, erguendo as sobrancelhas em desafio. — Ele está obcecado pela senhora, Dra. Strange. A senhora é a rainha.

Ellen Garcia

Olhos abertos. Há um cheiro. Não é do mijo no meu short nem do suor acima do meu lábio nem o cheiro do cômodo onde estou presa, com o qual levei um tempo para me acostumar — aquele cheiro de "pó de giz logo depois de limpar o apagador". Tem alguma coisa nova agora: amadeirado, doce e familiar, poderia ser um produto de limpeza, mas faz meus olhos secos lacrimejarem e os pelos do meu nariz se arrepiarem, e é por isso que eu sei: perfume. Posso enfiar o nariz em um pote de lenços umedecidos com alvejante e não sentir nada, mas, se houver uma senhora no mesmo vagão de trem que eu com Chanel nº 5 atrás das orelhas, começo a espirrar, mesmo se estiver de máscara.

Espirro e, de repente, aprecio a umidade que isso traz à minha boca. Não houve mais pão nem água desde a primeira vez. Ainda estou encarando a garrafa vazia. Já lambi, chupei e suguei a boca da garrafa em busca de uma última gota e, ao passar a esponja seca da minha língua nos lábios, percebo, com alívio: preciso fazer xixi.

Isso é algo que todo mundo sabe, que se pode beber o próprio xixi. Quer dizer, é uma frase problemática: quando alguém tem acesso ao xixi de *outra* pessoa? Mas isso é uma coisa real, testada e comprovada. No momento, para mim, é uma questão de mecânica.

Não estou muito confiante de que consiga me sentar, muito menos colocar a mão em concha embaixo das minhas partes e urinar nela com sucesso. Mas se eu conseguisse mirar na garrafa de água, teria uma chance. A garrafa com o rótulo *Caroline*.

E quem diabos é Caroline? Namorada, esposa, mãe? O Assassino Psicopata é uma mulher? Ele é Caroline? Ou eles são Caroline?

Sei que tenho que tentar; a necessidade supera a hesitação; tenho vontade de arranhar a pele do pescoço de tanta sede. Eu me levanto para me sentar, e sinto o latejar na cabeça, a cadência acelerando e desacelerando como bolas de pingue-pongue em um globo de bingo. Desabotoo o short e sei que tenho que levantar o traseiro para tirá-lo. Antes eu precisava me contorcer, mas, olha só, ótima dieta aqui neste cômodo fechado, devo ter perdido peso, porque o short está frouxo na cintura. Não desanimem, senhoras: vocês também podem alcançar suas metas fitness; basta serem sequestradas para ver os quilos desaparecerem.

Isso significa que vou ter que reunir forças. Não sou muito boa em reunir forças em situações normais. Sou muito habilidosa em reunir fraquezas. Se houver uma opção mais fácil, é essa que vou escolher. Se tiver que decidir entre passar a tarde maratonando o canal de compras QVC no conforto do meu sofá ou ir para uma aula gratuita de zumba no parque, vou escolher o canal de compras. Se ajudar um colega repórter implicar perder o melhor ângulo da matéria, não vou ajudar. E, se mentir para o meu marido sobre talvez ter dado uns amassos no banheiro de um bar com esse mesmo colega repórter for mais fácil do que contar a verdade, vou mentir em toda oportunidade.

Não que eu já tenha feito qualquer uma dessas coisas.

Mas a pequena Bella, fonte de luz e calor, minha mão em sua bochecha aveludada — esse é o prêmio, e isso alimenta o pouco de energia que ainda tenho. Apoio a palma da mão direita atrás de mim e estico o braço, empurro, empurro e empurro, empinando meu traseiro. Isso deve ser algum tipo de exercício para glúteos dos tempos de Jane Fonda: "Vamos lá, meninas, contraiam essas nádegas, empurrem uma Barbie bem lá pra dentro e arranquem a cabeça dela."

Meu braço treme, mas trabalho rápido. Baixo o short com a mão esquerda, enganchando o polegar na calcinha e puxando-a também, só o suficiente para passar pelo saco murcho que é a minha bunda. Em seguida, pego a garrafa e miro o melhor que consigo.

Quando estava em trabalho de parto, depois que me deram a epidural, tive que ficar sobre uma comadre para esvaziar a bexiga, agachada na beirada da cama do hospital, mas eu tinha Chris segurando um braço e uma enfermeira segurando o outro, e estava rindo porque era ridículo e porque estava muito, muito chapada. E não tenho nenhum desses quatro fatores de conforto agora: drogas, Chris, a enfermeira, alegria diante do absurdo.

Troco a mão direita pela esquerda na posição de apoio, pego a garrafa vazia com a direita, e o xixi simplesmente sai; nem preciso mais fazer força ultimamente. Acho que é o destino de uma mulher de certa idade que já expulsou um bebê em algum momento. É quase uma resposta pavloviana agora; assim que vejo qualquer coisa que dê uma dica para minha bexiga, já é suficiente, e nem precisa ser um vaso sanitário; pode ser só eu vendo a porta do meu apartamento enquanto procuro a chave, e a minha bexiga de alguma forma sabe que tem um banheiro lá dentro, então ela simplesmente relaxa, tipo, "ah, perto o suficiente".

É um fluxo selvagem, incontrolável, desenfreado. Filetes mornos escorrendo pelos meus dedos e pelo gargalo da garrafa, mas uma parte está entrando; sinto a garrafa ficando mais pesada, embora seja difícil ver exatamente quanto. Então termino.

Faço força, tentando extrair um pouco mais, mas sinto a pontada de uma cistite nascendo, então paro, porque essa é a última coisa da qual preciso. Não há muito antibiótico disponível nesta farmácia subterrânea.

Deixo minha bunda cair no chão e coloco a garrafa de lado, sacudindo as gotas dos dedos. Dentro, tem pouco mais de um centímetro de líquido. Subo um pouco a calcinha e ajeito o short

— fica no meio do caminho, mas está de bom tamanho. Posso estar em uma situação extrema, mas não vou ajudar esse cara a realizar seus objetivos pervertidos, nem a pau.

Pego a garrafa de novo e a levo ao nariz. Um buquê refinado. Picante, com notas de cedro e pinho. É agora ou nunca, como os adolescentes cantam em *High School Musical*. Aperto o nariz com dois dedos e tomo um gole. É chá, é água com limão em um spa, não é urina rançosa do meu corpo deteriorado.

Mesmo assim, quase cuspo. O cérebro ainda domina o corpo, mas consigo engolir. Um gole, pelo menos. Sei que, quando destampar o nariz, vou sentir o gosto da urina ainda grudado à língua e ao céu da boca. Faço uma pequena contagem regressiva. Cinco, quatro, três, dois, um. Solto os dedos.

Tusso. Sinto o cheiro, sinto o gosto, engasgo e tenho ânsia de vômito, me lembro do medo quando tive Covid logo no início, em março de 2020. Quer dizer, talvez eu nem estivesse com a doença — na época, ainda não dava para fazer o teste —, mas fiquei resfriada e com tosse e não consegui sentir o cheiro nem o gosto do meu café por uma semana, e avisei a Chris, que àquela altura já tinha pedido que déssemos um tempo, que era melhor ele ficar com Bella na casa dele até eu estar liberada. Se pudesse recuperar apenas a anosmia, faria isso, porque, se não sentisse o cheiro da urina no meu hálito, ficaria bem, mas, agora que sinto, o fedor faz meu estômago revirar, o ácido subir pelo esôfago, os olhos arderem e lacrimejarem.

Mas então acontece algo que desvia minha atenção da náusea: a porta se abre.

Meu instinto é correr, mas esse projeto começa e termina muito rápido. Tento me levantar, mas não consigo nem ficar de quatro, meus braços e pernas cedem enquanto estreito os olhos para a porta e o vejo, só que ele é apenas uma sombra, recortada contra uma luz amarela intensa, e os meus olhos lacrimejam como calhas quebradas, lágrimas escorrendo pelas pálpebras e pelos cílios.

Tento ficar de pé de novo, pensando: Bella Bella Bella. O mantra chega aos meus grupos musculares, bombeia o sangue e fico de quatro, depois ajoelhada. Apoio o peso na perna e no pé direitos e fico tonta e enjoada, mas continuo. Bella Bella Bella, e então consigo: a força de dez mães ruins, mais duas. Estou de pé, de frente para ele, que não se move, só fica parado, me observando. Ele é alto e magro, usa máscara cirúrgica e boné de beisebol, jeans, moletom cinza com capuz e tênis branco. É hora de agir.

Eu me lanço para a frente, sem pensar; no meio do movimento, penso: "Ele não é tão alto nem tão forte, tenho uma chance." Mas então ele vem na minha direção, rápido, e joga algo do tamanho de uma pasta de arquivos no meu peito. Não é pesado, mas me pega de surpresa; tento segurar o objeto e perco o equilíbrio, caio de bunda e minha cabeça é projetada para trás, chocando-se contra o chão.

Um calor irradia do meu crânio, e sinto gosto de sangue na boca, onde os dentes devem ter mordido a língua com o impacto. Meus dedos ainda estão segurando o que ele jogou em mim; sem olhar, a princípio acho que é um daqueles livros de colorir para adultos — que gentil da parte do meu sequestrador, investir na minha jornada de *mindfulness*.

Então olho para baixo e vejo que é um exemplar do *New York Post*. Eu reconheceria a fonte em negrito e a propaganda fascista velada em qualquer lugar. Pinga sangue do meu lábio inferior para o papel e escorre pela capa, tipo um vampiro recém-alimentado.

O homem vem na minha direção, e eu largo o jornal, me apoio no chão com as mãos e tento me afastar dele, mas mal consigo me mover, me deslocando apenas um ou dois centímetros. Então ele se inclina sobre mim e seu rosto fica bem próximo do meu, e me encolho, porque é tudo o que posso fazer, e fecho os olhos, o único escudo que me resta, mas algo me diz para olhar para ele, então olho nos olhos dele, e eles são surpreendentemente bonitos, azuis e claros, com rugas nos cantos, e penso que ele provavelmente foi traído por uma garota no nono ano ou a mãe ferrou a cabeça dele, e penso: "Vai se foder, cara, você não vai me arrastar para o fundo do seu buraco de merda misógino e catártico, guarda esse lixo mental para o seu terapeuta de merda." Então levanto as mãos, agarro o moletom dele com os dois punhos e digo:

— Que caralhos você quer?

Quero gritar, berrar, fazer as paredes tremerem, mas o que sai é apenas um coaxar triste.

Ele não responde, apenas empurra o jornal no meu peito, e vejo sua mão, reparo que ele tem unhas limpas e bem-cuidadas demais para um assassino, e caio de volta no chão, então não consigo mais ver os olhos dele, porque ele segura um celular na frente do rosto, tira uma foto com o flash ligado, o que me dá vertigem e faz meus globos oculares se revirarem nas órbitas.

Ele vai embora, tão rápido quanto veio, enquanto o sangue enche a minha boca e a minha cabeça lateja, as pálpebras tremem, e é só então que me dou conta de que acho que o conheço.

Dra. Caroline

Acordo no carro estacionado a uma quadra de casa e percebo que fechei os olhos por alguns minutos depois da minha conversa com a nata da polícia de Nova York.

O bilhete de Jonas sob minha taça de vinho pela metade na cozinha diz: *Fui dormir... Fica para outra hora*. Então, vejo que ele desenhou um reloginho. Pego a taça e termino o vinho morno em um único gole. Lembra urina.

Conheci um rapaz no meu primeiro ano da faculdade de medicina, na aula de histologia e patologia, que adorava o cheiro. Precisei de alguns meses de namoro para perceber que ele só ficava excitado se sentisse o cheiro — eu poderia fazer um tour pelos banheiros dos bares de Morningside Heights e mostrar quais tinham as pias mais firmes. Já pesquisei o nome dele no Google em momentos de tédio e curiosidade, como todo mundo faz. Antes um estudante de medicina judeu bonito e de cabelos escuros, agora um oftalmologista judeu calvo e meio barrigudo. Nada no LinkedIn indicando se ainda gosta de cheiro de xixi.

Pego um vinho verde fechado na geladeira e vou para o meu escritório. Eu me sento à mesa e tiro a rolha, servindo-me de uma dose generosa. Dou um toque no teclado para reativar o computador.

Pesquiso por "Nelson Schack William Harbin", mas só aparece abobrinha. Essa era uma expressão que a minha querida mãe usava com certa regularidade. "Não passa de abobrinha", dizia ela, enfiando no triturador de lixo da pia os restos de um bolo de chocolate que havia juntado com um garfo. Mas ela não abria a água nem acionava o triturador.

Os resultados da pesquisa são ainda menos gratificantes do que bolo de massa pronta. Nem mesmo o economista peruano aparece, apenas relatórios antigos do censo e páginas "em memória de", mas, depois de alguns cliques, vejo que são todos pistas falsas. Não consigo encontrar nenhuma página em que os dois nomes apareçam juntos.

Tomo um gole de vinho. Está tão gelado, com aquele leve toque mineral, uma efervescência que desaparece em menos de um segundo na língua. Nunca mantive um diário de gratidão, embora recomende essa prática a alguns pacientes, sejam aqueles que precisam de foco em meio à depressão, sejam aqueles que são só um pouco mimados e precisam imaginar como seria a vida sem esses pequenos prazeres do cotidiano. Pessoalmente, não preciso imaginar nada disso, ninguém no bairro onde fui criada sabia o que era vinho verde; o único vinho que conheciam tinha Seagram's ou Boone's no rótulo e tinha gosto de fruta velha. Tudo isso para dizer que nunca senti necessidade de manter um registro das coisas pelas quais sou grata, mas, se fizesse esse registro, vinho verde gelado seria o número um hoje.

E então, com aquela adorável efervescência, sei o que tenho que fazer em seguida. Não vou encontrar Billy procurando por ele de fato. Preciso imaginar que sou ele.

Pesquiso "sobrevivente" no Google e acrescento "assassinato violento família".

E lá estou eu, em preto e branco. A vizinha da casa ao lado, Caroline Strange.

Aparecem apenas alguns resultados, a maioria do *Journal Sentinel*. Os veículos de notícias costumam omitir o nome de crianças, por força de determinações legais e/ou princípios éticos, mas, quando as vans chegaram à nossa casa, minha mãe levantou sua bunda enorme das almofadas afundadas do sofá e assinou de livre e espontânea vontade todos os formulários de autorização que foram apresentados. *Podemos usar o nome/idade/altura/peso/signo da sua filha de 13 anos? Podemos dizer que ela está naquela fase intermediária estranha da puberdade? Podemos dizer que ela estava claramente destinada a ser coadjuvante de Savannah Strong, sempre bronzeada, que nem precisava de maquiagem e bondosa com todas as criaturas?*

Tudo bem, talvez eles não tenham escrito tudo isso, mas parecia ser a sugestão implícita. Na verdade, minha Querida Mãe não precisou ser convencida de nada.

Então veio o longo e duro nono ano, durante o qual fui objeto de pena e repulsa, esmagada e sufocada pelo espaço negativo criado pela ausência de Savannah. É difícil processar o luto quando se está ocupada sendo sem-graça e impopular. Sem mencionar a questão do sono — minha leve narcolepsia era em parte herdada, mas em grande parte manifestada pelo estresse pós-traumático e fazia com que eu pegasse no sono em momentos inoportunos, para dizer o mínimo. Uma vez no chão do vestiário feminino, outra vez sentada no vaso sanitário do banheiro na festa de formatura. Por mais difícil que seja imaginar, isso não despertou a simpatia dos meus colegas do ensino fundamental. É claro que tudo mudou no ano seguinte, no ensino médio. Mas não foi de muita utilidade para mim aos 13 anos.

Li as declarações que dei na época. A melhor amiga de Savannah, que estava na casa dela para uma festa do pijama, dormiu durante todo o ocorrido. "Só encontrei eles daquele jeito."

É verdade, e, apesar de ter acontecido há quase trinta anos, está bem aqui diante de mim: a lembrança, a sensação de cambalear pelo corredor coberto por tapetes de borracha. Consigo respirar; sinto o cheiro. De fato, toda vez que vou a um churrasco, se estiver sentada perto da carne logo antes de ela ir para a grelha, tudo volta. Porque é o mesmo cheiro. Sangue e carne morta. Seria de esperar que isso me tornasse vegana, mas não, a minha família comia McDonald's duas ou três vezes por semana, e esse hábito me acompanhou nos primeiros anos da faculdade e na especialização em medicina.

Agora só me permito comer carne cerca de uma vez por mês, para controlar a ingestão de gordura e o colesterol, e, quando como, aprecio, mas isso nunca vai deixar de me transportar de volta ao corredor do andar de cima da casa dos Strong naquela manhã, ao assobio do ventilador embutido na janela do banheiro espalhando aquele odor.

Continuo rolando a página de resultados. Faz muito tempo que não vejo as notícias sobre mim e acho que talvez as tenha inflado e multiplicado na memória, porque, na verdade, não são tantas assim. O *Journal Sentinel* e um pouco de CNN, uma entrevista exclusiva com Helene Garelick, do Channel 5 (a versão genérica da Oprah do Wisconsin) e o especial do *48 Hours*, para o qual minha mãe mais uma vez abriu mão de qualquer resquício de privacidade que eu pudesse ter; ela praticamente escreveu o roteiro para os produtores de cérebro atrofiado. Ela já havia assistido a tantos desses programas que sabia cada virada e gancho antes do corte para o comercial; tudo o que teve que dizer foi: "Vocês podem usar a história da minha filha como a reviravolta. A única sobrevivente do Massacre da Família Strong."

Ela estava certa e errada ao mesmo tempo. Não estou nem me referindo à ética da coisa, porque não há dúvida de que ela estava errada, no nível mais podre possível. Estou me restringindo puramente à precisão semântica; era evidente que eu estava viva, andando, falando e comendo McDonald's três vezes por semana, mas o problema está na palavra em si: "sobrevivente". Para ser um sobrevivente, é preciso ter sido um alvo ou uma vítima — de um naufrágio, de um crime de guerra, de um assassino. E não fui nada disso.

Não escapei pela janela quebrada no último minuto, nem fiquei com o cadarço do meu tênis K-Swiss preso em um prego enferrujado; não tentei puxar minha perna para me desvencilhar enquanto sussurrava: "Por favor, por favor"; não dei um chute em Gordon Strong, que usava uma máscara de goleiro de hóquei, enquanto ele agarrava o meu tornozelo, apenas para acabar segurando o meu tênis vazio enquanto eu caía na grama, machucada, mas viva.

Não. Eu estava dormindo no saco de dormir do irmão de Savannah, Brendan, no chão do quarto dela o tempo todo. Eu adorava aquele saco de dormir velho e fedorento porque, secretamente, era apaixonada por Brendan Strong, e o saco tinha o cheiro dele: suor de garoto, fumaça de fogueira e um toque de fedor de gambá de uma viagem de escoteiro, muito tempo antes. Minha mente atrofiada e cheia de hormônios enlouquecia com as possibilidades do que ele poderia ter feito naquele saco — eu só podia esperar que tivesse envolvido horas de autoestimulação furtiva.

Não sobrevivi a nada e, como resultado, não senti nenhuma culpa de sobrevivente. Certa vez, tive uma paciente que sobreviveu a um incidente com um atirador, uma jovem que se barricou na sala de cópias do escritório com alguns colegas de trabalho enquanto o amante rejeitado de alguém disparava em todas as direções do lado de fora, matando sete pessoas e ferindo doze. Naquele momento, a moça não sabia, mas o instinto foi o que salvou sua vida: um assassino como aquele não ia se dar ao trabalho de lidar com portas e fechaduras; qualquer alvo disponível servia. Ela carregava uma enorme culpa de sobrevivente e me perguntava com total franqueza: "Por que eles e não eu?"

Dei a ela todas as respostas de terapeuta: não há sentido em uma tragédia como essa; você não fez nada de errado; agora você tem a oportunidade de honrar a memória deles. O que eu nunca disse, mas que é a mais pura verdade: "Você sobreviveu porque tomou a decisão certa. Porque você foi esperta na fração de segundo em que isso importava."

Havia motivo para ela sentir culpa, e isso parecia lógico na matemática da saúde mental. Eu, por outro lado, nunca tive culpa porque a resposta para a pergunta era óbvia: eu não me tranquei no quarto de Savannah nem me escondi no meu casulo com cheiro de Brendan para sobreviver. Eu estava dormindo, usando os meus fones de ouvido dobráveis e acolchoados da Sony, com as faixas de *Check Your Head*, dos Beastie Boys, tocando nos alto-falantes dos meus sonhos. Às vezes, ainda acordo cantarolando o riff de guitarra de Jimi Hendrix/Curtis Knight da abertura de "Jimmy James".

Mais simples ainda: Gordon Strong não dava a mínima para mim, não estava nem aí se eu ia viver ou morrer. Quando as fissuras em sua psique por fim cederam nas primeiras horas daquela manhã e ele se convenceu de que a única solução era matar a família antes de se enforcar no porão, ele não estava pensando em mim.

Afinal, ele não era meu pai. Eu tinha plena consciência de que eu deveria ser grata por Chuck e Lil. Quer dizer, pelo menos eles não eram assassinos psicóticos; já era alguma coisa. Para ser sincera, eu de fato amava o meu pai. Na verdade, passei a respeitá-lo muito pela forma como se aprimorou, treinando para ser paramédico já na meia-idade, mesmo que ele trabalhasse tanto e por tantas horas que muitas vezes pegava no sono no meio de uma conversa. Tenho certeza de que foi daí que herdei a minha capacidade de adormecer, voluntariamente ou não, embora a dele nunca parecesse ter sido induzida por estresse. Como resultado, aprendi a falar rápido sobre os meus sentimentos, mesmo que fosse apenas para fazer reclamações típicas de adolescente, antes que ele apagasse de exaustão. Em retrospecto, agora vejo que isso me ajudou na minha jornada para me tornar uma profissional de saúde mental, já que boa parte do que faço é destilar o caos interno dos pacientes em algumas frases bem-formuladas e um diagnóstico certeiro. Portanto, acho que devo isso a ele.

Mas minha mãe, não. Não devo absolutamente nada a ela. Ela era ainda pior como esposa do que como mãe, o que já diz muito. Quando quisesse, poderia ter arrumado outro emprego depois de perder o dela como recepcionista no hospital onde ela e o meu pai se conheceram, mas alegava que não conseguia, que era "ansiosa" demais para ficar cercada de gente. Então tudo o que fazia era ficar sentada no sofá, comendo compulsivamente e oferecendo a filha às revistas de notícias.

E ela nem fez isso por dinheiro, o que é o mais surpreendente. Veículos de notícias locais não pagavam por declarações e entrevistas de testemunhas oculares, e a entrevista ao *48 Hours* foi um pagamento único. Ela não estava em busca de notoriedade, que, de qualquer forma, não era muita. Tinha vergonha da própria aparência, com razão, e da agorafobia não diagnosticada.

Na verdade, só há uma resposta. Veja bem, a razão pela qual ela nunca acionava o triturador da pia depois de raspar o bolo de chocolate da forma ou os restos de ovo mexido ou as sobras de um sanduíche de presunto assado com mel era porque à noite, quando o meu pai estava trabalhando ou na cama e eu supostamente estava dormindo, minha mãe voltava para a cozinha e comia toda a comida que tinha ficado no ralo ao longo do dia. Mesmo que o leite tivesse coalhado e os frios estivessem mornos, ela tirava aquela nojeira com os dedos e comia tudo, engolindo sem mastigar.

Eu sei porque um dia a flagrei. Ela não me viu, mas vi claramente o que ela estava fazendo. Na noite seguinte, fiquei acordada, desci à mesma hora e a vi fazendo a mesma coisa de novo. E na noite seguinte. Então parei. Uma vez poderia ter sido um acaso, duas vezes, uma coincidência, mas três vezes era um padrão. Fiquei ainda mais enojada dela do que antes, algo que não achava possível. Minha mãe literalmente comia o lixo da nossa família, e não porque acreditasse firmemente em sustentabilidade alimentar, mas porque era uma porca. E mesmo porcos de verdade não comem lixo e podem até incorporar grãos integrais à dieta, algo que acho que minha mãe nunca fez.

Portanto, é e não é uma metáfora: ela sobrevivia do que eu rejeitava, do que era repugnante ou repulsivo para mim, para nós. Ela se empanturrava disso.

Outra razão para eu não ser uma sobrevivente: um resultado comum da culpa é desejar que você também tivesse morrido.

Nunca desejei isso, embora muitas vezes desejasse que, de alguma forma, minha mãe tivesse cruzado o caminho da tesoura de jardim de Gordon Strong.

Gordon Strong

Estou no sofá há dois dias, levantando só para ir ao banheiro. Toda vez que me sento ou fico de pé, tenho espasmos na lombar. A dor é tão intensa que lágrimas escorrem dos meus olhos antes mesmo que eu perceba.

Observo as crianças indo e vindo, assim como Evelyn — nos dois dias, ela deixou um sanduíche em um prato coberto com papel-manteiga e uma garrafa de limonada no chão, ao meu lado. Talvez eu tenha sido um pouco grosseiro com ela de manhã, mas é só por causa da dor. No segundo dia, planejo compensá-la assim que ela voltar para casa, dizer que está bonita, mas, quando a porta se abre, ouço a voz dela e a de um homem. Velho demais para ser Brendan. Percebo quem é pouco antes de eles entrarem na sala.

O maldito do Chuck Strange.

Evelyn está com a mesma cara de quando passeia de barco — pálida e nauseada — e fico satisfeito. Ela sabia que não devia ter feito isso. Eu a encaro, furioso, e ela desvia o olhar.

Chuck está vestindo um uniforme azul de hospital, fingindo ser médico de verdade.

— E aí, Gordon — diz ele, animado. — Problemas nas costas?

Quase respondo "Nossa, Chuck, como você adivinhou?"; mas Evelyn intervém antes:

— Achei que Chuck podia dar uma olhada em você. Já que ele é da área médica.

— Área médica — repito, sentindo a saliva se acumular nos cantos da boca. — Espera, Chuck, você não é auxiliar? Tipo um segurança?

Chuck dá uma risadinha. Penso em como ele é um verdadeiro trava-língua ambulante: o chato do Chuck chegou.

— Foi exatamente o que eu disse para Evelyn, verdade seja dita — diz ele.

De onde um homem feito tira uma expressão como essa, "verdade seja dita"? Parece até uma senhorinha jogando cartas no clube.

— Ele não é só um auxiliar — corrige Evelyn. — Está estudando para ser paramédico.

Chuck dá de ombros, todo humilde, o que já é ruim o suficiente, mas então o filho da puta ainda tem a coragem de corar.

— "Estudando" é a palavra-chave — retruca ele. — Não sei se posso ajudar, Gordon, você deve precisar de um quiroprata.

— Tudo bem, como eu disse — diz Evelyn, animada. — Seria um grande favor para a gente se você pudesse dar uma olhada e, sabe, dar a sua opinião.

— Dar uma olhada? — pergunto. — Como exatamente ele vai fazer isso, Evelyn?

Eles se entreolham, como se já tivessem discutido isso antes.

Evelyn toca as pontas do cabelo — as pontas duplas, como ela chama — e as esfrega entre os dedos, algo que sei que ela faz quando está nervosa.

— É, talvez ele possa te examinar — explica ela baixinho.

— Me examinar? — repito, não porque não tenha ouvido, mas por incredulidade. — Ele quer que eu me curve e tussa?

Chuck ri como se eu tivesse contado uma grande piada.

— Acho que você não precisa fazer isso, Gordon — comenta ele. — Mas, se estiver fisicamente capaz, pode se virar de lado, e eu posso pressionar certas partes das suas costas, para ver qual é o ponto crítico. E tenho um colega no trabalho que é ortopedista. Posso perguntar a opinião dele. Informalmente, sabe.

Evelyn solta um suspiro de alívio.

— Ah, Chuck. Isso seria incrível.

Reviro os olhos, mas, como estão olhando um para o outro, eles não percebem. O incrível e extraordinário Chuck. Quem diria que éramos vizinhos de um super-herói?

— Você só tem que se mexer até onde for confortável — diz ele, tentando me convencer.

— A questão é essa, Chuck. Essa aqui é a única posição em que consigo ficar sem sentir uma dor filha da puta.

Evelyn faz uma careta ao ouvir o palavrão. Às vezes, esse teatrinho de flor delicada dela é um pouco demais.

— Entendi — diz Chuck, correndo os olhos dos meus pés à minha cabeça e de volta para baixo. — Vamos tentar uma coisa, se você estiver disposto, Gordon. Se doer, a gente não faz. O que te parece?

O que me parece, Chuck? Parece cem peidos molhados saindo de cem porcos gordos chafurdando na lama, é isso que me parece.

A essa altura, Evelyn está quase arrancando os cabelos.

— Gordon, por favor — sussurra ela.

Não é a súplica dela que me faz concordar — essa encenação patética me dá vontade de vomitar —, mas a vontade de provar a ela o quanto essa ideia é estúpida.

— Vai ser tipo uma daquelas curas milagrosas dos cristãos do Sul, você vai colocar as mãos em mim e eu vou sair dançando pela igreja?

Chuck ri e, por mais que eu tente evitar, acabo rindo também, porque o desgraçado age genuinamente como se achasse que sou algum tipo de comediante.

— Não sei, mas quem sabe, não é?
Quem sabe, Chuck?
Olho para Evelyn, e agora suas mãos estão entrelaçadas, e penso que seria ótimo se o bom e velho Chuck ferrasse ainda mais com as minhas costas, tipo para sempre. Depois penso que talvez eu até pudesse processá-lo; não tenho ideia de quão ricos ou pobres são os Strange. Quer dizer, o gramado deles está horrível e sabe-se lá quantas hipotecas eles têm na casa, mas Lil pode se dar ao luxo de não trabalhar, e eles compraram um Mazda novo há alguns anos e, pensando bem, a bicicleta de Caroline parecia bem reluzente, então talvez eles tenham um dinheiro guardado no colchão.

Aposto que Savannah adoraria uma bicicleta como aquela.

— Claro, Chuck, me parece uma ótima ideia — eu me ouço dizer. É estranho como às vezes não reconheço a minha própria voz.

Evelyn expira e fecha os olhos por um instante, e sei que ela está agradecendo mentalmente a Deus. Na verdade, ela deveria estar me agradecendo, mas, pensando bem, ela não tem me dito muitos "obrigada" nos últimos anos.

— Está bem, então — diz Chuck, ainda sorridente.

Ele estreita os olhos para mim, pensando. Então diz:

— Evelyn, podemos usar uma almofada? Não uma dessas — diz ele, apontando para as almofadas quadradas do sofá que joguei no chão. — Uma um pouco mais longa, como um travesseiro?

— Claro, com certeza — responde ela e sai da sala apressada, radiante por ter recebido uma tarefa do grande Chuck.

— Minha ideia é colocar o travesseiro debaixo dos seus joelhos — explica ele —, assim, a sua lombar vai ser pressionada para baixo, contra o sofá, e isso vai aliviar um pouco a pressão sobre esses músculos.

Eu o encaro. Não sorrio nem aceno com a cabeça, não vou dar a ele essa satisfação.

— Tenho um amigo no hospital que é fisioterapeuta. Ele diz que, na maioria das vezes, quando se distende um músculo, só é preciso um pouco de compressa quente ou gelo e um pouco de descanso, mas a dor, na verdade, vem dos músculos que ficam em volta do músculo que foi distendido. — Chuck fecha o punho. — Eles se contraem. Normalmente, basta aliviar um pouco a pressão.

— Não me diga — falei para Chuck. — Me conta uma coisa, Chuck, foi Evelyn que te ligou e pediu para você vir aqui?

Chuck coloca as mãos na cintura enquanto pensa a respeito, como se aquilo tivesse acontecido há muito tempo.

— Não, ela passou lá em casa. Eu tinha acabado de terminar minha última aula do dia e pensei em dar um pulo em casa e jantar antes de voltar para o trabalho. — Ele ri e balança a cabeça. — Olha, vou te dizer uma coisa, estou me matando de trabalhar e estudar ultimamente, Gordon.

Não rio junto com ele. É como se ele soubesse que estou desempregado e não tenho nem um centavo para pagar qualquer tipo de curso noturno.

— Você é um cara ocupado — comento.

— É — responde ele, passando a mão pelo cabelo raspado. — É um período insano. Mas, sabe, o mais louco é que estou até gostando. — Ele ri de novo, como se tivesse ouvido outra grande piada.

Evelyn finalmente volta com o travesseiro. É um dos nossos, da nossa cama, e ela nem sequer tirou a fronha. Fico constrangido por Chuck estar vendo a porcaria da fronha do meu travesseiro; em seguida, fico com raiva ao pensar que ele e Lil provavelmente têm lençóis brancos lisos, como no hospital, e não com uma estampa floral ridícula.

Ele não parece notar, no entanto, e pega o travesseiro.

— Obrigado, Evelyn. — Então se ajoelha ao meu lado e pergunta: — Tudo bem, Gordon, você acha que consegue dobrar os joelhos um pouco?

— O problema é nas costas, não nos joelhos — retruco.

— Você está certo. Mas está tudo conectado. Como aquela velha canção, sabe? O osso da perna está conectado ao osso do joelho e assim por diante.

Evelyn está sorrindo agora, mas seus olhos ainda estão enrugados e preocupados, e isso está me irritando, todo esse teatrinho de Madre Teresa. É como se ela tivesse feito algo errado e agora estivesse tentando se redimir com toda essa preocupação. Boa parte de mim mal pode esperar que Chuck vá embora e eu possa soltar os cachorros e dizer a ela como tudo isso é estúpido. Começo a salivar só de pensar na humilhação dela.

— Pode doer um pouco quando eu colocar o travesseiro por baixo — avisa Chuck, mantendo o olhar fixo na parte inferior das minhas costas. — Mas vai ser só por um segundo.

Dobro o joelho direito e parece que há centenas de ossinhos do tamanho de palitos de dente estalando e rangendo nas minhas costas, mas não vou dar a Chuck o gostinho de me ver com dor, então mantenho a expressão neutra.

Devo ser muito bom nisso, porque ele pergunta:

— Tudo bem?

E eu aceno com a cabeça como se não fosse nada de mais.

— Ótimo, vamos tentar o outro.

Dobro o joelho esquerdo e então o espasmo começa, como um cinto eletrificado se curvando e açoitando a minha coluna, e sinto minha expressão impassível se desfazer porque não consigo esconder o quanto dói.

— Gordon — diz Evelyn, e em seus olhos há pena.

Já vi esse olhar dela antes. Não para mim, mas uma vez, quando éramos bem jovens e ainda estávamos namorando, fomos acampar com um grupo de amigos em Door County. Atropelei um castor, e ele morreu bem na nossa frente. Cresci em uma área rural, então já tinha visto muitos castores, mas Evelyn, que era de Madison, nunca tinha visto nenhum e não sabia que eles eram tão grandes. Ou tão fofos. Ou tão burros. E é desse jeito que ela está olhando para mim agora.

Chuck não está olhando para o meu rosto, ainda está concentrado nas minhas costas, que estremecem, e eu penso: ótimo, meu garoto, continue olhando sem fazer nada e vou ter muito mais munição quando processar você.

Mas, então, ele desliza o travesseiro sob meus joelhos, coloca as mãos sob a parte inferior das minhas costas e, de repente, a pressão nas minhas costas desaparece; elas afundam nas palmas de Chuck, e lágrimas brotam dos meus olhos outra vez, mas agora são lágrimas de alívio.

Suspiro sem querer, e Chuck move os dedos um pouco, massageando suavemente os músculos ao redor do espasmo.

— Você está bem, Gordon?

Faço que sim com a cabeça, incapaz de falar.

— Ótimo. É muito importante que você me diga se o que estou fazendo está doendo de um jeito bom ou ruim.

Tento rir, mas a risada sai como uma tosse.

— Como é que eu vou saber se é bom ou ruim?

Chuck sorri.

— Essa é uma daquelas coisas que não ensinam nem na faculdade de medicina — responde ele. — Você simplesmente sabe.

Olho para Evelyn, e ela não está olhando para mim como se eu fosse um castor moribundo ou um homem saudável. Ela não está olhando para mim. Está olhando para Chuck. E ele tem razão quanto a uma coisa: eu simplesmente sei.

Dra. Caroline

A primeira é Delia Delirante, que apareceu para nossa primeira consulta, há três anos, com um casaco de pele genuíno não aprovado pela PETA e calça de couro. Ela está triste porque o marido trabalha muito para bancar todas as suas coisas e se pergunta se ele faz isso porque não gosta dela. O que a faz se lembrar de como costumava se perguntar a mesma coisa sobre o pai, que também trabalhava longas horas para pagar por todas as coisas dela.

Já atendi muitas dessas mulheres casadas com executivos do ramo financeiro/tecnológico/midiático cujos maridos ganham quantias absurdas de dinheiro e moram em apartamentos que fazem com que a minha pequena casa de tijolos aparentes pareça uma casinha de boneca. A maioria delas é solitária porque tem duas ou três babás para cuidar dos filhos, tem as amigas do *brunch* e *personal trainers*, mas o que tudo isso significa, não é mesmo?

Se Delia fosse minha amiga ou mesmo uma conhecida, eu diria: "Ou você vê o seu marido todo dia ou você mal o vê e chora encolhida no chão do seu closet enorme."

Mas com Delia, minha paciente, tenho que adotar outra abordagem.

Ela, é claro, compra coisas para preencher o vazio. Móveis, principalmente, porque acho que ela já tem tantas roupas e acessórios que essas coisas não proporcionam mais o cobiçado pico de dopamina. Então agora ela passa o tempo em *showrooms* e on-line, com artesãos da Alemanha, da Itália e do Japão — o tripé do design de interiores —, gastando dezenas de milhares dos dólares, provavelmente suados, do marido.

Ainda assim, ela não sabe por que faz isso; quando a pressiono para que faça a conexão, ela não consegue enxergar. Quase consigo ouvir seus pensamentos, como as gotas solitárias de uma torneira quebrada.

Além disso, para ser sincera, ela não é das mais perceptivas do ponto de vista emocional.

— Não é uma sensação boa — diz ela, piscando devagar com os olhos secos.

Então tento ajudar. É para isso que estou aqui.

— Delia, me diz um momento em que você se sente satisfeita.

As sobrancelhas delineadas se franzem. Vamos simplificar. Tento de novo:

— Qual é a sua comida preferida, Delia?

— Eu tomo um smoothie de beterraba e verduras no Juicy Lucy duas vezes por semana — responde ela de imediato.

Sorrio educadamente para indicar que a ouvi, então continuo:

— Você não teve nenhum desejo quando estava grávida dos seus filhos? Panqueca com um monte de xarope, batata frita, milkshake?

— Ah, com Emmy, eu adorava queijo-quente — responde ela, nostálgica.

— Queijo-quente — repito. — Digamos que você está grávida, está com desejo de comer um queijo-quente e come um. Como você se sente?

Ela pensa.

— Saciada?

— Saciada — repito. — É uma sensação boa?

Mais reflexão.

— É, eu não estou mais com fome.

— Porque você está saciada — digo, apontando para ela.

— É — responde ela, sorrindo e fazendo que sim.

— E isso te dá paz.

Ela faz que sim outra vez.

— Então qual é a diferença entre essa sensação e a sensação que você tem depois de clicar com o mouse no botão "Comprar agora" ou passar o cartão de crédito no *showroom*?

Ela estreita os olhos.

Eu continuo:

— Quando você come aquela comida reconfortante e fica saciada, você fica...

Deixo a frase no ar, na esperança de que, por um milagre, ela consiga preencher a lacuna.

— Cheia?

— Isso. Cheia — respondo. — E isso é diferente da outra sensação, a sensação ruim, porque ela faz você se sentir...

Deixo a frase no ar de novo, mas ela não pesca. Poderia haver um letreiro retrô como aqueles de Las Vegas piscando acima da minha cabeça, as letras se iluminando uma a uma — V-A-Z-I-A —, que ela continuaria sem entender.

— Fazer compras não é a mesma coisa que comer queijo-quente — diz ela por fim.

— Não — concordo, disfarçando um suspiro com uma leve tossida. — Não é. Vamos parar por aqui para podermos continuar na próxima sessão.

Quando ela sai, é apenas meio-dia, mas já estou exausta. Fiquei acordada até uma e meia da manhã, imprimindo tudo o que consegui encontrar sobre mim na internet. Meu objetivo era testar a teoria de Makeda, me colocar no lugar de Billy. Digamos que uma pessoa estivesse obcecada por mim, como ela montaria esse quebra-cabeça?

As folhas estão empilhadas ao lado da impressora, viradas para baixo. Aparentemente, fui reduzida a isto: trinta ou quarenta resultados. Tenho alguns minutos antes do próximo paciente, então pego a pilha de folhas e um rolo de fita dupla face e vou para a cozinha.

Fico olhando para a parede em branco em frente à pia e à geladeira por um instante, talvez como faz um artista. Não Jonas. Um artista mais talentoso. Uma Kusama, um Basquiat, alguém grande. Sem ofensa ao meu querido marido. O talento dele é composto principalmente de autoconfiança, que a maioria das pessoas no mundo da arte consome sem questionar. Não é como o que eu faço, um trabalho em que não dá para fingir.

Começo a colar as folhas na parede: todas as minhas declarações publicadas no *Milwaukee Journal Sentinel*, meu perfil no LinkedIn, minha página no site da faculdade de medicina da Universidade Columbia, a lista de doadores da escola dos meus filhos, meus artigos na *Psychiatry Today* e na *Thought Process and Research*, as transcrições de painéis dos quais participei na Johns Hopkins e na UCSF, palestras que dei na Universidade de Michigan e em Stanford, os dez "mais promissores" entre os recém-formados em psiquiatria e, é claro, a matéria de Ellen Garcia no *Brooklyn Bound*. Número dois na lista dos dez piores médicos do bairro. Eu estaria mentindo se dissesse que não me incomoda não ter ficado em primeiro. Pelo menos ser a pior de todos.

Na verdade, já reli a matéria várias vezes. Não está mal escrita, se você ignorar a pesquisa medíocre e as conclusões criativas. Decorei algumas passagens, mas agora releio os trechos mais escandalosos em uma tentativa de vê-los com novos olhos, como Billy talvez os tenha visto:

"Uma ex-paciente que preferiu permanecer anônima me contou que Strange a ridicularizou por não admitir que era, ao menos em parte, responsável pelo próprio abuso sexual."

Permita-me explicar.

Antes de mais nada, sei exatamente quem é essa fonte anônima. É Twyla Teimosa, que atendi por cerca de um ano. Se tivesse feito alguma pergunta de fato incisiva e significativa, em vez de ter deixado a porta aberta para as interpretações de Twyla, Ellen Garcia logo teria descoberto que Twyla gostava de encenar fantasias de estupro com o namorado motoqueiro, então apenas sugeri que ela talvez devesse assumir alguma responsabilidade pelo fato de Big Drake ou Big Jake, ou quem quer que fosse, ter sido violento com ela. Fiz isso porque ela pediu explicitamente que ele fosse mais agressivo. Como fazem adultos que consentem.

Twyla não gostava de mim pelo mesmo motivo que todos os pacientes que desistem da terapia não gostam: eles não estão interessados na verdade. Quando encerrou a terapia, ela disse, em tom apologético, "Acho que não estou tirando muito proveito disso", uma desculpa que já ouvi muitas vezes, e minha resposta a Twyla deveria ter sido: *É claro que não está. Você é uma criança teimosa que quer que as coisas mudem, mas não está interessada em fazer nada diferente.*

Ellen tem outra fonte, e essa é mais difícil de decifrar. Uma declaração: "Ela obriga a gente a chamá-la de Dra. Caroline. Onde que a gente está? No jardim de infância?"

Ela continua dizendo que eu a infantilizei, fui condescendente com ela e fiz com que se sentisse insegura, o que feriu seu frágil ego e a fez se lembrar da mãe autoritária, o mesmo demônio que ela me procurou para exorcizar, o que, francamente, poderia ser a principal queixa de pelo menos metade das minhas pacientes.

O BrooklynBound.com tem cerca de duzentos mil leitores por mês e, embora seja difícil dizer exatamente quantos desses leitores podem ter lido parte da matéria de Ellen Garcia ou apenas passado o olho logo abaixo do título, onde os nomes dos dez piores médicos estavam listados, em negrito e com marcadores para poupar os olhos cansados do leitor fatigado pela pandemia, o site é descaradamente exibicionista em suas métricas, publicando um "contador de acessos" no fim de cada matéria. E "Os dez piores médicos do Brooklyn" teve mais de quatro mil e oitocentos acessos.

Quase cinco mil pessoas leram aquele lixo sobre mim. O que eu não disse a ninguém, nem mesmo a Jonas e muito menos a Makeda, foi que perdi pacientes por causa disso. Quer dizer, não tenho como ter certeza de que a matéria foi a culpada definitiva, mas a coincidência em relação ao momento me pareceu suspeita. Todos deram desculpas que já ouvi antes e que muitas vezes são verdadeiras (dinheiro, agenda, "só acho que terapia não é para mim"), mas duvido que tenha sido o caso de qualquer um desses desertores.

Isso não prejudicou minha renda, mas me afetou de maneiras sutis. Agora, se houver um charlatão com um diploma on-line na Eastern Parkway enganando pacientes com óleos essenciais e sons de teremin, então, sim, essa pessoa merece ser denunciada. E sei que não posso falar por ninguém mais da lista — dermatologistas, otorrinolaringologistas, ortopedistas —, mas sei que estou tentando ajudar pessoas, e é nesse ponto que o trabalho desleixado de Ellen falha. Se ela tivesse passado uma hora conversando com alguns dos meus outros pacientes, ou mesmo se tivesse feito mais algumas perguntas a Twyla — ela pode ser burra, mas é inteligente o bastante para saber que se sente melhor ao sair do meu consultório do que estava se sentindo ao entrar —, Ellen teria constatado o quanto posso fazer pelas pessoas. E, se eu estivesse na lista dos melhores médicos ao invés de na dos piores, aqueles quatro mil e oitocentos usuários poderiam pensar "Talvez eu precise de uma médica como ela" e teriam encontrado apoio genuíno e soluções reais em vez de uma risadinha rápida durante o café.

Acontece que, se eu *quisesse* encontrar Ellen Garcia para perguntar a ela "Quem raios você pensa que é para arruinar a vida das pessoas escrevendo essa merda pela qual mal é paga?", eu não teria que procurar muito.

Primeiro, procurei nos arquivos do *Brooklyn Bound* para ver o que havia movido a caneta venenosa de Ellen antes da matéria "Os dez piores médicos". A maioria de suas histórias eram matérias inofensivas; a única com alguma relevância era sobre um grupo de sem-teto em uma ocupação ilegal exilado em Sunset Park — ela fazia com que o leitor torcesse por eles, ao mesmo tempo que, de maneira inesperada, não retratava a empresa de administração imobiliária como se fossem porcos capitalistas. Achei uma manobra impressionante e me perguntei por que ela não conseguiu aplicar essa mesma imparcialidade à matéria "Os dez piores médicos".

Mas não precisei me perguntar por muito tempo. O contador de acessos da história da ocupação ilegal mostrava 267 — um número mirrado se comparado aos 4.811 acessos da matéria dos dez piores.

Uma matéria sensacionalista que destruía a reputação de uma pessoa simplesmente valia mais.

Talvez eu também tenha visto algumas das postagens de Ellen no *South Slope Rant*, em que ela e os vizinhos reclamavam rotineiramente de uma empresa contratada pela prefeitura que não removia uma fila quase interminável de caçambas de lixo. Bastaram uma ou duas caminhadas durante uma consulta cancelada para que eu encontrasse o tal quarteirão.

E Ellen havia fornecido detalhes suficientes em seus comentários para que eu deduzisse o grupo de casas onde ela poderia morar (ela descreveu sua vista de uma caçamba próxima como "olhar para um buraco negro de sucata coberto de poeira de construção"), então localizei com certa facilidade a caçamba e restringi o número a algumas poucas casas entre as quais provavelmente estaria a dela — todas aquelas casas geminadas antigas típicas de South Slope. Subi as escadas da entrada e, na minha segunda tentativa, encontrei o que estava procurando: o nome impresso em uma etiqueta de escritório ao lado de um botão de interfone do tamanho e da cor de um quadrado de alcaçuz preto: GARCIA.

Eu já disse isto antes: o mundo é pequeno, e as pessoas nele, também. Consegui encontrar Ellen Garcia em uma tarde, e Billy conseguiu me encontrar, então por que Makeda ou qualquer outra pessoa ficaria surpresa quando conexões acontecem entre pessoas supostamente distantes?

Minha próxima paciente é uma atriz. No início, eu a chamava de Sophia Dramaturgia — na casa dos trinta, fez tudo certo, concluiu o mestrado, trabalhou em festivais de Shakespeare. Hoje ela faz trabalho de locução para comerciais, embora tenha sido obrigada a voltar a morar com os pais durante a epidemia de Covid, porque simplesmente não havia trabalho. Vamos todos dedicar um instante para lamentar pelos artistas passando por dificuldades que não podiam nem mesmo preparar um *latte* para receber gorjetas durante o confinamento. Agora ela está de volta à cidade, fazendo testes e, às vezes, trabalhando, embora seu verdadeiro ofício seja o transtorno alimentar, atingindo um nível quase super-heroico de obsessão, motivo pelo qual teve o apelido revisado: Sophia Dismorfia.

Eu me pego sentindo certo respeito por sua dedicação e pensando que, se ela investisse na preparação para os testes metade da energia que gasta beliscando a gordura inexistente na cintura e ruminando em sua insanidade autocentrada, provavelmente poderia ser a próxima Meryl Streep. Ou, pelo menos, a próxima Blake Lively.

Damos voltas e mais voltas e, no fim da sessão, a campainha toca, e ela se assusta, os ossos frágeis perturbados pela interrupção, e eu xingo silenciosamente a UPS ou a FedEx porque, sim, eles são heróis por terem trabalhado durante a pandemia, arriscando a vida para nos entregar frutas secas e detergente, mas, pelo amor de Deus, será que não veem a placa logo acima da campainha, na qual está escrito FAVOR FAZER AS ENTREGAS NO ANDAR DE CIMA?

Sophia Dismorfia se recupera e fica com os olhos um pouco vidrados quando encerramos — isso acontece com muitos pacientes, não necessariamente porque estejam tristes por ir embora, mas porque já estão pensando no que vão fazer em seguida; já estão planejando como vão ignorar tudo o que descobriram no tratamento e seguir com seu dia e suas atividades como se nunca tivéssemos conversado. Embora tenhamos passado uma hora discutindo padrões e hábitos saudáveis, Dismorfia está literalmente contando na cabeça as calorias dos sete Tic Tacs que vai comer no almoço.

Mas, com sorte, uma palavra ou duas, ou até uma frase inteira, vai ficar com ela, como naqueles jogos de cabine de dinheiro no fliperama em que os jogadores precisam pegar as notas que voam ao redor deles. Talvez Dismorfia pegue uma nota e seja justamente a que vai salvá-la. Talvez ela se lembre de quando eu disse que sabia que ela teria uma vida longa e boa; ou que ela poderia ter tudo o que quisesse, que só bastava decidir. Talvez ela pense em uma dessas coisas e, por um dia, diga: "Tá bom, vou comer uma fatia de pão, queijo e uma maçã, e amanhã volto a me alimentar de Tic Tacs e Coca-Cola Zero."

A propósito, é nisso que consiste romper com um vício: agarrar uma ou duas palavras que passam voando a cada hora do dia, continuamente.

Às vezes, penso que poderia estar trabalhando em um centro de reabilitação de luxo, morando em Aspen, Jackson Hole ou Santa Fé, dirigindo uma clínica no topo de uma grande rocha vermelha. Ioga ao nascer do sol e comida macrobiótica local. Terapia em grupo, terapia individual e terapia com máscara de lama. Seria como meu próprio culto, só que eu ia querer que os membros fossem embora para que novas pessoas pudessem chegar e pagar com seus narizes destruídos por cocaína.

Quando Dismorfia vai embora, dou uma olhada no celular e vejo que recebi uma mensagem de voz. Tenho quinze minutos antes que Charl Chiclete chegue. Ele bagunçou a própria vida várias vezes — relacionamentos, empregos, finanças — e põe a culpa de tudo isso nos pais que, segundo ele, o tratavam muito bem, se divorciaram quando ele tinha 7 anos e tiveram a audácia de ter guarda compartilhada amigável. Portanto, ele ganhou esse apelido porque, por mais que seja uma confusão grudenta e pegajosa, ele só vem com uma tatuagenzinha temporária e sem nenhuma grande tragédia. Pelo menos, ainda não.

No meu correio de voz, um número desconhecido.

Toco no botão para ouvir.

"Bem, olá, doutora, a essa altura a senhora já sabe quem é, não sabe?"

Gosto de pensar que, na maior parte do tempo, tenho controle sobre as sensações do meu corpo, mas os calafrios que percorrem o meu cocuruto são inesperados.

Na mensagem, ele ri.

"Fiquei sabendo que você conheceu Billy. Aquele garoto... Eu deixaria que ele saísse mais, mas ele simplesmente não me ouve. A senhora tem filhos, doutora, sabe como é quando fazem coisas que vão contra o próprio bem deles."

Consigo ouvi-lo suspirar.

"É uma pena você não ter atendido. Eu teria deixado você falar com Ellen. Ah, mas tudo bem", diz ele em um tom brincalhão, e a mensagem termina.

Fico olhando para a tela, a mão tremendo, e toco no ícone do correio de voz com o polegar para poder ouvir de novo a mensagem, mas então Jonas liga e, ao tentar recusar a ligação, acabo clicando na pequena lata de lixo vermelha e apago a mensagem de Nelson.

— Merda — grito e pressiono o dedo indicador deliberadamente no botão de aceitar. — Que foi?!

Normalmente, Jonas daria uma risadinha ou me repreenderia com gentileza por atender de forma tão ríspida, mas sua voz está tão fria e distante que noto algo estranho.

— Tem três pessoas aqui querendo falar com você — diz ele. Mas então fica claro que isso não é apenas incomum, é extremamente grave, quando ele acrescenta: — É melhor você vir agora mesmo, Caroline.

Caroline.

Subo correndo a escada. Makeda e Miguel estão na minha sala de estar, junto com um homem branco que não deve ter mais de 22 anos, usando calça jeans preta e camiseta preta justa, luvas de látex pretas e uma tatuagem no antebraço de um lobo ou tigre ou algum outro animal que, aparentemente, deveria me informar que ele não leva desaforo para casa.

— Ele acabou de me ligar — digo com urgência, mostrando o celular para eles. — Agora mesmo. Nelson... Billy.

Miguel olha para Makeda e parece empolgado, como deveria estar, mas o rosto de Makeda está sério, ela não está para brincadeira, como diria o meu pai. Não-Levo-Desaforo-para-Casa pisca para mim por cima da máscara cirúrgica. Estamos todos parados na sala de estar, olhando uns para os outros, como se estivéssemos prestes a jogar Twister.

— Muito bem — diz Makeda, tirando um envelope do bolso interno do paletó. — Dra. Strange, temos um mandado assinado por um juiz para fazer uma busca nos seus dispositivos eletrônicos. O policial Colling — prossegue ela, gesticulando para o Não-Levo-Desaforo-para-Casa — pode fazer a busca aqui, se preferir, ou podemos levar os dispositivos conosco e devolver amanhã.

Pego o envelope da mão dela e o passo para Jonas.

— Aqui — digo, entregando meu celular a Colling. — Estou literalmente entregando o celular a vocês. Comecem com a última mensagem de voz. Acho que apaguei sem querer, mas ela deve estar em algum lugar. Nelson deixou a mensagem para mim durante minha última sessão, ou seja, tem menos de uma hora.

— Caroline — diz Jonas.

Ele é uma pessoa calma e confia em mim. Também é um exibicionista nato que costuma andar nu em frente às janelas sem cortina, mas, como a maioria de nós, é um pouco possessivo com suas coisas e não gosta que as pessoas mexam nelas, muito menos que vejam fotos de suas peças antes de estarem finalizadas.

— Está tudo bem — digo a ele. — Tem uma mulher desaparecida, e um paciente que veio me ver para uma consulta pode estar envolvido. — Em seguida, me viro para os policiais e digo: — É disso que vocês precisam. A mensagem está aí.

O policial Colling é apenas um par de olhos azuis opacos acima da máscara. Ele não fez nenhum movimento para acessar o celular.

— Está bem — diz Makeda. — Mas também vamos precisar de todos os laptops, desktops e tablets que pertençam a vocês. — Ela tem um olhar severo, mas ligeiramente satisfeito.

— Tudo bem! — digo. — É sério, está tudo bem. Quero que vocês deem uma olhada nisso. Se encontrarem essa mensagem, se encontrarem todas elas, de Nelson e Billy, talvez consigam descobrir um endereço de IP — aviso a Colling.

Eu me lembro de ter que identificar um endereço de IP para um computador da biblioteca na faculdade de medicina. Eles ainda existem?

— Caroline — diz Jonas.

— Está tudo bem — repito para ele por cima do ombro. — Deixe-os darem uma olhada. Também quero resolver isso, tanto quanto vocês — digo para Makeda. — Talvez até mais.

Não quero soar despeitada, mas isso me escapa. Porque percebo que quero isso mais do que ela. Encontrar Ellen Garcia para ela é apenas um trabalho, um arquivo que o sargento jogou na mesa dela. De repente, isso parece mais urgente do que apenas vencê-la: para mim, agora, parece que é o meu propósito.

— Caroline — diz Jonas mais uma vez.

— Que foi? — pergunto, virando a cabeça na direção dele.

Ele me entrega o papel que tirou do envelope, e eu passo os olhos rapidamente. Mandado do Tribunal do Distrito Sul de Nova York, Excelentíssima juíza Gina T. Solomon. Há um número de processo torto, então vejo o que Jonas estava tentando me dizer. Está na descrição da declaração que Makeda escreveu para que a juíza concedesse o mandado:

"Declaração feita perante mim pela detetive Makeda Marks, da 78ª Delegacia de Polícia, de que tem motivos para acreditar que no imóvel localizado..."

Nosso endereço é listado e, então, lê-se: "Há propriedades ocultas, a saber, registros digitais, laptops, smartphones, desktops, que contêm potenciais evidências documentais relacionadas a Ellen Garcia, pessoa desaparecida."

Em seguida, mais algumas palavras indicando que eles têm apenas dez dias para realizar a busca, que devem me entregar uma cópia do mandado, para que eu possa afixá-la na geladeira ao lado da lista de compras.

Viro a folha para ver se há mais alguma coisa.

— É só isso? — questiono. — Não tem nada sobre Nelson ou Billy, que acabou de me ligar.

Aponto mais uma vez para o meu celular na mão de Colling, caso eles não tenham entendido o ponto.

— Talvez seu marido possa buscar os dispositivos, e a senhora e eu podemos continuar conversando, se preferir — sugere Makeda.

Tranquilizando-me. Como se eu fosse a paciente.

— Se encontrarem essa mensagem, se rastrearem os números, vão encontrá-lo — digo lentamente. — O suspeito.

— Caroline — sussurra Jonas, em um tom de voz estranho.

Finalmente me viro para encará-lo.

— Que foi? — digo por entre os dentes cerrados. Quase sinto a necessidade de acrescentar um rápido: "Não está vendo que eu estou ocupada?"

Percebo que o papel na mão dele está se mexendo, como se um ventilador estivesse soprando rajadas de vento diretamente nele, mas então me dou conta de que é Jonas quem está se mexendo. Tremendo. Certa vez, ele esculpiu trezentos olhos perfeitos com um bisturi em uma barra de sabão. A escultura se chamava *Conforto*.

— É você — diz ele, como se fôssemos as duas únicas pessoas na sala. — A suspeita é você.

Sinto o cortisol disparando das minhas suprarrenais, meus rins praticamente cintilando, enquanto minha língua seca e encolhe. "Sr. Sedento" era como o dentista dos meus filhos chamava o tubo que sugava a saliva da boca deles quando faziam a limpeza dos dentes. Neste momento, é como se o Sr. Sedento estivesse me sugando, mas dez vezes pior.

Eu me viro para encarar Makeda. Ela parece satisfeita e, na verdade, não está se esforçando muito para esconder isso. Posso jurar que vejo seus lábios cor de ameixa se curvando nos cantos, de alegria.

— A senhora não é suspeita, Dra. Strange — esclarece ela. — A senhora é o que chamamos de "alvo de investigação".

Todos deixamos isso pairar no ar por um segundo. Então Makeda vira a cabeça ligeiramente na direção de Miguel e Colling e faz um aceno.

— Se vocês puderem trazer todos os dispositivos portáteis, seria de grande ajuda. Imagino que não haja problema se eles fizerem buscas na sua bancada — diz ela, apontando para a cozinha. Miguel e Colling se dirigem para lá. Sem esperar uma resposta, ela continua: — Se tiverem desktops, Colling pode examiná-los onde estiverem.

Ouço Jonas começar a se mover atrás de mim.

— Tem iPads no andar de cima — murmura ele. — Dos nossos filhos.

— Isso seria ótimo! — ouço Miguel dizer animado, como se tivessem lhe oferecido a porcaria de uma limonada.

Makeda e eu nos encaramos.

Tantas descobertas, tão próximas umas das outras. Se uma paciente estivesse vivenciando isso em uma sessão, eu a incentivaria a escrever em um diário quando voltasse para casa, para que pudesse se lembrar de tudo.

Um: Makeda é mais esperta e mais ardilosa do que eu imaginava.

Dois: não sei exatamente qual é a evidência documental que ela está procurando, mas, com certeza, se for um histórico de pesquisa e rascunhos dos e-mails que ela já tem, ela vai encontrar tudo.

Três: ela acha que fiz algo terrível.

Quatro: ela não sabe da missa a metade.

Ellen Garcia

Alguma coisa aconteceu depois daquele flash. Sei que já faz algum tempo que não como (uma hora, seis ou doze?), mas não paro de me lembrar do sujeito que me sequestrou — acho que já o vi antes.

Há alguns meses, escrevi uma matéria sobre os dez piores médicos do Brooklyn. Foi muito divertido e fácil fazer a pesquisa — é surpreendente, ou talvez não seja, a quantidade de pessoas dispostas a falar mal de profissionais da saúde. Alguns deles são mesmo horríveis, a maioria médicos homens que fazem pacientes mulheres pensarem que estão exagerando os próprios sintomas, o clássico *gaslighting* misógino. Mas algumas mulheres entraram na lista e, minha nossa, elas eram célebres.

Fiquei orgulhosa e, ao mesmo tempo, não fiquei orgulhosa da matéria. Tinha trabalhado feito uma condenada na história de Sunset Park no fim de 2019. Falei com todo mundo, investiguei todas as pistas, ficava escrevendo até tarde da noite, depois que Bella ia dormir, e de manhã cedo, antes de ela acordar, mas não me sentia cansada porque eu tinha uma coisa, o vírus da integridade jornalística transmitindo otimismo e criatividade através dos meus dedos até o teclado, produzindo três mil e quinhentas palavras de puro ouro digno de um Pulitzer. Porque era sobre tudo; era a história dos sem-teto; era a história da empresa de administração imobiliária; era a história dos vizinhos; era a história do Brooklyn. Era sobre como eles, como nós estávamos todos conectados, quer quiséssemos, quer não.

E então sete pessoas leram a matéria.

Era pessimista. Não fazia ninguém rir. Não era digna de memes. Tinha sido escrita para um público pré-Covid, mas não havia espaço para ela no mundo pós-Covid.

Então, claro, eu disse a todas as forças que conspiravam contra mim e meu Pulitzer: vocês querem acessos, vocês querem resultados, vocês querem algo engraçado que seja retuitado? Está aí.

Em novembro de 2020, eu estava no Mission Dolores com Dulcey, chorando no ombro dela, grata por podermos estar em um bar, mesmo que estivéssemos sentadas do lado de fora e tivesse começado a chover e estivéssemos levantando nossas máscaras entre um gole e outro (pelo menos durante a primeira bebida; em algum momento, o uso da máscara se torna inversamente proporcional à quantidade de álcool ingerida — matemática clássica da Covid), mas não vamos embora — ninguém no pequeno pátio vai embora —, porque tudo o que queremos é chorar de máscara nos ombros uns dos outros e beber na chuva, e pergunto a ela quem raios pede o divórcio durante uma pandemia, e ela responde: metade da população; a outra metade pede em casamento.

Então um casal entra, e ela conhece o cara, eles se cumprimentam batendo os punhos e ela os convida para se sentar. Dulcey e o cara trabalharam juntos na Reuters há dez anos; o nome dele é Jonathan ou Jackson ou Jimathan — isso é um nome, Jimathan? E ele está com uma mulher que está mandando ver na vodca-tônica sem frutas a um ritmo respeitável e com quem estou gostando de conversar, principalmente porque ela está me distraindo da ansiedade do meu divórcio iminente e da montanha de logística envolvendo minha filha que pulsa na minha cabeça. Mas, então, ela também se mostra interessante.

Interessante do jeito que jornalistas acham interessante, ou, para ser mais específica, exatamente do jeito que eu precisava que alguém fosse interessante naquele momento. Como se os deuses dos jornalecos de estilo e cultura burguesa olhassem para mim naquele pátio chuvoso, enquanto eu lamentava pelo fim do meu casamento e tentava colocar a culpa no meu ex, e me concedessem o maior presente que um jornalista poderia desejar: uma fonte.

Ela pergunta se eu conheço algum terapeuta no bairro. A princípio, acho que está se referindo a fisioterapeutas, porque tudo no meu corpo dói o tempo todo, todas as dores de escritor resultantes da configuração do escritório na minha casa, espremido em um canto da minha cozinha minúscula, laptop aberto entre a torradeira e a cafeteira — quadris, parte superior das costas e pescoço tensionados, antebraços doloridos por digitar com eles ligeiramente acima da bancada e, para completar, minhas mãos e meus dedos — não vou nem começar a balada dos mindinhos cansados, esses pequenos dedos sempre sobrecarregados, buscando constantemente o "a" e o apóstrofo.

Começo a contar a ela sobre a massagem chinesa na Seventh Ave, em que o cara te espanca durante trinta minutos por quarenta dólares e você sai com a sensação de que ganhou alguns meses de vida de volta. Não necessariamente uma nova pessoa, mas com uma embalagem ligeiramente renovada.

— Não, não esse tipo de terapeuta — diz ela, e, pela maneira como vira o restante da bebida, eu entendo.

— Ah, terapia *terapia* — digo, e ela acena com a cabeça com a boca cheia de gelo. — Não posso te ajudar; já tem um tempo que não faço.

Ela dá de ombros, meio triste, como quem diz: *Que sorte a sua*. Então sinto que quero fazê-la rir. Tenho essa mania; Chris diz que costumava ser uma coisa que ele amava em mim, mas que passou a considerar uma grande falha de personalidade: eu gosto de agradar. Quero fazer as pessoas rirem, mas não porque goste da atenção, quero que *elas* se sintam felizes.

— Quer saber por quê? — pergunto.

Ela dá de ombros de novo. Claro.

— Estão todos fora da rede de cobertura — digo, levantando as mãos.

Ela ri. Então começa a falar, as palavras jorrando como um jato de uma fonte do Bellagio. Está infeliz, algo relacionado a transtorno de estresse pós-traumático e estar estagnada no trabalho, é uma grande procrastinadora e precisa mesmo de alguns benzodiazepínicos apenas para aparar as arestas antes de dormir. Alguns meses antes da pandemia, a amiga de uma amiga indicou uma psiquiatra em Park Slope, uma mulher que prescrevia sedativos sem que muita explicação fosse necessária, como um padre segurando um comprimido de diazepam e colocando-o na língua de cada membro da congregação. *Esse é o corpo e o blá-blá-blá, mas, na verdade, é apenas o que você ganha por aparecer, minha filha.*

Minha nova amiga me diz que não é só por causa dos remédios que ela está buscando terapia, embora eu garanta a ela que não estou em posição de julgá-la. Viva e deixe viver, porra, é o meu lema e, francamente, morra e deixe morrer para aqueles que querem seguir esse caminho.

Ela estava triste! Está triste! Sempre foi triste. Algo terrível aconteceu quando era criança, e ela ainda pensa nisso, no que viu e em como se sentiu, o instinto de luta ou fuga está preso dentro dela e lhe diz que faça coisas ou, mais precisamente, lhe diz que não faça coisas, como sua criança interior, esse pequeno nó disfuncional com uma voz que parece a do Elmo: *Eu não gosta de interagir com outras pessoas...* Isso está mais para o Cookie Monster, mas dá para entender.

E ela queria finalmente buscar ajuda para lidar com isso e, sim, talvez alguns remédios, então, em janeiro de 2020, foi se consultar com essa tal médica e disse que a mulher estava vestida toda de branco, como uma televangelista, com saltos de dez centímetros, maquiagem impecável e cabelo cortado em camadas, como se tivesse acabado de sair de um salão de beleza. Ela percebe que o escritório tem o aroma de um certo perfume. Acontece que minha nova amiga trabalha com marketing de cosméticos, dando nome a brilhos labiais, na verdade (o que, coincidentemente, é um trabalho em que eu acho que seria boa, especialmente para o grupo demográfico de divorciadas bêbadas de trinta e muitos/quarenta e poucos anos: "Dança do Desespero", "Café da Manhã de Jujuba", "Hálito de Café"). Aparentemente, quando se está nessa carreira específica, recebe-se amostras de tudo, todos os frasquinhos e sachês, e minha amiga reconhece o perfume no consultório da psiquiatra porque, aparentemente, é muito distinto: Amber Aoud. Setecentos dólares por cem mililitros, e ela, minha nova amiga, se sente um pouco intimidada. Como se não se sentisse inclinada a despejar a alma e implorar por remédios para uma ricaça que deve ter votado no Trump em segredo porque gostaria que ele não fosse tão grosseiro, mas justifica o voto como um investimento futuro.

Resumindo, minha nova amiga interpretou isso como uma espécie de ostentação, do tipo: *Você também pode aspirar a sair dessa vidinha patética e um dia ser como eu, com meu cabelo com luzes e meu perfume caro.*

Então vem a melhor parte: a Psiquiatra de Belas Madeixas pede que a chame de Dra. Caroline; é assim que todos os pacientes a chamam.

— Onde que a gente está? No jardim de infância? — diz minha nova amiga.

— Pois é! — comento, tomando uma dose de Don Julio. Continuo: — Já fui a alguns psiquiatras na vida... Não me lembro de chamá-los por nenhum nome, porque, tipo, se você fica o tempo todo falando de você, quando é que tem tempo de se referir a eles pelo nome?

— Ã-hã! Ã-hã! — diz ela, rolando a tela do celular, procurando o contato dessa Dra. Caroline para me passar.

— Não é como se você estivesse com ela no clube no fim de semana, apresentando às pessoas e dizendo: esses são os meus amigos, Ross, Rachel e Dra. Caroline.

— Fato! — diz minha nova amiga, rindo tanto que ronca.

Então me dou conta — e culpo o álcool por não ter percebido isso antes — de que, na matéria em que estava focada, sobre atendimento médico, estava cobrindo principalmente clínicos gerais. E médicos de especialidades relacionadas ao corpo. Nem tinha pensado em terapeutas, e minha mente explode com a ideia de um *spin-off* — "Os dez piores profissionais de saúde mental do Brooklyn" —, mas, por enquanto, para aquela matéria, começo a achar que a pretensiosa Dra. Caroline seria perfeita.

Compro mais uma rodada de bebidas e ela começa a me contar sobre a mãe, depois sobre como tentou adotar um cachorro de um olho só durante a pandemia, em seguida pergunta se confio no Instacart. A mudança constante de assunto me diz que ela já está alegrinha, então faço a pergunta: posso usá-la como fonte?

Ela responde, enrolando a língua:

— Só se eu puder ficar *amônima*.

Eu digo, tipo, é claro, querida, então pergunto se ela pode me dar o contato da amiga da amiga, aquela que indicou a Dra. Caroline, e ela me manda — estou tomando minha terceira dose como se fosse enxaguante bucal quando vejo a mensagem aparecer na minha tela com o nome "Twyla".

Por fim, vamos todos embora. Entro em casa e desabo no sofá, que também é a minha cama. Desde que me separei de Chris, moro em um apartamento de apenas um quarto, e o quarto não é grande coisa, mas tem uma porta, e eu queria que Bella sentisse que poderia se trancar lá e conversar com seus pequenos pôneis e suas bonecas cabeçudas, criando pequenas narrativas para eles com um mínimo de privacidade. Ela não precisa que eu fique ouvindo ou fazendo comentários sobre suas histórias. Ninguém gosta de ser editado.

Então, durmo no sofá, mesmo nas noites em que Bella está na casa de Chris. Na verdade, não me importo, porque durmo mal onde quer que esteja, não importa o que tenha comido ou bebido, por isso sou *hashtag*-grata por ser tão consistente nesse aspecto.

Acordo por volta das seis, pronta. Sentindo como se fosse feita de casca de ovo, mas pronta.

Ligo para Twyla mais tarde naquela manhã e deixo uma mensagem de voz. Gosto de fazer o primeiro contato por telefone, em vez de enviar um e-mail ou uma mensagem de texto. As pessoas têm medo de não atender a uma ligação. E-mails e mensagens de texto são mais fáceis de apagar e mentir, dizendo que não chegaram a ver. Na mensagem de voz, descrevo brevemente a matéria e explico como a minha nova amiga me deu o contato dela. Menos de cinco minutos depois, chega uma mensagem de texto que desperta todos os hormônios do meu corpo entorpecido pela ressaca: "Sim, eu adoraria conversar com você. Ela não deveria estar atendendo pacientes!!!!"

Quatro pontos de exclamação. O que poderia justificar mais do que os já exagerados três pontos de exclamação?

Mais tarde, quando conversamos, Twyla diz o seguinte sobre a médica: "Em primeiro lugar, ela é uma enorme moralista sexual"; então me conta como buscou terapia para falar sobre o abuso sexual que sofreu do namorado e menciona muito por alto como eles se envolvem em algumas práticas sadomasoquistas leves. Mas há um barulho de rua ao fundo, e ela diz isso tão rápido que realmente não consigo ouvir direito.

Então não anoto.

E agora tenho minhas duas fontes confirmadas, o que é suficiente para meu editor e mais que suficiente para mim, "amônimas" ou não, e a Dra. Caroline, Querida Psiquiatra Culpadora de Vítimas, fica com a prata, atrás apenas do Dr. Fungo/Vírus Devorador de Carne.

Começo a pesquisar sobre a Dra. Caroline na internet e descubro que ela tem um passado bastante perturbador, mas penso em como o meu editor falaria mais uma vez do seu triunvirato do conteúdo aceitável: "Verdadeiro? Sim. Chamativo? Sim. Relevante? Não." Sei que preciso manter o foco, e, na verdade, há bastante material com que trabalhar.

Encontro algumas fotos dela, e ela é bonita, pele clara com maçãs do rosto bem marcadas, ou talvez apenas saiba como fazer o contorno com maquiagem. Cabelo bom, luzes de qualidade, definitivamente não as que faço no banheiro com as frágeis luvas de látex que vêm na caixa de tintura de farmácia.

Há uma foto colorida do rosto dela, de aparência profissional, que analiso por alguns minutos e na qual consigo ver a cor dos olhos dela. Azuis, não exatamente um azul tropical, mas de um tom turquesa, como o fundo de uma piscina em uma casa de classe média.

Ligo para o consultório dela e ouço a mensagem da caixa-postal: "Olá, você ligou para a Dra. Caroline Strange. Se for uma emergência, por favor, desligue e ligue para o serviço de emergência ou dirija-se ao pronto-socorro mais próximo. Caso contrário, deixe uma mensagem após o sinal, e eu entrarei em contato assim que possível." Ela tem a voz padrão de terapeuta, calma e firme. Adoro o fato de todos recomendarem ligar para o serviço de emergência, já que o último lugar para onde você gostaria de ir se estivesse tendo algum tipo de pensamento suicida ou homicida é um pronto-socorro do Brooklyn.

Então, a rotação elétrica da minha mente volta, e lembro que, para fazer uma pesquisa séria sobre o assunto, decidi saber como era o cheiro da assinatura olfativa da Dra. Caroline: Amber Aoud. Marquei um horário na Saks, porque era preciso fazer isso para entrar na loja: tinham se acabado os dias em que era necessário se esquivar de moças maquiadas que borrifavam aromas indesejados em você. Agora eu tinha que entrar no horário agendado para encontrar uma vendedora dedicada (Alisha, usando um tom de brilho labial que eu chamaria de "Carnaval Maduro") e tentar inalar através da minha máscara aquele aroma que custava sete dólares o mililitro. E, como constato à primeira cheirada, é de fato muito forte. Como a fumaça de uma fogueira almiscarada que sinto no fundo da garganta. Mas então cheiro de novo e, de alguma forma, o aroma se torna doce, como a essência da floresta, mas sem a parte ruim da madeira úmida e do musgo, apenas o frescor, a natureza, a vida. Embora me faça espirrar, como todos os perfumes fazem, consigo me imaginar borrifando esse produto todo dia nos pulsos e ao redor do cabelo, talvez guardado em um daqueles frascos de cristal com uma bombinha de apertar e uma pequena borla, como Miss Piggy no camarim.

Você acha que estou exagerando? Bem, eu também acharia, se não tivesse sentido o cheiro. Porque você e eu não podemos nos dar ao luxo desse tipo de transcendência destilada. Temos que nos contentar com nossos sprays corporais da Designer Imposters e, de vez em quando, talvez um óleo essencial com infusão de canabidiol.

Coloquei isso no primeiro rascunho, e era um detalhe muito bom, mas o editor cortou mesmo assim ("Objeção! Relevância, Meritíssimo!", dizia o comentário dele na margem). Eu respondi ao comentário de forma superagressiva, com os três pontos de exclamação permitidos: "Mostra como ela ostenta a riqueza na cara dos pacientes!!!" Nada feito.

Aquele cheiro do outro dia (ou de uma hora atrás?, desta manhã?, de ontem?), pensei que fosse perfume. A mão bem-cuidada, os olhos. Será que tive o vislumbre de um tornozelo quando caí no chão de concreto, depilado e branco?

Então me dou conta, a percepção tão potente que força minha cabeça pesada como um saco de areia a se levantar alguns centímetros do chão quando falo em voz alta:

— Merda.

Como fui burra de não ter pensado nisso antes, de não ter percebido que meu editor estava totalmente errado, que tudo é relevante, tudo, e o passado da Dra. Caroline, agora ainda mais surreal, na verdade faz todo o sentido, porque talvez tenha tido um impacto muito maior sobre ela além de apenas inspirá-la a se dedicar a uma vida de serviço na área da saúde mental.

Talvez testemunhar o trabalho de um psicopata a tenha transformado em uma.

Dra. Caroline

Conto tudo a Jonas enquanto estamos encolhidos no alto dos degraus da entrada de casa, logo em frente à porta. Jonas fuma um cigarro sueco que ele mesmo enrolou, um hábito que se permite quando está bêbado ou nervoso. Pela janela da sala de estar, damos uma olhada na cozinha, onde Makeda, Miguel e Colling examinam meu laptop. Eles também pegaram o de Jonas, mas claramente não estão interessados no dele. O laptop fica de lado, junto com os iPads dos meninos.

Entrei em contato com um advogado conhecido meu, Reggie Ginsburg, cujo filho era muito amigo de Theo quando eles eram menores. Os dois parecem ter se afastado com o tempo, mas Reggie é bastante famoso na área, pois ano passado defendeu com sucesso um senador acusado de lavar apenas uma "quantiazinha" do fundo eleitoral. Mesmo assim, o sujeito teve que passar alguns meses na cadeia, mas foi uma daquelas prisões confortáveis, com toalhas de quinhentos fios e quadras de tênis, e não uma em que há contrabando de cigarro e sabonete caindo no banheiro.

— Eles acham que vocês estão juntos nisso? — pergunta Jonas.
— Você e... como é mesmo... Harbin?

— Sinceramente, não sei o que eles acham — respondo, embora tenha algumas ideias. — A única coisa que sei é que fui totalmente sincera a respeito de tudo.

— Nem tudo, doutora — retruca Jonas da forma menos confrontadora possível.

— Eu contei o que eles precisam saber — explico. — Não quero atrapalhar o processo com informações irrelevantes.

— O-kay — diz ele, pronunciando a segunda sílaba com um tom cético.

Suspiro.

— Eles não *precisam* saber do meu passado; não *precisam* saber que eu saí para tentar encontrá-lo...

Meu pensamento se perde. Eu disse a Jonas que tinha tentado encontrá-lo e que ele claramente tinha me dado um endereço falso, mas não contei que os números da rua e do prédio correspondiam à minha data de nascimento e idade. Porque também não queria atrapalhar o processo dele.

Jonas deixa isso de lado e volta a falar de Billy Harbin.

— Então você acha que existem duas personalidades em um só homem... que ele tem o transtorno?

— Não — respondo. — Acho esse diagnóstico uma bobagem. Mas ele se convenceu disso, então, na verdade, não faz diferença.

Jonas se afasta da janela e aponta o cigarro para mim.

— Você acha que ninguém sofre disso?

— Acho. É um diagnóstico na moda. Fica popular e todo mundo acha que tem.

— Pode ser real — reflete Jonas, dando de ombros. — Como naquele filme... você se lembra daquele filme?

— Qual filme? — pergunto, começando a ficar irritada com o fato de ele discordar de mim nesse ponto. — Tem centenas de filmes, mas são só filmes, Jonas. Com roteiro, cenários e figurinos. Não são documentários.

— Não, eu sei disso, mas esse que vi na TV era bem convincente. Tinha um bom argumento. O cara é careca e tem várias personalidades, e uma das personalidades ruins sequestra três meninas. Parece o que está acontecendo com o seu Billy. *Fraturado*, acho que é esse o nome.

— *Fraturado*? Tipo um osso?

— É, *Fraturado*. Dirigido por aquele cara... você sabe, Nightman.

— Do que *raios* você está falando?!

Às vezes, o fato de o inglês ser a segunda língua de Jonas é fofo, às vezes é sexy e, às vezes, é de enlouquecer. Mas estamos tão envolvidos na discussão que não percebemos que Makeda surgiu na porta.

Paramos de falar na mesma hora, de forma conspicuamente suspeita, e Jonas joga o cigarro no chão como se Makeda fosse prendê-lo por fumar.

— Já terminamos por enquanto — anuncia ela. — Só preciso de mais um minuto e depois vamos deixá-los em paz.

Jonas e eu nos entreolhamos e em seguida olhamos para Makeda.

— Os senhores... não querem voltar lá para dentro? — pergunta ela.

Quer dizer para a minha casa, que comprei com o meu dinheiro? Sim, Makeda, eu adoraria.

— Sim, obrigada — digo, e a seguimos para dentro.

Colling está guardando suas coisas, o celular, os fios e os cabos USB, em uma bolsa preta enquanto Miguel alinha cuidadosamente todos os nossos dispositivos na ilha da cozinha, organizando-os em uma fileira. Ele tem um futuro brilhante na Apple Store se todo esse negócio de combate ao crime não der certo.

— Não encontramos nada — avisa Makeda.

A sensação de alívio é, de certa forma, inesperada, mas, minha nossa, consigo senti-la fisicamente. É como se eu fosse criança de novo em um verão sufocante e quente no Meio-Oeste dos Estados Unidos e estivesse segurando uma mangueira de jardim jorrando água na base do meu pescoço. Então lembro que estou irritada.

— Você tem certeza de que deveria me contar isso? — pergunto.

— Fomos totalmente transparentes com os senhores sobre o que estamos fazendo aqui — diz Makeda. — Tínhamos que seguir as evidências. Se elas terminassem aqui — diz, apontando para os dispositivos —, daríamos o próximo passo apropriado.

— Que seria me prender, não é?

— Mais perguntas antes disso — responde ela.

— E agora?

Makeda não pisca quando me encara.

— Mais perguntas.

— Queria que você soubesse que liguei para o meu advogado — comento.

Posso praticamente sentir a brisa do seu revirar de olhos mental. Imagino que eu não seja a primeira pessoa branca e rica a dizer isso a ela.

— Tudo bem — diz Makeda. — A senhora não precisa responder a mais nenhuma pergunta se preferir.

Prefiro não. Ela está tentando me fazer de Bartleby, inferno, e isso é tão enervante.

— Prefiro ajudar vocês a encontrar Ellen Garcia — digo devagar. — Não é esse o objetivo aqui?

— É — responde Makeda.

Fico um pouco surpresa por ela concordar comigo tão rapidamente, mas me recomponho e acrescento:

— Vocês encontraram os números, os desconhecidos?

Eu me viro para Colling e Miguel e pergunto aos dois:

— Encontraram as mensagens de Nelson Schack? Conseguem rastrear o número?

Colling não responde, apenas lança um olhar por cima da máscara para Miguel. Acho que Colling é o Harpo dessa equipe.

— Não é bem assim que funciona — responde Miguel. — Encontramos algumas mensagens de texto, mas são todas de contas temporárias. Celulares pré-pagos. São aparelhos que você compra na Best Buy com uma quantidade de minutos pré-pagos. Tecnicamente falando, eles não existem.

— Eu sei o que é um celular pré-pago — digo. — Sei que não dá para rastrear esses aparelhos. Mas vocês conseguem descobrir alguma coisa a partir da assinatura? De que geração é o aparelho, onde ele pode ter sido comprado?

Fico bastante impressionada com a quantidade de trabalho policial que estou fazendo no momento. Mas, pensando bem, não é surpresa: o trabalho deles, ao que parece, é pensar de forma criativa e, se a ideia mais criativa de Makeda é me considerar suspeita, ela não vai muito longe.

— Não é bem assim que funciona — repete Miguel. — Quando o aparelho é desativado, já era.

— Então vocês não encontraram o que estavam procurando? — pergunta Jonas, um minuto atrasado na conversa.

— Não, não encontramos — responde Makeda.

— Vocês podem nos dizer o que era? O que estavam procurando? Talvez a gente possa ajudar — diz ele, e está sendo sincero.

Ele é genuinamente sincero quando quer ser. E Makeda pode até ser gay, mas todo o ar de Don Juan nórdico de Jonas não passa despercebido a ninguém.

— Na verdade, posso contar para os senhores — diz ela. Em seguida, olha para mim. — Em nome da transparência.

Ela tira o celular do bolso, dá alguns toques e desliza o dedo pela tela, depois vira o aparelho para nós e me entrega. Jonas se aproxima de mim e nós dois olhamos para a foto.

É uma mulher. É Ellen Garcia, mas ela não se parece com a mulher nas fotos que encontrei on-line: todas em redes sociais com amigos, colegas, selfies espremidas e uma foto falsamente profissional dela apoiada em uma amurada próxima ao East River, com a ponte do Brooklyn ao fundo.

Ela não se parece nem um pouco com ela mesma nessa foto. Parece quase morta e, como já vi algumas pessoas mortas de perto, sei do que estou falando. A primeira coisa que noto é como o rosto dela está magro. Em todas as fotos que vi antes, seu rosto era redondo, com um formato natural de maçã, bochechas vermelhas e rechonchudas. Na foto que estou olhando, ela está caída no chão, de barriga para cima, com a boca ligeiramente aberta e os olhos quase fechados por causa do flash. Estimo que pelo menos meio quilo tenha desaparecido apenas do rosto; até mesmo o nariz adquiriu um aspecto aquilino, e a aparência de pug não é mais visível. Dedos esqueléticos seguram sem firmeza um exemplar do *New York Post* contra o peito; a primeira coisa que penso é que ele foi atirado nela. Quase consigo imaginá-la cambaleando para trás com o impacto. A imagem é chocante, mas me mantenho firme. Jonas, por outro lado, ofega.

— Meu Deus — diz ele, passando a mão pela boca e pelo queixo. Em seguida, aponta para a parte superior da tela. — O que é isso escrito no rosto dela?

Makeda dá um zoom: há palavras escritas com o que parece ser marcador preto na testa de Ellen Garcia. As letras estão borradas e embaralhadas, como se tivessem sido sacudidas em um tabuleiro de Boggle, mas consigo decifrá-las.

— FAZ MAIS TEMPO DO QUE VOCÊ PENSA — leio.

Makeda e Jonas olham para mim, desviando os olhos da tela.

— É isso mesmo — diz Makeda. — Escrito de trás para a frente.

— O que isso significa? — pergunta Jonas a ela.

— Não temos certeza — responde Makeda. — Ela está desaparecida há cinco dias.

— Talvez ela achasse que estava sequestrada há menos tempo, e ele esteja brincando com ela — sugiro.

Makeda arqueia um pouco as sobrancelhas finas.

— Talvez.

— Ela tem família? — pergunta Jonas.

Makeda sorri para ele e diz:

— Uma filha de 7 anos e um ex-marido.

— Vocês já falaram com ele, o ex? — pergunto.

Makeda faz uma pausa e responde:

— Falamos.

— Eles tinham uma relação conflituosa? Talvez ele saiba de alguma coisa — sugiro.

— Ele não parece ter nada a ver com isso — responde Makeda.

— Sete anos — diz Jonas, balançando a cabeça com tristeza. — Os nossos têm 13 e 11.

Makeda sorri e acena suavemente com a cabeça. Os personagens de ambos me enfurecem: Jonas, o artista sensível, e Makeda, a policial com coração de ouro.

— Você tem filhos? — pergunta Jonas a ela.

Makeda faz que sim com a cabeça.

— Não consigo nem imaginar — diz ele, olhando mais uma vez para a tela.

Olho mais uma vez para a foto quando ele devolve o celular para Makeda. Então me lembro do texto do mandado judicial: potenciais evidências documentais relacionadas a Ellen Garcia, pessoa desaparecida.

— Espera aí — digo. — Vocês acharam que iam encontrar *essa* foto no meu computador? Como se fosse eu que tivesse enviado?

— Não tínhamos como saber — responde Makeda. — Temos que investigar todas as pistas.

— E onde exatamente vocês acham que eu estaria mantendo essa mulher? No forro da casa?

Jonas coloca a mão no meu braço. Makeda percebe e registra o gesto. Ela sabe que isso significa que é para eu parar de falar. Mas, ainda assim, não parece surpresa.

Eu me desvencilho de Jonas, a garganta queimando, suor escorrendo repentinamente pela base das minhas costas, encharcando a cintura da minha calça. Então me ocorre que Makeda obteve aquele mandado de busca para os dispositivos porque foi a única coisa que ela conseguiu. Poderia ter sido para mais coisas, meu escritório, a casa, se ela tivesse conseguido convencer a juíza. Mas a Excelentíssima Gina T. Solomon, que é muito rigorosa com os detalhes, precisava de evidências concretas.

— Eles só estão eliminando as possibilidades. Não é? — pergunta Jonas a Makeda de um jeito que lembra um pai falando com a filha diante da professora.

— Isso mesmo — responde Makeda. A professora.

Lanço um olhar furioso para meu marido. *Não ajude, querido.* Repito isso na minha cabeça: *Não ajude.*

Volto meu foco para Makeda.

— Eu ainda sou alvo da investigação, agora que vocês não encontraram nada?

— Legalmente não — responde Makeda de imediato.

— Mas você acha que eu deveria ser, não acha, minha cara?

— Eu gosto de informações. É assim que trabalho. Pelo que tenho visto ao longo da minha carreira, as pessoas são a soma do que aconteceu com elas e do que fizeram desde então. Assim, analiso todas as informações disponíveis. Ao contrário de você, por exemplo, que trabalha apenas com o que as pessoas te dizem.

Sei que ela está se referindo ao meu passado e, ao mesmo tempo, menosprezando a minha profissão, e a verdade é que não me importo com nenhuma das duas coisas. Todo mundo, até mesmo na cidade de Nova York, tem uma opinião sobre psiquiatras e tratamentos de saúde mental em geral. Ainda existe o estigma de que seja algo apenas para tipos neuróticos como os personagens de Woody Allen ou para loucos se debatendo em camisas de força e que o restante de nós deveria apenas suportar a vida sem nunca falar livremente com outro ser humano.

E quanto ao meu passado, bem, qualquer pessoa pode usar um computador, não é mesmo? Tanto detetives da polícia quanto sequestradores psicopatas, e Makeda claramente não é a única a pesquisar sobre mim.

— Também gosto de informações — digo, calmamente. — Se você não quiser a minha ajuda para encontrar Billy, tudo bem.

Mas não posso impedir que ele entre em contato comigo, e, se ele, digamos, quiser me encontrar de novo, eu vou.

— Não acho que seja uma boa ideia — avisa ela. — Se ele entrar em contato com a senhora, por favor, me ligue.

Pelo menos ainda estamos na fase do "por favor", ela e eu.

— Vamos fazer o seguinte, Makeda. Se eu descobrir onde ele está, aviso para você.

— Eu agradeço.

Estou muito mais centrada do que estava há alguns minutos. Não é necessariamente de alívio, porque tenho experiência suficiente para saber que Makeda está longe de confiar em mim — o que, na verdade, pode ser uma distância considerável.

Mas sou mais forte do que pareço, e há muito mais em mim do que aquilo com que o cérebro obtuso de policial dela consegue lidar. Então, embora eu não esteja exatamente aliviada, uma sensação de calma tomou conta de mim, porque agora vejo o jogo inteiro, e ela e eu estamos presas em uma corrida até a última casa: o reino dos doces ou o envelope confidencial ou a aposentadoria (é hilário que isso represente a vitória no Jogo da Vida em vez de Morte — acho que seria um pouco sombrio demais para os animados anos sessenta). Makeda pode ter feito sua pesquisazinha no Google, mas com certeza não sabe que eu já ganhei esse jogo quando ela provavelmente ainda usava fraldas. Não há muitas regras no verso da caixa; apenas o objetivo do jogo, que é simplesmente: Encontre o Assassino Oculto.

Gordon Strong

Acho que estou grato. Minhas costas estão quase normais. Chuck Strange não me curou nem nada — ele não é um curandeiro mágico —, mas, depois da massagem no sofá, consegui ficar de pé sem sentir muita dor e ir a um quiroprata, que me disse exatamente o que o maldito Chuck tinha dito, que eu tive uma espécie de espasmo e todos os músculos travaram. O quiroprata pressionou e estalou minha lombar, disse que eu deveria voltar em algumas semanas e, depois disso, uma vez por mês. É assim que os médicos nos prendem, não é? Fazem a gente voltar para "consultas de manutenção" e devoram toda a coparticipação. Eu disse que voltaria se fosse necessário.

Tornei a cuidar da cerca viva. Devo isso a Evelyn. Sei que ando bebendo um pouco além da conta — para ser sincero, não me lembro muito bem da maioria das noites. Ontem à noite, por exemplo, sei que desci até o porão, liguei para o meu velho de novo e acabei gritando com ele. Nem lembro sobre o que estávamos discutindo, só me lembro de Evelyn tentando arrancar o telefone de mim, com o rosto todo inchado e molhado de lágrimas, dizendo: "Por favor, Gordon, por favor, para."

Depois, não lembro se a empurrei, mas tenho quase certeza de que gritei com ela e a xinguei. Eu me lembro de Savannah parada no alto da escada, e é bem provável que ela tenha ouvido tudo. Quando acordei, todo mundo já tinha saído, então não tive chance de me desculpar.

Meu velho sempre dizia que, como pagava as contas, não precisava se desculpar por nada. Ele até me lembrou disso ontem à noite, na verdade. Só maricas pedem desculpas a mulheres, então, se você está pedindo desculpas, deve ser um maricas também. E, como você não paga as contas, isso faz todo o sentido.

Acho que deixei a parte de cima da cerca viva que separa a nossa propriedade da rua bem nivelada. Tento me lembrar se temos um nível em algum lugar, ou talvez uma fita métrica. Penso em procurar na garagem e, se não encontrar nada, talvez haja uma régua no quarto de um dos meus filhos. Eu me levanto e pisco os olhos para afastar o suor. Então ouço um som, como um gato miando depois de uma briga, mas baixinho.

Olho na direção da casa dos Strange e vejo Caroline na varanda, no canto da escada, com o rosto enterrado nas mãos, chorando.

Meu instinto inicial é não me envolver, seguir com o dia, recuar lentamente e encontrar a fita métrica para verificar se a parte de cima da cerca está reta. Além disso, tem alguma coisa naquela menina que me deixa desconfortável.

Olho em volta, por cima dos dois ombros, para ver se, por acaso, o carro da mãe dela está dobrando a esquina, e até torcendo em silêncio para que Savannah chegue mais cedo da colônia de férias para conversar com a amiga, mas nada. Não há ninguém além de mim.

Então penso em Savannah, me lembro do olhar dela no alto da escada ontem à noite. De alguma forma, ela ainda tem um rosto de bebê, com aqueles enormes olhos castanhos, mas, ao mesmo tempo, parece uma moça; parece Evelyn, na verdade, quando está feliz e quando está triste. Ontem à noite, ela estava triste. Por minha causa. De novo.

Ela e Caroline conversam dia e noite, pessoalmente ou por telefone. Caroline dorme na nossa casa todo fim de semana. Então tenho uma ideia: se eu fizer algo direito por ela, Savannah vai ficar sabendo, e talvez isso faça a balança pender um pouco a meu favor. Mesmo que, para ser sincero, a última coisa que eu queira seja falar com essa menina.

Deixo a tesoura no alto da cerca viva e vou até a cerca de madeira que separa a nossa casa da casa dos Strange.

— Oi, Caroline — digo o mais baixo possível, mas alto o suficiente para que ela me ouça.

Ela desfaz a pose; o rosto manchado de lágrimas surgindo entre as mãos.

— Não tinha visto você — diz ela, secando os olhos com os nós dos dedos.

— Desculpa — digo. — Eu estava atrás da cerca viva.

Ela olha para a cerca viva, meio desconfiada, como se mais alguém pudesse estar escondido ali. Em seguida, acena com a cabeça.

— Você está bem? — pergunto.

Ela dá de ombros e continua esfregando os olhos.

— Você quer, hum, conversar?

Suas mãos se afastam do rosto, os lábios ainda franzidos. Minha nossa, como ela é esquisita. Parece um sapo. Não que eu passe muito tempo reparando na aparência de outros caras, mas sei que Chuck não é feio e, antes de engordar, Lil era bem atraente, então não entendo o que aconteceu com Caroline. E ela não se ajuda nem um pouco prendendo o cabelo desse jeito, puxado para trás em um rabo de cavalo apertado. Parece que o rosto não tem onde se esconder.

Ela olha para trás, para a porta de casa, então se levanta, se arrastando até a cerca, a menos de meio metro de mim.

— São os meus pais — responde ela. — Eles brigam muito.

— É? — digo, e isso desperta alguma coisa em mim: alegria pela má sorte de outras pessoas. E não sou o único que sente isso, todo mundo sente, certo? Talvez não Evelyn, mas é uma coisa humana. E ouvir que Chuck Strange não é perfeito ajuda. Aposto que Caroline já sentiu isso: ela parece o tipo de menina que tenta disfarçar um sorriso quando outra pessoa tropeça.

— É — responde ela. — E só piora.

— Lamento muito — digo.

Não lamento coisa nenhuma, mas fico pensando em uma conversa que ela poderia ter com Savannah mais tarde, as duas sentadas de pernas cruzadas no quarto de Savannah, de pijama, Caroline dizendo: "Você tem muita sorte de ter um pai como o seu."

— Os adultos dizem muita besteira quando estão discutindo — continuo. — Às vezes, eles só querem magoar um ao outro, não falam pra valer. Um dia você vai entender, Caroline, quando for mãe...

— Gordon? — interrompe ela. — Eu encontrei uma coisa.

— Como assim?

Ela balança a cabeça e dá mais um passo, até ficar bem na minha frente. É muito mais alta que Savannah, mais encorpada, mais robusta. Parece estar puxando ao velho Chuck até agora, e me pego torcendo, para o bem dela, que não puxe a Lil. É fácil para um homem atravessar o mundo como um tanque, sempre se pode recorrer àquela coisa de "eu jogava bola no colégio", mas é muito mais difícil para uma mulher.

Ela olha por cima dos ombros e, em seguida, fica na ponta dos pés e espia por cima dos meus, certificando-se de que não tem ninguém por perto. Em seguida, tira uma foto do bolso de trás da calça e me entrega.

É Evelyn.

Está usando um biquíni vermelho do qual não me lembro. E não está na praia, no lago ou em um parque aquático em Dells: está na frente do espelho, no nosso quarto, segurando a câmera, tirando uma foto de si mesma.

— O que é isso? — pergunto, aproximando a foto do rosto.

— Encontrei no meio das coisas do meu pai quando estava colocando roupa para lavar. E você ainda nem viu a pior parte. Vira.

Só percebo que as minhas mãos estão tremendo quando viro a foto para ver o que Caroline quer que eu veja. Tem um coração desenhado com caneta preta no verso, meio borrado sobre o logotipo da Kodak.

Viro a foto de novo, para a imagem da minha mulher de biquíni, depois de volta para o coração preto. Faço isso mais algumas vezes: Evelyn, coração preto, Evelyn, coração preto.

— Quando... — começo, sem nem saber ao certo o que vou perguntar.

— Quando ela deu essa foto para ele? — pergunta Caroline, preenchendo as lacunas por mim. — Não sei ao certo. Eu estava colocando roupa na máquina de lavar hoje de manhã e encontrei essa foto no bolso de trás do jeans que ele estava usando ontem.

Repasso todas as lembranças que tenho de ontem. Só consigo me lembrar de ter gritado com o meu velho ao telefone à noite e de Evelyn tentando arrancar o telefone de mim. Antes disso... eu estava assistindo a mais uma derrota dos Brewers, bebendo cerveja. Sem prestar atenção no que ela estava fazendo atrás de mim. Talvez nem estivesse em casa. Poderia estar fazendo um strip-tease para Chuck no jardim, até onde eu sei.

Balanço a cabeça. Estamos falando de Evelyn. Da minha Evelyn. Ela pode estar frustrada comigo e, diabos, talvez esteja magoada e com raiva, mas ela não faria isso.

— Talvez o seu pai tenha pegado essa foto — digo, devolvendo-a para Caroline.

— Quer dizer roubado? — pergunta ela, e percebo que devo tê-la ofendido, mas não tenho tanta certeza se me importo com isso ou não.

— É — respondo, mais confiante agora.

Caroline levanta os ombros largos até as orelhas e em seguida os deixa cair.

— Pode ser. Mas fico me perguntando onde ele encontraria essa foto, sabe?

Olho fixamente para o verso da foto, para o coração, e de repente ele se torna o meu coração, preto, carregado, sangrando no meu peito. De repente, consigo ouvi-lo na minha cabeça, reverberando nos meus tímpanos. E sei que ela está certa. Não é o tipo de foto que se tira de um álbum.

— É, não sei — digo por fim.

— Sei que a minha mãe tem problemas — diz Caroline, secando os olhos com o dorso da mão. — Mas ela não merece isso.

— Ei, a gente ainda não sabe a história toda. Não sabemos como isso foi parar no meio da sua roupa suja. E, mesmo que seja, sabe, o pior, mesmo que Evelyn tenha d-dado... — gaguejo, então faço uma pausa.

Caroline crava os olhos implacáveis em mim. Ela não acredita nisso. Começo a me perguntar por que estou tentando me forçar a acreditar.

Ela estende a mão e arranca a foto dos meus dedos. Acontece tão rápido que não tenho nem tempo de pensar em segurá-la. Caroline olha para a foto outra vez, então sua expressão se suaviza.

— Também acho que você não merece isso, Gordon — diz ela baixinho. — Você é uma boa pessoa. Só teve um pouco de azar. Mas é só isso. Azar. E a sorte pode mudar de uma hora para outra.

Algo no que ela diz me atinge em cheio. Até aquele momento, eu estava apenas sentindo pena de mim mesmo, simplesmente deixando tudo acontecer, deixando as ondas me atingirem sem nem mesmo tentar nadar até terra firme.

— Você tem razão, mas também é possível mudar a própria sorte, eu acredito nisso — digo, balançando um dedo professoral na direção dela.

Caroline olha para o meu dedo, os olhos ficando ligeiramente vesgos.

— Como assim? — pergunta ela.

— O que eu quero dizer é que a gente pode assumir um pouco o controle dessa situação. Você e eu.

Ela franze a testa e as sobrancelhas, confusa. Acho que é exatamente assim que fica na aula de matemática quando levanta a mão. Que inferno, deve ser uma merda ser professor; você é obrigado a aturar todos os alunos, até aqueles de que não gosta.

— Não entendi — diz ela em um tom meio choroso, e percebo que vou ter que simplificar as coisas.

— Você não quer que os seus pais se divorciem, quer?

Ela faz que não.

— E eu não quero me divorciar da mãe de Savannah — explico. — Então, talvez a gente possa se ajudar.

— Como?

— Bem — digo, percebendo que ainda não parei para pensar muito a respeito. Meus olhos se voltam para a foto na mão dela e aponto. — Esse é um bom começo. Coisas assim. Se você notar mais alguma coisa estranha, me avisa. E, se eu notar alguma coisa estranha, te aviso.

— Mas assim a gente só vai ficar vendo as coisas acontecerem. A gente não vai *fazer* nada.

— É — digo, sabendo que ela tem razão de novo.

— Acho que vou tentar conversar com o meu pai. Vou contar para ele que encontrei isso.

Então ela volta a chorar, uma lágrima escorre pela bochecha e cai na foto, bem em cima do rosto de Evelyn.

Tenho um vislumbre da conversa na minha mente, Chuck com aquela cara acolhedora e compreensiva. *Conta para o papai o que aconteceu, querida.* E ela conta como eu e ela conversamos, então ele começa a achar que fui eu que plantei essa ideia na cabeça dela. E viro o vilão da história.

— Espera um pouco — digo, tentando suavizar a voz. — Acho que tem outra coisa que a gente pode fazer.

Ela pisca, e mais algumas lágrimas rolam, os olhos vermelhos.

— Tipo o quê? Não sei de mais nada que a gente possa fazer a não ser...

— Pegar os dois no flagra — digo, terminando a frase por ela.

Uma lâmpada de desenho animado se acende, mas é maior, como no meu antigo emprego, quando os gerentes de linha acionavam os interruptores da fábrica e as lâmpadas fluorescentes se acendiam, fileira por fileira, como uma onda.

Em seguida, ela balança a cabeça e faz uma careta.

— A gente tem que esclarecer tudo. É o que o meu pai sempre diz quando tem um mal-entendido. Vocês precisam sentar e conversar. Ele e a minha mãe, você e Evelyn.

Ela parece tão desesperada agora que quase digo: *Claro, honestidade é a melhor política. É só a gente fazer como George Washington e a cerejeira e sair cavalgando em direção ao pôr do sol.*

Mas vejo a cena em uma tela de cinema na minha mente: três, dois, um, a cor sumindo do rosto de Evelyn quando ela perceber que foi desmascarada. A porra da encenação de Chuck no papel de pacificador compreensivo. *Gordon, eu posso explicar...*

Dou um tapa na lateral da cabeça para afastar essa imagem.

Caroline estremece e me encara.

— Desculpa — digo. — Foi um mosquito.

Ela acena lentamente com a cabeça e limpa o nariz no antebraço.

— O meu pai... — começa ela. — Ele vai ter uma explicação, sei que vai.

Sua boca faz aquele mesmo movimento terrível que a de Savannah quando está se esforçando para não chorar, os cantos tremendo enquanto se curvam para baixo. Pobrezinha. Tenho que reconhecer que ela é muito mais confiável do que eu quando tinha a mesma idade. Inferno, até Savannah tenta nos passar a perna, nos convencer de que esquecemos de lhe dar a mesada quando está precisando de um pouco mais de dinheiro naquela semana.

— Espera um minuto, Caroline — peço. — Vamos pensar sobre isso. Talvez você seja um pouco jovem para saber, mas adultos, todos eles, quando se sentem encurralados, não dá para prever o que vão fazer. Seu pai é um sujeito bom, você sabe disso, mas, se mostrar essa foto para ele, vai ser fácil ele inventar uma história para explicar o que aconteceu. Ou isso ou ele vai ficar chateado, talvez desconte em você, e você não merece isso.

Mesmo antes de ver o pânico nos olhos dela, sei que estou sendo manipulador, mas, a essa altura, tenho que encarar isso como um dano colateral. E há algo no nervosismo dela que me deixa excitado, não de um jeito pervertido, mas na forma de um impulso, como um carro dando a partida.

Ela acena tristemente com a cabeça.

— O que a gente vai fazer então? — pergunta, tapando uma das narinas com o nó do dedo e fungando com força. — A gente vai tentar... pegar os dois em uma armadilha?

Balanço a cabeça.

— A gente não vai preparar armadilha nenhuma, querida, a gente vai descobrir a verdade.

— Só para ter certeza?

— Exatamente! — digo.

— E como a gente faria isso? — pergunta ela. — Você sabe, se quiséssemos fazer isso.

Sei que consigo convencê-la agora e seguro a vontade de rir de tão aliviado que estou.

— Bem, não tenho certeza — respondo. — A gente teria que colocar os dois no mesmo lugar, ao mesmo tempo.

— O meu pai não fica muito em casa.

— Turno da madrugada, né? — digo, me lembrando. — Então ele fica em casa, sei lá, das cinco às onze da noite?

— É, e dorme de manhã por algumas horas.

Merda, penso, quando eles arranjam tempo? Mas, quando há vontade, arruma-se um maldito jeito. E, por mais que eu não queira imaginar que Evelyn tenha vontade, olho para a foto na mão de Caroline e me dou conta de como tenho sido imbecil. Então me lembro da noite passada. Devo ter apagado por volta das nove. Ela devia estar furiosa e magoada, e Chuck tem aquele ombro largo e acolhedor, perfeito para ela chorar. Pensando bem, tenho apagado por volta das nove com bastante frequência ultimamente.

— Ei, Caroline — chamo.

— Oi?

— Você sabe onde o seu pai estava ontem à noite, antes de ir para o trabalho, digamos, entre nove e onze da noite?

Ela pensa.

— Não sei — responde ela. — Eu estava vendo TV com a minha mãe.

— E você encontrou isso quando? Hoje de manhã? — pergunto, apontando para a foto.

Ela faz que sim com a cabeça.

— Preciso que você pense bem agora: você se lembra de ver o seu pai por volta dessa hora da noite ultimamente? Entre nove e onze.

— Às vezes ele vê TV com a gente — responde ela, dando de ombros. Então pensa um pouco mais a respeito e acrescenta, soltando uma risadinha abafada: — Mas, quando está estudando e quer paz e silêncio, ele vai para o carro.

— Está bem, isso é bom. Hoje à noite, você e eu, nós vamos facilitar as coisas para eles. Temos que dar um sinal um para o outro.

— Tipo um bilhete?

— É, boa ideia, um bilhete.

— Espera! — diz ela, animada, em seguida sai correndo e desaparece dentro de casa.

Endireito a postura, jogo os ombros para trás. Nem tinha percebido que estava me curvando.

Caroline volta correndo pela porta de tela um minuto depois, carregando uma caixa de sapatos. Ela se senta no primeiro degrau, abre a caixa e começa a folhear alguns papéis. Cartões e fotos. Pega um cartão, abre, lê por um segundo e em seguida o estende para mim.

— Aqui.

No seu aniversário, está escrito na frente. Um buquê de flores azuis embaixo das palavras. Abro o cartão, há um poema que nem leio, e logo abaixo, escrito com a letra cursiva da minha mulher: *Feliz aniversário, Caroline!!! Com amor, Evelyn e Gordon.*

— Eu nem me lembrava disso — digo.

— Vocês me dão um todo ano com cinco dólares dentro — diz ela, pegando o cartão de volta.

— É?

É uma coisa legal que Evelyn faz, sempre se lembra dos aniversários de todo mundo, manda presentes para o meu irmão e para a família dele no Natal e até envia cartões para o meu velho no Dia dos Pais. Não tenho certeza se alguma vez já agradeci, mas sempre fui grato por ela fazer isso. Agora, no entanto, isso me faz pensar no que mais acontece sem que eu faça ideia.

Caroline está com o cartão aberto no colo, traçando a assinatura de Evelyn com o dedo.

— Talvez eu consiga copiar a letra dela.

— Você pode escrever um bilhete para o seu pai — sugiro.

Ela acena com a cabeça e pensa a respeito.

— Pedindo que eles se encontrem — acrescento.

Minha lombar começa a doer. Não tanto quanto antes, graças ao maldito do Chuck, e não pense que deixo escapar a ironia, mas agora há uma agulha fina espetando a base da minha coluna, então, ao que parece, no fim das contas ele não é capaz de produzir os milagres da ciência moderna.

— No carro dele, certo? — pergunta ela.

Sinto um nó na garganta. Engulo em seco e digo:

— É, é isso que a gente vai escrever. Me encontre no seu carro. Às dez.

— Coloco na caixa de correio — diz ela, apontando para a caixa na calçada. — Meu pai sempre dá uma olhada quando chega em casa, às cinco.

— Bem pensado.

Ela fica feliz com o elogio. Não é uma menina tão ruim, penso. Só tem problemas com os pais. Como a maioria de nós.

— Eu sei falsificar a letra do meu pai — avisa ela. — Já fiz isso antes.

Prefiro não saber detalhes e dou um tapinha no ombro dela.

— Você pode escrever um bilhete para Evelyn também, então... eu coloco na nossa caixa de correio. Ela sempre pega a correspondência quando chega do trabalho.

— É, dizendo a mesma coisa: me encontre no seu carro às dez, para conversarmos.

— Aí você fica vigiando — digo, apontando para a janela do andar de cima —, e eu fico vigiando também.

— E nós vamos descobrir — conclui ela.

— Isso.

Então ela volta a ficar triste, as sobrancelhas tombam. Dois bigodes frouxos.

— Mas, como você disse antes, se a gente fizer isso e eles forem inocentes, eles não vão ficar muito irritados por termos tentado pegar os dois no flagra?

Faço uma pausa. Porque, sim, eles vão ficar muito irritados, é claro que vão; até a santa Evelyn perde a cabeça, e mesmo que ela e Chuck sejam os vizinhos mais inofensivos do mundo, continuam sendo humanos, e ninguém quer ser acusado de uma coisa que não fez. Mas sinto uma comichão que não consigo localizar, em algum lugar nos fundos da minha cabeça, que me diz que estou certo. Não preciso discutir isso com Caroline, no entanto. Só preciso convencê-la.

— Talvez, mas a diferença é que, se eles forem culpados, não vão poder mais mentir. A verdade é importante, Caroline — insisto.
— Vale a pena eles ficarem chateados com a gente.

Ela reflete por um segundo, mas ainda não parece convencida.

— Agora, presta atenção — digo, mais baixo e em um tom mais gentil —, o que você e eu estamos fazendo é o oposto do que eles estão fazendo. Se eles estiverem fazendo o que a gente suspeita, então eles estão tentando arruinar tudo — explico, gesticulando para a casa dela e depois para a minha. — Eu e você estamos tentando salvar tudo.

— Nós somos a cola — diz ela e sorri.

— Exatamente. Nós somos a cola, Caroline. Estamos ajudando todo mundo.

Ela faz uma cara de orgulhosa, e por que não faria? É bom ajudar as pessoas.

Dra. Caroline

Para a maioria das pessoas, sábado é o dia em que se sentem mais livres, o mapa do fim de semana se estendendo diante delas. Para mim, é apenas mais um dia de trabalho mas também é uma oportunidade de cobrar o dobro do valor usual. Hoje, no entanto, cancelo todos os meus compromissos.

Olá, fulano/sicrana, aqui é a Dra. Caroline. Mil desculpas por avisar tão em cima da hora, mas surgiu um problema familiar que requer minha atenção imediata. Conto com a sua presença na nossa próxima consulta agendada. Por favor, me avise se precisar antecipar, e encontrarei um horário para nos conectarmos.

Deixo nove mensagens. Ninguém atende, porque todos têm medo de falar ao telefone. A maioria das pessoas tem. É um enfrentamento muito grande, mas o que elas em geral não percebem é que evitar o enfrentamento é, por si só, uma forma de manipulação. *Não quero encará-la, então cabe a você me encontrar.*

Felizmente, não tenho problema com nenhum dos dois: nem com enfrentamentos nem com ligações telefônicas. Então, me sento à mesa do consultório e começo a ligar para os números no meu histórico recente, sejam de Billy, sejam de Nelson. Como era de esperar, todas as chamadas terminam com uma voz robótica informando que o número está desativado.

Dou uma olhada nos primeiros e-mails que ele mandou, no cartão de vacinação falso, nas informações de contato fictícias. Fico encarando o endereço que ele escolheu: meu aniversário e minha idade. O que é interessante. Não estou nas redes sociais (obviamente, um grande território proibido para psiquiatras — ninguém precisa ver a terapeuta com a família no Grand Canyon ou tomando um drinque direto de um coco com as amigas), nem mesmo no LinkedIn. Vou até a cozinha e fico olhando para a parede onde colei as folhas: meus artigos, a matéria de Ellen Garcia, o *Journal Sentinel*. Apenas o último menciona minha idade, em 1993, então foi assim que Billy conseguiu essa informação, mas como ele descobriu minha data de nascimento? Contratar um serviço de investigação deixaria um rastro, então duvido que tenha tomado esse caminho.

O interfone toca e dou uma olhada no relógio: 10h37. É o horário de Arthur, o Atleta, mas, se ele não tivesse recebido minha mensagem, provavelmente teria aparecido às dez em ponto. Ele é personal trainer e costuma ser pontual. Fala muito sobre o pai. Faz *powerlifting* para evitar o envelhecimento e a morte. Boa sorte nesse projeto.

Volto para o consultório, olho por cima da cortina sanfonada que cobre a parte inferior da janela da frente e vejo alguém de capacete. Provavelmente um entregador.

Cerro os dentes, xingando Jonas; grandes chances de ser a porcaria do cappuccino de amêndoas e do bolo de maçã daquela confeitaria sueca em Bay Ridge — ele sempre come quando quer se sentir reconfortado, então deve ter encomendado depois de passar metade da noite em claro, estressado por causa da visita da polícia.

Corro até a porta e a abro, mas não é um entregador. É uma menina. Não a reconheço de imediato por causa do capacete e da máscara. Camiseta regata, short, patins. Franja roxa cobrindo um lado do rosto.

— Oi, Caroline! — diz ela, levantando a mão em um aceno. Em seguida, abaixa a máscara por um segundo para que eu veja seu rosto. — Sou eu, Florie.

Antes de ir para a escola particular, Theo frequentou a pré-escola hippie do nosso bairro, onde assavam chips de couve para o lanche e decidiam quais livros leriam durante a roda de leitura por meio de uma votação democrática. Theo se apaixonou pela pequena Florie, de olhos brilhantes, e eles ainda passam tempo juntos de vez em quando, mesmo estudando em escolas diferentes.

— Florie, como você cresceu!

Ela sorri e puxa a máscara de volta, cobrindo a boca e o nariz.

— Theo não está em casa. Está na colônia de férias — aviso.

— Ah, eu sei. Falei com ele ontem à noite, na verdade.

Levo um segundo para processar essa informação. Na colônia de férias dos meus filhos, as crianças podem ligar para casa uma ou duas vezes por semana, se quiserem. Elias nunca ligou, nem mesmo quando tinha 8 anos. Dois anos atrás, no primeiro verão dele, Theo ligava com alguma frequência, às vezes com saudades de casa, às vezes só para contar os detalhes do dia. Mas até agora, neste verão, nada. O que, francamente, está ótimo para nós. Estamos pagando para que eles se divirtam e se mantenham ocupados. Estamos pagando para não termos que pensar neles nem nos preocupar com eles o tempo todo.

Simplesmente não havia me ocorrido que Theo aproveitaria a oportunidade para ligar para outra pessoa. Por um instante, não tenho certeza se o que estou sentindo é ciúme ou alívio. Então, é claro, percebo que estou sentindo ambos.

— Falou? — pergunto e acrescento rapidamente: — Que bom.

— É. E prometi que ia mandar um pacote de balas Jolly Ranchers para ele, mas os meus pais disseram que era melhor eu perguntar para você primeiro, para ter certeza de que tudo bem.

— Florie, isso é muito atencioso da sua parte. É claro que tudo bem. Ele vai ficar superfeliz de receber doces pelo correio. Quem não ficaria?

Os olhos dela se arregalam, a máscara estica com o sorriso.

— Mas a sua mãe ou o seu pai poderiam ter me mandado uma mensagem — digo. — Você não precisava ter vindo até aqui.

— Ah, eu não me importo. Gosto de falar com as pessoas cara a cara.

— Acho isso muito maduro da sua parte — elogio, então o rosto de Georgina Melios surge na minha mente e percebo que tenho uma pequena abertura inesperada. — E como Theo está? — pergunto, dando uma risadinha na tentativa de disfarçar o fato de que uma criança de 11 anos talvez saiba mais sobre meu filho que eu.

— Ele está se divertindo — responde Florie. — Fez amigos. Disse que fica com saudades de casa à noite, quando está cansado.

— Tudo parece pior quando a gente está cansado — comento.

— É mesmo! — responde ela com entusiasmo, como se isso fosse algo que ela também já tivesse percebido. — Acho que também vou mandar algumas das minhas revistas em quadrinhos para ele. São boas para ler à noite, para se distrair. Tenho umas sobre os deuses gregos que são muito boas. Especialmente a de Hades, porque... você sabia que Hades não é um cara mau de verdade? Ele só acabou levando a pior no sorteio, aí Zeus disse, tipo: "Acho que sobrou para você cuidar do submundo, cara"; e Hades respondeu: "Beleza."

— Então ele não é a encarnação do mal?

— Não, nem de longe.

Em seguida, ela ergue os ombros e os deixa cair com um suspiro.

— Bem, vou indo — diz. — Tchau!

— Tchau.

E lá vai ela, os patins batendo na calçada. É um pouco desconcertante ver como Florie tem a cabeça no lugar. Ela me faz pensar que poderíamos ter economizado uma fortuna e mandado os meninos para a escola pública decadente logo ali na esquina, e no verão Theo estaria indo à pista de skate com ela enquanto conversavam sobre mitologia grega. E, de quebra, eu não teria que lidar com pais de escola particular, embora imagine que pais de escola pública também tenham seus próprios dramas, nos quais eu acabaria envolvida. Não me lembro muito bem da mãe de Florie, aquela das camisas manchadas.

Volto para casa, para minha mesa, imaginando Theo na varanda da cabana onde eles colocam os celulares na hora da ligação, pegando um e decidindo ligar para uma amiga.

Então penso: e se Billy tiver perguntado a outra pessoa sobre mim, alguém que soubesse minha data de nascimento e talvez outras coisas? Se ele leu tudo o que estava disponível sobre mim, quais nomes terá visto?

Jonas não é mencionado em nada on-line a meu respeito, porém meu nome aparece em alguns artigos sobre ele. Mas, obviamente, Billy não chegou até mim por intermédio de Jonas; deve ter sido outra pessoa. Percorro os resultados da busca pelo meu nome: meus colegas na Columbia, improvável, todos se ressentiam porque eu era a melhor em todas as turmas; as chances de eles saberem o dia do meu aniversário são mínimas. Recuando mais um pouco no tempo: as reportagens do *Journal Sentinel* dos anos noventa. Quem é mencionado? Os Strong, os policiais, meus pais.

Não pode ser meu querido pai, morto há quase dez anos. Os dedos esqueléticos do luto apertam meu pescoço quando penso nele, curvado sobre o volante, a cabeça tombada no airbag. Proposital ou acidental? Ninguém nunca soube ao certo, mas, se eu tivesse que viver com a minha mãe, sei qual das duas opções escolheria.

Minha mãe, a última sobrevivente.

Pego o celular e seleciono um contato. O telefone chama uma, duas vezes. Quando a recepcionista atende com um "Golden Brook Living", mudo de ideia e desligo.

Pego minha bolsa de pano e procuro as chaves, pensando que talvez eu e a jovem e ousada Florie tenhamos algo em comum: gostamos de falar com as pessoas cara a cara.

Ellen Garcia

Acordo de novo em algum momento, alguma hora, algum dia ou noite, e há mais pão e outra garrafa de água do Starbucks. Dessa vez, perto da minha cabeça, então respiro fundo e me viro para o lado direito.

Todos os quatro lados da minha cabeça latejam agora: a parte da frente, a parte de trás, a esquerda e a direita. Deve ser uma concussão. Tenho certeza de que meu cérebro está inchando feito uma esponja lá dentro, mas não há muito o que fazer agora, exceto acrescentar isso à minha lista de queixas. Afinal, não é como se uma máquina de ressonância magnética tivesse sido instalada aqui dentro enquanto eu dormia.

Leio o que está escrito no adesivo, palavra por palavra: *Item: 1 de 1. Itens em ordem: 1. Água Ethos *Caroline*. 17 de junho de 2021. Celular.*

Então, hoje é dia 17, ou foi dia 17 não faz muito tempo. Tento lembrar que dia era quando fui levar o lixo reciclável para fora e fui sequestrada. Doze, treze? Então, faz quatro dias que estou aqui, cinco? Quanto tempo leva para alguém morrer de inanição? Dados aleatórios e possivelmente imprecisos que aprendi giram na minha cabeça como uma roleta de um programa de TV. Pode-se sobreviver duas semanas sem comida, mas apenas uma sem água. Ou dez dias sem comida, mas apenas cinco sem água. Ou quarenta dias e noites sem comida, mas nenhum sem água.

Quanto tempo Tom Hanks demorou para encontrar água naquela ilha em *Náufrago*? E Jennifer Lawrence em *Jogos vorazes*? Christian Bale em O *sobrevivente*. O garotinho em O *corcel negro*. O menino no barco com o tigre em *As aventuras de Pi*. As crianças de O *senhor das moscas*, as crianças da *Família Robinson*, as crianças de *Lagoa azul*. Não me lembro de isso ter sido um problema nesses últimos três casos. Eles estavam ocupados demais matando uns aos outros, montando avestruzes e transando, respectivamente.

Nenhuma conclusão óbvia emerge dessas referências. Ergo a cabeça uns dois centímetros do chão, mas o latejar é intenso demais; não exatamente como se meu crânio estivesse comprimido em um torno de aço — está mais para uma versão de brinquedo feita de plástico que viria no McLanche Feliz. Mas, ainda assim, dói demais.

Abaixo a cabeça de novo, tentando calcular como posso inclinar a garrafa e beber um fio de água. Mas primeiro tenho que abri-la. Seguro a base com a mão direita e tento desrosquear a tampa com a esquerda. Quando foi que fizeram essas tampas de plástico tão apertadas, o pequeno anel perfurado ao redor do gargalo grudado na peça acima dele? Faço uma pausa e enxugo a mão esquerda na camisa, tentando secá-la. Então recomeço e, enfim, ouço um estalo baixo e, depois de mais algumas torções e de secar a palma das mãos na camisa, consigo abrir essa porcaria.

Inclino a garrafa em direção à boca, tomando cuidado para não derramar tudo. Isso me faz lembrar do balde gigante no Kalahari, eu e Bella embaixo dele de trajes de banho, ouvindo o tique-taque enquanto o balde enchia e virava, despejando todos aqueles litros de água na nossa cabeça. Agora, minha língua gruda no céu da boca só de pensar em água, qualquer água, até mesmo a água das piscinas do parque aquático, cheia de cloro e xixi.

Seguro a garrafa com ambas as mãos e derramo um gole na boca, mas então perco o controle e ela cai de lado por um segundo. Levanto a cabeça como reflexo, mas meu velho cérebro não gosta nem um pouco disso, e a dor ricocheteia pelos quatro cantos do meu crânio, norte, sul, leste, oeste. Pontos de luz embaçam minha visão, e eu pego a garrafa e a coloco de pé antes que minha cabeça tombe de novo.

Apenas um pouco foi derramado, uma colher de sopa ou duas, talvez, não sou muito boa com medidas culinárias. Aproximo a cabeça do chão e dou uma lambida na mancha molhada. Não é tão ruim, um gosto um pouco calcário, mas tem umidade, e sei que preciso da hidratação para ter energia. Sem falar do pão.

É estranho o que aconteceu, o fato de eu realmente não sentir mais fome, apenas sede. Na verdade, nem quero o pão e sua massa seca, não consigo imaginá-lo descendo pela calha enferrujada que é meu esôfago. Provavelmente ficaria preso e me sufocaria, de qualquer forma.

O que talvez seja o objetivo.

Então me ocorre que estou sendo observada, de alguma forma. Ou talvez alguém esteja me ouvindo. Se houver uma câmera minúscula no espelho no canto, um microfone embutido na maçaneta ou enterrado no meu cabelo como um pequeno mosquito perdido, posso me comunicar.

Eu me concentro na garrafa. *Caroline*. Pode ser ela. Pode ser que tenha saltado direto do trampolim para a piscina da insanidade quando leu minha matéria, isso pode ter detonado uma bomba dentro dela, armada muito tempo atrás por aquele lunático em Wisconsin. Ela pode ter tido um surto psicótico, e a voz mais alta em sua cabeça talvez tenha dito: *Ã-hã, é isso que você tem que fazer. É só matar a insignificante da Ellen Garcia e tudo o que aconteceu com você não vai ter mais nenhuma importância. Você vai estar livre.*

Só tem um jeito de descobrir. Antes, mais um gole. Respiro fundo pelo nariz e levanto a cabeça. A sensação é de pancadas, pulsações e golpes de baqueta, irradiando até a mandíbula, que cerro. Inclino a garrafa e empurro o gargalo para dentro da boca, levanto-a e tomo um gole. Engasgo um pouco, mas a maior parte desce, e minha garganta finalmente parece um pouco lubrificada, o que era o objetivo. Hidratada o suficiente para falar. Viro de costas, como um tatu-bola, pois acho que dessa forma consigo respirar melhor.

— Oi — chamo e tusso logo em seguida. Minha voz está rouca, mas é audível. Consigo ouvi-la, pelo menos. A voz ainda funciona, os ouvidos ainda funcionam. — Está me ouvindo? Não sei se você está me ouvindo. Meu nome é Ellen, e acho que sei quem você é. Dra. Caroline, não é? É assim que os pacientes te chamam. Olha, me desculpa por ter escrito aquela matéria sobre você. Eu nem queria escrever. Só que tenho um editor, sabe, e foi ele que me passou essa pauta. Mas, olha, você me pareceu uma mulher bem-sucedida quando eu pesquisei a seu respeito, então por que se preocupar com o que uma jornalista de merda pensa? Tipo, eu não tenho nem uma banheira, sabe? Meu carro parou de funcionar de vez ano passado, e antes disso eu tinha que entrar pelo porta-malas porque as travas das portas da frente não funcionavam. O que estou querendo dizer é que sou um nada, sabe, tipo, eu nem sequer apareço no radar de ninguém por motivo nenhum. Não sou uma escritora tão boa assim. Não sou uma ameaça para você. E aquela matéria, matérias como aquela, as pessoas acessam por uma semana, com sorte, e depois acabou. Ninguém vasculha os arquivos para ler uma porcaria como aquela.

Não achei que isso fosse possível, mas o cubículo parece ainda mais silencioso que antes. Tento imaginar o rosto da Dra. Caroline e não consigo, mas fecho os olhos e a vejo sentada em uma espécie de cabine de diretor de uma cerimônia de premiação, me observando em uma tela em preto e branco. O que ela gostaria de ouvir?

— Sinto muito — digo. — Sinto muito por ter escrito aquilo. Por tudo. Foi o caminho mais fácil, e eu deveria ter me mantido firme e dito que queria escrever sobre alguma coisa mais importante.

Não que serviços de saúde não sejam importantes, mas não pode ser algo que destrua a carreira de outra pessoa.

Então tenho uma ideia. É medíocre e talvez inútil, como a maioria das minhas ideias, mas há uma pequena faísca ali. Talvez seja isso que ela quisesse o tempo todo. Talvez ela queira que eu conserte as coisas.

— Posso reescrever toda aquela matéria — sugiro. — Escrever uma matéria sobre os médicos da lista e entrevistar os pacientes que eles ajudaram, os que eles salvaram. Tenho certeza de que você tem pacientes assim, muitos. Só entrevistei dois; deve ter uma centena de pacientes que me diriam que você é uma ótima psiquiatra, que me contariam o quanto os ajudou. Você pode até me dizer com quais pessoas falar. Posso escrever sobre tudo que superou. Eu li sobre você. O que aconteceu quando era criança, e não consigo nem me imaginar passando por nada parecido. Sei que todo mundo deve dizer isso quando fica sabendo, "não consigo nem imaginar", mas é sério, eu literalmente não consigo. É claro que li a respeito, no *Milwaukee Journal Sentinel*, né? Costumo ser bastante criativa, ainda mais quando se trata de ciclos de pensamentos ansiosos, mas tem alguma coisa no meu cérebro que me impede de avançar quando penso no que você viu, como se tivesse um pequeno segurança contra traumas lá dentro, parado na frente da corda de veludo dizendo: "Desculpa, *isso aí* não pode entrar." Também tenho um trauma, não como o seu; acho que ninguém vai ganhar de você nessa competição, mas aconteceu uma coisa comigo que não foi legal. Eu estava sozinha, tinha 13 anos, fui burra e acabei em uma situação com três garotos mais velhos em uma floresta.

Suspiro, desanimada com quão entediante minha história parece em comparação com a dela.

— Eles não bateram em mim nem nada do tipo. Até namorei um deles depois. Mas, você sabe... Não sei se você sabe, não sei se já passou por algo assim especificamente, mas, quando uma coisa ruim acontece, você faz o que acha que vai fazer com que se sinta menos mal em relação ao que aconteceu. Então, no meu caso, eu pensei que, talvez, se namorasse um deles, se fôssemos a festas e essas coisas, se nos apaixonássemos, isso faria com que eu me sentisse melhor em relação ao que aconteceu na floresta.

Dou risada, e é uma sensação estranha: o ar saindo entrecortado do meu peito resseca a garganta ao contato e me faz tossir.

— Tenho uma péssima notícia para te dar: não fez.

Tusso por mais um ou dois minutos, talvez doze, não sei. Depois dou risada de novo.

— É incrível a gente sobreviver. As mulheres, quero dizer. As meninas que crescem. Porque a gente nasce, né? E talvez haja pais que tenham empregos e possam nos alimentar e nos dar roupas, talvez não, mas nós sobrevivemos à primeira infância. Conseguimos ir à escola, conseguimos fazer um ou dois amigos, conseguimos, você sabe, existir. E aí vem a puberdade, e parece que eles mal podem esperar para botar as mãos na gente. Ou talvez eles nem esperem nossos peitinhos de azeitona aparecerem, simplesmente pegam a gente assim que aparece a oportunidade.

E continuo:

— Nunca contei isso para ninguém, mas, quando descobri que ia ter uma menina, no ultrassom, fiquei tipo: merda. Porque eu não tinha percebido que estava pensando em tudo isso, que secretamente estava torcendo para ser um menino, com um piruzinho tirano, porque eles podem fazer o que quiserem e, como pais, a gente só tem que ajudá-los a controlar isso, o que é muito mais fácil do que preparar uma menina. Tipo, fortificar a estrutura de uma menina. É claro que Chris, meu ex, viu a expressão no meu rosto, ele me conhece bem demais. Ele, tipo, viu minha sobrancelha tremer e disse: "Você está infeliz no nosso casamento." Enfim, ele viu a minha cara, e tentei explicar, mas a gente acabou brigando. Ele disse: "Isso aqui é a merda de um milagre, o milagre da criação, por que você está estragando tudo?"

Penso nisso por um segundo e me lembro do rosto de Chris. Magoado e com raiva.

— Eu não soube o que responder. Era só uma coisa dentro de mim que eu não conseguia controlar. Eu queria estar feliz, mas estava morrendo de medo. Não conseguia explicar tudo isso para ele, sobre meninas, como a gente passa a vida inteira fazendo manobras evasivas para fugir do que aconteceu com a gente na infância só para conseguir construir alguma coisa. Escrever alguma coisa. Ter uma carreira, como você.

Viro a cabeça para o lado e algumas lágrimas rolam. É chocante perceber que ainda há água suficiente no meu corpo para produzi-las.

Passo a língua pelos lábios e digo:

— Como eu disse, o seu trauma faz o meu parecer a porra de um dia no parque de diversões, mas estou falando de modo geral. Então a gente tenta ter uma carreira, casamento, filhos, a gente tenta, sabe, ter tudo isso, equilibrar vida pessoal e profissional, e ainda tem que malhar, arrumar o cabelo, colar unhas de acrílico e arrancar os pelos do corpo inteiro com folhas de cera quente, o que, na verdade, é uma boa metáfora. Você está coberta de tiras de cera quente, nas pernas, na bunda, na xoxota, e sabe que a dor vem, só fica tentando adivinhar de onde vem primeiro.

Começo a rir outra vez, e é como um tornado de poeira na minha garganta.

— Mas, falando sério, cá entre nós, depois da porcaria de um dia de trabalho escrevendo, tentando fazer malabarismos para o meu editor, levando a minha filha de um lado para outro, me certificando de que ela tem máscaras extras e álcool em gel, lendo as notícias e ficando furiosa e enjoada de preocupação, tenho que ser sincera com você, não quero subir em nenhum maldito aparelho de academia. Quero engolir uma pizza inteira e tomar cinco shots, porque preciso de um descanso de mim mesma mais do que qualquer outra pessoa. Quero me ver livre da obrigação de cuidar da minha própria mente.

Engulo, ou melhor, os músculos da minha garganta imitam a deglutição, mas não há líquido para descer. A seca atingiu o leito do riacho outra vez, e sei que vou ter que repetir toda aquela dança com a garrafa de água, mas ainda não.

Percebo que falei mais sobre mim mesma agora do que em anos, e não tenho mais energia para rir, mas, se tivesse, riria, porque, pelo visto, essa Dra. Caroline é uma ótima ouvinte.

Dra. Caroline

Depois de deixar o glamour de Staten Island e sair da Goethals Bridge, chega-se a Elizabeth, Nova Jersey, onde minha mãe mora em uma casa de repouso para idosos. Cerca de um ano depois da morte do meu pai, ficou claro que minha mãe não conseguia mais cuidar de si mesma, fosse por escolha ou por coincidência. Quando nasci meus pais já tinham quase 40 anos, portanto a idade da minha mãe, combinada com a obesidade e o diagnóstico de diabetes tipo 2, me deixou apenas uma opção: fazê-la se mudar da casa onde fui criada, em Glen Grove, para a região metropolitana de Nova York, onde eu poderia chegar até ela em menos de uma hora, se necessário.

Só para deixar claro: eu a teria deixado em uma casa de repouso em Wisconsin se pudesse, mas já conseguia prever as emergências, as ligações, a compra de passagens de avião para Milwaukee às seis da manhã quando ela precisasse dos mais diversos procedimentos: diálise, fisioterapia, tratamento contra pulgas. Como filha única e parente mais próxima, eu a trouxe para a Costa Leste para facilitar a minha vida.

E claro: ela teve um AVC (ou dois ou três — eles não conseguiram dizer ao certo) logo nos primeiros meses depois da mudança.

Desde então, o raciocínio dela ficou confuso e a memória, errática, mas pelo menos ela parou de me ligar. Eles a mantêm ocupada lá, com certeza. Alguns meses antes da pandemia de Covid-19, ela apareceu em uma matéria no jornal local com alguns dos outros residentes. A administração da casa de repouso me enviou um exemplar, e dei risada quando vi a foto dela fazendo hidroginástica, a pele flácida dos braços boiando na superfície da piscina. "Viu como é bom ter sua foto estampada na capa?", falei comigo mesma antes de jogar o jornal na lixeira.

Agora, tento vê-la uma vez a cada trimestre. Não levo Jonas nem os meninos; não a visitamos nos feriados; meus filhos não a chamam de vó nem de vovó. Muitas pessoas se convencem de que precisam manter uma conexão com os pais quando eles envelhecem e se aproximam da morte, mesmo que tenham sido pessoas horríveis. Que, de alguma forma, os pais devem ser absolvidos dos seus erros imperdoáveis só porque não lembram mais o próprio nome. Felizmente, não sou uma dessas pessoas.

A Golden Brook se parece menos com um hospital e mais com um resort da era vitoriana. Mais especificamente, com o Overlook Hotel de *O iluminado*, só que, em vez de ficar no topo de uma montanha no Colorado, fica a uma curta distância da saída da rodovia, em Jersey. E todos esses fatores contribuíram para que eu a escolhesse para minha mãe: a proximidade da rodovia, a qualidade do atendimento, a possibilidade de ela se deparar com um cara vestindo uma fantasia de urso ensanguentada a caminho da Hora do Artesanato.

Paro o carro no estacionamento de visitantes, coloco a máscara, abro o pequeno cooler no banco do carona e retiro o conteúdo, guardando-o cuidadosamente dentro da minha bolsa de pano. Em seguida, saio, atravesso o estacionamento até a entrada impecável, passo pelas portas automáticas e entro na área principal da recepção. Por mais grandiosa que pareça por fora, por dentro ainda é o padrão habitual do sistema de saúde: cheiro de limão e alvejante e profissionais de jaleco com estampa de panda.

Digo à recepcionista quem vim visitar e entrego a ela minha carteira de identidade e meu cartão de vacinação. Ela olha por cima dos óculos bifocais para o monitor à frente e desliza o dedo pela rodinha do mouse.

— A senhora não consta no registro de visitas de hoje, Sra. Strange — diz ela. — É uma visita não programada?

— Isso, eu não programei — respondo. — Eu estava aqui perto, então pensei em passar e dar um oi.

— Que legal — diz ela, sorrindo, os óculos bifocais embaçados acima da máscara. — Deixe-me conferir a agenda da sua mãe. — Ela faz uma pausa, rola a tela. — Parece que ela acabou de voltar do jardim, então deve estar no quarto. A senhora chegou na hora certa. — Outro sorriso, mais embaçamento.

Ela digita alguma coisa no teclado, e uma pequena impressora no canto da mesa emite um zumbido e cospe uma etiqueta com os dizeres: VISITANTE — NÃO PROGRAMADA — G7 — CAROLINE STRANGE — LILLIAN STRANGE.

Ela me entrega a etiqueta e pergunta:

— A senhora trouxe algum presente?

— Como assim? — respondo, acrescentando um piscar de olhos confuso.

— Qualquer coisa vinda de fora... precisamos verificar para ver se há itens não permitidos. Procedimento padrão.

— Ah, claro — digo. — Hoje não trouxe presente. Porque... eu não programei a visita — acrescento, dando batidinhas na etiqueta.

— Tudo bem então, pode ir. Os elevadores ficam à sua esquerda, terceiro andar, ala G.

Agradeço e me dirijo aos elevadores. Não, querida enfermeira da recepção, mesmo que eu esteja contrabandeando algo, minha mãe não precisa de nenhum presente. Este lugar é o presente dela, os quase duzentos e cinquenta mil dólares necessários para colocá-la na lista de espera mais rápida, sem falar da mensalidade. Não passar o resto da vida em um lugar onde te deixam apodrecer na fralda porque falta pessoal ou simplesmente porque não dão a mínima: Feliz Natal e feliz aniversário, mãe.

Saio no terceiro andar, sigo as placas para a ala G, passo pelo que eles chamam de "Grande Salão", com uma claraboia gigante no teto. Lá ficam os idosos que ainda conseguem andar, falar e, em sua maioria, se vestir sozinhos. Estão jogando cartas em uma mesa, pintando aquarelas em outra. A TV no canto está desligada; eles também têm o tempo de tela regulado. No segundo andar, fica a ala H, onde os residentes são alimentados de colher e têm os dentes carinhosamente escovados. É para lá que minha mãe vai em seguida, quando a fase atual estiver concluída.

A simples ideia de envelhecer assim me embrulha o estômago. Mesmo o envelhecimento de alto nível continua sendo envelhecimento.

Passo pelo arco que leva ao corredor onde fica o quarto da minha mãe e encontro o número 7. A porta está aberta alguns centímetros, e não bato, apenas a empurro devagar.

Ela está de pé junto à janela, segurando um iPad. Eu a vejo tocar o botão na parte inferior da tela, tirando uma foto.

— Mãe.

Ela se vira e abaixa o iPad lentamente, como se fosse uma arma e ela tivesse acabado de ser pega pelas autoridades. Seu rosto está inexpressivo, então ela estreita os olhos para mim. Tiro a máscara.

— Você veio.

Tenho que reconhecer que eles cuidam bem do cabelo dela. Está tingido de um castanho-avermelhado que quase poderia ser natural, muito diferente do amarelo-canário que ela usou durante toda a minha infância. Minha mãe costumava tingir o cabelo no porão, no tanque ao lado da lava e seca, gotas amarelas manchando o carpete e a parede como evidências de um disparo de arma de fogo.

E tem também a perda de peso. Quando a trouxe para cá, ela pesava quase cento e sessenta quilos, mas agora parece estar com pouco mais de noventa. Eu me recuso a dar crédito a ela por isso. Quando estava discutindo com a assistente social da instituição qual seria o melhor plano de saúde para ela, pedi que a colocassem em uma dieta. Eles responderam claro, claro, e me mostraram uma seleção de planos e cardápios — ela gosta de frutas, legumes, frango, tofu, grãos integrais? Respondi que não, que ela gostava de batata Pringles mergulhada em creme de marshmallow. Imagine que você esteja preparando um lanche para um exército de crianças muito pobres que moram em um estacionamento de trailers — é isso que ela come. Pedi apenas que escolhessem uma dieta com pouco ou nenhum açúcar. Foi fácil dizer que era por causa da diabetes dela, é claro, não quero que ela tenha outro AVC, quero que ela seja saudável e ativa, que faça ioga de manhã, além de zumba ou qualquer outra atividade física disponível, mas, na verdade, no fundo, eu queria que ela sofresse. Queria tirar sua droga, seu estimulante — todo mundo tem um, e às vezes são inofensivos, às vezes nos destroem. O primeiro gole de café ou um gim-tônica com limão, o êxtase de correr dez quilômetros, a fumaça doce da nicotina entrando pelos pulmões, um estilete novo cortando listras no antebraço, dedos descendo pela garganta para provocar vômito, uma desconhecida tirando a blusa e o sutiã na sua frente.

A droga da minha mãe é e sempre foi comida. Qualquer tipo de comida, na verdade, embora, depois da morte do meu pai, ela não tenha se dado ao trabalho de comer nada que tivesse o mínimo valor nutricional.

Admito que não achei que fosse possível, mas ela perdeu peso na Golden Brook. Achei que ela seria mais esperta, que encontraria um jeito de manipular a equipe para lhe dar mais arroz doce ou purê de batata. No início, ela me ligava todo dia para reclamar; depois de um tempo, parei de atender. No entanto, minha querida mãe tem habilidades, um talento para se adaptar, e passou a pedir aos funcionários que ligassem registrando a insatisfação dela, até que eu enfim disse à assistente social, da maneira mais gentil possível, que estava pagando para que aquilo fosse problema deles. Com o tempo, as ligações cessaram por completo. Assim como acontece com os filhos, se você para de ajudar, em algum momento eles aprendem a se virar. Têm que aprender.

Então agora ela está mais magra. Não magra, mas consegue se movimentar sem ficar ofegante e usa roupas que podem ser compradas on-line na seção plus-size da Target, em vez de em lojas especializadas que vendem apenas caftãs e ponchos.

— Eu vim — confirmo. Não é um sonho nem uma alucinação.

Por um segundo, ela abre um sorriso genuíno, a boca pequena revelando os dentes de barracuda, e admito que me sinto mal. Deixo a culpa vir e ir embora, sabendo que deveria vir vê-la com mais frequência ao constatar como isso a deixa feliz. É da natureza humana querer fazer outro ser humano feliz, mesmo que seja a serviço apenas de si mesmo, portanto é natural que eu cogite planejar visitas futuras. Mas, como digo aos meus pacientes, que tal ampliarmos o foco? Não me mostre apenas a publicação editada no Instagram, quero ver o quadro completo.

Ela ainda é minha mãe. Eu ainda sou eu. Simplesmente não há como fugir.

Ela parece entender isso também, pois o sorriso desaparece tão rápido quanto surgiu.

— Por onde você andou? — pergunta, arrastando os pés até uma cadeira reclinável.

— Ando ocupada, mãe — digo. — Trabalho muito.

— Sei. Dra. Psiquiatra.

— Eu mesma.

— Quando... — começa ela, mas em seguida para e cerra os punhos.

Vejo a frustração em seu rosto; ela não consegue encontrar as palavras. Deve ser horrível. Que pena para você. Por mais que fosse me dar prazer vê-la cozinhando lentamente na própria exasperação, estou aqui por um motivo.

— Quando foi a última vez que você me viu? — pergunto.

— Isso — responde ela, apontando para mim.

— Já tem uns meses.

— Meses? — diz ela. O AVC a transformou em uma turista de desenho animado: *O que ser esse "meses"?*

— É, em fevereiro.

Ela acena com a cabeça, fingindo entender.

— Trouxe uma coisa para você — anuncio.

Vou até a porta e a fecho, pego uma cadeira no canto e a posiciono a alguns metros de distância, de frente para minha mãe. Abro a bolsa de pano e ela espia o interior, esperançosa. Enfio a mão na bolsa e tiro o presente.

É uma embalagem grande e branca, pingando condensação na palma da minha mão, amolecida pelo calor durante o único minuto que levei para ir do carro até a entrada.

— Sorvete — diz ela, de olho na embalagem.

Ela mexe a boca; percebo que a saliva está se acumulando. Pego na bolsa a colher biodegradável que trouxe.

— Melhor que isso, mãe. É *frozen custard*.

Ela sopra ar por entre os lábios em sinal de desprezo.

— Eles não sabem fazer *frozen custard* aqui.

— Acho que o Shake Shack dá conta do recado — digo. Então começo a guardar a colher de volta na bolsa, só para provocar. — Mas, se você não quiser...

— Me dá isso aqui — diz ela, inclinando-se para a frente na cadeira e esticando o braço.

Tiro a tampa do pote, enfio a colher no creme gelado de chocolate e entrego a ela. O Shake Shack é o único lugar na cidade de Nova York em que se pode comprar *frozen custard*, que é basicamente sorvete, mas com gema de ovo para deixá-lo ainda mais gorduroso — é uma iguaria típica do Wisconsin, onde é possível comprá-lo em potes de meio litro ou um litro em lojas a cada esquina. Deixem com os habitantes do Meio-Oeste a missão de produzir uma sobremesa com um teor de gordura ainda mais alto que o do sorvete. Viver lá é como estar o ano todo em uma feira onde há uma competição constante para encontrar a comida capaz de provocar um ataque cardíaco mais rápido.

Em Nova York, no entanto, só dá para comprar *frozen custard* no Shake Shack, e eles só vendem o milkshake ou a bola, na casquinha ou no copinho, então levei meu próprio pote de um litro, que sobrou do aniversário de Elias no inverno, quando ele e os amigos prepararam as próprias porções de ramen, e paguei aos gentis atendentes por três bolas duplas, para encher o pote até o topo.

Minha mãe agarra o pote de sorvete como se não tivesse comido nada o dia todo e enfia uma colherada na boca. Emite um som quase sexual, que ouvi milhares de vezes durante a infância, sempre que ela comia a primeira colherada ou o primeiro pedaço de algo que fazia mal para a saúde. E não é preciso ter um diploma de psiquiatria para saber o motivo: seu relacionamento com a comida é simplesmente o mais íntimo que ela já teve. Faz sentido que isso lhe proporcione níveis elevados de prazer carnal.

Depois de algumas colheradas, ela faz uma pausa para respirar, *custard* escorrendo pelo queixo. Ela o limpa. Está quase ofegante.

— Não me deixam comer essas coisas aqui — comenta ela.

— Eu sei. Foi por isso que trouxe.

Ela ergue o pote na minha direção, como se estivesse fazendo um brinde.

— Obrigada.

Está mais à vontade agora, comigo e com a conversa. Depois do AVC, o fonoaudiólogo da equipe me disse que, quanto mais ela praticasse a fala, melhor, tanto de maneira geral quanto no dia a dia, conversa a conversa.

— Preciso te perguntar uma coisa, mãe.

Ela mexe o *frozen custard*, olhando para ele como se fosse a poção de uma bruxa em um caldeirão.

— Perguntar uma coisa — repete ela.

— É. Eu sei que às vezes é difícil lembrar, mas preciso que tente. Alguém entrou em contato com você e fez perguntas sobre mim?
— Perguntas.

Ela leva a colher à boca, *custard* escorrendo e pingando dentro do pote.

— Nos últimos dois meses — digo, então percebo que isso não significa nada para ela.

Tempo, tempo. O tempo é uma ilusão; o tempo não é nada. É o que nos dizem Einstein e Richard Bach, autor de um livro sobre uma maldita gaivota. Mas é por isso que não sou física nem uma guru hipster *new age*: porque eles estão totalmente errados. O tempo é tudo, o parâmetro universal. Só porque talvez não tenha o melhor domínio sobre ele não quer dizer que ela ganhe um passe livre.

Percebo que só preciso dar a ela alguma referência.

— Lembra a Páscoa? Estava tudo decorado, ovinhos na porta — digo, tentando me lembrar das bobagens do boletim quinzenal que a Golden Brook envia. — As flores, um monte de flor nova no jardim.

— A gente plantou — comenta ela, se localizando.

— Isso. Você se lembra de quando elas brotaram?

— Lembro, a gente foi dar uma caminhada. Uma porção de amor-perfeito e boca-de-dragão — diz ela, pressionando dois dedos um contra o outro como se segurasse uma boca-de-dragão imaginária.

— Isso mesmo — confirmo. — Alguém te perguntou sobre mim? Alguma pessoa nova te ligou ou te mandou uma carta? Você recebeu alguma carta?

Ela faz que não, mastigando o *custard* como se fosse um alimento sólido. Então faz uma careta.

— Ninguém me manda carta. Nem você.

— Não, eu não mando. Mas venho te visitar às vezes. Você tem certeza de que não recebeu carta nenhuma?

— Não — responde ela, agora irritada. — Você não vem me visitar.

— Mãe, eu venho te ver quando posso. E prometo que vou vir mais, está bem?

Ela se irrita e mexe o conteúdo do pote. Percebo que preciso tocar no ponto mais sensível.

— Você se lembra do Dia das Mães? — pergunto. — É provável que tivesse muito mais gente aqui, talvez até algumas crianças... você se lembra disso?

— Dia das Mães... — começa ela. Então se lembra. Os cantos da pequena boca se curvam para baixo, quase até o queixo. — Você não estava aqui. Você não veio.

— Eu não consegui, sinto muito. Eu venho no ano que vem, prometo.

Os músculos do rosto dela relaxam um pouco. Minhas promessas não têm nenhum valor, são vazias como enfeites de vidro, mas aposto que ela não vai nem se lembrar delas daqui a uma hora. E se, por acaso, se lembrar, paciência. Então vai ficar desapontada no próximo Natal, na próxima Páscoa e no próximo Dia das Mães, quando vir todas as suas amigas receberem visitas com flores, cartões e doces sem açúcar, enquanto ela, pobre Lil, não ganha nada. Fazer o quê?

Então me ocorre: a Golden Brook tem uma lista de visitantes aprovados que eu mesma forneci. Eles teriam me ligado se um estranho tivesse aparecido tentando falar com a minha mãe, só que nos feriados eles recebem muitos visitantes, talvez não tantos durante a pandemia de Covid, mas na primavera, com a corrida pela vacinação, devia haver pelo menos vinte ou trinta não residentes perambulando pelos jardins. Qualquer um deles poderia ter entrado no quarto da minha mãe a caminho do banheiro.

— Mãe, alguém veio falar com você nesses dias? Alguém que você não conhecesse? Alguém entrou aqui para dar um oi?

Ela abaixa o rosto para ficar mais perto do *custard* e dá uma lambida.

— Crisenda trouxe a filha — responde ela. — Ela trabalha com finanças. Eu disse que a minha filha era uma médica importante, que ela ia chegar mais tarde. Sei!

Ela me olha com desdém, e simplesmente não consigo explicar quanto isso não significa nada para mim. O desdém dela é como os beijinhos europeus falsos de Georgina Melios, dissolvendo-se no ar.

— Mais alguém? — pergunto. — Alguma pessoa nova andou fazendo perguntas sobre mim?

— Você — diz ela, como se tivesse acabado de se dar conta de que estou aqui. Alguma conexão começa a se formar.

— Alguém fez perguntas sobre mim, mãe?

Minha mãe olha fixamente para o pote. Ela já devorou metade do *frozen custard*.

— Mãe? — insisto.

Ela olha para mim.

— Você tem certeza de que não esteve com ninguém nesses feriados, quando tinha um monte de desconhecido por aqui?

— Não — responde ela, com um tom irritado.

Faz um gesto com a mão para me dispensar, em seguida parece esquecer por que está mexendo a mão e coça a orelha.

— Todo mundo aqui... um bando de imbecil — comenta ela. — Por que você me colocou nesse lugar cheio de imbecil?

Suspiro, já exausta, percebendo que agora ela passou da confusão para as reclamações habituais.

— A comida é uma porcaria — continua ela. — Tem gosto de meleca. E eles não limpam nada.

Essa última parte me faz soltar uma risada. Quando eu era criança, minha mãe achava que limpar a casa significava se certificar de que o cocô descesse com a descarga lenta do vaso sanitário.

Ela me encara.

— Esse lugar é impecável, mãe — retruco. — Custa muito caro viver aqui, sabia?

— E você paga — responde ela, com uma risada abafada.

— É, eu pago.

— Por que eu não posso morar com você? — pergunta ela, balançando a cabeça para mim. — Eu poderia comer o que quisesse.

O AVC a privou de qualquer emoção forçada, da capacidade de fazer rodeios e das nuances, coisas que nunca foram seu forte, mas das quais agora realmente não resta nenhum traço. Uma pessoa mais esperta tentaria me bajular, me manipular, chorar e dizer o quanto está triste, como se sente sozinha, por favor, não me deixe passar meus últimos dias aqui. Mas minha mãe apenas vomita suas ideias conforme elas surgem, sem fazer nenhuma tentativa de me convencer.

— Desculpa — digo, igualmente desprovida de sutileza. — Não temos quartos disponíveis na pousada.

— Pfff — responde ela, fazendo um bico de desaprovação. — Você tem espaço de sobra. Você tem dinheiro.

Dou de ombros e sorrio. *Quem, eu?*

— Eu poderia morar no andar de baixo da sua casa — diz ela.

— É onde fica o meu consultório, mãe — rebato. — Onde eu trabalho.

— Trabalho — repete ela, então ri de novo, espirrando *custard* liquefeito no pote. — Ouvir as pessoas reclamarem o dia todo e depois dar remédio para elas, é isso que você faz.

— Acertou.

— A gente nunca precisou de nada disso — continua ela. — A gente resolvia os nossos próprios problemas.

Ela enfia a colher no *frozen custard* e leva uma colherada cheia à boca.

— Acho que as pessoas aqui na Costa Leste não são tão fortes quanto o pessoal do Winsconsin, mãe.

— Winsconsin — repete ela.

Ouvi-la dizer essa palavra faz uma peça se encaixar no quebra-cabeça em minha mente.

— Mãe, alguém aqui falou com você sobre os nossos vizinhos no Winsconsin, os Strong? Savannah? Ou Gordon?

Ela volta a olhar para o pote e diz:

— Sim, os Strong.

— Mãe — insisto, me inclinando para a frente na cadeira. — Alguém te perguntou sobre os Strong? Um visitante? Alguém ao telefone? — pergunto, apontando para o telefone fixo na mesa de cabeceira dela.

Ela coloca o pote no colo, longe do rosto, dois filetes de chocolate escorrendo pelo queixo. Em seguida me encara, quase como se estivesse me vendo pela primeira vez.

— Foi você que fez aquilo — acusa ela.

— Eu que fiz o quê?

— Você matou eles — diz ela, apontando para mim. — Evelyn, Brendan, Savannah. Até Gordon. Você matou Gordon também.

— Mãe, chega. Gordon matou a família dele e depois se matou. Foi uma tragédia horrível.

— Foi você — sussurra ela, depois cobre a boca, chocada com as próprias palavras.

Eu não deveria sentir pontadas no couro cabeludo, na nuca, nas laterais do corpo, dos quadris até as axilas. Não deveria deixar que as acusações sem sentido de uma vítima de AVC diabético me abalassem, mas sou a única pessoa que teve o privilégio de ocupar um assento no carrinho da frente da experiência de tirar o fôlego da Montanha-Russa Assassinato da Família Strong, agora com mais loopings e giros.

— Não. Não fui eu — digo, articulando cada palavra, como se a clareza fonética aumentasse a chance de elas penetrarem a consciência da minha mãe. — Gordon Strong matou a família dele. Você se lembra de Gordon, mãe? O cara da casa ao lado que perdeu o emprego e cortou a cerca viva até não sobrar mais nada?

O rosto dela assume a inexpressividade padrão, mas percebo que ela está pensando a respeito, buscando imagens que combinem com o que estou dizendo.

— É — diz ela, se lembrando. — A cerca viva... parecia uma ladeira.

— Isso — confirmo. — Antes de ser completamente destruída por ele.

Minha mãe balança a cabeça e mostra os dentes.

— Você está tentando me confundir — acusa ela. Então me encara, aponta a colher para o meu rosto. — Foi você, não Gordon. — Ela ri. — Ah, mas eu vou contar a verdade para todo mundo.

— Chega — digo bruscamente, como se ela fosse uma criança malcriada. — Isso é absurdo, mãe. Todo mundo sabe que Gordon matou todos eles. Eu estava dormindo no quarto de Savannah o tempo todo. Você não entende como foi difícil para mim? Não percebe como isso me traumatizou? Você ao menos se importa?

Ela se recosta, a cabeça pendendo do pescoço, como se eu a tivesse desequilibrado.

— Eu me importo — responde ela. — Tentei te ajudar, e você achou que tinha enganado todo mundo, não foi? Mas não a mim. Eu sei quem você é.

— É isso mesmo — digo, apertando o joelho dela e baixando a voz. — E eu também sei quem você é. Talvez tenha sido você que matou os Strong, não? Ah, é verdade, como você poderia ter feito isso? Mal conseguia subir um lance de escada debaixo daquele amontoado de gordura que chamava de corpo. Você só tinha força suficiente na parte superior do corpo para estender a mão até o guichê do drive-thru do Culver's. Como poderia esfaquear um monte de gente? Bela maneira de ser eliminada da lista de suspeitos, mãe.

Ela percebe que a estou insultando e empurra minha mão para longe do joelho, segurando o pote de *custard* junto ao peito como se eu estivesse prestes a tirá-lo dela. Começa a mexer o sorvete com a colher novamente. Em seguida, desiste de usá-la, leva o pote à boca e bebe direto dele.

— Você sempre teve inveja de Savannah e de como ela era bonita. Ela recebia toda a atenção, e você não suportava isso porque nunca foi bonita como ela. Meio grande e desajeitada, com todas aquelas espinhas. Um horror.

Agora, essa coisa de ouvir da própria mãe quão feia você era quando criança é o tipo de gatilho capaz de fazer meus pacientes entrarem em parafuso, mas, para mim, é como um confortável pufe de disfuncionalidade na sala de descanso. Não faz nem cócegas.

— Se quiser me dizer o quanto eu era feia, fique à vontade — digo. — Acrescente isso a sua imensa coleção de momentos "mãe do ano", junto com o fato de você ter me vendido para todos os veículos de comunicação que pediram naquele verão.

Ela abaixa o pote de sorvete, o lábio inferior e o queixo cobertos de chocolate.

Dá de ombros e diz:

— Ninguém nunca pensou nisso, mas faz mais sentido ter sido você em vez de Gordon. Ele era só um cara azarado. Você era uma sociopata manipuladora.

Agora algo mudou. Não é mais minha mãe delirando, demente e cruel. Ela nunca usou as palavras "sociopata manipuladora" na vida e é improvável que tenha lido isso em algum lugar, já que ela não lê nada sem figuras. Portanto, é lógico concluir que ouviu isso de outra pessoa.

— Quem disse isso para você? — pergunto. — Quem disse que eu sou uma sociopata manipuladora?

— Eu disse isso — rebate ela.

— Não agora — digo, a paciência se esvaindo de mim como de um balão de água que acabou de ser perfurado. — Antes. Alguém te disse isso, não foi? Que eu era uma sociopata manipuladora? Quem foi? Qual era o nome dessa pessoa?

Ela contrai o rosto, um amontoado de rugas de frustração.

— Will — responde ela, por fim.

Ouvir aquele nome é como levar um soco no coração, comprime minha língua e deixa minha boca seca.

— Will — repito. — Era esse o nome dele?

— Claro que era — responde ela, como se eu fosse uma imbecil por estar pedindo confirmação.

— Quem é Will? — pergunto. — Ele era um visitante aqui?

— Não, *Will* — repete ela, como se eu fosse dizer: "Ah, claro, aquele Will, que tonta, eu."

— Mãe — insisto, me inclinando para a frente, os cotovelos apoiados nos joelhos. — Quem é Will?

Ela suspira. Estou testando a paciência dela. *Eu* estou testando a paciência *dela*.

— Ele trabalhava no jardim toda sexta — responde ela, apontando para a janela. — Aparava os arbustos e, você sabe, como se diz... fazia a poda. O sujeito que faz isso agora corta demais, arranca coisas saudáveis. Eu disse que ele estava estragando tudo, mas ele só sorriu feito um bobo. Nem devia falar inglês.

Enquanto faz sua crítica racista nada velada, tento digerir o que ela está de fato me dizendo.

— Will trabalhava aqui? — pergunto. — No jardim?

— Isso! — responde ela, irritada por eu ainda estar fazendo perguntas.

— Mas ele não trabalha mais aqui?

— Não, mandaram ele embora. Ele foi meu único amigo durante aquela merda de vírus chinês, quando não deixavam a gente chegar perto um do outro. — Ela faz uma pausa e ri. — Não que eu quisesse socializar com aqueles imbecis lá fora.

— Quando, mãe? Quando ele trabalhou aqui?

— Não sei. Faz um tempo. Você viu eles lá fora com aquelas porcarias de quebra-cabeças? Eles montam quebra-cabeça dia e noite.

— Qual era o sobrenome dele, mãe? Will o quê?

— Sobrenome? — rebate ela, irritada com a minha interrupção. — Não sei.

— Era Harbin, com *H*? — pergunto.

— Harbin?

— É, Harbin. Era esse o sobrenome de Will?

— Por que você fica me perguntando essas coisas? Como eu vou saber o sobrenome dele?

— Porque aparentemente vocês se tornaram melhores amigos de infância — digo entre os dentes. — Você falou de mim para ele, mãe? De mim e dos Strong?

— Claro — responde ela casualmente. — Contei tudo. Ele foi a única pessoa que já perguntou sobre mim, que se interessou por mim. Seu pai nunca me perguntava como tinha sido o meu dia quando chegava em casa, você sabe. Era só: "Oi, Lil, e o jantar?"

— Bem, talvez fosse porque ele trabalhava dezoito horas por dia, mas você não se lembra dessa parte.

Ela abre a boca para retrucar, mas a interrompo.

— O que você disse a Will sobre mim?

— A verdade e nada mais que a verdade — responde ela, os olhos frios, duas pedras úmidas. Coloca o pote de sorvete no colo, apoia uma das mãos sobre ele e levanta a outra bem alto, segurando a colher. — Juro por Deus. — Ela ri e acrescenta: — Você também enganou todo mundo, não foi? Contou como encontrou todos eles. E todo mundo acreditou em você.

— As pessoas acreditaram em mim porque eu disse a verdade. Você acha que os detetives com todas aquelas provas, as impressões digitais de Gordon Strong na arma do crime, você acha que tudo aquilo era falso?

— Policiais incompetentes — rebate ela, ignorando a pergunta. — Não acharam que você fosse capaz.

Ela continua rindo. Posso ver o *custard* em sua boca, cobrindo a língua, que eu não me importaria nem um pouco de arrancar como uma folha picotada de um bloco de receitas médicas.

— E eu não seria capaz — digo. — Fisicamente, mãe. Eu tinha 13 anos. Como poderia ter força suficiente para cravar um par de tesouras no peito de Savannah e retalhar o pescoço de Brendan com as lâminas? E o que ele fez com a mulher dele...

Como já mencionei, eu fiz terapia; de forma nenhuma acho que esteja acima disso. Falei sobre o que testemunhei. Como parte da minha residência, fiz sessões semanais de psicoterapia com o Dr. Ringo (esse não era o sobrenome verdadeiro dele, mas ele era de Liverpool) por dois anos. Fiz terapia de dessensibilização e reprocessamento por movimentos oculares e terapia cognitivo-comportamental. Fui submetida a hipnose e dramatização, fiz acupressão e acupuntura. Uma vez, quando ainda era estudante universitária, fui a uma vidente que acendeu um incenso e quebrou um ovo em um almofariz para me livrar da maldição. Aprendi a atribuir linguagem ao meu trauma, a falar sobre o que testemunhei de uma forma que não fizesse meu corpo entrar em colapso como costumava acontecer.

Mas, ainda assim, a imagem do que Gordon Strong fez com a mulher permanece gravada nos meus olhos, como um carimbo indelével. Embora eu possa descrever a imagem, sei que ela me leva a um lugar que, em geral, prefiro não revisitar.

— E ele, mãe — digo. — O grande Gordon Strong. Você acha que fui eu que o enforquei e pendurei no porão? Ele pesava uns noventa quilos, e eu não pesava nem cinquenta, então como exatamente eu teria feito isso?

— As pessoas ficam fortes — responde ela, como se soubesse muito bem do que está falando. — Nesses momentos. Eu vi isso num programa. A ursa que levanta o carro para salvar o filhote embaixo.

— De que merda você está falando? — pergunto. — Não tem ursa nenhuma, mãe, foi uma mulher que dizem ter feito isso, e essa história provavelmente nem é verdade.

Quantas vezes já ouvi a teoria ridícula da "força histérica"? Quase o mesmo número de vezes que ouvi sobre transtorno dissociativo de identidade. Mas não vou discutir nuances com minha mãe. Como todo imbecil, ela é altamente sugestionável. Se a deixassem assistir à Fox News uma vez que fosse neste lugar, no dia seguinte ela estaria tricotando suéteres com os dizeres "Make America Great Again" para todo mundo.

Ela não responde e mergulha a colher de volta no *custard*, que a essa altura já virou uma sopa.

Arranco o pote das mãos dela.

— Você disse para ele o dia do meu aniversário? — pergunto.

— Disse — responde ela, os olhos acompanhando o pote. — E contei como você não saía, e o médico falou que teria usado o fórceps, como nos velhos tempos, se pudesse.

— O que mais Will sabe?

— O que mais Will sabe? — repete ela.

— O que mais você contou para ele?

Ela continua olhando para o pote, hipnotizada.

— Nada — responde ela. — Tudo.

Logicamente, sei que não vou conseguir arrancar nada mais substancial dela além do que já consegui. Quanto mais eu sugerir, mais ela vai concordar.

Então, já que é tão raro eu vir aqui, decido me divertir um pouco.

Seguro o pote de sorvete acima da cabeça e a observo enquanto seus olhos acompanham meu movimento. Ela estica os braços como um bebê, e eu estico meu braço para trás, de modo que o pote fique fora do alcance dela. Então, ela parece se lembrar de que não está paralisada da cintura para baixo e começa a se levantar, mas eu cravo dois dedos no peito dela e a empurro de volta para a cadeira. Ela está usando uma blusa de gola baixa, e sinto a pele enrugada sob a ponta dos dedos. Ela afasta minha mão e grita:

— Não encosta em mim!

— O quê... assim? — pergunto, cutucando o ombro dela. — Assim? — apertando a barriga dela. — Assim? — dando batidinhas na linha já bem recuada do cabelo dela.

Ela se debate e cobre o rosto.

— Para! — grita.

— Parar o quê? Não estou fazendo nada, mãe. Você não quer terminar isso aqui?

Ela espia por entre os dedos, e eu seguro o pote em sua direção, como se estivesse oferecendo um osso a um cachorro.

Ela estende a mão para pegá-lo e, quando está prestes a alcançá-lo, eu o solto. O pote cai no colo dela, espirrando gosma na frente da blusa e na calça. Ela tenta segurá-lo, mas é claro que se atrapalha e o deixa cair no chão, derramando o que ainda restava aos nossos pés.

— Opa — digo.

— Você! — grita ela. — Você fez de propósito!

Ela se lança contra mim, mas se tem uma coisa que eu sei sobre minha mãe é que, embora esteja muito mais magra do que costumava ser, definitivamente não é graciosa nos movimentos. Então ela cai. Quer dizer, não exatamente: meio que escorrega da cadeira para o chão, se debatendo sobre o *custard* derretido, tentando se equilibrar, mas sem conseguir sair da posição de quatro.

Ela levanta a cabeça como uma tartaruga e grita:

— Você não é uma pessoa boa!

Eu me levanto e coloco a bolsa de pano no ombro.

— Nem você.

Abro a porta do quarto dela e vejo duas enfermeiras, uma alta e outra baixa, vindo ajudá-la. A alta entra correndo no quarto e a baixa pergunta:

— Está tudo bem?

— Está, ela só levou um tombo. Infelizmente não consegui ampará-la a tempo, acho que ela está muito confusa. — Então sussurro: — Ela acha que eu a empurrei.

Faço minha melhor cara de tristeza, e a baixa acena com a cabeça, compreensiva.

A alta está na frente da minha mãe e segura as duas mãos dela como se estivessem prestes a dançar. A baixa entra no quarto e dá uma olhada na bagunça.

— Sinto muito — digo. — Ela deixou cair o sorvete sem açúcar que eu trouxe. Eu só estava tentando fazer um agrado.

A baixa sorri e acena com a cabeça de novo, puxa um pequeno dispositivo preto de um cinto no quadril e fala nele:

— Temos um derramamento de comida no quarto G7. Pode, por favor, enviar alguém para limpar?

— Isso — diz a alta para minha mãe. — Você está indo bem.

Minha mãe olha para mim, furiosa, o brilho pegajoso do chocolate cobrindo seu queixo e espalhado por toda a roupa, como se ela fosse testemunha ocular de um crime da máfia. *CSI: A Fantástica Fábrica de Chocolate*.

Olho de relance para verificar se nenhuma das enfermeiras está prestando atenção em mim e mostro a língua em uma provocação infantil.

— Não estou nem um pouco bem! — queixa-se ela. Em seguida, aponta para mim e diz: — O mal encarnado.

A baixa se vira para mim com outra expressão compreensiva. *É muito difícil vê-los assim*, dizem seus olhos. Aceno para ela com um gesto de agradecimento e junto as mãos em oração, só para que ela saiba quanto estou grata. Uma gratidão enorme e de natureza vagamente espiritual.

Olho de volta para minha mãe e digo:

— Eu te amo, mãe. Não importa o que aconteça.

A alta vira a cabeça na minha direção, e as duas enfermeiras sorriem para mim.

— Garota má, perversa — sibila minha mãe, mostrando os dentes. — Você sempre foi assim.

— Sra. Strange, ela veio até aqui só para visitar a senhora — diz a baixa, gentilmente.

— Tudo bem — digo a ela. — É melhor eu ir embora. Muito obrigada às duas pela ajuda e por tudo o que vocês fazem aqui.

— De nada. É um prazer — dizem as duas.

— Nojenta! Desalmada! — grita minha mãe, como se fosse um brinquedo infantil mal projetado e com defeito.

Por um segundo, penso que talvez pudesse perguntar às enfermeiras se elas conhecem alguém chamado Will, que trabalhou no jardim e aparentemente plantou muitas ideias nas confusas cabeças dos pacientes, mas preciso elevar minha linha de investigação. Ao voltar pelo caminho por onde vim, passando pela grande sala de atividades, vislumbro meu reflexo em um enorme espelho na parede perto de onde os residentes estão fazendo alongamento sincronizado nas cadeiras.

Abrace quem você é, dizem todos os terapeutas e especialistas em autocuidado, aceite quem você é, sua "marca". O problema com isso é algo que toda adolescente esquisita entende de imediato: e se você não souber quem é? Essa é a questão A, mas a B é a minha verdadeira pergunta: e se você for uma completa imbecil? Quem se importa, apenas aceite, finja até conseguir, cada pessoa é única, não pense demais, se olhe no espelho e diga que você é capaz mesmo que não tenha ideia do que está fazendo, mesmo que sua imagem de si mesma seja um pouco superficial. Como já disse antes, fico feliz em interpretar o papel se for conveniente para mim, e não posso negar que, de certa forma, essa é a minha marca.

Oi, meu nome é Karen e quero falar com a porra do gerente.

Gordon Strong

Não é exatamente uma armadilha. Eu não chamaria de armadilha. Chamaria de experimento, tipo aqueles das aulas de ciências.

Foi o que Caroline disse, pelo menos.

Ela escreveu um bilhete para Chuck imitando a letra de Evelyn, como combinamos. E fez um bom trabalho, especialmente com a assinatura, a maneira como Evelyn faz a parte de baixo do "y" se curvar como um laço.

Decidimos que era melhor o bilhete soar bastante vago, nada muito emotivo, apenas o essencial.

Podemos nos encontrar hoje à noite, no seu carro, às dez? É importante. Evelyn.

O outro: *Vou estudar no meu carro às dez. Pode me encontrar lá? É importante. Chuck.*

O próximo passo é fácil. Caroline coloca o bilhete para Chuck na caixa de correio deles, e eu coloco o bilhete para Evelyn na nossa. Depois, nós dois voltamos para casa e esperamos o dia passar.

Tento me manter ocupado, penso que talvez seja uma boa hora para voltar a procurar emprego e me dou conta de que já tem algumas semanas que não faço nenhuma ligação. O fato de eu ter ferrado as costas realmente desestruturou a minha rotina e, além disso, bem, eu simplesmente me distraí.

Primeiro, ligo para Dirk Grayber e deixo um recado com a secretária mal-humorada dele. Em seguida, ligo para alguns dos caras com quem trabalhava e consigo falar com Remy. Ele me conta que conseguiu um emprego de meio expediente na Allen-Bradley, na fábrica, e que Mike e Jason conseguiram trabalho no estoque da Menards, basicamente fazendo o que adolescentes e jovens na faculdade fazem. Todos tiveram grandes reduções salariais, e não consigo me imaginar aceitando isso. Ganhar menos. Não digo isso a Remy, mas acho que esses caras desistiram cedo demais. Remy me garante que é apenas temporário, todos eles dizem o mesmo, é só para pagar as contas até alguma coisa melhor aparecer, mas sei como essas coisas funcionam — você se acomoda fazendo algo fácil e acaba decidindo: bem, acho que vou ficar aqui mesmo.

Não quero subir na caçamba do primeiro caminhão empoeirado que parar no acostamento. Quero o emprego certo, o emprego perfeito e, assim que o encontrar, vou me endireitar, parar de beber tanto. Cuidar melhor de mim.

Prometo que vou ser um pouco mais gentil com Evelyn. Mas antes preciso ter certeza de que aquilo não é verdade, de que, quando ela e Chuck se encontrarem no carro dele, ambos vão ficar muito confusos por estarem ali. Pode ser que ela fique com raiva de mim no fim das contas, e pode ser que até mesmo o santo Chuck perca as estribeiras, mas isso é um problema de amanhã. Primeiro, os problemas de hoje.

Já são quase quatro da tarde. Evelyn ainda não chegou; Brendan saiu com os amigos; Savannah está no quarto ouvindo aquela merda de rap e falando com alguém ao telefone.

Seis horas é muito tempo para esperar totalmente sóbrio e, de qualquer forma, parte do plano é fazer com que Evelyn pense que já estou apagado às dez, como tenho feito na maioria das noites ultimamente, então preciso tomar pelo menos algumas cervejas para tornar a coisa toda crível.

Pego uma na geladeira e me jogo na poltrona em frente à TV na sala de estar.

Não demora até Evelyn chegar, então ela olha para mim, olha para a cerveja, olha para a TV. Ela está carregando uma sacola de supermercado nos braços, tem uma sacola da Target pendurada no pulso e a bolsa pendendo do ombro. Vejo uma pilha de correspondência presa embaixo do braço dela.

— Oi, Ev — digo, tentando soar o mais normal possível. — O que tem para o jantar?

— Eu acabei de entrar pela porta, Gordon. Será que você pode me dar um ou dois minutos?

Ela diz que sou sempre eu quem começa as brigas, mas às vezes é ela, só que de um jeito mais sutil. Por exemplo, quando diz que acabou de entrar pela porta, o que ela quer dizer mesmo é que acabou de chegar em casa depois de um dia pesado de trabalho, algo que desconheço porque não tenho emprego. Então, na verdade, ela está tentando me provocar para iniciar uma discussão.

Mas ela deu azar porque hoje não vou morder a isca. Não esta noite.

— Claro, querida. Leve o tempo que precisar.

Ela não tem nenhuma resposta sarcástica para isso, então vai para a cozinha. Continuo assistindo à TV e tomando minha cerveja, ouvindo-a guardar as compras e abrir e fechar a torneira algumas vezes. Depois de alguns minutos, viro um pouco a cabeça e a vejo, pelo canto do olho, folheando catálogos e encartes de cupons, uma revista. Então ela para de folhear, pega um envelope e examina a frente.

Viro a cabeça de volta para a TV, quase animado. Começou, está funcionando. A qualquer momento, Chuck vai chegar em casa, se é que já não chegou, e vai ver o bilhete dele, então o plano vai estar em curso, como um trem desgovernado.

Ouço papel sendo rasgado atrás de mim e pego o controle remoto para diminuir um pouco o volume da TV, mas não muito, pois não quero deixá-la desconfiada. Espero alguns segundos, imagino-a lendo, e gostaria de poder ver a cara dela, mas não posso correr o risco. Tenho que ser paciente e agir com naturalidade.

Depois de um ou dois minutos, ela pergunta:

— Você quer o bife com molho ou à milanesa?

Por um segundo, é como se alguém tivesse dado um peteleco no meu pomo de adão, como se eu fosse engasgar, porque, merda, ela foi reprovada no primeiro teste. Se não estivesse rolando nada, quer dizer, nada mesmo, então, quando abriu o envelope, por que ela não disse: "Ei, Gordon, olha que estranho: Chuck Strange acabou de pedir para eu me encontrar com ele às dez da noite no carro dele. O que você acha que ele quer comigo?"

Mas ela não fez isso. E agora está guardando um segredo. Quer dizer, claro, é um segredo que eu criei para ela guardar, mas, ainda assim, ela já está escondendo alguma coisa, e o sol ainda nem se pôs.

Tomo mais algumas cervejas. Evelyn começa a preparar o jantar e a casa começa a cheirar a bife feito na manteiga.

Logo ela está no pé da escada e grita:

— Savannah! Jantar!

Eu me levanto e pego as latas vazias da poltrona, duas em cada mão.

— Cadê Brendan? — pergunto.

Evelyn suspira e responde:

— Hoje é quarta, ele sempre joga bola com Matt e Huck às quartas, e depois eles vão comer no Mayfair.

— Ah, é — digo, como se tivesse acabado de lembrar, mas acho que nunca soube disso.

Ela traz a comida para a mesa: salada de alface-americana, bife à milanesa, pãezinhos e manteiga. Savannah desce a escada lendo uma revista.

— Oi, querida — digo.

— Oi, pai — responde ela, sem tirar os olhos da revista.
— Por que você não larga isso? A gente vai jantar.
Savannah suspira e diz:
— Mãe.
— Eu disse que ela pode ler enquanto a gente come, se quiser.
Tento pensar e acho que tenho uma vaga lembrança de Savannah lendo revistas na mesa de jantar. Por alguma razão, esta noite parece que estou vendo tudo pela primeira vez. Não deve ser coincidência.
— Estamos todos aqui, devíamos comer em família — digo. — Sem distrações.
— Mãe! — reclama Savannah.
Evelyn olha para Savannah, o maxilar tenso. Ela balança a cabeça de um jeito nervoso.
— Tudo bem, Savannah. Você pode ler depois do jantar.
— Argh! — resmunga Savannah, então fecha a revista e a pousa ao lado do prato.
— Vamos lá — digo. — Quero saber como foi o seu dia.
O telefone começa a tocar na sala de estar, e todos olhamos na direção dele.
— Deixem a secretária eletrônica atender — digo, acenando para o aparelho. — Me conta: o que você fez na colônia de férias hoje?
Savannah pega um pãozinho e dá de ombros, murmurando:
— Nadei.
Todos ouvimos a secretária eletrônica atender. A voz de Evelyn: "Oi, você ligou para os Strong..."
— Estou com inveja, hoje fez muito calor.
— Tem a piscina do clube, nós somos sócios — diz Evelyn baixinho. — Você pode ir quando quiser.
Em seguida, o sinal sonoro da secretária.
E depois:
— Opa, Gordon, aqui é Dirk Grayber, da Miller...
Dou um pulo da cadeira e sinto uma pontada na lombar, mas ignoro a dor, corro para a sala de estar e atendo o telefone enquanto Dirk ainda está deixando a mensagem.

— Achei que a gente ia jantar em família — ouço Savannah dizer para Evelyn. — Por que ele pode falar ao telefone?

— Dirk? Dirk? Está me ouvindo? Sou eu.

Por um segundo, acho que a ligação caiu e penso: *Merda, por favor, não, por favor, continue na linha.*

— Isso, Strong-man, estou na linha!

Dou uma risada e me afundo no sofá.

— Espero não estar atrapalhando o jantar — comenta ele.

— Não, de jeito nenhum.

— Foi mal ligar tão tarde. Estou terminando de retornar minhas ligações agora. Foi um dia daqueles.

— Não tem problema, Dirk. É bom estar ocupado.

— Concordo. Olha, vou direto ao ponto. Talvez eu tenha uma posição para você com os nossos parceiros globais.

— Globais? — digo, a cabeça girando.

Dirk ri e explica:

— Na verdade, não é tão sofisticado quanto parece. Significa só que você estaria em contato com o pessoal da distribuição do outro lado do oceano, então provavelmente vai ter que mudar um pouco o seu horário de trabalho, porque eles estão em outro fuso. Talvez precise começar a trabalhar por volta das sete da manhã. Acha que consegue?

— Consigo, está brincando, claro que consigo, Dirk. Eu trabalho no horário que você quiser — respondo.

Evelyn e Savannah me observam da mesa. Um sorriso doce e sutil começa a se formar no rosto de Evelyn, e tenho a sensação de que faz mais de um ano que não a vejo sorrir.

— Ei — digo para Dirk. — Isso significa que... você está me oferecendo um emprego?

Dirk ri de novo, mas é uma risada bem-humorada, não de *bullying* no pátio da escola.

— Oficialmente, ainda não — responde ele. — Eu só precisava ter certeza de que esse horário funcionava para você antes de avançar e aprovar a proposta internamente.

— Claro, claro. Por mim, tudo bem esse horário. E qual é o próximo passo?

— Você só aguarda enquanto eu faço o que tenho que fazer por aqui, está bem? Eu te ligo até o fim da semana.

É claro que eu digo:

— Tudo bem.

Então nos despedimos e desligamos.

— Quem era? — pergunta Evelyn.

— Dirk Grayber, da Miller — respondo. — Talvez ele tenha um trabalho para mim até o fim da semana.

O sorriso de Evelyn aumenta e ela parece prestes a chorar.

— Ah, Gordon — diz ela. — Miller? Isso seria incrível.

— Espera, você conseguiu um emprego na Miller, pai? — pergunta Savannah, finalmente prestando atenção.

— Bem, ainda não — respondo, voltando para a mesa. — Dirk disse que ainda tem que falar com algumas pessoas, mas, sim, ele me garantiu que as chances são boas.

— Arrasou, pai! — diz Savannah, e o orgulho que ela sente de mim é como um daqueles desfibriladores que usam nos pacientes na emergência.

Evelyn não diz mais nada, apenas continua sorrindo.

Por alguns segundos, me sinto um lixo por ter duvidado dela. Por exatamente um segundo, penso em confessar tudo e cancelar o plano. Mas continuo voltando ao fato: é melhor saber do que não saber.

Terminamos o jantar e Savannah sobe para o quarto; Evelyn tira a mesa e vai para o andar de cima assistir à pequena TV no nosso quarto. Pego mais três cervejas na geladeira e me jogo na poltrona para assistir ao jogo dos Brewers. Evelyn não está mais me lançando olhares de reprovação, agora que sabe que vou ter um emprego bem remunerado em alguns dias.

As próximas duas horas passam voando. Por volta das nove, fecho os olhos, como faço na maioria das noites, só que hoje ainda não tomei o uísque, então não estou tão entorpecido como de costume, mas estou cansado, então não é exatamente um desafio fingir que estou cochilando. Eu sabia que isso poderia ser um problema, de modo que acrescentei um dispositivo de segurança: não fui ao banheiro antes de fechar os olhos, como costumo fazer; sei que minha bexiga vai me manter acordado, e não dá outra. No início, é apenas um ligeiro incômodo, mas depois vai ficando cada vez mais desconfortável, como se houvesse uma bola de boliche na minha barriga.

Abro um olho e vejo a hora passar no receptor da TV a cabo: 21h38, 21h39.

Cerca de cinco minutos antes das dez, Evelyn desce a escada. Fecho os olhos, tentando não apertar as pálpebras com muita força, me esforçando para parecer natural. Penso em acrescentar um ronco, mas acho melhor não abusar da sorte.

Ouço-a passar atrás de mim, andando com suas pantufas em formato de sapatilha e penso em como elas parecem pãezinhos italianos. Depois, ouço quando ela abre a porta de casa tentando não fazer barulho e a fecha ainda mais silenciosamente, com um clique suave.

Espero por um ou dois segundos, só para o caso de ela voltar, mas ela não volta, então me levanto e, minha nossa, como preciso ir ao banheiro. Parece que uma represa está prestes a se romper, mas agora é tarde demais: o plano está se desenrolando bem na minha frente. O trem desgovernado avançando pelos trilhos.

Espio pela janela da sala de estar, afastando as persianas com o polegar e o indicador. Vejo Evelyn lá fora, fechando o zíper do corta-vento dos Packers e cruzando os braços.

Vejo Chuck também, dentro do carro na entrada da garagem, exatamente onde Caroline disse que ele estaria. Olho para a janela do quarto de Caroline para ver se ela também está espiando, mas todos os cômodos estão escuros.

Evelyn vai até a janela do lado do carona, e Chuck abaixa o vidro. Eles conversam. Não consigo ver o rosto de nenhum dos dois, mas vejo Evelyn balançando a cabeça. Não. Então Chuck balança a cabeça. Em seguida, Evelyn tira um envelope do bolso do casaco e o entrega a Chuck, que o examina. Ele entrega um envelope para ela, e agora os dois estão lendo os bilhetes. Por fim, eles se falam de novo, e Chuck sai do carro, batendo a porta com força.

Ele marcha pela entrada da garagem até a porta de casa. Evelyn fica lá parada, olhando ao redor, um pouco nervosa. Chego a cabeça para trás, para ela não me ver, mas me inclino para a frente outra vez depois de alguns segundos.

Chuck retorna, dessa vez com Caroline atrás dele, vestindo uma blusa de pijama branca e short.

— Merda — digo.

Corro para fora de casa, andando rápido, com as coxas contraídas para não me mijar e, à medida que me aproximo, percebo: Chuck está furioso.

— Você tem algo a dizer sobre isso? — pergunta ele a Caroline, segurando um dos bilhetes.

— O que está acontecendo? — pergunto.

Evelyn se vira para mim, faz uma careta, acena com a cabeça para Caroline e diz:

— Houve uma espécie de mal-entendido.

— Não, Evelyn, me desculpa — diz Chuck, todo educado. — Não se trata de um mal-entendido. Um mal-entendido é quando alguém não entende alguma coisa da maneira correta. E não acho que nenhum de nós esteja deixando de entender isso aqui da maneira correta.

Enquanto Chuck fala, Caroline olha para os próprios chinelos.

— Caroline gosta de brincar com caligrafia. Ela já fez isso antes — explica ele. — Caroline, foi você que escreveu esses bilhetes?

Nesse momento, me dou conta de que não sei o que esperava que acontecesse se Chuck e Evelyn fossem de fato totalmente inocentes, se não houvesse nem mesmo um vestígio de culpa por terem flertado em um churrasco em meados dos anos oitenta. Sei que tem uma coisa que eu deveria fazer. A coisa certa, talvez? Mas, depois de toda a cerveja que bebi e com a bexiga explodindo, não consigo raciocinar direito.

Caroline começa a respirar rápido pelo nariz e seca um olho com a base da mão.

— Chuck, está tudo bem — diz Evelyn.

— Não está tudo bem coisa nenhuma — retruca Chuck. — Caroline, por favor, diga para mim e para o Sr. e a Sra. Strong se foi você que escreveu esses bilhetes.

Os dentes de Caroline começam a bater, ela faz que sim rapidamente com a cabeça e, em seguida, mais lágrimas brotam, mas nenhum som.

Chuck leva a mão à cabeça e arrasta os dentes inferiores no lábio superior.

— Por favor, peça desculpas e depois quero que você vá direto para a cama. A gente vai conversar sobre isso amanhã de manhã, quando eu voltar do trabalho.

Caroline olha para mim, manchas vermelhas de formatos estranhos surgindo em suas bochechas e na testa.

— Você não vai falar nada? — implora ela.

— Caroline, chega! — diz Chuck.

— Não, pai — diz ela em meio às lágrimas. — Eu não fiz isso sozinha. Nós bolamos isso juntos, eu e Gordon.

— Para você ele é o Sr. Strong! — grita Chuck.

Caroline se encolhe com o grito. Até eu e Evelyn nos sobressaltamos um pouco. Nunca ouvi Chuck levantar a voz em todos os anos em que moramos ao lado um do outro.

— Eu e... eu e o Sr. Strong, nós bolamos isso juntos.

Então todos os três olham para mim. Eu os encaro, um por um. Evelyn ainda está meio encolhida, mas agora também parece confusa e talvez até assustada. Chuck olha para a filha e parece prestes a explodir. Caroline se volta para mim de cara feia, com desespero no olhar.

Sinto muito, garota. Sou eu ou você.

— Não faço ideia do que você quer que eu diga, querida — digo por fim. Em seguida, me volto para Chuck e acrescento: — Não sei do que ela está falando.

— Mentiroso! — grita Caroline.

— Chega — diz Chuck, dando um passo à frente, colocando o braço em volta dela de forma brusca e virando-a na direção de casa. — Evelyn, Gordon, peço desculpas — diz ele por cima do ombro, enquanto ela continua falando e chorando.

— Pai, não — implora Caroline. — A ideia foi dele!

— Nem mais um pio — ordena Chuck.

Caroline olha para trás mais uma vez, diretamente para mim. Seu rosto está inflamado agora, quase todo manchado de vermelho, molhado de lágrimas e ranho.

— Pobrezinha — diz Evelyn. — Ela deve estar passando por muita coisa.

Fico observando enquanto entram pela porta de casa e ainda consigo ouvir o choro de Caroline por um minuto, mesmo depois de eles terem entrado.

— Eu não me preocuparia muito com ela — digo, ainda me esforçando para não mijar nas calças. — Ela vai ficar bem.

Dra. Caroline

Tenho uma série de discussões infrutíferas com a responsável pela vida comunitária, a gerente de crises de residentes e a diretora de recursos humanos. Nenhuma delas sabe de cabeça quem é Will, o jardineiro, ou mesmo qual empresa de paisagismo a Golden Brook contrata. Ao que parece, a contratação dos prestadores de serviços de manutenção da propriedade fica a cargo do diretor de operações, que trabalha remotamente. Parece-me que seria bem simples resolver isso com uma chamada pelo Zoom, mas, assim que ficam sabendo que um prestador de serviço terceirizado estava interagindo com uma residente com comprometimento cognitivo, as três palhaças da gerência intermediária se fecham, com medo de que eu processe o lugar. Chego a recorrer a uma lamentação nobre:

— Minha mãe, ela simplesmente... não é mais a mesma pessoa, e tem sido muito difícil [seco os olhos]... Se esse rapaz conseguiu se conectar com ela, eu só gostaria de saber como ele conseguiu isso, para ser bem sincera com vocês.

Mas elas me ignoram solenemente.

Em seguida vou embora e ligo para Makeda do carro enquanto volto para o Brooklyn. Ela não atende, então deixo uma mensagem:

— Oi, Makeda, aqui é a Dra. Caroline. Será que você pode retornar assim que possível? Acho que encontrei Billy Harbin.

Solto um suspiro quando chego à Goethals Bridge, e a sensação é de que eu não respirava havia um bom tempo. Isso vai ser moleza. É claro que eu estava esperando que a equipe fosse um grupo de imbecis e incompetentes e que eu pudesse convencer alguém a me passar uma pasta com o nome da empresa de paisagismo que eles usam e uma lista de funcionários. Ou, como em um filme, que uma delas tivesse se ausentado da sala por um instante e eu pudesse ter me esgueirado para trás da mesa para descobrir a senha do computador (Hum... vamos ver, na mesa tem um porta-retratos com a foto de um cachorro, o nome Lucious na coleira, então vamos tentar Lucious. Senha incorreta. Lucious1. Senha incorreta. Então eu levaria um dedo aos lábios, pensativa. LuciousMeuGaroto. Senha aceita — os personagens sempre acertam na terceira tentativa). Depois eu teria salvado o arquivo no pendrive que sempre carrego em uma corrente no pescoço.

Mas não é bem assim que as coisas se desenrolam. E, em última análise, tudo bem. Por mais que servir Billy Harbin de bandeja para Makeda e companhia pudesse ter sido um momento glorioso, direcioná-la para um lugar onde ele trabalhou vai ter que bastar.

Quando estou saindo da Verrazzano-Narrows Bridge para o Brooklyn, o aplicativo do Bluetooth anuncia "Ligação de Makeda". Pressiono "sim" para atender.

— Makeda, consegue me ouvir? — pergunto.

— Ã-hã, estou te ouvindo — responde ela, um pouco ofegante. Talvez por ter subido um lance de escada, mas, pensando bem, ela é um pouco grande, então talvez não seja necessário muito movimento para afetar sua respiração.

— Você recebeu a minha mensagem?

— Recebi.

Ela não diz mais nada de imediato, e acho que talvez ainda esteja recuperando o fôlego.

— É verdade — digo, por fim. — Acho que o encontrei. Bem, na verdade, descobri como podemos encontrá-lo.

— Ok.

— Ok? — repito. — Você não quer saber os detalhes?

— Pode ser — responde ela, como se estivesse concordando em experimentar o prato do dia.

— Ele era jardineiro na residência para idosos onde a minha mãe está. A Golden Brook, em Elizabeth, Nova Jersey. Acabei de falar com ela, e ela me contou que tinha um funcionário que trabalhava no jardim, um homem chamado Will. Ela disse que ele não trabalha mais lá, mas que, quando trabalhava, ela contou a ele um monte de informações pessoais sobre mim, além de algumas mentiras. Ela teve um AVC há alguns anos e anda delirando. Ela não sabia o sobrenome dele, e a administração foi irredutível e se recusou a me dar qualquer informação. Mas tenho certeza de que um mandado ou uma ordem judicial resolveria isso, então, se nós conseguirmos um dos dois, podemos descobrir o nome da empresa de paisagismo. Mas, francamente, acho que você nem vai precisar ir tão longe, basta uma ligação da polícia de Nova York e aposto que eles abrem a boca. Se encontrarmos a empresa onde ele trabalhava, podemos conseguir todas as informações da folha de pagamento dele, o número do seguro social. Podemos pegá-lo.

Makeda não responde de imediato, mas pouco depois diz:

— Dra. Strange, estou resolvendo umas coisas. Não quer vir até a delegacia para nos falarmos pessoalmente?

— Estou a caminho.

Desligamos, e sinto algo parecido com orgulho encher o peito. É melhor do que orgulho, no entanto — é como orgulho acompanhado de uma dose de tequila apimentada, porque não estou feliz apenas por ajudar na investigação. Estou feliz porque sou eu quem está levando a investigação até a linha de chegada. A reta final, os acréscimos do segundo tempo? Escolha sua analogia esportiva; no fim das contas, o resultado é o mesmo: eu venço. E, é claro, a justiça será feita, e Ellen Garcia vai ser encontrada, vai se recuperar e vai poder escrever quantas matérias caça-cliques com pesquisa meia-boca quiser pelo resto da vida. Mas eu também vou vencer.

Encontro uma vaga na esquina da delegacia e entro apressada pela porta da frente, recebida pelo agora já familiar cheiro de flatulência. Dou meu nome à recepcionista, mas não me sento na área de espera, o que acaba se provando uma decisão acertada, porque Miguel aparece em menos de um minuto.

Nós nos cumprimentamos, e eu o sigo escada acima enquanto ele me pergunta como está o tempo lá fora e respondo que está lindo e um pouco úmido, embora não tenha prestado a mínima atenção. Não digo: *Tive um dia cheio resolvendo o seu caso, Miguel, não tive muita oportunidade de reparar no tempo.*

Chegamos à sala e Makeda está sentada à mesa dela, usando óculos de aro preto grosso, olhando para algo no monitor.

— Miguel, você pode pegar umas coisas para mim na impressora, por favor? — pede ela. Em seguida, cumprimenta: — Olá, Dra. Strange, por favor, sente-se.

Miguel nos deixa sozinhas, fechando a porta ao sair.

Pego três cartões de visita na bolsa de pano e os mostro a Makeda.

— Essas são as pessoas da Golden Brook com quem você deve entrar em contato. Uma delas vai ter as informações.

Makeda sorri, educada. Falsamente educada. Eu me inclino para a frente na cadeira e coloco os cartões sobre a mesa, formando um leque, como se estivéssemos em um cassino de Las Vegas.

— Acho que é isso — declaro. — Tem que ser ele. Todas as peças se encaixam, você não acha?

Makeda não diz nada, apenas me encara, um leve sorriso ainda presente.

Suspiro e continuo:

— Minha mãe contou um monte de mentira a meu respeito para ele, e acho que ele é perturbado o suficiente para ter acreditado em tudo.

Meu tom é um tanto melancólico. Estou exagerando um pouco, mas é triste, não é? Pessoas doentes fazendo coisas doentias?

A Mona Lisa atrás da mesa não parece comovida e continua a me observar em silêncio.

Miguel retorna com algumas folhas e as entrega a Makeda, que acena com a cabeça para ele.

— Você pode nos dar licença? — pede ela.

Ele não responde, olha para mim, em seguida para o chão, como se estivesse envergonhado ou prestes a ficar envergonhado, então sai.

Makeda examina os papéis sem pressa, folheando as páginas lentamente.

— Desculpa, mas você entendeu o que eu acabei de dizer? — pergunto. — Billy Harbin, ou Will, o jardineiro, esteve em contato com a minha mãe. Essa foi a porta de entrada dele.

— Eu entendi — responde ela, ainda concentrada nos papéis.

— Você entendeu.

— Ã-hã.

— Bem, será que pode deixar sua resenha de livro de lado por um segundo para podermos conversar sobre isso e planejar nossos próximos passos?

Isso chama a atenção dela, que para de ler, tira os óculos e os pousa sobre a mesa. Em seguida, ela se levanta, anda até a frente da mesa e se apoia nela, ao lado de onde coloquei os cartões de visita. Acho que ela está tentando parecer casual, mas há algo mais — ela quer olhar para mim de cima.

— O policial Colling conseguiu extrair alguns dados do seu laptop. Não era a foto que estávamos procurando, mas parecia potencialmente importante, então tive que investigar. E, no fim das contas, era mesmo — diz ela. — Importante.

Ela faz outra pausa para causar um efeito dramático.

— Você está esperando que eu te peça que me explique, por favor, do que está falando? Tudo bem, Makeda, do que você está falando? O que é que você tem aí? — pergunto.

O que eu não pergunto em voz alta é: *O que você sabe que eu não sei?*

— Vou ler para a senhora — diz ela, colocando os óculos de volta.

Eba, hora da história com a polícia de Nova York. Espero que tenha figuras.

— "Prezada Srta. Garcia, aqui vai um conselho gratuito: passe menos tempo escrevendo porcaria e mais tempo tomando cuidado. Atenciosamente, uma amiga."

Makeda tira os óculos, vira o papel para que eu possa ver as palavras e me entrega.

— Essa mensagem é de uma conta do Gmail criada no dia em que a mensagem foi enviada. Pela senhora, do seu laptop.

Fico olhando para o papel, as letras pretas na folha branca.

— Então você não me chamou aqui para discutirmos uma informação — digo, me dando conta. — Você me chamou aqui para me interrogar.

Uma risada genuína de incredulidade escapa de Makeda.

— Não tenho nenhuma pergunta, Dra. Strange. A senhora enviou isso para Ellen Garcia há menos de duas semanas. Não preciso que admita nada — diz ela, dando batidinhas no papel na minha mão. — Já tenho tudo.

Relaxo um pouco e apoio o braço no encosto da cadeira.

— Tudo bem — digo. — Estou vendo que você elaborou uma teoriazinha. Isso pode ser uma evidência, com certeza, mas é circunstancial, não acha? Não estou muito atualizada sobre todas as engrenagens dos identificadores únicos universais, *firewalls* e *malwares*, mas tenho certeza de que até o policial WikiLeaks lá fora admitiria que tem dezenas de maneiras de esse e-mail ter sido gerado de qualquer lugar. Por outro lado, eu tenho uma teoria com evidências substanciais. E ainda melhor que isso, uma pista real sobre um suspeito real. Não apenas palavras numa folha, mas um ser humano. Então, cada segundo que você gasta tentando me dar uma lição com essas bobagens é um segundo que Ellen Garcia está trancada em algum lugar morrendo de inanição, e achei que você ia querer ir direto ao ponto.

Makeda faz uma pequena careta de reprovação, depois volta para sua cadeira e se senta.

— Falamos com Georgina Melios, como a senhora sugeriu. A senhora disse que esbarrou nela pouco antes de encontrar Billy Harbin no Prospect Park.

— Sim, isso mesmo — digo. — Ela viu nós dois juntos? Reparou nele?

Seria a maior ironia da minha vida até agora se um gnomo de jardim feito Georgina Melios contribuísse com algo significativo.

— Não, ela não reparou — responde Makeda. — Mas ela reparou em outra coisa.

Makeda faz uma pausa. Efeito dramático. Ela poderia realmente ter uma carreira paralela como assistente de mágico.

— Ela disse que viu a senhora falando sozinha. E não foi pouco. Ela disse que, quando olhou para trás, a senhora estava imersa no que parecia ser uma conversa. Um diálogo.

— As pessoas falam sozinhas o tempo todo — retruco. — Estamos em Nova York. Se você *não* fala sozinha, provavelmente é porque não mora aqui há muito tempo.

— Pode ser — concede ela gentilmente. — Mas é mais uma peça para mim. Esse e-mail — diz ela, apontando para o papel na minha mão — é uma peça. O fato de não conseguirmos localizar nenhum Nelson Schack ou Billy Harbin é outra peça.

— Você não está ouvindo o que estou dizendo — insisto. — Esses nomes são falsos... Ele é Will, o...

— Jardineiro — completa ela. — Da Golden Brook. A senhora mencionou isso. Disse que sua mãe andava delirando?

— Isso — respondo, então Makeda acena com a cabeça, e percebo que dei a resposta errada. — Quer dizer, sim e não. Ela está delirando no sentido de que criou toda uma narrativa alternativa sobre mim e o que aconteceu quando eu era criança, mas ela não inventaria uma pessoa.

Aprendi, depois de anos ouvindo pessoas e suas histórias, que a maneira como elas pensam que soam muitas vezes é totalmente diferente da forma como de fato soam. Elas podem achar que estão me contando uma história normal sobre sua vida cotidiana, mas consigo perceber como soam absolutamente insanas. Nesse momento, ouço o que estou dizendo através dos ouvidos de Makeda e estaria mentindo se dissesse que não fico preocupada.

— Vou ser sincera com a senhora, Dra. Strange. Se eu estivesse procurando testemunhas, provavelmente pularia os interrogatórios com idosos que têm tendência a alucinações — declara ela.

— Ela não tem alucinações — rebato. — São delírios. Tem uma diferença. Alucinações são sensoriais, coisas que você vê e ouve e acha que são reais, mas não são. Delírios são crenças que entram em conflito com a realidade.

Makeda dá de ombros e diz:

— Mas não é exagero dizer que ela costuma inventar coisas.

— Não nesse caso — insisto. — Se conseguir um mandado para ter acesso aos registros dos funcionários, você vai encontrá-lo.

— Talvez — diz Makeda. Em seguida, faz uma expressão curiosa e continua: — Na verdade, tenho uma pergunta a fazer, se não se importar, Dra. Strange. A senhora se lembra de ter conversado consigo mesma no Prospect Park naquele dia, depois de encontrar Georgina Melios?

— Lembro — respondo, sem saber ao certo que rumo a conversa está tomando. — Eu já disse que falo sozinha o tempo todo, assim como a maioria das pessoas. E, naquele momento, eu estava praticando, o que faço às vezes antes de encontrar um paciente novo, como um ator ensaiando falas.

— Faz sentido. Mas a senhora estava interpretando dois papéis, certo? O seu e o do novo paciente... Billy? Era como se estivessem conversando, como Georgina Melios disse?

— É, provavelmente.

— Hum — diz ela, acenando com a cabeça.

Então percebo para onde ela nos levou. Para a beira de um penhasco no Grand Canyon. Ou melhor, sou apenas eu, de costas para o parapeito.

— O que foi mesmo que a senhora disse sobre delírios? — pergunta ela. — Crenças que entram em conflito com a realidade?

— Sim — confirmo. — É isso.

— Dra. Strange, a senhora já se consultou com um psiquiatra?

O que mais odeio nela nesse momento é o fato de estar tão segura de si, tão confiante de que me pegou. Ela jogou limpo, tenho que admitir, e, se tudo tivesse acabado e ela tivesse vencido, eu teria que reconhecer a derrota. Mas ainda não acabou, e a atitude dela me faz querer lutar com todas as minhas forças para sair dessa situação.

— Acho que gostaria que o meu advogado estivesse presente antes de continuarmos — digo calmamente.

Ela acena com a cabeça, como se já esperasse por isso, e diz:

— Agora seria um bom momento para ligar para ele.

— Não sei se ele está disponível. Podemos agendar um horário para eu voltar com ele?

Makeda estreita os olhos e pensa a respeito.

— Acho melhor a senhora ligar para ele e pedir que venha te encontrar aqui agora.

Sinto a ameaça que envolve o pedido dela, um casulo vermelho brilhante.

— Entendo — digo em voz baixa e respiro fundo. — Posso usar o banheiro antes?

— Claro — responde ela. — Fica no andar de baixo, à esquerda.

— Tudo bem se eu deixar isso aqui? — pergunto, apontando para a bolsa.

— Claro.

Eu me levanto e saio da sala, seguindo as instruções dela até o banheiro. Entro, faço xixi, dou dez esguichadas de sabonete rosa-chiclete nas mãos e me olho no espelho. Uma das lâmpadas fluorescentes acima está piscando, o que me deixa com uma aparência um pouco fantasmagórica. Preciso de um pouco de brilho labial, mas agora não é o momento.

O curioso sobre a bolsa de pano é que eu poderia simplesmente tê-la deixado no carro, mas havia colocado os cartões de visita da Golden Brook lá dentro e não queria perder tempo procurando, então a levei comigo. Mas agora é quase como se eu tivesse planejado. Makeda vê a bolsa na cadeira do escritório e uma parte dela, mesmo que inconsciente, pensa: ela nunca deixaria a bolsa aqui se estivesse, digamos, pensando em fugir. O que ela não sabe é que tenho uma pequena carteira de couro no bolso da calça com minha carteira de motorista, algumas notas de vinte dólares, meu cartão de vacinação e um cartão de crédito. A chave do carro e meu celular estão no outro bolso. Hoje deixei em casa a bolsa que costumo usar.

Mas trouxe a bolsa de pano, e ela se tornou uma distração furtiva e eficaz. Adoro quando meu inconsciente faz todo o trabalho.

Saio do banheiro e dou uma olhada no corredor — há algumas pessoas passando, mexendo ou falando no celular. Não tem ninguém prestando atenção em mim. Makeda deve estar no mesmo lugar em que a deixei, na sala dela. Desço as escadas e me dirijo para a saída.

É claro que me ocorre ficar, ligar para Reggie Ginsburg e Jonas e dizer que acho que a polícia está montando um caso contra mim e que eles deveriam vir me resgatar. Mas Will, o jardineiro, está em algum lugar lá fora e vai deixar Ellen Garcia morrer, a menos que alguém o detenha. Makeda e sua equipe de incompetentes claramente não são confiáveis, então, como sempre, cabe a mim dar um jeito em tudo.

Gordon Strong

Fico alguns dias sem ver Caroline. Savannah me conta que ela está de castigo, pergunto por quanto tempo, e ela responde:
— Sei lá... tipo, uns vinte anos. Ela nem quis me contar o que fez para deixar o pai tão irritado.

Admito que me sinto um pouco mal pela forma como as coisas terminaram para nós dois e nosso experimento, mas devo dizer que é quase como se eu precisasse passar por aquilo para eu e Evelyn chegarmos aonde estamos no nosso relacionamento, que talvez nunca tenha sido melhor.

Logo depois de toda a confusão com Chuck e Caroline naquela noite, eu e Evelyn tivemos uma longa conversa. Contei a ela como tem sido difícil para mim, como o homem da casa, estar desempregado, e ela concordou e entendeu tudo. Por um segundo, pensei em dizer toda a verdade, que eu havia planejado aquilo com Caroline, mas o momento veio e passou, e eu não disse nada. E, pensando bem, de que adiantaria, afinal? Quer dizer, talvez ajudasse Caroline, mas, sendo bem sincero, isso não era motivo suficiente para eu abrir o jogo. Depois do que aconteceu, eu e Evelyn nos aproximamos e transamos, o que não acontecia havia um bom tempo, e fui dormir achando que tudo ia mesmo ficar bem.

Vou à loja de ferragens, compro massa corrida e argamassa e reparo os buracos na garagem e no porão, retoco o rejunte da banheira no andar de cima e ao redor da pia do banheiro do andar de baixo. Acho que é melhor eu cuidar de todas as pendências domésticas antes que Dirk me ligue para falar sobre o emprego. Ele pode querer que eu comece na semana que vem, vai saber.

Vou até a Menards comprar uma tesoura ainda maior para aparar a cerca viva e acabo encontrando Jason. Conto a ele sobre meu novo emprego e consigo ver a inveja em seus olhos — é como se ele estivesse faminto e eu estivesse segurando um sanduíche de um metro. Sei que é mesquinho sentir prazer nisso, mas quase rio na cara dele. Ele é meu amigo e é claro que quero que consiga um bom emprego também, mas tantas vezes na vida tive a sensação de estar vendo os outros caras terem sorte e agora, finalmente, chegou a minha vez.

Em casa, volto para a cerca viva, ainda tentando nivelá-la. O lado que dá para a casa está reto, mas o lado que dá para a rua ainda está uma bagunça, e ainda há uma inclinação no topo. Uma parte de mim acha que eu deveria ter procurado o funcionário da seção de jardinagem da Menards — deve haver uma ferramenta específica para poda de cerca viva —, mas eu deveria ser capaz de fazer isso sozinho sem estragar tudo. Acabei não procurando a régua no quarto das crianças, e agora me dou conta de que não teria ajudado em nada, de qualquer forma: preciso de um metro para medir a altura a partir do chão.

Estou tentando me lembrar se temos algo assim e onde estaria quando a porta da casa dos Strange se abre e Caroline sai. Seus olhos estão inchados, o rosto todo, na verdade, a pele ainda avermelhada. É quase como se ela tivesse ficado congelada no tempo desde aquela noite. A única pista de que o tempo passou para ela é que não está mais de pijama. Além disso, está carregando um aparelho de som portátil.

Eu me levanto quando a vejo. Ela também me vê e me encara enquanto pousa o aparelho no chão.

— Oi, Caroline — digo e dou a volta na cerca viva em direção à cerca de madeira.

Ela não responde, apenas aperta um botão na caixa de som.

Uma música explode dos alto-falantes, se é que dá para chamar aquilo de música. É aquele lixo de rap que Savannah ouve o tempo todo. Apenas pessoas gritando coisas sem sentido com instrumentos uivando ao fundo.

Vou até a entrada da garagem dos Strange e chamo Caroline de novo, mas não consigo nem me ouvir por causa do barulho, então imagino que ela também não consiga.

Ela me encara fixamente e se senta no degrau da frente. Pressiona outro botão e a música fica ainda mais alta.

Estremeço. Essa merda vai estourar os meus tímpanos se continuar assim.

— Caroline! — grito, acenando com as mãos para ela.

Ela continua me encarando, aponta para o alto-falante e depois para a própria cabeça. Não consigo distinguir nenhuma das palavras que aqueles animais estão berrando na música, mas elas ficam mais claras, ou talvez eu já tenha ouvido tanto rap vindo do quarto de Savannah que de repente consigo entender a letra, Deus me ajude.

Consigo decifrar com clareza as palavras de apenas um trecho da música — refrão, verso, vai saber: "Bem, acho que estou enlouquecendo dessa vez... Dessa vez estou enlouquecendo."

— Caroline, por favor, abaixa o volume! — grito mais uma vez.

Ela enfim parece me ouvir, aperta outro botão e a música para.

— Obrigado — grito, o volume da minha voz ainda alterado. Em seguida, digo mais baixo: — Obrigado.

Ela não responde, apenas me encara.

— Caroline, sinto muito por aquela noite.

Ela faz uma careta, mas continua muda.

— É difícil explicar. Um dia, quando você for mais velha, quando estiver casada e tiver filhos, vai entender. É tudo o que posso dizer. Sei que você está com raiva agora, e tudo bem. Mas o que fiz vai fazer sentido para você um dia.

Ela olha para os próprios pés e descreve um pequeno círculo com a ponta do tênis no degrau.

— Todas essas coisas, casamento e família, são complicadas, sabe? E eu sei que tínhamos um plano, você e eu, mas percebi logo que a gente estava errado. Você também percebeu isso, tenho certeza. E não fazia sentido nós dois sermos punidos, entende? — Eu me detenho, balanço a cabeça. — Quer dizer, eu não seria punido, não ficaria de castigo, mas não fazia sentido a Sra. Strong ficar chateada comigo também. Seu pai já estava irritado com você, entende o que quero dizer?

Então ela bate com a ponta do tênis no degrau, como se estivesse matando um inseto.

— Olha, o importante é que a gente estava errado — digo, sorrindo. — Está tudo bem. Não tem nada de estranho acontecendo. Então essa parte do plano funcionou muito bem, nós descobrimos a verdade. Sei que ficar de castigo não é divertido, mas isso vai passar, e a parte da verdade vai permanecer.

Ela solta um grande suspiro, digno de um adulto, olha para mim e diz:

— O meu pai nunca fica irritado.

— Querida, eu sei. Como já falei, sinto muito.

— Não — diz ela com impaciência, balançando a cabeça. — Você não está entendendo.

Embora eu saiba que estou em dívida com ela, isso ainda me incomoda, uma menina de 13 anos falando assim comigo.

Mas me controlo e pergunto com educação:

— O que você quer dizer com isso?

Ela repete, devagar:

— O meu pai nunca fica irritado. Quando eu tinha 6 anos, enchi a banheira com xampu e detergente e abri a torneira, transbordou água para todo lado, e tiveram que refazer os azulejos e consertar o teto do porão. Ele não ficou irritado comigo. Quando eu tinha 8 anos, coloquei um rato de brinquedo no triturador de lixo, e ele também não ficou irritado. Quando eu tinha 10 anos, queimei o uniforme do trabalho dele na churrasqueira, e adivinha?

Ela me olha como se estivesse esperando que eu respondesse, mas em seguida diz:

— Ele não ficou irritado. Então, por que ele ficaria irritado dessa vez, Gordon?

Começa a escorrer suor pela minha testa e pelas minhas têmporas.

Tento manter a calma e digo:

— Ele ficou irritado por causa do que você e eu fizemos. Acho que a reação dele faz sentido, meu bem.

— E Evelyn?

— Evelyn? O que é que tem Evelyn?

Caroline revira os olhos e sinto o coração acelerar um pouco. Para ser sincero, a atitude dela está começando a me enervar, esse ar de sabe-tudo.

— Como Evelyn agiu depois? Quando vocês voltaram para casa. Ela estava diferente do normal?

— Estava — respondo, antes de me dar conta de que talvez não seja apropriado tocar nesse assunto com Caroline, mas então me lembro de tudo em flashes: o abraço, a conversa, como ela parecia tão, sei lá, determinada a tirar a própria roupa, a minha roupa, como se estivesse focada em cumprir uma missão.

— Talvez a reação dela não tenha sido normal, e a reação do meu pai também não, porque eles sabem que a gente sabe.

Continuo a ouvi-la, mas minha mente está pensando em Evelyn naquela noite, beijando o meu peito e a minha barriga, depois dando mordidinhas nas laterais do meu corpo, subindo até meus mamilos e descendo de novo — ri porque fez cócegas e porque eu não esperava por isso, e ela riu também, e foi divertido, como se fôssemos dois cachorrinhos brincando em uma poça de lama no parque, mas o que me incomoda é que não consigo me lembrar de Evelyn jamais ter sido tão brincalhona assim na cama. É como se ela tivesse aprendido isso em outro lugar.

Balanço a cabeça e digo:

— Entendo que você esteja com raiva, mas não é isso que está acontecendo.

— Ah, é? — diz ela, com um tom de deboche. — Aposto que os dois estavam tentando nos confundir naquela noite, meu pai ficando irritado e Evelyn sendo falsa...

— Chega — digo, sentindo uma onda de calor se espalhar pela parte de trás da minha cabeça e do meu pescoço. — Você pode dizer o que quiser sobre a sua família, mas é melhor medir as palavras quando fala da minha.

— Ou o quê? — rebate ela, se levantando.

— Ou eu vou ter uma conversa com o seu pai.

Ela ri e aponta para casa com o polegar.

— Eu já estou de castigo para sempre. Não tem mais nada que ele possa fazer comigo. Então, você sabe, essas ameaças não valem de nada, Gordon.

Acho que nunca me dei conta de como ela era perversa. Tão rude, metida a sabe-tudo. Algumas crianças são assim, você as conhece e mal pode esperar que elas cresçam para poder ver o mundo fazê-las em pedacinhos.

— Então vou mandar Savannah ficar longe de você, toda a nossa família vai ficar bem longe da sua. Todos nós, Brendan e Evelyn também.

A confiança desaparece do rosto dela, e seus olhos se arregalam, veias azuis se projetando da pele como se a testa fosse um mapa topográfico.

— Eles estão tentando enganar a gente, seu imbecil!

— Cala essa boca! — grito. — Você é uma garota má e desagradável, sabia? Espalha maldade por onde passa, e deixei você me convencer de todas aquelas... insanidades. Não sei o que Savannah vê em você.

A cabeça dela recua, como se minhas palavras a tivessem atingido fisicamente. De certa forma, nem sei mais o que estou dizendo. As palavras simplesmente saem, a saliva voando como faíscas da minha boca.

— Ela deve sentir pena de você — prossigo. — Ela é uma garota linda, popular e tem um bom coração, e você não é nada disso. Você não é nada.

Ela olha para um ponto além de mim, para a rua, e seus olhos se enchem de lágrimas, mas ela não chora. Na verdade, as lágrimas não caem; é como se estivessem presas, e a respiração sai curta e entrecortada.

Ficamos ali parados por um minuto, e tudo parece desacelerar. Meu coração volta ao ritmo normal, suor frio cobrindo o corpo como um lençol, mas parece que algo foi liberado pelas minhas glândulas, como se eu estivesse sendo purificado.

Caroline não parece mais uma criança; ela parece uma jovem triste, alguém que você veria em um ponto de ônibus na neve.

— Caroline — chamo.

Ela foca em mim.

— Caroline, eu sinto...

— Muito — completa ela.

Então ela se abaixa, pega o aparelho de som e se vira para entrar em casa.

— É verdade — digo enquanto ela se afasta.

Ela vira a cabeça de lado, como se fosse dizer mais alguma coisa, mas não diz nada e entra.

— Caroline — chamo uma última vez, mas a porta já está fechada, e ela se foi.

Dra. Caroline

Quando chego, Jonas está em casa, falando ao celular, o cabelo bagunçado, mas não de um jeito estiloso, como se ele tivesse passado um produto para deixá-lo naquele estado. É um bagunçado não atraente. Também está usando calção de banho e uma camiseta que parece pequena demais para ele, com o logotipo da escola dos nossos filhos. Quando me vê, ele está dizendo:

— Sim, obrigado... Entendi tudo... Assim que você puder... Não importa o preço... Obrigado, meu amigo. — E desliga.

— O que é isso que você está vestindo? O que aconteceu com o seu cabelo? Quem era no telefone?

Jonas olha para si mesmo.

— Peguei a primeira coisa que encontrei na pilha de roupa lavada. Era Reggie, mas a polícia me ligou há uns dez minutos. A detetive Marks, procurando por você.

— E o que você disse?

— Eu disse a verdade, que você não estava aqui... Mas ela pediu que eu ligasse de volta. Ela disse para eu avisar quando você chegasse.

Ele estende o telefone para mim, como se fôssemos mesmo fazer isso.

— E você disse que ia ligar?! — pergunto, incrédula.

— Disse! — grita ele. — É a polícia, Caroline! Ela disse que você simplesmente saiu no meio de um interrogatório e foi embora. Você fez isso?

— Eu não ia ficar lá ouvindo aquelas acusações sem sentido enquanto poderia estar aqui fora fazendo algo produtivo para encontrar Ellen Garcia.

— Caroline, você não pode fugir assim da polícia. Agora você é tipo uma fugitiva.

— Não seja tão dramático. Eu não recebi voz de prisão. Ela não podia me obrigar a ficar lá.

— Bem, ela disse que eles estão vindo para cá de qualquer jeito. Agora.

— É, imaginei isso — digo. — Mas você falou com Reggie.

— Reggie — diz ele, parecendo aliviado só de pronunciar o nome. — Ã-hã, eu finalmente consegui falar com Reggie. Ele vai ajudar.

— Ok, ótimo. Como?

— Ele disse que temos que entregar tudo para a polícia — responde Jonas, ansioso.

— Como assim, tudo?

Jonas dá de ombros e gesticula, um gesto que abrange toda a casa. Vejo que ele reuniu todos os dispositivos de novo: meu laptop, o laptop dele, os iPads dos meninos, e os colocou na ilha da cozinha.

— Tudo... O que eles quiserem. Temos que deixar a polícia revistar a casa, os quartos dos meninos, seu consultório, o forro da casa. — Ele continua, começa a agitar as mãos, pensando em outras maneiras de a polícia violar nossa privacidade. — Eles podem revistar o porta-malas do carro... Podemos dar a eles as chaves do depósito...

— Nem pensar — interrompo. — Eles não precisam saber do depósito em Gowanus.

Jonas balança a cabeça com um espasmo.

— Reggie disse para a gente entregar tudo. Não temos nada a esconder, então damos tudo o que quiserem para mostrar que você não tem nada a ver com essa história.

— Reggie disse isso? — pergunto, e Jonas faz que sim. — Esse é o pior conselho jurídico que já ouvi.

— Transparência! — retruca Jonas, levantando a voz. — A transparência é a saída mais rápida, Caroline.

— Jonas — digo, percebendo que tenho que ser didática. — Sei que você não tem muita experiência com isso porque na Suécia os advogados provavelmente só precisam, tipo, fazer um waffle ou algo assim em vez de prestar o exame da ordem, mas aqui o trabalho dos advogados é proteger os clientes, e não deixar que eles se exponham.

— O que tem de errado com essa ideia? — pergunta ele, genuinamente perplexo. — Não me importo de eles verem todas as peças no depósito em Gowanus. Eles podem até ficar com elas, se isso for necessário para você não ser uma... — Ele hesita diante da palavra, depois diz: — Uma suspeita.

— Jonas, se eles entrarem naquele depósito, vão saber que não temos seguro, e a gente pode estar sujeito a todo tipo de multa, e o velho vai ter a vida arruinada porque é tudo feito de maneira irregular.

— É só dinheiro, Caroline — rebate ele. — Quem se importa? Nós compensamos o velho. Compramos outro prédio para ele.

— Ah, é?

— É. Nós compramos.

Não provoco muito meu marido quando o assunto é dinheiro, não lembro a ele que sou eu quem o ganha e que fui eu que fiz bons investimentos e desinvesti todo o dinheiro antes do colapso de 2008 porque tive um pressentimento. Não me entenda mal: eu valorizo a arte, acho que ela é real e conecta a humanidade de uma maneira que formas mais óbvias de comunicação não conseguem, e Jonas é muito bom nisso quando não está sendo autoindulgente demais. Não jogo na cara dele o fato de que tenho anos de formação e treinamento e passo dias trancafiada na psique dos meus pacientes enquanto ele mergulha tiras de jornal em cola e fuma baseados finos e perfumados.

— Para você não ir para a cadeia, nós compramos — acrescenta ele, apenas para mostrar que não está querendo usar o dinheiro de maneira impensada.

— Eu não vou para a cadeia, Jonas — digo, indo até a geladeira. — Vou encontrar Ellen Garcia sozinha.

— O quê? — questiona ele. — Você não pode fazer isso. Isso é trabalho da polícia.

— E eles estão fazendo tudo errado.

Pego café gelado de caixinha na geladeira e meu laptop na ilha.

— Quando Makeda chegar, diga para ela que você não me viu. Pode fazer isso?

— Mentir? — pergunta ele.

— É, Jonas, mentir. Você só precisa dizer que não estive em casa.

— Não posso mentir para a polícia — diz ele, balançando a cabeça.

— Tudo bem, então diga a verdade. Diga que peguei o meu laptop e saí. Eles não sabem o que estão fazendo de qualquer forma, então provavelmente não vai fazer diferença.

— Doutora — diz ele baixinho, passando a mão pelo ninho de cabelo.

— Jonas.

Ele está com olheiras, coitado. Foram poucas as vezes que o vi com medo.

— Você me contaria, não me contaria, se estivesse encrencada?

Olho para ele de lado. Ele parece terrivelmente pálido. Não quero que fique morto de preocupação, mas, ao mesmo tempo, como se atreve? Nosso casamento é baseado no espaço entre nós, não exatamente em segredos, mas nunca entendemos esses casais que mandam mensagens um para o outro o tempo todo, que conversam sobre planos de férias complexos e intermináveis, que saem à noite, ficam bêbados e fazem confissões chorosas sobre pequenas indiscrições. Ninguém precisa estar dentro da cabeça de outra pessoa o tempo todo, acredite em mim. Até mesmo a pessoa mais próxima de você precisa esperar do lado de fora, às vezes, enquanto você faz o que precisa fazer.

Portanto, há a verdade e há mentiras, e há exatamente aquilo com que as pessoas conseguem lidar, quando conseguem lidar. Isso não é um lance do AA? Deus não nos dá nada que não possamos suportar? Este é o problema com Deus: ele não tem a menor ideia do que uma pessoa comum é capaz de suportar. Ou isso ou ele é um grande babaca.

Mas eu não sou assim. Só dou às pessoas aquilo que elas estão preparadas para receber. Nas sessões com meus pacientes, não começo já jogando verdades na cara deles. Não forço epifanias; só ajusto a luz. O mesmo vale para Jonas, ele sabe o que eu permito que saiba, e sabe por quê? A resposta é a mesma, seja para meu marido, meus filhos ou meus pacientes: porque eu realmente os amo.

Neste momento, Jonas não precisa saber mais do que já sabe, e qualquer um pode ver que é melhor assim. Mesmo com o mínimo de informações sobre a situação, ele já está uma pilha de nervos, e não há nada que eu queira mais do que aliviá-lo desse fardo. Então olho para o homem com quem sou casada há quase quinze anos, o pai dos meus filhos, e minto bem na cara linda dele, dizendo com ternura:

— É claro, meu amor, você sabe que eu contaria.

Ellen Garcia

Falei por um longo tempo e, por fim, parei. Gastei toda a saliva e minha garganta ficou irritada por causa da exposição ao ar, que se tornou gelado. Na verdade, é provável que esteja exatamente na mesma temperatura que estava quando cheguei aqui, mas o calor do meu corpo deve estar se esvaindo, porque comecei a tremer e não consigo parar. Meus dentes batem como se eu fosse um esqueleto de Halloween pendurado em uma maçaneta. Também não consigo parar de suar, mas o suor é gelado, o que só me faz sentir ainda mais frio. Seco o rosto com a barra da camiseta até o tecido ficar encharcado, depois volto a me abraçar com toda a força, tentando obter um pouco de calor do contato pele com pele.

Só consegui dar duas mordidas no pão, mas pelo menos bebi toda a água sem vomitar, então talvez isso me dê alguma vantagem mais para a frente, me mantenha acordada, ou respirando, ou algo assim. Mas, para falar a verdade, acho que está tudo saindo no suor, toda a energia desperdiçada com os tremores.

Não fantasio mais com comida ou mesmo com água. Agora é uma banheira de hidromassagem — não um banho morno, mas uma jacuzzi com jatos, a água tão quente que faria meu peito doer. Eu me imagino deslizando para dentro da água, primeiro os pés, depois as pernas, o abdômen, o tronco, apenas minha cabeça boiando no calor líquido enquanto adormeço.

Um sobressalto me desperta; acho que ouvi um barulho. Uma voz. Aperto os olhos, tento me concentrar. Ouço-a novamente, mas é como se fosse apenas um som, uma palavra vinda do outro lado da porta, então para. É uma voz masculina que nunca ouvi antes. Tenho plena consciência de que posso estar sofrendo de alucinações auditivas a essa altura, mas o som vai e vem, e talvez, não sei, talvez uma alucinação seja mais consistente? Delirante de forma confiável?

Então, ouço uma sequência inteira de palavras:

— É, acho que estou no lugar errado. Tem uma tranca na porta lá embaixo, tipo um cadeado, mas estava destrancada.

Não lembro como é a voz normal da Dra. Caroline ou como ela soa interpretando o papel de minha sequestradora, mas parecia mais aguda do que a dessa pessoa, que tem jeito de ser um homem de meia-idade saído direto de um banco de atores de Brooklyn-Jersey.

— Não consigo te ouvir, está falhando — diz ele.

— Socorro — digo, mas não consigo falar alto, o que sai é apenas um sussurro rouco.

Tento rastejar, me arrastar para a frente, arranhando o chão seco com as mãos.

— Merda — xinga ele, mas não para mim. Para o celular, que ficou sem sinal.

O que significa que em breve ele vai sair do lugar para conseguir um sinal melhor. O que significa que eu provavelmente não tenho nem um minuto, talvez alguns segundos.

Respiro fundo, me levanto para dar espaço para os pulmões e berro:

— SOCORRO!!!

Começo a ofegar; meus olhos se enchem de lágrimas; minha garganta está tão seca que começo a tossir.

— Olá? — chama ele.

— Socorro! — respondo, o mais alto que consigo, o que não é alto, apenas um som rouco.

— Você está trancada aí dentro? — pergunta o homem.

Então ele bate à porta, e eu começo a chorar. Alguém me encontrou. Fulano do Brooklyn, Beltrano de Staten Island, meu salvador. Espero que ele seja solteiro.

— Estou — respondo, chorando. — Estou, por favor, me ajuda.

— Tá, eu vou te ajudar. O sinal aqui é uma merda.

— A polícia — digo. — Chama a polícia.

— Vou chamar, prometo, não vou te deixar aí dentro. Você vai ficar bem.

Continuo chorando de soluçar, pensando em como amo o Brooklyn. Amo Nova York. Podem dizer o que quiserem sobre como as pessoas são rudes, mas desafio alguém a encontrar um cidadão comum dos cinco distritos que deixaria alguém morrer em um depósito.

— Espera um pouco... estou mandando uma mensagem para um amigo, eu consegui uma barrinha de sinal, acho que consigo falar com ele.

Eu me arrasto para mais perto da porta, cada músculo do corpo queimando de dor, a respiração fazendo minha garganta e meu nariz arderem enquanto tusso e engasgo.

— Por favor — digo, batendo a mão sem firmeza na porta.

— Estou te ouvindo — diz ele. — Espera um pouco... que merda. Não está funcionando. Olha, já volto.

— Não! — grito, as duas mãos na porta agora. — Não vai embora!

— Ei, eu tenho que ir lá fora para conseguir sinal... Confia em mim, não vou deixar você aí dentro.

— Não — digo, batendo na porta com as palmas abertas, mas estou tão fraca que pareço uma criança brincando de bater as mãos ao som de uma rima infantil.

— Está tudo bem, moça, está tudo bem. Já volto. Qual é o seu nome?

Pressiono o rosto de lado na porta, que está fria e faz meus ombros estremecerem.

— Ellen Garcia — respondo. — Ellen.

— Helen? Tá bom, Helen, não vou te deixar aqui. Já volto. — Ele faz uma pausa por um segundo e ouço outra coisa. Chaves tilintando. — Ei... ei, tem uma mulher trancada aqui. Seu celular está com sinal?

Afasto a cabeça da porta. Tem mais alguém lá fora.

— Esse prédio é seu? — pergunta ele. — Que porra é essa?

— Não! — grito, batendo de novo na porta.

— Você pode ficar parado aí o quanto quiser, mas eu vou chamar a merda da polícia!

Então ouço outra voz. Aguda, mas não muito. É ela, é ele. É a pessoa que me sequestrou. Não consigo entender nada do que a pessoa diz.

— Sai da minha frente, porra! — grita Fulano do Brooklyn.

— Não — digo, cerrando a mão direita, os dedos tão fracos que tenho que pressioná-los para formarem um punho.

Ouço barulho. Movimento. Briga. A pessoa que me sequestrou está dizendo alguma coisa, mas ainda está baixo demais para eu conseguir ouvir.

— O quê...? — grita Fulano do Brooklyn, a respiração pesada e ofegante.

Bato o punho mole na porta por mais um ou dois minutos, não sei mesmo quanto tempo. Então o afasto e não há mais barulho lá fora.

— Oi! — chamo, depois tusso e respiro com dificuldade.

Silêncio. Alguns segundos se passam. Minha tosse diminui, e agora só ouço minha respiração. Pressiono o ouvido contra a porta, depois a testa.

Então, ouço um som. A chave na fechadura.

Tento ficar de quatro, mas, antes que consiga, a porta se abre, batendo na minha testa e me jogando para trás.

Minha cabeça parece estar inflando, se enchendo de líquido, água escorrendo dos meus olhos. A luz do corredor é forte; não consigo distinguir nada além de formas. Alguém inclinado, de costas para mim, vestido de branco, como um enfermeiro de hospital psiquiátrico.

Tento dizer "socorro", mas a palavra se transforma em um som confuso na minha boca. Tem alguma coisa errada com a minha cabeça, ou melhor, com a passagem da minha cabeça para os meus lábios.

A pessoa de branco entra no cubículo lentamente, e penso que tenho que me levantar, fugir enquanto a porta está aberta, mas minha cabeça, o que quer que esteja acontecendo com ela, está irradiando pelo meu corpo. Penso: mexa-se, droga, mexa-se — mas não adianta. É como se o meu corpo tivesse desistido de obedecer a ordens.

Minha visão ainda está embaçada, mas agora percebo que a pessoa de branco está puxando algo pesado. Outra pessoa. A pessoa de branco larga os braços do homem que deveria ser meu salvador, e talvez meu namorado, e se vira para mim.

Não consigo distinguir o rosto por causa da luz, das lágrimas nos meus olhos e da minha cabeça, que parece um balão cheio de água. A pessoa de branco está usando máscara e um boné de beisebol branco e, depois de olhar para mim rapidamente, se vira, passa por cima do homem, sai e fecha a porta. Então ouço as chaves na fechadura.

Aos poucos, meus olhos se ajustam outra vez à luz fraca do cubículo e consigo ver o homem que está lá dentro comigo. Bigode, barrigão, provavelmente na casa dos trinta ou quarenta anos, de jeans e regata, algumas tatuagens estranhas de nomes de mulheres com corações e pássaros. Tem sangue escorrendo de algum lugar no corpo dele, jorrando, mas não sei dizer exatamente de onde.

Por fim, consigo me mover de novo, rastejando centímetro por centímetro até chegar mais perto dele para ver se pelo menos está respirando.

Finalmente chego lá, bem ao lado dele, e coloco a mão em seu peito e depois dois dedos em seu pescoço ensanguentado, mas não sinto o pulso.

Definitivamente é Fulano do Brooklyn, e ele definitivamente está morto.

Dra. Caroline

Acordo depois de um cochilo no banco do motorista e me sinto revigorada. Já se passou quase uma hora e meus ombros estão doloridos, provavelmente porque a minha cabeça acabou tombando no espaço entre a janela e o banco. Não há um dia sequer em que eu não me sinta grata por conseguir adormecer em meio a um momento de grande estresse. Como Dorothy, delirante, no meio do tornado.

Estacionei em uma rua secundária em Gowanus, em um lugar discreto, para o caso de, por exemplo, a polícia estar procurando pelo meu carro no bairro. Mas também não me iludo. Sou apenas uma pessoa alvo de investigação, ou, tudo bem, vai, uma suspeita em uma cidade repleta de suspeitos. Uma vez, só por diversão, quando estávamos procurando casa para comprar, acessei os registros públicos para ver onde moravam os agressores sexuais registrados na área, e toda a nossa vizinhança se iluminou como a árvore de Natal do Rockefeller Center. O Brooklyn inteiro, na verdade.

Acho mais provável que apenas Makeda esteja procurando por mim e, mesmo que Jonas dê com a língua nos dentes, o que acredito que tem cinquenta por cento de chance de acontecer, ela ainda vai levar algum tempo para me encontrar.

Tiro o laptop da bolsa no banco do carona e o abro. Acesso o site da Golden Brook e leio tudo sobre como lá é o lugar para uma pessoa viver a melhor idade. Seus entes queridos trabalharam tanto, não merecem um lugar agradável para se deteriorar, cagar na calça e morrer?

Não é exatamente isso que o site diz, mas esse é o subtexto de todos esses lugares. Deixe-nos fazer o trabalho sujo para você não ter que fazê-lo. Sinceramente, o material promocional poderia ser exatamente assim que eu aceitaria. Assinaria o contrato na hora, tomem o meu dinheiro.

Clico no link "Sobre nós" e, em seguida, nos links "Liderança" e "Equipe" e encontro perfis dos figurões — a CEO, o médico responsável, o chefe da equipe e até a diretora de recursos humanos com quem me encontrei —, mas não há fotos nem biografias dos funcionários do baixo escalão, os enfermeiros, a equipe que prepara e serve as refeições, os responsáveis pelas trocas de fraldas. Nada sobre os prestadores de serviço que retiram o lixo, lavam as janelas e removem as ervas daninhas.

Então me ocorre que eu não deveria estar procurando ajuda no alto escalão. "Siga-nos no Facebook, no Instagram e no Twitter" está escrito na parte inferior da página, então clico no logo do Instagram e começo a rolar a tela, passando por fotos aparentemente infinitas de idosos de máscara realizando diversas atividades a dois metros de distância um do outro durante o último ano. Em janeiro, há uma postagem comemorando a primeira rodada de vacinação, um vovô enrugado com um rosto que mais parece uma bolota faz um joinha para a câmera enquanto toma a injeção.

Volto ainda mais no tempo, para 2020, passando por todas as notificações e atualizações, *reels* postados pela administração da residência para idosos sobre tudo o que sabem e todas as precauções que estão tomando contra a Covid. Sabemos que vocês estão ansiosos para ver seus entes queridos, mas, para a segurança de todos os nossos residentes e funcionários, pedimos que evitem visitas presenciais neste momento.

Sem problema, Sra. CEO.

Depois de mais algumas fotos, encontro algo. A legenda da postagem diz: "Nossos agradecimentos a @jacksonpaisagismo pelo lindo trabalho no jardim de outono!" A foto mostra uma fileira de flores alaranjadas ao longo de um caminho que leva a um riacho artificial. Eu me lembro vagamente da folhagem e da água quando fiz um primeiro tour pelo local. Em geral, aprecio um espaço verde bem-cuidado, mas, na época, provavelmente estava vendo apenas o valor a mais no custo total representado por cada folha e pétala.

Clico em @jacksonpaisagismo e faço o mesmo movimento retroativo, rolando centenas de fotos de arbustos aparados e gramados bem-cuidados, procurando uma postagem sobre a Golden Brook. Infelizmente, não parece haver muitas fotos da equipe durante o processo de criação daqueles milagres do paisagismo, apenas do produto final.

Mas então tiro a sorte grande com uma postagem datada de 14 de dezembro de 2019, com a seguinte legenda: "Muito trabalho e nenhuma diversão fazem da Jackson uma amolação! Nossos agradecimentos por um ótimo ano, equipe!" Ao que parece, eles deram uma festinha de fim de ano para a equipe em um bar em Jersey City. Asinhas de frango e canecas geladas. Agradeço o timing, porque não há máscaras à vista: posso ver o rosto inteiro das pessoas.

Há cinco fotos na postagem, e eu rolo e dou zoom, arrastando o dedo pela tela para examinar cada rosto. Então, na terceira foto, eu o vejo. Ou alguém que poderia ser ele: o rosto está pequeno e o cabelo, mais comprido do que quando o conheci, abaixo das orelhas, mas consigo ver as maçãs do rosto salientes. Na foto, não dá para ver com clareza a cor dos olhos — aquele azul marcante —, mas há uma translucidez neles que me é familiar.

Ele, Billy, ou agora Will, está de pé na ponta direita de uma fileira de pessoas em frente ao bar. A maioria está rindo e brindando, mas ele não sorri. Não parece exatamente carrancudo, apenas surpreso.

— Achei você — digo em voz alta, tocando na tela.

Quando toco, aparecem links, pessoas marcadas — @xyz. Toco em um deles e sou direcionada para a conta de outro usuário: um homem negro de meia-idade com algumas fotos de família, cachorros e natureza. Percebo que o experiente diretor de mídia social da Jackson Paisagismo teve o bom senso de marcar os funcionários que tinham conta no Instagram.

Volto para a foto do grupo e continuo seguindo as marcações — são cerca de dez na postagem: TequilaMan27, GaryBenedict, ESanchezinNJ. Dou uma olhada em cada conta, na foto do perfil e em uma ou duas postagens, só para ver se é Will. Mas já tirei a sorte grande com as fotos, não vou ter a alegria de o cara ter a própria conta, com nome completo e informações de contato.

Mas o sujeito que está ao lado dele — jovem e de pele morena, provavelmente latino, com cabelo no estilo Mario Lopez. Ele tem uma conta com o nome bem no topo: Mateo Robin. Mateo tem várias fotos dele e da namorada peituda juntos e dele pilotando vários modelos de motocicleta. Rolo a tela para baixo, tentando encontrar alguma foto com Will, mas não vejo nenhuma pessoa branca, para ser sincera. Então, em julho de 2020, encontro uma selfie de Mateo com alguns amigos, todos de máscara, em frente a uma placa da Jackson Paisagismo na beira da estrada e tenho quase certeza de que um deles é Will. "Vou sentir saudades, JP!", diz a legenda.

Toco no ícone de mensagem direta no canto superior direito. Tenho uma conta no Instagram apenas para fins de observação, assim como no Facebook e no Twitter. Não acho que algum dia vá compartilhar com meus filhos o que aconteceu nos últimos tempos, mas, nesse momento, imagino que eles ficariam bastante impressionados com minha habilidade nas redes sociais.

"Oi, Mateo", escrevo. "Estou tentando encontrar meu sobrinho, Will, que trabalhou com você na Jackson Paisagismo. Ele está enfrentando alguns problemas de saúde mental e deu uma sumida.

Estou explorando todas as possibilidades no momento. Qualquer informação que você tiver vai ser muito bem-vinda. Obrigada, Caroline Strange."

É uma aposta, com certeza. Que Mateo conheça Will bem o suficiente para ter seu e-mail ou número de celular, mas não tão bem a ponto de dizer: "Ei, Will não tem nenhuma tia chamada Caroline." E também que ele não responda com: "Tinha mais de um Will trabalhando lá. Qual é o sobrenome dele?"

De volta às apostas: quanto mais você aposta, mais chances tem de ganhar. E de perder, é claro, mas prefiro não focar nisso. Volto à postagem da festa de fim de ano, toco nas marcações e envio mensagens para o máximo de pessoas que consigo encontrar. Oi, Gary, Oi, Eloisa, Oi, TequilaMan27. Mais apostas de que eles não se falam regularmente.

Enquanto estou copiando e colando uma mensagem para Tyson-Tiki, surge um "1" vermelho. Chegou uma mensagem.

Clico, e é de Mateo.

"Tenho. Você quer me ligar?"

Levanto o celular e penso: "Deus te abençoe, Mateo, paisagista de bom coração, aficionado por motos, com cabelos abundantes e namorada de seios fartos."

Toco o número na DM e o telefone chama uma vez. Então ele atende.

— Mateo — diz ele.

— Ah, oi, Mateo. Aqui é Caroline, sou tia de Will. Muito obrigada... Estou muito aliviada por ter conseguido entrar em contato com você.

— Claro, senhora. Quero ajudar.

— Agradeço de verdade, Mateo. Por acaso você teve notícias dele ultimamente? Ele não costuma ficar mais do que algumas semanas sem fazer contato, mas agora nós não conseguimos localizar Will e estamos todos muito preocupados.

— Sim, imagino... mas quem seria "nós"?

Penso rápido. Quem seria "nós"? Eu sou a tia, então minha irmã ou meu irmão seria a mãe ou o pai, então a situação se complica um pouco, e tenho que torcer para que Mateo não saiba muitos detalhes sobre a família de Will.

— Todos nós.

Mantenha as coisas vagas e cruze os dedos.

— Eu não sabia que ele ainda tinha família, mas que bom que tem.

Considero o "ainda" uma peça, como diria Makeda. Guardo-a para mais tarde. Em geral, se você diz que não tem mais família, está se referindo aos parentes mais próximos. Por enquanto, tenho que presumir que talvez os pais estejam fora de cena, então é melhor não mencioná-los.

— Bem, você tem toda a razão — digo. — Somos só eu, meu marido e meus filhos, primos de Will, e alguns outros tios e primos de segundo grau.

— Claro, entendi. Mas faz um tempo que não falo com ele. Tive que sair da Jackson durante a pandemia para cuidar da minha mãe.

— Entendo. Então você não manteve contato com ele?

— Não, na verdade não.

— Por quanto tempo vocês trabalharam juntos? Ele começou quando mesmo? Foi em 2018, 2019? — pergunto, tentando soar casual.

— Hum — diz ele, pensando a respeito. — Comecei lá no verão de 2019, e ele foi contratado uns dois meses depois, acho. É, ele estava lá durante as instalações de outono.

Penso brevemente na postagem do "jardim de outono" da Golden Brook e me lembro de que a matéria do jornal local com a foto da minha mãe na piscina foi publicada no fim de agosto. "Lillian Strange desfruta de uma rotina de exercícios matinais com amigos", dizia a legenda.

— Mateo... você chegou a trabalhar no jardim da residência para idosos Golden Brook, em Elizabeth? Will sempre dizia que gostava muito de trabalhar lá.

Mateo faz uma pausa, e um grãozinho de pânico se aloja no meu peito. De repente, fico preocupada com a possibilidade de ele perceber algo e dizer: "A senhora está sabendo de detalhes demais, não?"

Então ele diz:

— É, eu cuidava do gramado de lá. Will fazia os cortes e as podas, essa era a especialidade dele, aparar as cercas vivas e os arbustos. — Ele faz uma pausa e depois diz, com um tom nostálgico: — Sabe? — Pela maneira como diz isso, sei que está se lembrando, voltando ao gramado da Golden Brook, sentindo o sol de meados de setembro na nuca. — Ele parecia gostar daquele trabalho, e isso me deixava meio que feliz por ele, porque ele sempre pareceu um cara muito triste.

— É, às vezes ele é — digo, soando reflexiva. — Tem mais alguma coisa que se lembre dele, alguma coisa que ele disse ou fez que possa nos dar uma ideia de onde está agora?

— Acho que não, peço desculpas.

— Não tem problema, Mateo. Te agradeço por ter tirado um tempo para falar comigo.

— É, eu sempre me preocupei um pouco com ele, sabe? Depois do que aconteceu com ele quando criança, fiquei com vontade de proteger Will.

"O que aconteceu com ele quando criança" ecoa na minha cabeça. Repasso mentalmente meu primeiro encontro com Billy, não com Nelson, no Lafayette Memorial. Eu me lembro dele dizendo que Nelson apareceu para protegê-lo quando ele tinha 12 anos. E talvez tenha sido Will que trouxe Billy à tona para começo de conversa.

— Certo, quando ele tinha 12 anos — digo. — Isso faz de você um bom amigo, Mateo, essa vontade de protegê-lo.

— Não sei. Eu deveria ter mantido contato.

— Não se culpe por isso. Foi um ano difícil para todo mundo — digo, tentando encontrar um jeito de trazer o passado de Will de volta à conversa, mas ao mesmo tempo fazer Mateo achar que sei tudo sobre o assunto. — Você devia ser muito próximo dele, para Will ter compartilhado o que aconteceu. Nunca foi fácil para ele falar sobre isso.

— É, a gente se dava bem, mas, para falar a verdade, eu meio que descobri por acaso. Eu estava só, tipo, puxando papo, perguntando de onde ele era, onde ele foi criado, e ele disse que era do sul de Jersey, perto da Pensilvânia, e eu disse que, tipo, toda a minha família mora em Freehold e perguntei de que cidade ele era, e ele disse que era de Oakwood Park, e falei: "Ah, sei, onde aconteceu aquela merda, desculpa, aquela coisa, que o pai matou a família inteira, mas o filho conseguiu sobreviver."

Fica claro que preciso ligar o ar-condicionado do carro outra vez; o ar ao meu redor fica denso, como se eu estivesse em um avião que sofreu uma queda repentina de altitude.

— Ele era o filho — comento.

— É — diz Mateo com tristeza. — Ele nem precisou dizer. Só... a expressão no rosto dele, sabe?

Fecho os olhos e vejo o rosto dele. Ele é bonito, apesar de tudo, aqueles olhos, o queixo suavemente esculpido, as maçãs do rosto dignas de um modelo de passarela. Algo de fato aconteceu com ele quando tinha 12 anos que o fez querer habitar a pele de outra pessoa, talvez de duas. Como eu já disse antes, se é verdade que ele tem outras personalidades ou se está inventando, é irrelevante. A causa e o resultado são os mesmos: ele fez isso para sobreviver.

— Não me dei conta quando o conheci, porque Pearleater é um sobrenome meio estranho, incomum, tipo, eu teria reconhecido se ele tivesse se apresentado como Will Pearleater, mas ele não usava esse sobrenome... Eu o conheci como Will Wall.

— Wall — repito, tomando cuidado para não parecer uma pergunta.

— Wall — confirma Mateo, suspirando. — Mas, caralho, desculpa... Caramba, se eu tivesse uma tia com o sobrenome Strange, eu usaria esse. Tipo Dr. Strange, o Doutor Estranho, esse é forte.

Ele ri, e eu também, bem alto, para que ele escute acima de qualquer barulho de fundo.

— Eu ofereci o sobrenome, mas ele preferiu o nome que escolheu — explico.

— Faz sentido — diz Mateo. — Eu entendo.

— Mateo, mais uma vez, obrigada por falar comigo. Você tem certeza de que não tem nenhuma informação, tipo um endereço de e-mail antigo, talvez?

— Olha, tenho que verificar. Quando a senhora perguntou da primeira vez, eu estava pensando em um número de celular, e já troquei de celular umas três vezes desde aquela época, então sei que não tenho esse número, mas me deixa dar uma olhada no meu Gmail e ver o que consigo encontrar. Posso mandar uma mensagem para esse número, se encontrar alguma coisa?

— Isso seria simplesmente incrível, Mateo. Muito obrigada mais uma vez.

— De nada, se cuida, Sra. Strange — diz ele com gentileza, então desliga.

Fico encarando o celular por um tempo e, em seguida, o jogo na bolsa e volto o laptop para o meu colo. Ligo o motor e o ar-condicionado.

Então faço uma busca no Google Images por "Pearleater Assassinatos Oakwood Park" e observo o caos se espalhar pela tela. Minha mão flutua até cobrir minha boca, porque, além de ser horrível, é também familiar. E, mesmo sabendo que telepatia é uma bobagem, eu penso: *Vou te pegar, Will Pearleater, mas primeiro preciso descobrir exatamente quanto somos parecidos.*

Gordon Strong

É raro, numa noite de sexta, meus dois filhos estarem em casa, o jogo dos Brewers estar passando na TV ao fundo e estarmos jantando juntos em família, mas hoje acertamos em cheio. Já tomei algumas cervejas, mas me sinto bem, as coisas estão indo bem desde aquela noite na entrada da garagem. Quase não penso em Caroline, porque sei que ela vai superar. É o que as crianças fazem. Coisas ruins acontecem, você lida com elas e então elas passam. Crescer é assim.

Alguma coisa entre mim e Evelyn mudou para melhor, ou talvez tenha apenas voltado a ser como antes, e eu tinha esquecido como era, mas algo em nossa relação parece novo. Agora, ela me beija no topo da cabeça quando sai, e eu acerto a bunda dela com um pano de prato, e ela dá risada e me manda parar, e Brendan ou Savannah dizem: "Que nojo, vocês dois."

As coisas também estão muito boas na cama. "Temos que aproveitar toda essa sua energia antes de você começar no seu novo emprego", diz ela, desabotoando minha calça. Quando ela beija minha barriga e morde meus mamilos, tenho que me esforçar para afastar a lembrança da conversa que tive com Caroline sobre

Evelyn estar tentando me distrair. E isso é o mais curioso: eu não estou distraído, sinto que estou prestando atenção em tudo. Ouço as crianças me contarem sobre o dia delas. Reparo no que Evelyn está vestindo e digo que a cor fica bem nela.

Mantenho a ideia do novo emprego comigo o tempo todo, como uma pequena chama de isqueiro no centro do peito. Estou tentando não olhar para o relógio o tempo todo hoje, à medida que a noite avança. Dirk disse que ligaria até o fim da semana, mas ele é um sujeito importante, e problemas acontecem no trabalho, sei disso. Às vezes, temos que apagar alguns incêndios; portanto, embora esteja um pouco desapontado por provavelmente não ter notícias dele até segunda, estou determinado a não me deixar abalar por isso.

Evelyn começa a tirar os pratos da mesa, e Savannah pega tigelas e colheres na cozinha para o *frozen custard*, então Kevin Reimer, dos Brewers, faz um *home run*, lançando a bola na linha do campo direito. Brendan e eu ficamos de pé ao vermos a bola voar e, em seguida, gritamos e trocamos um *high five*.

— Eles têm que tirar Leiter agora — diz Brendan. — Cara, os Tigers são uns imbecis.

— É, não sei o que eles estão esperando — comento. — Vão continuar deixando a gente marcar ponto.

— Será que dá para abaixar o volume do jogo enquanto terminamos a sobremesa, meninos? — pede Evelyn, fingindo estar mais incomodada do que de fato está.

— A gente pode ouvir música? — pergunta Savannah, animada.

— Claro — respondo. — Mas não vamos ouvir aquela porcaria de rap que você ouve no seu quarto.

Savannah revira os olhos e diz:

— Pai, são os Beastie Boys, e eles são supermaneiros.

— Não, vamos ouvir Stone Temple Pilots — diz Brendan, dando um empurrão no ombro da irmã.

— Credo — comenta Savannah. — Isso passa na MTV a cada dois segundos.

— Vamos ouvir a música do papai — digo, me levantando.

Os dois resmungam.

— Nada de country! — grita Savannah.

Vou até o aparelho de som e coloco o CD de Billy Ray Cyrus. Antes de eu ser demitido da Kinzer, Jason costumava colocar esse CD para tocar na sala de descanso e cantar junto, e era uma daquelas músicas, "Achy Breaky", que é simplesmente viciante. Não dá para tirá-la da cabeça depois que ela toca.

Os primeiros acordes começam a tocar, e as crianças gritam como se estivessem sendo torturadas. Aumento ainda mais o volume e tento cantar junto, mas não sei a letra, só o refrão, então, quando chega nessa parte, eu canto:

— *But don't tell my heart...*

— Vou comer a sobremesa no meu quarto! — grita Savannah.

— Tá bom, tá bom — digo.

Abaixo o volume, inclino a cabeça em direção ao alto-falante e ouço mais um pouco da letra, que fala sobre as diferentes partes do corpo de um cara e como elas reagem quando a mulher o deixa. É um pouco estranho.

Então o telefone toca, e Evelyn e eu nos entreolhamos. Olho para o receptor de TV a cabo: 20h07. Um pouco tarde para Dirk estar ligando, mas é possível.

Abaixo ainda mais o volume da música e atendo.

— Alô?

— Gordon.

— Oi, Dirk! — digo, acenando com a cabeça para Evelyn.

Ela sorri e junta as mãos na frente do rosto, como se estivesse rezando.

— Oi — diz ele. — Olha, Gordon, eu almocei com Mike Lotke hoje.

Logo de cara, tenho que dizer que Dirk não parece muito animado. Ele soa como um sujeito prestes a dar uma má notícia, mas tento me manter otimista. Não faz sentido me preocupar antes da hora.

— Ah, é? E como Mike está?

— Ele está bem — responde ele rapidamente, como se isso definitivamente não fosse o ponto principal da conversa. — A gente começou a conversar sobre os velhos tempos, e mencionei que consegui a aprovação para te contratar para o cargo global...

Olho para Evelyn e faço um sinal de positivo com o polegar, e ela coloca as mãos sobre a boca, depois sussurra para as crianças e aponta para mim. As crianças começam a bater palmas, e Evelyn pede que façam silêncio.

— Que ótima notícia, Dirk — digo, antes que ele termine.

Em geral, tento não interromper as pessoas, mas é difícil me conter nesse momento.

— Espera, Gordon.

Reparo em algumas coisas: ele não parece feliz e não me chamou de Strong-man.

Ele continua:

— Eu disse a Mike que sempre confiei em você desde o início, quando você me mostrou como decifrar os números dos painéis, e Mike disse que foi *ele* quem fez isso. Foi ele quem me mostrou, porque ele trabalhou na distribuição primeiro. Você não começou nesse departamento, não é?

— Não — respondo. — Eu trabalhava na fábrica.

— É — diz ele, parecendo irritado. — Você trabalhou na fábrica por alguns anos, não foi? Então, quando eu cheguei, você ainda não estava na distribuição. Por isso, não poderia ter me mostrado como decifrar os números dos painéis. Foi Mike Lotke quem fez isso. Não você.

— Dirk, devo ter me esquecido — digo, sentindo a boca ficar seca. — Desculpa, mas é que já faz muito tempo.

— Bem, para mim, parece que foi ontem — retruca ele. — E a pessoa que assumir esse cargo global vai ser alguém com que vou trabalhar bem de perto, então tem que ser uma pessoa em quem eu possa confiar.

Sinto todo o sangue se esvair do meu rosto. Parece que está deixando meu corpo para sempre, escorrendo pelos meus dedos dos pés.

— Dirk.

— Me deixe terminar, por favor — pede ele. — Tenho a sensação de que você tentou me enganar, e não gosto dessa sensação, nem no meu trabalho nem na minha vida pessoal. Então, sinto muito, Gordon, mas não posso te oferecer esse cargo.

Meus dedos ao redor do telefone ficam dormentes e uma dor dispara pelo meu antebraço, mas é estranho: consigo sentir a pressão, mas não exatamente a dor, como quando se extrai um dente.

— Dirk — repito. — Foi um mal-entendido, juro. Eu não me lembrava se tinha sido eu que tinha te mostrado como decifrar os números do painel, mas me pareceu uma situação familiar, e eu não estava tentando te enganar, juro. Eu só não me lembrava.

— Então era isso que você tinha que me dizer, Gordon — responde ele com frieza. — Você tinha que me dizer: "Puxa, Dirk, eu não me lembro muito bem." E não levar o crédito por uma coisa que não fez.

— Por favor, Dirk — imploro. — Me dá uma chance nesse emprego. Vou arrebentar logo no primeiro dia.

— Desculpa, Gordon, mas não tenho nenhum interesse em trabalhar com pessoas desonestas.

— Desonestas? — repito. — Você sabe que eu sou um cara íntegro, Dirk. Você *sabe* que eu dou o meu máximo.

— Não sei de nada, Gordon — responde ele com desprezo. — E, para o seu governo, Mike tinha outras coisas a dizer sobre trabalhar com você na Kinzer. Sobre como você costumava beber escondido e falar sozinho na sala de descanso.

De repente, a voz de Dirk soa muito distante. Afasto o telefone do ouvido e fico olhando para ele; vejo que o estou segurando, mas não consigo sentir o aparelho na minha pele, não consigo saber se estou segurando com força ou com a mão frouxa.

— Boa sorte na busca por emprego — deseja ele com desdém. Em seguida, desliga.

— Gordon? — diz Evelyn. — O que aconteceu? O que ele disse?

— Não tem emprego nenhum — respondo, atordoado.

— Como assim? — pergunta ela, sem fôlego. — Mas tinha um emprego... Ele disse na quarta que tinha uma vaga.

— Não — digo, fechando os olhos, percebendo que, além de ter vivenciado a conversa, agora preciso contar o que aconteceu. — A vaga existe. Ela só não vai ser minha.

— O emprego na Miller? — pergunta Savannah. — Achei que estava tudo certo. Você foi demitido de novo?!

— Não, sua burra — diz Brendan. — Na verdade o emprego nunca foi dele.

— Crianças — diz Evelyn. — Vão terminar a sobremesa lá em cima.

— Não estou entendendo — continua Savannah, e Brendan lhe dá um soco no ombro.

— Ai!

— Cala a boca — diz Brendan.

— Chega — ordena Evelyn, aflita. — Por favor, vão lá para cima.

Os dois sobem a escada correndo, brigando e empurrando um ao outro.

— Gordon — diz Evelyn, aproximando-se de mim. — Larga o telefone.

Ela coloca a mão sobre a minha e, juntos, recolocamos o fone no gancho.

— O que ele disse?

Sei que é minha vez de falar, mas não tenho certeza se minha voz vai sair, então tusso antes de contar tudo. Exceto a parte sobre mim na sala de descanso.

Evelyn ouve, ainda com a mão sobre a minha. Ela parece confusa e diz:

— Mas você não mentiu, só não se lembrava.

— É isso. Quer dizer, quando ele mencionou aquilo pela primeira vez, eu não sabia do que raios ele estava falando, mas ele estava tão entusiasmado que pensei: "Ok, poderia ter acontecido, apenas concorde com ele."

— Gordon — diz ela baixinho, afastando a mão e tocando o cabelo na nuca. — Então você mentiu. Você acabou de dizer. Você não sabia do que raios ele estava falando.

— Não, isso não é... — começo a dizer. — Quer dizer, pode ter acontecido, Ev.

— Mas você não se lembra — rebate ela. — Então, do ponto de vista de Dirk, você mentiu.

Mexo os dedos, tentando recuperar a sensibilidade nas pontas.

— Você está concordando com ele? — pergunto. — Ev?

Ela olha para baixo, ficando tímida de repente.

— Eu entendo o lado dele, é só isso que estou dizendo.

— Você entende o lado dele? — questiono. — Você está do lado dele? Acha que eu não merecia esse emprego?

— Eu não disse isso — responde ela, dando um passo para trás.

— Por que você está se afastando de mim? — pergunto, dando um passo na direção dela.

— Eu só estou... Ainda tenho que terminar de tirar a mesa — gagueja ela.

— Sim, mas estamos tendo uma discussão aqui. Você estava me dizendo que concorda com Dirk, que sou um mentiroso.

— Eu não disse nada disso — protesta ela. Em seguida, faz uma expressão que costumava fazer com as crianças quando caíam da bicicleta. — Olha, isso foi só um pequeno contratempo. Tem muitos outros empregos por aí.

Ela está sorrindo agora, mas ainda parece nervosa, e eu gostaria que isso não me irritasse, mas me irrita. É como se eu pudesse me ver no futuro pedindo desculpas, mas não conseguisse me conter.

— Você não precisa me dizer isso. Eu *sei* disso.

— Eu sei que você sabe — diz ela, depois ri. Parece uma daquelas risadas de fundo de programas de TV antigos. *A Família Sol-Lá-Si--Dó* e *Ozzie and Harriet*. Aquela baboseira de família feliz.

— Não sei por que você está rindo. Eu não disse nada engraçado.

Ela acena com a cabeça e dá mais um passo para trás, levantando as mãos, como se estivesse tentando me bloquear.

— Para de se afastar de mim, Evelyn! — grito. — Você está fazendo com que eu me sinta um monstro!

— Gordon — diz ela em voz baixa.

— O que está acontecendo? — grita Savannah do alto da escada, com Brendan logo atrás.

— Vão para o quarto! — grito, mais alto do que planejava, mas algo está acontecendo comigo. Minha voz soa distante, abafada, como se estivesse vindo do outro lado da casa.

A boca de Savannah se abre, e Brendan parece chocado e irritado, e a visão deles deveria bastar, deveria ser o suficiente para eu parar, respirar fundo e me acalmar.

Mas não é.

Olho para Evelyn, que está com as mãos sobre os ouvidos, e sei que não gritei tão alto assim. Acho que ela está fazendo um teatrinho para as crianças.

— Para com isso — digo, impaciente, e agarro seus pulsos, afastando-os do rosto dela.

— Pai!

É Brendan. Ele está no pé da escada agora. Olho para Evelyn, lágrimas escorrendo pelo rosto, parecendo um ratinho preso em uma armadilha.

— Solta ela — diz meu filho, firme e corajoso, e sinto orgulho dele, e é isso... é isso que me faz acordar.

Começo a soltar os pulsos de Evelyn, e ela se desvencilha de mim, traição e incredulidade estampadas no rosto. Ela corre para o lado de Brendan. Olho para Savannah, sentada no alto da escada, abraçando os joelhos, chorando.

Por que eles precisam fazer com que eu me sinta tão mal comigo mesmo?

Dra. Caroline

É um alívio descobrir que outra pessoa sabe como é ser você. Bem, nunca é tão simples assim, não é? Mas, apesar disso, é um alívio saber que outro ser humano talvez tenha tido uma experiência parecida com a sua, talvez tenha estado perto de algo terrível da mesma forma que você, talvez seja assombrado por isso às 3h33 da manhã como você, talvez seja surpreendido por isso na fila do drive-thru ou assistindo a uma explosão em uma tela de cinema.

Não posso dizer que me lembre de ter ouvido falar sobre o assassinato da família Pearleater. Há algumas razões para isso: uma delas é que, quando aconteceu, em 2010, Theo era recém-nascido e Elias tinha 2 anos. Tínhamos acabado de comprar nossa casa e estávamos atolados em reformas e, além disso, eu estava trabalhando, atendendo pacientes no porão inacabado, com o barulho da obra acima de nós, e depois subindo entre as sessões para ordenhar leite ou pegar Theo com a babá para amamentá-lo por alguns minutos. Essa loucura durou apenas alguns meses. Para mim, a amamentação nunca foi um momento bonito de conexão entre mãe e filho; como tudo com meus filhos naquela idade, era algo que eu tinha que fazer para poder voltar ao trabalho. Como podem ver, mulheres, vocês podem ter tudo, só não vão *gostar* de tudo.

Eu estava distraída demais em 2010 para prestar atenção em qualquer notícia que não envolvesse diretamente a mim ou, digamos, o fim do mundo, como, por exemplo, alienígenas invadiram a Terra e estão bastante irritados e matando todo mundo para devorar as vísceras; portanto, certifique-se de que seu sistema de alarme esteja ligado.

Mas também admito que estava me protegendo de traumas antigos. De vez em quando, aparece uma dessas notícias, geralmente na CNN, na qual o pai, ou às vezes a mãe, o tio ou o cuidador, pira e mata toda a família, incluindo as crianças. E, se por acaso vejo a manchete em uma legenda na parte inferior da tela ou como um cabeçalho em letras garrafais no site, não clico; não fico até o fim do noticiário para saber mais. Não tenho fome de tragédias alheias. Quer dizer, outros *tipos* de tragédia, com certeza — marido rico mata mulher rica, golpistas do Tinder, cultos sexuais —, assisto a quantos documentários a Netflix produzir sobre esses temas. Só prefiro não ouvir sobre o que conheço em primeira mão.

Então tudo isso explica por que não me lembro do nome Pearleater ou dos assassinatos que aconteceram bem perto daqui, em Nova Jersey. Jim Pearleater descobriu que a mulher, Beth, o estava traindo e atirou no rosto dela, depois atirou nos dois filhos, de 12 e 8 anos. Em seguida, atirou em si mesmo, também no rosto, não exatamente entre os olhos, como dizem, mas no meio da testa. Ao que parece, a bala ficou alojada no corpo caloso, o feixe de fibras nervosas que conecta os lados direito e esquerdo do cérebro e, surpreendentemente, permaneceu vivo por algumas horas antes de morrer em decorrência de uma hemorragia, e imagino que tenha usado esse tempo para refletir sobre o fracassado que era, sobre como não conseguiu nem mesmo se matar de forma eficiente.

Uma mensagem de texto de Jonas aparece e eu a deslizo para fora da tela. Não posso lidar com o pânico prematuro dele neste momento. Continuo lendo.

Aparentemente, o filho mais velho conseguiu sobreviver ao único ferimento à bala. Não há outras informações sobre onde ele foi baleado ou como sobreviveu, apenas que passou a morar com primos próximos depois da tragédia. E não mencionam o nome dele nem o do pobre do irmão mais novo. Parece que a imprensa não teve muito acesso ao menino, já que era menor de idade e tinha a sorte de não ter um responsável como minha mãe, pronto para vendê-lo para os tabloides.

As reportagens são publicadas talvez durante um mês ou mais no *Star-Ledger* e depois param. Nada mais substancial sobre os Pearleater.

Clico no link do jornalista responsável pela maior parte das reportagens: Kaz Kalaam; e um e-mail se abre com o endereço dele no campo "Para".

"Olá, Sr. Kalaam, estou tratando de Will Pearleater e gostaria de conversar com o senhor sobre ele. Will me deu permissão para que entrasse em contato, mas o encorajo a verificar com ele se achar necessário."

Às vezes, quando se está mentindo descaradamente, é melhor pisar fundo no acelerador em vez de se preocupar em ir devagar, verificando o retrovisor a cada segundo. Se for para ser pego, você vai ser pego. E estou muito confiante, porque algo me diz que Kaz Kalaam nunca teve contato direto com o jovem Will, muito menos se tornou seu amigo por correspondência.

Além disso, não é à toa que sempre fui boa em blefar, desde pequena. Hoje as crianças já aprendem a fazer isso em brincadeiras como Duas Verdades e Uma Mentira, sem falar no jogo anárquico Apples to Apples. Acho que o objetivo é preparar as crianças para uma vida de hábitos saudáveis de jogo.

"Muito obrigada pela atenção."

Acrescento minha assinatura, com as qualificações em negrito para intimidar ainda mais. Clico em enviar.

Abro as mensagens de texto e leio a que Jonas enviou:

"Det. Marks foi embora. Det. Jimenez ainda aqui. Esperando você. Eu disse que não sabia onde você estava. A verdade."

Não respondo, nem mesmo com um joinha. Também fico secretamente grata por nunca termos sido um casal do tipo que usa confirmação de leitura. Acho difícil pensar em um método de comunicação mais passivo-agressivo do que a confirmação de leitura.

Dou mais uma olhada no Instagram e vejo que tenho outra mensagem privada de Mateo, incluindo um endereço de e-mail de Will: "Talvez seja antigo, mas tenta. Espero que esteja tudo bem."

Por um breve instante, penso em usar letras maiúsculas para escrever meus agradecimentos, mas nunca uso maiúsculas, então só começo a digitar: "Muito obrigada, Mateo"; mas, antes de terminar, meu celular vibra com uma ligação: código de área 732. Jersey.

— Alô, é a Dra. Caroline Strange?

— Sim, alô. Sr. Kalaam?

— Isso, sou eu — diz ele, soando aliviado. — A senhora acabou de me enviar um e-mail.

— Isso, enviei. Obrigada por retornar. Eu não esperava ter notícias suas tão rápido.

— Bem, devo dizer que não ouço falar de Will Pearleater há onze anos... A família com a qual ele passou a viver se mudou e trocou de sobrenome, então trocaram o sobrenome dele também. Quer dizer, eu entendo, ele não queria mais aquele sobrenome... Eu também não ia querer, mas sempre me perguntei o que teria acontecido com ele, e sei que a senhora não pode me contar nada, por causa do sigilo médico-paciente, mas ele está... bem?

Vejo meus olhos no retrovisor e penso em como as pessoas podem ser prestativas, como podem ser boas e genuínas. Nem todo mundo, é claro; algumas pessoas não lhe dariam um tiro de misericórdia para acabar com seu sofrimento, mas só hoje: Mateo e agora o repórter Kaz Kalaam. Ele só quer ajudar, o que vai tornar ainda mais fácil tirar informações dele.

— O senhor está certo, não posso dizer nada específico, só que o estou atendendo.

— O que significa que ele está vivo — diz Kaz. — O que significa que, de alguma forma, ele deve estar bem.

Dou uma risada amigável.

— Pode tirar as conclusões que considerar adequadas — comento, no tom mais sugestivo que consigo. — Mas eu esperava poder te fazer algumas perguntas. A única razão para eu ter entrado em contato foi porque achei que não ia haver conflito de interesses para o senhor, já que Will nunca foi uma fonte protegida.

— Isso. A gente nunca teve permissão para publicar o nome dele, o que nunca foi um problema para mim, mas, quando vi o seu e-mail, ficou claro que a senhora o conhece, e é por isso que acho que não tem problema eu falar com a senhora. — Ele faz uma pausa e suspira. — E quero ser útil. Para ser bem sincero, penso naquela casa, naquelas crianças e, principalmente, em Will, quase todo dia. Nunca cobri nada como aquilo. E nunca mais vou cobrir.

— É claro. Esse tipo de coisa só acontece uma vez na vida — declaro.

— É verdade. E fico aliviado em saber que ele está vivo e que deve estar bem, se está fazendo terapia.

— Mais uma vez, não posso ser mais específica, mas, objetivamente falando, concordo com o senhor. Eu só queria perguntar: o senhor chegou a entrevistá-lo pessoalmente?

— Ah, não. A polícia não me deixou chegar perto dele, e a família o protegeu do público, o que, no fim das contas, foi bom. Quer dizer, eu tive que tentar me aproximar dele para a matéria, mas não insisti muito. Não queria forçá-lo a recontar e reviver a história centenas de vezes.

— Provavelmente até mais do que isso — acrescento, me lembrando da entrevista com Helene Garelick. As luzes do estúdio eram tão intensas nos meus olhos que eu não conseguia enxergar nada, apenas a lente da câmera aberta com um pequeno reflexo distorcido de mim dentro.

— Tenho certeza de que a senhora tem razão. Amo o que faço. Acho que é importante, mas seria ingênuo se dissesse que não tem um lado extremamente manipulador.

— Todo mundo precisa pagar as contas — digo, colocando o fone de ouvido Bluetooth para deixar as mãos livres. — Eu li todas as matérias e tenho certeza de que vou ouvir a versão de Will, mas o pai, Jim, teve um surto psicótico porque descobriu que a esposa era infiel?

— Isso, o outro homem se apresentou depois do ocorrido, disse que tinha mais ou menos um ano que ele e Beth Pearleater estavam tendo um caso. Ele disse que ela contou que Jim era abusivo com ela, costumava bater nela.

— E os meninos? Ele era abusivo com os meninos?

Kaz faz uma pausa e deixa escapar um leve suspiro.

— Essa é uma situação em que não tenho certeza se devo contar o que sei. Quer dizer, a senhora vai descobrir, sei disso, mas tem muita coisa que não escrevi porque não achei justo divulgar.

— Admiro muito sua atitude, Kaz — digo, colocando o celular no banco do carona. — E não quero que você faça nada que te deixe desconfortável. Se preferir, podemos desligar, você pode fazer uma pesquisa sobre mim, ver minhas credenciais e minha experiência, e depois retornar a ligação. Por favor, entenda que o que você me disser não vai afetar o tratamento de Will. Já atendi algumas crianças e adolescentes — aqui estou mentindo, pois nunca atendi crianças nem adolescentes. Talvez alguns jovens de 16 ou 17 anos durante a residência, mas, na verdade, terapia infantil é para professores de educação infantil sob efeito de esteroides, pessoas dispostas a brincar de vestir bonecas e se embrenhar no que talvez seja o círculo mais fresco do inferno: terapia de improvisação. Mas Kaz não precisa saber desses detalhes, então continuo: — Nessas situações, eu converso com os pais primeiro, para ter uma base antes de começar com as crianças. Não tomo a palavra delas como verdade, é uma narrativa como a de qualquer outra pessoa, mas é bom para mim explorar mais de um ângulo, como você faz nas suas matérias. Por favor, saiba que, acima de tudo, quero ajudar esse jovem e, considerando tudo o que já sei sobre ele, acredito que ele esteja preso nos 12 anos, então, qualquer informação, mesmo que apenas como base, é útil.

— É, tudo isso faz muito sentido — comenta Kaz. Em seguida, respira fundo. — Tudo bem, vou te contar o que sei. O serviço de proteção à criança foi chamado, tem que ser chamado, obviamente. Fizeram uma avaliação e, como eu disse, os policiais e a família não me deixaram chegar perto de Will, mas eu tinha uma amiga no serviço de proteção à criança com quem conversei depois, e ela disse que havia evidências de abuso sexual contínuo. Sodomia e infecção na garganta e na boca relacionada a ISTs.

— Pobre menino — digo, abrindo um novo e-mail no meu laptop.

— É, e não tinha como eu incluir isso na matéria. Não tinha justificativa. Quer dizer, eu poderia ter me convencido com algo do tipo "Ah, isso vai ajudar outras vítimas", mas não era verdade. Teria sido só uma forma de conseguir mais cliques.

— Bem, você tem integridade. Parece algo raro em qualquer profissão, mas especialmente na sua.

Ele ri, uma risada triste, e diz:

— Não sei, minha mulher achou que fui louco por deixar isso de fora... Ela também é repórter, do tipo Woodward-Bernstein, que revela tudo. Mas eu vi aquele garoto, Will, e simplesmente não consegui fazer isso.

Mantenho os dedos sobre as teclas do laptop e pergunto:

— O que você viu, Kaz?

— Um garoto traumatizado, com os olhos vidrados, em choque. Teve uma hora em que ele também estava... que estranho, acabei de me lembrar... em que ele estava sentado na parte de trás da ambulância, e eu não conseguia chegar muito perto, mas ele estava meio que sorrindo. Quer dizer, ele estava todo enfaixado e provavelmente em estado de choque.

— Ele estava muito machucado? Nas suas matérias você diz que ele sobreviveu a um ferimento de bala, mas, se ele estava sorrindo, não deve ter sido muito grave.

— Foi logo abaixo da clavícula, a menos de um centímetro das principais artérias. Minha amiga do serviço de proteção à criança disse que ele basicamente levou o tiro e se fingiu de morto enquanto o pai tirava a própria vida.

— Inteligente — comento.

— Muito — concorda Kaz. — Modo de sobrevivência, sabe? Mas ainda uma criança, ainda querendo desesperadamente voltar a ser uma criança.

— Por que você acha isso? — pergunto, copiando e colando o endereço do Gmail de Will da minha DM no Instagram para a linha "Para".

— O sorriso, por exemplo. Vai saber o que estava se passando na cabeça dele... E ele estava cantando.

— Cantando? — repito, as mãos pairando sobre as teclas.

— Na verdade, era uma espécie de cantiga. Ele gritou uma vez, então os policiais meio que o acalmaram, merda, não era Ring-Around-the-Rosie, mas alguma coisa assim. De uma brincadeira infantil.

— Red Rover? — sugiro.

— Isso — confirma ele. — Como a senhora adivinhou?

— Sempre foi uma das minhas preferidas. Mas é um pouco violenta... Não deixam mais as crianças fazerem essa brincadeira.

— Né? É uma daquelas coisas que a gente fazia, como andar de bicicleta sem capacete e não usar cinto de segurança. Como é que nós sobrevivemos?

— Por um triz.

Agradeço, digo que ele foi realmente generoso e altruísta ao falar comigo e desejo que continue com o bom trabalho. Ouço-o sorrir enquanto diz que foi um prazer e que espera que Will continue bem, então desligamos.

Depois disso, fico sozinha no meu carro, diante de uma mensagem em branco para o que pode ser o endereço de e-mail dele, de Will Wall. Será que sequestradores psicopatas verificam o e-mail? Não ficam terrivelmente ocupados torturando pessoas e cometendo atos de maldade de modo geral? Mesmo que Will Wall verifique, imagino que não tenha muito tempo. Talvez nem leia o nome do remetente, então sinto que tenho que escrever algo no campo de assunto para chamar a atenção dele. Nem preciso pensar muito; as palavras se escrevem sozinhas: "EU SEI QUEM VOCÊ É."

Gordon Strong

Depois de tudo o que aconteceu ontem à noite, acabei caindo de sono na poltrona depois de terminar de beber o uísque que comprei semana passada e uma garrafa antiga de Slivovitz que estava de lado no fundo do armário. Acordei com a casa vazia, por volta das onze da manhã, a cabeça latejando.

É sábado, então sei que Evelyn não está no trabalho, deve ter saído para resolver alguma coisa na rua. Brendan está trabalhando na Cousins, Savannah provavelmente está na piscina do clube.

Aos poucos, a noite me volta à memória: a ligação de Dirk, eu agarrando os pulsos de Evelyn, o rosto dos meus filhos. Por um minuto, me sinto péssimo. Mas o problema de se sentir péssimo é que é cansativo. Estou cansado de me sentir assim todo dia por tomar as decisões erradas, dizer as coisas erradas, não conseguir um emprego e não conseguir deixar aquela porcaria de cerca viva reta. Talvez eu simplesmente seja assim, e as outras pessoas precisem lidar com isso, ou pelo menos me dar um desconto.

Fico olhando para a cerca viva pela janela. Acho que tem uma maneira de deixá-la reta.

Vou até a cozinha e pego um fardo de cerveja e um dos sanduíches embrulhados em guardanapo de papel que Brendan trouxe para casa ontem. Em seguida, vou até a garagem, pego a tesoura, a nova, e vou para a cerca viva.

Abro uma cerveja e bebo quase metade. Desembrulho o sanduíche e dou uma mordida, azeite, vinagre e maionese escorrendo do pão para o meu queixo. Limpo o rosto com a barra da camiseta, a mesma que estava usando ontem, coloco o sanduíche e a cerveja no chão e começo a cortar a parte de cima, para a frente e para trás.

É satisfatório ouvir as lâminas se fechando nos galhos. A nova tesoura é incrivelmente afiada e forte, nem preciso fazer muito esforço, basta fechá-la como se estivesse cortando papel e ver as folhas e os galhos caírem.

Acho que ninguém vai sentir falta disso, de qualquer forma.

Termino uma cerveja, abro outra e continuo cortando. Estou suando bastante agora e percebo que esqueci o desodorante, ou talvez seja a cebola do sanduíche. O ar ao meu redor está fedendo, mas quem se importa? Quando tiver um emprego, eu me limpo e me visto de maneira adequada. É sábado, pelo amor de Deus, e estou sozinho. Mas um pouco de música não seria má ideia.

Coloco a tesoura no ombro e entro em casa, subo até o quarto de Savannah. Pego o aparelho de som portátil, abro e tiro o CD que está dentro. É vermelho e o título é *Gold Diggin' Girls*: garotas oportunistas.

— Acertou em cheio, parceiro — digo em voz alta e, em seguida, largo o CD e cubro a boca com a mão porque é exatamente o que o meu velho diria.

Dou uma olhada em mim mesmo no espelho de corpo inteiro de Savannah. Toco minhas bochechas, coço o queixo. É você, penso, ou talvez tenha dito em voz alta. Não o velho. Você, Gordon. Isso, agora mesmo, o que você está fazendo é o que você faria, não o que ele faria.

Pego o CD vermelho e o seguro na minha frente, depois tiro a tesoura do ombro e coloco o disco entre as lâminas. Então o corto. As duas metades caem e aterrissam sem fazer barulho no carpete.

Olho ao redor e pego outro CD da caixa transparente ao lado da cama dela: *The Crying Game*. Faço a mesma coisa. Corto. Ugly Kid Joe, *Everything About You*. Shanice, *I Love Your Smile, Informer, My Lovin', Check Yo Self. Connected*. Corto, corto, corto.

Logo estou cercado por todas as metades, como um monte de minipizzas. Também me sinto muito calmo. Por um segundo, penso em como vou explicar isso a Savannah, mas logo deixo esse pensamento de lado.

Eu me levanto, pego o aparelho de som, desço correndo a escada e busco o CD de Billy Ray Cyrus. Então volto para a cerca viva. Abro o compartimento e coloco o CD de Billy Ray no lugar. Aumento o volume até o máximo possível, o que, na verdade, não é tão alto assim. O ar absorve tudo.

Continuo trabalhando na cerca, para um lado e para o outro, cantando, suando, fazendo pausas para comer e beber. Ouço o CD até o fim algumas vezes. Está esquentando, o sol está alto no céu e há apenas algumas nuvens de algodão imóveis. Paro um minuto para ficar de pé e me alongar — tudo em mim está bem dolorido, parece que há um elástico puxando minha lombar, mas eu ignoro.

Então vejo Caroline vindo na minha direção, acenando com os braços e falando, mas não consigo ouvi-la por causa da música. Eu me abaixo e pressiono o botão Stop.

— Estou te chamando tem uns cinco minutos — diz ela. — Para te pedir para abaixar o volume.

— Ah, é? — digo, secando o suor dos olhos com as costas da mão. — Não te ouvi.

Ela examina a cerca viva, que agora tem apenas trinta centímetros de altura, com galhos apontando para todos os lados e folhas espalhadas pelo chão formando um halo.

— O que você está fazendo? — pergunta ela, não de forma crítica, apenas curiosa.

— Não sei — respondo. — Estou cansado de olhar para ela. Você já ficou tão cansado de olhar para uma mesma coisa todo dia a ponto de só querer que ela desapareça?

Ela olha para a cerca viva, depois para mim, então dá de ombros.

— Talvez.

— Bem, eu já — digo, em seguida pego a tesoura de novo.

Continuo cortando, e Caroline continua parada como se tivesse algo mais a dizer, mas não diz. Ela se limita a me observar, e isso me faz ter a sensação de que eu deveria dizer alguma coisa mas também me irrita um pouco, o jeito como ela está sempre rondando.

— Você não estava de castigo? — pergunto.

— Mais ou menos.

— Mais ou menos? Como assim?

— Ainda tenho que perguntar para o meu pai caso a caso, mas acho que ele já superou o que aconteceu. Ele até me deixou dormir na sua casa hoje.

Paro de trabalhar com a tesoura por um segundo e olho para ela.

— Dormir onde? Na nossa casa?

— É, tem problema? — pergunta ela, um pouco nervosa. — Achei que você soubesse.

Eu me endireito de novo, seguro a tesoura ao meu lado, as pontas para baixo.

— Por que eu saberia?

Ela balança a cabeça. Tem alguma coisa que ela não quer me contar.

— Caroline — digo, tentando não parecer irritado. — O que você quis dizer com "achei que você soubesse"?

Ela começa a recuar para casa e gagueja:

— Eu tenho que ir... Tenho que limpar o triturador de lixo.

Vou na direção dela e vejo seus olhos se arregalarem.

— Caroline, o que é? O que você não está querendo me contar?

— Evelyn perguntou para o meu pai — explica ela baixinho, olhando para o chão.

— Ela o quê?

— Ela tocou nossa campainha hoje de manhã e ouvi quando ela perguntou para o meu pai se eu podia dormir na sua casa. Disse alguma coisa sobre como isso seria um favor para ela.

— Um favor? Para Evelyn, você dormir na minha casa? Não um favor para Savannah?

— Não, ela disse que ficaria devendo uma para ele, inclusive. Disse: eu sei que Caroline está de castigo, mas seria ótimo se ela pudesse dormir lá em casa.

Agora, o elástico que estava puxando a base da minha coluna parece ter se expandido e, de alguma forma, se enrolado em todo o meu corpo, pressionando minhas vísceras. Começo a respirar em intervalos curtos e rápidos.

— Devendo uma para ele — repito. — Tem certeza de que ela disse isso? Talvez você tenha ouvido errado.

— Ah, não, eu tenho uma audição excelente — retruca ela, como se isso fosse um fato conhecido por todos.

— Foi só isso? — pergunto. — Ela disse mais alguma coisa?

Caroline acena com a cabeça e sua boca fica torta como um raio. Uma lágrima escorre pelo rosto.

— Não posso me meter em mais nenhuma confusão — diz ela, me olhando nos olhos por um segundo. — Não quero deixar o meu pai ainda mais chateado.

— Ei — digo, tentando soar calmo. — Está tudo bem. Prometo que não vou dizer nada para o seu pai nem para Evelyn. Sei que deu tudo errado antes, mas agora é diferente, está bem? Prometo.

Ela pensa por um segundo, acena com a cabeça e diz:

— Ele entregou um bilhete para ela e disse que tudo bem, e ela agradeceu e fez isso no braço dele.

Caroline estende a mão e aperta meu braço logo acima do cotovelo. Sei que estou suando e bebendo no sol há duas horas, mas de alguma forma seus dedos úmidos me provocam um calafrio.

— Ele entregou um bilhete para ela? Que tipo de bilhete?

— Não sei — responde ela, balançando a cabeça. — Era pequeno. Evelyn não leu. Só enfiou no bolso.

Fico olhando para a cerca viva e digo:

— Ela tem medo de mim.

— Eu não a ouvi dizer isso — responde Caroline, mas tenho quase certeza de que ela não está falando isso para me confortar.

— É, ela não precisava dizer.

Eu me agacho quase até o chão, posiciono as lâminas em torno de um dos galhos mais grossos na parte inferior da cerca viva e faço um pouco de pressão; o galho se parte e um pedaço inteiro da cerca viva se solta, basicamente apenas alguns emaranhados ainda a mantêm presa, então continuo cortando os galhos menores no centro até que mais ou menos um terço da coisa toda simplesmente tomba de lado aos pés de Caroline.

Ela dá um passo para trás.

— Não sei mesmo — diz ela.

— Não sabe o quê?

Ela pisca para mim, com a boca aberta uns dois centímetros, como um palhaço carrancudo de um jogo de parque de diversões.

— Tudo isso que você acabou de dizer. Sobre segredos que precisam ser eliminados ou então uma coisa morre. Você acabou de dizer.

— Eu não disse nada — rebato, olhando para a cerca viva, mas não pareço convencido ou convincente, nem para mim mesmo.

— Disse sim. Você acabou de dizer.

Sinto que preciso beber um pouco de água, minha cabeça está rodando.

— Eu... eu disse.

— Disse — insiste Caroline. Então ela pousa a mão no meu ombro e diz: — Você realmente deveria falar sobre essas coisas com outro adulto.

— Como meu pai.

— É. Ele ainda mora perto de Eau Claire?

— Mora. Falei com ele na semana passada.

Ela pensa sobre isso e diz:

— Você deveria ligar para ele. Ele vai ter conselhos melhores do que os meus, sabe? Eu sou só uma criança.

Dra. Caroline

Passo algumas longas horas no carro, pesquisando página após página do Google em busca de variações de "Will Wall", "Brooklyn", "jardineiro", "experiência com paisagismo". Também percorro dezenas de perfis de Will Wall ou Bill Wall nas redes sociais, sem sorte. Minhas buscas são atrapalhadas pela quantidade de resultados e pelo fato de que o novo sobrenome de Will também significa "parede" (um problema que também enfrento ao procurar sobre mim mesma on-line), então há uma enxurrada de postagens e anúncios de especialistas em *drywall* e oficinas de grafite no Brooklyn, porque é claro que isso ainda é moda nesta cidade, e, aparentemente, também há um iate de festa chamado *Honorable William Wall*, em homenagem ao famoso empresário e congressista do século XIX, embora, pelas postagens no Instagram, não pareça haver muita discussão sobre negócios ou política, apenas jovens festeiras exibindo os peitos em vestidos decotados.

Mas nada do meu Will Wall.

Recebo uma ligação de Jonas, mas não atendo. Talvez Makeda e Miguel tenham desistido de mim por enquanto, e ele queira me dizer que posso voltar para casa, mas duvido. É mais provável que ele esteja subindo os degraus da escada do pânico; provavelmente está agachado dentro da banheira com a porta trancada, sussurrando. Não preciso dessa distração agora.

Verifico meu e-mail e atualizo a página várias vezes, esperando por uma resposta de Will, mas nada. Volto ao Instagram para ver se há mensagens privadas, depois vasculho mais lixo no Google e atualizo meu e-mail de novo, várias vezes.

Então meu celular vibra com uma ligação e começo a xingar Jonas, mas vejo que não é ele, é Mateo outra vez.

— Mateo — digo.

— Sim, oi, senhora, sou eu. Olha, conversei com outro cara que trabalhava com a gente na Jackson, Gerard. Nós todos nos dávamos bem, mas eu não falava com ele desde antes da pandemia, e ele, Gerard, deu uma dica de emprego para Will há alguns meses.

— Emprego? Você sabe onde? Gerard te disse?

— Espera aí, eu anotei. Isso, como segurança para, tipo, uma dessas empresas de aluguel de espaços de trabalho, sabe, onde as pessoas alugam o próprio estúdio por mês?

— Certo, claro, tipo artistas e músicos?

— Isso... Então, Gerard trabalha para a mesma empresa, e eles estavam abrindo outro prédio, ainda no processo de obter as licenças, por isso precisavam de alguém para ficar de vigia à noite, basicamente, e Will está lá.

Sinto todo o ar sair do meu peito e outra coisa toma seu lugar: um misto de alívio e náusea.

— Ótimo — consigo dizer. — Você tem o nome? Da empresa, dos espaços de trabalho?

— Tenho, desculpa, é que tenho uns dez Post-its aqui. Pronto. Você tem caneta?

Eu não tenho caneta. Não preciso de caneta. Nunca precisei de caneta.

— Tenho.

— O nome é Your-Space-718. Gerard disse que Will está trabalhando em uma unidade que fica em Sunset Park, perto do Brooklyn Army Terminal.

— Vou encontrar o lugar — digo. — Mateo, não sei como te agradecer. — Faço uma pausa e depois digo apenas: — Obrigada.

— Ah, não foi nada, senhora. Só quero ajudar, sabe?

— Eu sei. E agradeço de verdade.

— De nada — diz ele, então acrescenta: — Mas, se ele ainda estiver trabalhando no turno da noite, não vai estar lá agora.

— Tudo bem. Vou estar esperando por ele.

Ellen Garcia

A primeira coisa que faço é pedir desculpas.
— Me desculpa por ela ter te matado — digo, com a cabeça apoiada no peito do meu suposto salvador.

Em circunstâncias normais, talvez eu me sentisse um pouco desconfortável por estar tão perto de um cadáver. Mas sinto que conheço esse cara; devo algo a ele. Se eu tivesse apenas aceitado a realidade como ela é, que já sou uma causa perdida, e não tivesse arrastado mais ninguém para essa situação, ele ainda estaria vivo, andando pelos corredores de onde quer que estejamos, aparentemente um prédio com um cadeado na porta lá embaixo.

Em seguida, começo a revistá-lo, procurando o celular dele. Enfio as mãos por baixo dele o máximo que consigo para alcançar os bolsos traseiros da calça e tiro uma carteira e uma bandana suada, mas nada de celular, o que não é uma surpresa. Se você está segurando seu celular e alguém te esfaqueia, é provável que o deixe cair. Mas encontro algo no bolso da frente: um chaveiro com um pequeno canivete. Um canivete suíço, como o de um escoteiro. Solto o canivete do anel, o que leva um minuto e arranha a ponta dos meus dedos.

Minhas unhas se despedaçam quando tento desdobrar as diferentes lâminas, mas consigo puxar algumas: faca grande, faca pequena, abridor de lata, tesourinha. Esse é o presente que ele me deixou.

Eu me arrasto para mais perto do rosto dele. Ainda há sangue escorrendo em um fluxo constante de algum lugar no pescoço. As pessoas continuam sangrando depois de mortas? E por quanto tempo? A aula de primeiros socorros para bebês que fiz durante a gravidez não cobriu esse assunto.

Abro a carteira dele e examino a carta de motorista. Robert Santuzza. Bobby, o Santo, era como os amigos provavelmente o chamavam quando ele aparecia no clube pronto para um uísque e uma partida descontraída de pôquer.

Olho para o rosto dele, seus lábios se contraindo. Já ouvi dizer que as pessoas podem ter espasmos, chutar e expelir gases depois de mortas. Espero que essa última parte não aconteça, mas, se acontecer, o mínimo que posso fazer é aguentar sua flatulência mortal, já que ele não estaria aqui se não fosse por mim.

Eu queria mesmo que ele tivesse sobrevivido. Não apenas por ele, mas pela família dele, a mulher e os pequenos Santuzza — "Delilah" e "Brittany", diziam as tatuagens desbotadas, talvez as filhas, ou esposa e filha, mãe e esposa. Ele era um bom homem, Bobby.

Eu devia ter ficado de boca fechada.

— Sinto muito, Bobby — digo, e encosto o rosto no peito dele mais uma vez.

Minha cabeça ainda está latejando em vários pontos, mas agora parece haver um pulso quase audível no meu ouvido esquerdo, pressionado contra a camisa de Bobby. O som é fraco e não causa exatamente uma onda de dor, mas eu o percebo. Fico muito quieta, e parece que estou em uma canoa ou algo do tipo, boiando em uma onda lenta. Acho que estou prestes a desmaiar, então forço os olhos a se abrirem e vejo os pés de Bobby se mexendo de forma constante, ou melhor, sou eu quem está se mexendo de forma constante, lentamente, para cima e para baixo. Porque Bobby está se mexendo. Respirando.

Eu me sento rapidamente, tentando pensar em meio à estática dentro do meu crânio, e percebo que não era minha cabeça latejando nem meu ouvido pulsando: era o coração dele batendo. Bobby está vivo.

— Merda — sussurro.

Faço uma bola com a bandana que tirei do bolso dele e limpo o sangue em seu pescoço, tentando encontrar o ponto de incisão. O sangue está escorrendo, mas não jorrando, e agora faz sentido: a Dra. Caroline não é Jason Voorhees; ela pode ser louca, mas não necessariamente tem força sobre-humana. Só conseguiu golpeá-lo uma vez com uma lâmina, uma caneta ou um garfo de fondue.

Consigo limpar o pescoço dele o suficiente para ver o ferimento: é pequeno, pouco maior que um corte de papel, no lado do pescoço voltado para mim. Ela não deve ter atingido nenhuma artéria principal; deve haver uma boa quantidade de pele e carne no pescoço além das artérias, certo?

A bandana já está bem encharcada agora, mas a pressiono no corte, aplicando o máximo de pressão possível para estancar o sangramento. Depois de cerca de um minuto, vejo movimento sob as pálpebras de Bobby, os olhos indo de um lado para o outro, como se ele estivesse sonhando. Em seguida, um tremor, os olhos se abrindo em fendas.

— Ei, você consegue me ouvir? — sussurro.

Ele abre a boca e solta um grunhido. Não é um gorgolejo, no entanto, o que todo o meu treinamento médico me diz que é uma coisa boa. Se fosse um gorgolejo, isso significaria que a garganta dele estava se enchendo de sangue.

— Desculpa, não precisa falar. Você está bem — aviso.

Mais uma vez, nenhum conhecimento médico sendo aplicado aqui. "Bem" significa não estar morto; esse é o meu critério científico.

Os olhos dele se abrem mais e piscam para as luzes; ele olha para mim. Então se senta de repente e basicamente me derruba de cima dele. Depois tosse e leva a mão ao pescoço.

— O que... — começa ele.

— Você foi esfaqueado — explico. — Coloca isso no pescoço — peço, estendendo a bandana para ele.

Bobby olha para o sangue na mão e depois para mim, pega a bandana e a pressiona no ferimento.

— Minha cabeça — diz ele, levando a outra mão à parte de trás da cabeça.

— Ela te esfaqueou, e você deve ter caído. Bateu no chão.

— Ela?

— É, você estava lá fora, indo pedir ajuda. Para mim. Lembra?

— Eu errei o endereço — diz ele. — Pensei que isso aqui era um depósito.

— Onde a gente está? Meu nome é Ellen Garcia e acho que estou desaparecida há alguns dias. Fui sequestrada.

— Sequestrada? — repete ele.

Bobby parece muito confuso e passa a impressão de nunca ter ouvido falar de mim. Lá se vai minha esperança de que Chris e meu editor estejam fazendo campanha e oferecendo uma recompensa pelo meu retorno seguro.

— É, a mulher, a pessoa que te esfaqueou, me sequestrou.

— O meu amigo Terry me disse que isso aqui era o depósito dele. Vim buscar pneus.

Aceno com a cabeça. Essa não é uma informação importante para mim, mas tenho que deixá-lo falar, juntar as peças do dia dele até aqui.

— Tentei ligar para ele, mas fiquei sem sinal. Então ouvi você — diz ele, apontando para mim.

— Onde estamos? — pergunto. — Na cidade, onde?

Ele pensa e então responde:

— Em Sunset Park. Perto do Brooklyn Army Terminal.

— Você consegue se levantar? Não consigo ficar de pé.

Bobby tenta se levantar, mas vejo seus olhos girarem como se ele fosse o Gato de *Alice no País das Maravilhas*, então ele permanece onde está.

— Não sei, minha cabeça.

— Ela abre a porta às vezes para mexer comigo — comento. — Da próxima vez que ela fizer isso, a gente tem que tentar alguma coisa.

Ergo o canivete suíço, com todas as lâminas abertas.

Ele fica pálido de repente, começa a suar e suas pupilas passam de muito grandes para muito pequenas.

— Você está bem? — pergunto, sabendo com certeza que ele não está.

— Estou, só preciso de um pouco de ar.

— Não temos isso aqui — digo. — Coloca a cabeça entre os joelhos.

Ele faz o que digo, mas então seus ombros começam a convulsionar, ele tosse e grunhe, como se fosse John Hurt na mesa em *Alien*, quando Ridley Scott não contou aos atores o que ia acontecer, apenas disse algo do tipo "Uma coisa muito louca vai acontecer", porque queria capturar todas as reações reais dos atores quando o pequeno alienígena irrompe do peito e foge.

Bobby, que estava de joelhos, tomba, apoiando as mãos no chão, e continua a tremer e convulsionar, ondas percorrendo as costas, e também pode ser que ele esteja se transformando em um lobisomem, mas então ele abre a boca e vomita, um jorro de vômito. Não consigo identificar pedaços de comida, mas o cheiro me atinge instantaneamente, cubro a boca e o nariz, sinto o estômago se revirar, engasgo e tusso, mas não sai nada. A água que bebi há algumas horas deve ter passado pelo meu estômago, e fico grata por isso. Sinto pena de Bobby, no entanto: ele está com uma concussão e confuso e, embora seja um sujeito grande e provavelmente capaz de derrubar a Dra. Caroline com uma única cabeçada em seu rosto perfumado de Amber Aoud, está seriamente debilitado.

Por fim, ele para de vomitar e levanta o tronco, em seguida tomba para trás, gemendo e limpando a boca.

Eu me arrasto até a porta e me sento ao lado do batente, exatamente onde ela se abre, e fico encostada na parede.

— Meu celular — diz Bobby, apalpando os bolsos.

— Está tudo bem.

Penso em não dizer a frase que ia dizer em seguida, porque acho que, a essa altura, não acredito mais nela. Quer dizer, falar que não tenho "nada a perder" não faz justiça ao momento, visto que nem Bobby nem eu estamos sequer em condições de ficar de pé.

Mas então decido dizê-la mesmo assim, porque, ainda que eu não acredite, talvez haja alguma magia, uma consagração escondida nas palavras; talvez algo seja ativado pelo meu ato de pronunciá-las. No momento, nada me surpreenderia.

Agarro o canivete, com os dedos entre as lâminas minúsculas, e digo:

— Eu vou tirar a gente daqui.

Gordon Strong

Termino de cortar a cerca viva pouco antes das três. Já perdi pelo menos metade do jogo dos Brewers a essa altura, mas a cerveja acabou, a única bebida alcoólica que sobrou no armário é Kahlúa, e me recuso a beber aquela porcaria com gosto de chocolate Hershey, então só me resta uma opção, que é assistir ao restante do jogo no Gator Sam's.

Sei que não deveria estar dirigindo depois de tomar seis cervejas, mas faço tudo direitinho, vou devagar e estaciono na rua para não ter que me espremer entre os carros no estacionamento. Entro e não reconheço ninguém de imediato, embora haja muitas pessoas lá para assistir ao jogo. Encontro um assento no bar e reconheço vagamente o rapaz que está trabalhando, mas não me lembro do nome dele.

— O que vai querer? — pergunta ele.

— Ei, você se lembra de mim? Eu estive aqui tem quase um mês.

As pessoas vaiam e xingam. Os Tigers conseguiram uma rebatida.

— Claro, você parece familiar — responde ele, sem olhar para mim, lavando um copo embaixo do balcão.

— Eu estava com um grupo de amigos... A gente se sentou naquela mesa ali. Tínhamos acabado de ser demitidos da Kinzer.

— Ah, sim, como vai? — pergunta ele, mas acho que não se lembra de mim.

— Sally está por aí?

— Sally só trabalha durante a semana. O que vai querer?

As pessoas gritam.

— Ah, droga — diz o barman, olhando para a tela.

Os Tigers acabaram de marcar. Sei que eu deveria estar chateado, mas não sinto nada. Neste momento, não estou nem aí para os Brewers. Quer dizer, eles não se importam com o fato de eu ter tido um dia ruim, não é?

— Tem certeza de que não se lembra? — pergunto. — A gente se sentou ali, pediu um monte de bebida e um monte de asinhas de frango. Tasker me levou para casa.

— Eu já disse que lembro, amigo. O que vai querer?

— Uma cerveja Lite e uma dose de uísque.

— É pra já.

Dou uma olhada no jogo, mas tenho dificuldade de me concentrar nele. Parece que os Brewers escaparam vivos da sexta entrada, mas estão perdendo por dez a três.

O barman coloca as bebidas diante de mim, e eu tomo o uísque rapidamente, acompanhado de metade da Lite. Termino a cerveja em dois goles. Não é difícil. A Lite é água com gosto de cerveja. É impressionante como a Miller consegue vender isso como uma bebida alcoólica para adultos. Fico olhando para a lata. Maldita Miller.

— Mais uma — peço, levantando um dedo.

— Já vou — responde o barman, despejando Bloody Mary em dois copos.

Meus olhos se voltam para a tela. As pessoas ao meu redor fazem sons de surpresa e admiração, e eu olho para elas e quero perguntar: *Vocês acham que os Brewers se importam com vocês? Vocês acham que John Jaha fica acordado até tarde da noite pensando: "Como será que todos aqueles imbecis do Gator Sam's estão se sentindo?"* Sei que me importei muito com o jogo de ontem à noite, mas agora parece uma perda de tempo. Eles vão perder, eles vão ganhar, repetir, repetir, repetir.

— Ei, pode me trazer mais uma? — peço de novo, mais alto desta vez, para que ele me ouça naquele lugar cheio de imbecis gritando para a tela.

— Eu disse que já vou te atender, amigo — responde ele, colocando fatias de limão nos Bloody Marys.

A sétima entrada se arrasta. Os Brewers conseguem não foder tudo e impedir os Tigers de marcarem mais pontos.

Finalmente, o menino-prodígio me traz as bebidas. Tomo a dose de uísque, engulo a cerveja, sinto um filete escorrendo dos cantos da boca e começo a tossir. O bartender me olha, desconfiado, e me entrega um pequeno guardanapo quadrado.

— Você está bem?

Faço que sim com a cabeça, limpo o queixo e digo:

— Entrou pelo lugar errado.

A multidão grita atrás de mim como se estivesse em um filme de terror, e eu encolho os ombros. Olho para a tela e vejo que Yount rebateu para fora, na linha do campo esquerdo.

— Eles voltaram! — diz um cara a alguns bancos de distância de mim.

Ele parece ter mais ou menos a minha idade, mas com um visual bem esportivo: camisa polo de manga curta e calça cáqui. Grisalho. Há uma mulher de pé atrás dele, abraçando seu pescoço. Eles estão bebendo os Bloody Marys que o barman levou todo aquele tempo para preparar.

A mulher deve ser dez anos mais nova que o cara. Loira e animada, usando uma viseira e uma saia de tênis branca curta.

— Eu não disse? — diz o sujeito.

— É, você disse — responde ela, e beija o cocuruto dele.

— Mais um — digo, fazendo um pequeno círculo com o dedo.

O barman esfrega a nuca e se aproxima de mim, o rosto a poucos centímetros do meu.

— Não posso te servir mais nada, amigo — diz ele.
Eu me inclino para trás na banqueta e digo:
— Do que caralhos você está falando?
O grisalho e a namorada olham para mim.
— Você já bebeu o suficiente, só isso — explica o barman.
— Eu tomei duas cervejas e duas doses de uísque. Desde quando isso é demais? O que é isso... a merda de um café da manhã na igreja?
— Amigo, você já tinha bebido antes de entrar aqui e sabe disso.
— É melhor você parar de me chamar de amigo — digo, apontando para ele.
— Tudo bem — diz ele, juntando as mãos. — Vou ter que pedir que você vá embora agora, ok?
— Ainda não estou pronto para ir embora — declaro, cruzando os braços. — Eu sou um cliente, estou pagando e quero mais uma rodada. Então vamos fazer um acordo: você me serve mais uma rodada e aí eu vou embora.
— Não tem acordo, meu velho — diz ele, rindo um pouco. — Ou você sai com as próprias pernas ou alguém vai te colocar para fora.
— E quem vai fazer isso? Você? — pergunto. — Relaxa, rapaz.
— Eu vou.
É Grisalho, levantando-se da banqueta. A multidão grita: os Brewers marcaram mais um ponto.
— Quem caralhos é você? — pergunto, me levantando.
— Sou amigo de Pete — responde ele, acenando com a cabeça para o barman. — E não gosto de ver ninguém causando problemas para ele.
— Eu nunca te vi aqui antes — digo. — Já vim aqui um milhão de vezes. Sentei bem ali não faz nem um mês, com todos os meus amigos. Tasker até me deu uma maldita carona para casa.
— Nossa, como você é importante — diz a namorada dele.
Grisalho dá uma risadinha, então vejo que o barman está disfarçando um sorriso.

— Ei, vai se foder, querida — digo.

Grisalho balança a cabeça e diz:

— Foi mal, Pete. — Então desfere um soco. Tento bloqueá-lo, mas parece que minhas mãos estão se movendo mais devagar do que o normal e, quando me dou conta, estou no chão do bar, e Grisalho e o barman estão me arrastando, um por cada braço.

— O que raios vocês estão fazendo? — pergunto a eles.

Tento me desvencilhar, mas os dois me seguram com força; tento chamar a atenção das pessoas no caminho para a saída, pensando que talvez alguém me reconheça e diga: "Ei, esse aí é o Gordon Strong, não expulsem ele"; mas não conheço ninguém, e todos estão ocupados demais assistindo ao jogo, de qualquer maneira.

Grisalho e o barman me levam para fora e me empurram. Eu cambaleio alguns passos no estacionamento, mas não caio. Eu me viro e digo:

— É a última vez que coloco os pés nessa espelunca.

O barman abre os braços e diz:

— Que pena para nós, amigo. Tenha cuidado na volta para casa.

Então eles entram de volta.

Vou até o carro, estacionado em uma rua secundária, entro e saio dirigindo. Penso em ir ao Discount Mart na Highway 100. Eles nunca diriam a um cara que ele bebeu demais.

No caminho para lá, acho que dou uma fechada em alguém, porque o motorista dá uma buzinada longa, e mostro o dedo do meio, mas reduzo a velocidade mesmo assim, pensando que talvez meus reflexos não estejam perfeitos, mas, diabos, tenho certeza de que já dirigi mais bêbado do que isso.

Chego ao Discount, entro e saio. Uma garrafa de uísque, seis latas de Lite, e a moça no caixa nem pisca.

Quando volto para casa, vejo o carro de Evelyn na entrada da garagem e estaciono atrás dele, talvez um pouco perto demais, mas tudo bem. Não é como se ela tivesse outro lugar para ir hoje à noite, não é?

Entro em casa com o saco de papel do Discount debaixo do braço. Evelyn está na cozinha e olha para mim, então seu rosto é tomado pelo choque.

— Gordon, o que aconteceu? — pergunta ela, contornando a bancada e vindo ao meu encontro na sala de estar.

— Do que você está falando? Eu fui ao Discount. Não tinha mais nada em casa.

— Seu rosto — diz ela, chegando mais perto. — Seu olho. Você se meteu em uma briga?

Eu me afasto dela e meio que desabo no sofá.

— Não, Evelyn, eu não me meti em uma briga — respondo. — Um imbecil no Gator Sam's me deu um soco sem motivo nenhum.

— Gator Sam's? Você acabou de dizer que estava no Discount.

Suspiro, cansado de me explicar para todo mundo.

— Fui ao Gator Sam's primeiro, depois passei no Discount.

— O que... o que aconteceu? Um homem simplesmente bateu em você?

— É — digo, empurrando o saco de papel do meu colo para o sofá.

— Mas por quê?

— Porque as pessoas são estúpidas — digo, tirando o fardo de seis cervejas da sacola.

Evelyn olha para a cerveja e depois de volta para mim.

— E você dirigiu assim? — pergunta ela.

— É, Evelyn, eu dirigi assim e cheguei em casa inteiro, e o carro está intacto.

Abro a cerveja e tomo um gole, e os olhos de Evelyn acompanham o movimento da lata para cima e para baixo.

— Gordon, você precisa mesmo beber mais? — pergunta ela, soando patética.

— Sim, Evelyn, eu preciso beber mais. Eu preciso beber mais para aguentar o fato de você não confiar em mim.

— Não confiar em você? — questiona ela. — Você chega em casa completamente bêbado, com um olho roxo e... — Ela para no meio da frase.

— E o quê? — pergunto. — O que você ia dizer?

— Eu só... não estou te reconhecendo. Não faço mais ideia de quem você é.

— Eu sou o mesmo de sempre, querida. Ninguém mais.

Os lábios dela tremem, e percebo que está prestes a chorar, o que só me irrita ainda mais, quanto drama.

— Vou pedir pizza para as crianças — diz ela com a voz trêmula. — Caroline vai dormir aqui.

— É, eu sei. Fiquei sabendo da sua visitinha a Chuck hoje de manhã.

Ela fica branca como um fantasma, pois sabe que foi pega.

— Eu quis convidar Caroline por causa de Savannah — explica ela. — Depois de ontem à noite, todo mundo precisa se acalmar um pouco. Se distrair.

— Claro, se distrair. Você quer que as coisas se acalmem, não é?

— É.

— E as coisas, no caso, sou eu, certo? Eu sou a bomba-relógio que precisa ser desarmada?

Agora os lábios dela não estão mais trêmulos; eles se contraem em uma linha fina.

— Será que você pode pelo menos se limpar antes de as crianças descerem para comer? — pede ela.

Em seguida, se vira e vai para a escada, mas, antes de subir, acrescenta em um tom mais baixo por cima do ombro:

— E, por favor, arruma aquela bagunça que você fez na cerca viva lá fora.

Ela está triste? Está com medo? Não consigo mais saber, e já estou cansado de tentar adivinhar.

Ela sai, então fico sentado por um minuto e termino a cerveja, tiro a garrafa de uísque da sacola, me levanto e desço para o banheiro do porão.

Acendo as luzes e tranco a porta. Eu me olho no espelho e, por mais que odeie admitir, entendo o que Evelyn quis dizer: também mal me reconheço. A pele ao redor do meu olho está começando a inchar e ficar azulada, e nem sequer a sinto até levar meus dedos à pálpebra e pressionar, o que dói: parece uma queimadura. Então, minha visão naquele olho começa a se afunilar só de eu me dar conta disso; ele começa a se fechar como uma planta carnívora.

Minha camiseta está encharcada de suor e há uma grande mancha verde no meio, provavelmente da cerca viva — talvez eu tenha me inclinado sobre ela em algum momento. Não me lembro.

Abro a garrafa de uísque e tomo um gole.

Depois, passo os dedos pelo cabelo, para a frente e para trás. Esfrego. Eu costumava aparar o cabelo uma vez por mês; mantinha cerca de dois centímetros na parte de cima e um centímetro nas laterais, mas faz tempo que não corto, e ele cresceu para todos os lados.

Abro o armário embaixo da pia e começo a fuçar; há rolos de papel higiênico e caixas de cotonete, xampu, condicionador e protetor solar, um pote de Tylenol, creme para picada de inseto, uma escova de cabelo desgrenhada. No fundo, encontro um barbeador descartável de plástico e uma lata velha de creme de barbear, marrom no bico. Também encontro uma tesoura, daquelas pequenas, com a ponta curva, para cortar os pelos do nariz e das sobrancelhas, mas serve.

Primeiro, corto os tufos desgrenhados e, em seguida, chego o mais perto que consigo do couro cabeludo, os fios caindo na pia e no chão. De qualquer forma, meu cabelo é claro, um loiro sujo e sem graça, e os fios brancos só fazem com que ele pareça desbotado e queimado, como um pintinho doente. Mas, quanto mais eu corto, menos vejo as duas cores. É como uma tela em branco, e gosto disso.

Quando está curto o suficiente, passo água em toda a cabeça, depois o creme, e raspo. Tudo. Eu me corto muito — a lâmina de barbear está velha e sem fio, então tenho que pressioná-la enquanto a arrasto da frente do couro cabeludo para trás —, mas vale a pena.

Quando me olho no espelho — de perfil e depois de frente, a cabeça sangrando por causa dos cortes —, finalmente sinto que, pela primeira vez em muito tempo, sei quem sou.

Acho que não me dou conta de quanto tempo fico lá dentro.

Quando saio, Evelyn, as crianças e Caroline estão à mesa de jantar, comendo pizza em pratos de papel.

— Pai? — diz Savannah.

— Cacete! — exclama Brendan.

— O que... — é tudo o que Evelyn consegue balbuciar. Caroline não diz nada, apenas me encara, boquiaberta.

— O que aconteceu? — pergunta Savannah.

Ela parece estar prestes a chorar e, por algum motivo, isso me irrita.

— Eu precisava de uma mudança — respondo.

— Você está sangrando — avisa ela. — Na cabeça, está sangrando.

— É, bem, foi para isso que Deus criou o band-aid — retruco, indo até a sala de estar e pegando o telefone sem fio, com a garrafa de uísque na outra mão.

— Você está com um olho roxo? — pergunta Brendan, a boca cheia de pizza. — Andou brigando?

— Andei — respondo, então anuncio: — Vou fazer uma ligação lá embaixo.

Vou para o porão e me sento no sofá de lá, que é nosso velho sofá de merda, então é como sentar em uma pilha de listas telefônicas. Tomo um bom gole de uísque e disco o número do meu pai. Ele atende na mesma hora — na verdade, nem ouço o tom de chamada do outro lado da linha. É como se ele soubesse que eu ia ligar.

— Pai, sou eu. Gordon.

— Ah, é — diz ele, como se tivesse acabado de lembrar que eu existo. — Já arrumou um emprego?

— Não. Aquele na Miller que eu te falei não foi para a frente, mas talvez tenha sido melhor para mim... Você tomou uma Lite ultimamente? Parece água com gosto de mijo.

Ele não tem nenhuma resposta sarcástica, então continuo falando:

— Estou pensando em entrar no ramo de destilados. Talvez me mudar com a família para o Kentucky e conseguir um emprego em uma destilaria de uísque.

Levanto a garrafa de uísque na minha frente, observando o líquido âmbar capturar a luz.

O velho tosse, dá uma risada seca e diz:

— Kentucky, hein? Se você acha que isso vai fazer a sua mulher parar de pular a cerca, você é um tremendo imbecil.

— Pai, você não sabe do que está falando, está bem?

— Eu sei de muita coisa — diz ele. — Sei que toda vez que você fecha os olhos, ela deve estar fazendo um striptease particular para aquele seu vizinho, só de biquíni.

— Quê? — digo, esfregando os olhos. — Como você...

— Como eu sei disso? Você mesmo me contou, da última vez que a gente conversou. Quanto você anda entornando, seu pinguço? Não é de admirar que não tenha conseguido aquele emprego, eles devem ter ficado com medo de você beber todo o estoque.

Então ele ri e tosse, ri e tosse.

— Eu só esqueci que tinha te contado — comento.

— Eu não esqueci — diz ele, orgulhoso de si mesmo. — Você deu uma dura nela? Botou ela na linha?

Fecho os olhos, de repente a luz fraca do porão me incomoda.

— Não, não estava acontecendo nada. Era só paranoia minha.

— Paranoia? — repete ele, como se nunca tivesse ouvido a palavra. Ele ri e diz: — Você nunca foi muito inteligente, garoto, mas eu não achava que pudesse ficar mais burro com o tempo.

— Olha só, pai, não começa, as coisas estão ótimas entre mim e Evelyn — digo, afastando as lembranças dos últimos dois dias.

— Ah, é? — questiona ele, com uma voz falsamente carinhosa. — Ótimas? O que ela tem feito, chupado você dia e noite?

— Mais ou menos isso — respondo, sem conseguir conter um sorriso, pensando em como estávamos no início da semana, ela me mordiscando feito um animalzinho.

— Ela está te mostrando truques novos? — pergunta ele. — E onde você acha que ela aprendeu, hein?

— Cala a boca! — grito, pressionando os dedos nos olhos. — Você não sabe do que está falando.

De repente, ele para de rir e sua voz fica mais clara, como se estivesse no porão comigo.

— Escuta, garoto, isso vai acabar em separação, que nem foi com a sua mãe, aquela vagabunda. Ela vai te abandonar e ainda vai arrancar dinheiro de você enquanto chupa todos os paus da vizinhança como se fossem malditos picolés. Você tem que mostrar para ela que ela não pode te largar, que ela não vai levar os seus filhos, que você mata ela antes de deixar isso acontecer.

— Pai, do que você está falando? Ninguém vai matar ninguém.

— Está tudo certo, garoto. Ela já foi. Já acabou. Eu sempre soube que você era burro. Só não sabia que também era um grande maricas.

— Pai! — grito, mas ele desliga, então eu grito "pai" de novo, mas ele não responde.

Agora minhas mãos estão tremendo — tudo está tremendo: o porão, as paredes. Eu me levanto, olho para a garrafa tremendo nas mãos, como quando alguém ganha uma corrida e sacode o champanhe, mas tenho a sensação de que não consigo controlá-la, é como se outra pessoa a estivesse sacudindo, então a atiro na parede com toda a força, e ela se estilhaça.

Evelyn desce a escada, olha para a parede e depois para mim.

— Gordon, o que você está fazendo? — pergunta ela.

— Eu estava no telefone.
— Com quem?
— Com o meu pai.
— Gordon.

Ela cobre a boca, olhando para a parede, para os cacos de vidro no carpete.

— Pelo amor de Deus, Evelyn, eu vou limpar — digo, esfregando os olhos. — Não é o fim do mundo, caralho.

— Gordon — repete ela.

— O quê? — retruco, perdendo a paciência que ainda me restava. — O quê? O que é? Fala!

Ela afasta a mão da boca e diz:

— Gordon, o seu pai morreu há três anos.

Dra. Caroline

Não demoro muito para encontrar o Your-Space-718 em Sunset Park, perto do Brooklyn Army Terminal, em uma rua sem saída cercada por outros imóveis industriais. O site diz: "Em breve no Sunset Park! Trabalhe, Crie, Seja." Mas, por enquanto, não há muito o que ver, nem nesse prédio nem em nenhum dos outros, que parecem bem abandonados. É só uma questão de tempo até essa área se tornar um reduto hipster, andares inteiros comprados e reformados para ligas de bocha e torneios de arco e flecha, com um bar de cerveja artesanal em cada esquina.

Estaciono no fim do quarteirão, atrás de um caminhão, e depois ando, a única pessoa na rua, feliz por estar usando tênis e não saltos, que certamente ecoariam, sem contar que seriam destruídos pelo asfalto sem tratamento. Fico perto da parede e paro a cada minuto ou dois para olhar em volta, em busca de sinais de vida, mas não há nada nem ninguém.

Em frente ao prédio, do outro lado da rua do Your-Space, há uma garagem aberta no térreo, também abandonada, sem porta. Entro e me posiciono junto de onde ficaria o batente da porta, se houvesse um, escondida e à espera, colocando apenas a cabeça para fora para ver a entrada de vidro com porta dupla do Your-Space.

Há uma corrente grossa e um cadeado em volta das maçanetas da porta, mas, para ser sincera, parecem frouxos o suficiente para alguém abrir alguns centímetros e passar.

Meu celular vibra, e tomo um susto. Tiro-o da bolsa: é Jonas. Ignoro a ligação, então o nome dele desaparece e imagino que ele tenha desligado, frustrado por eu não ter atendido ao primeiro toque. Um segundo depois, chega uma mensagem de texto: "ATENDE, ESTOU SOZINHO. JIMENEZ E MARKS ESTÃO ATRÁS DE VOCÊ, E SABE-SE LÁ QUEM MAIS."

Suspiro e toco no nome dele. Todo artista é dramático.

— Doutora, onde você está?

— Em Sunset Park — respondo em voz baixa, meus olhos na porta do outro lado da rua.

— Eles estão procurando por você. Estão atrás da placa do nosso carro.

— Você deu a placa do carro para eles?

— Eu tive que dar! — responde ele. — Eles iam descobrir de qualquer jeito.

— O que exatamente você disse para eles?

— Que você voltou para casa, pegou seu laptop e saiu. Não falou para onde ia. Eu deixei que revistassem o forro da casa, falei sobre o espaço em Gowanus e dei uma chave para eles.

— Você deu uma chave para eles?! — pergunto.

— Dei, é oficial, eu desobedeci às suas ordens — diz ele, um pouco arrogante (meio sexy). Depois, seu tom se suaviza. — Doutora, agora eles sabem que não estamos escondendo nada.

— Tem certeza disso? — pergunto, colocando a cabeça só um pouco para fora da porta para espiar a rua.

— Tenho! — responde ele, exasperado. Então, como se tivesse acabado de se dar conta do que eu disse antes, pergunta: — Espera, onde em Sunset Park você está?

— Do outro lado da rua de um lugar chamado Your-Space-718. Will Wall é segurança lá e deve chegar a qualquer momento.

— Quem é Will Wall?

— Billy. Nelson. O mesmo cara. Eu fiz uma pesquisa, falei com algumas pessoas e descobri por conta própria, porque não podia esperar Makeda juntar as peças.

— O que você está planejando fazer? Confrontá-lo? — pergunta Jonas, o desespero transparecendo na voz.

Estou prestes a responder, mas então percebo que ainda não pensei sobre isso. O que vou fazer quando o vir, o que vou dizer. Porque, sinceramente, fiz isso a vida toda: conversar com as pessoas e fazer com que me contassem coisas. Will Pearleater é uma casa dos horrores de parque de diversões, mas isso não significa que eu não possa entrar na mente dele. Também tenho alguns espelhos falsos.

— Isso — respondo.

— Mas e se ele for tão louco quanto você diz? Ele pode te machucar, pode tentar te matar — diz Jonas, com a voz embargada, tentando conter as lágrimas.

— Eu te amo, Jonas. Mas você precisa confiar mais em mim.

Então vejo um homem se aproximando a pé. É ele, magro, mais ou menos da minha altura, vestindo branco como eu, só que com luvas pretas. Boné de beisebol branco. Mochila azul. Máscara azul não cirúrgica padrão.

Jonas ainda está falando no meu ouvido, a voz reduzida a um sussurro:

— Você não pode fazer isso sozinha, doutora. Você já enganou a morte uma vez... não pode fazer isso duas vezes.

Eu sorrio, sempre impressionada e comovida com essas frases que ele diz de maneira inesperada.

— Amor, tenho que ir. Ele chegou. — E desligo.

Vejo Will destrancar o cadeado com uma chave, tirar a corrente, colocá-la sobre o ombro e abrir a porta, que não parece ter outra tranca. Ele pode entrar e sumir lá dentro.

As preocupações de Jonas tomam conta da minha mente, meu coração começa a galopar, a garganta e a boca secando como um banco de areia.

Sei que preciso alcançá-lo antes que a porta se feche, então saio correndo do meu esconderijo para o meio da rua.

— Will! — chamo.

Ele para e se vira lentamente. Parece que foi pego tentando sair sem pagar a conta, mas também não está surpreso em me ver.

— Will Wall — digo gentilmente, dando alguns passos na direção dele. — Mas já foi Pearleater, não é? E Nelson e Billy também?

Ele parece se encolher diante de mim, recuando contra a porta.

— Está tudo bem — digo. — Sei que você passou por muita coisa. E gostaria de ajudar, se puder.

Ele olha para baixo, de modo que não consigo mais ver seus olhos, escondidos sob a aba do boné. Dou mais um passo.

— Não consigo nem imaginar a guerra que está sendo travada dentro de você, Will, uma guerra que ninguém mais consegue ver — continuo, e ele não se move, paralisado como uma daquelas pessoas na Times Square que se cobrem com tinta prateada. "Mas, assim como elas, você não é uma estátua, é? Está apenas fingindo", penso. Então me ocorre como eu deveria fazer isso e digo: — Na verdade, espera, isso é mentira.

Ele volta o olhar para mim.

— Eu *consigo* imaginar porque somos um pouco parecidos, você e eu, não é? Pouquíssimas pessoas passaram pelo que a gente passou quando era criança. Então você leu sobre mim e os Strong, não foi? Depois viu aquela foto da minha mãe na Golden Brook e conseguiu um emprego na Jackson Paisagismo para poder falar com ela. Porque você é bom com jardins.

Ele pisca e olha para o chão outra vez.

— O que importa é que você me encontrou e veio pedir ajuda. Sei que talvez você ache que "Nelson" — digo, com as aspas menos ofensivas que consigo — me encontrou para me provocar e talvez me implicar em um crime e que "Billy" me procurou para me alertar e talvez também me confundir, mas acho que era você, Will, o tempo todo, que sabia que eu poderia te ajudar. Não só porque é o que eu faço, mas porque eu te entendo. Acho que você está ao volante, Will, e é uma coisa assustadora estar no controle da própria vida, ainda mais quando a estrada atrás de você está cheia de corpos, mas é assim que você vai encontrar a saída. Foi assim que eu encontrei a minha. O que quer que você tenha feito, o que quer que tenha acontecido nesse prédio, nessas salas, mesmo que Ellen Garcia esteja morta, vamos descobrir como você pode seguir em frente, você e eu, juntos. Eu vou te ajudar. Mas você precisa me deixar entrar.

Ele tira o boné e esfrega a palma da mão na testa. Parece perdido, literalmente, como se estivesse tentando decifrar um mapa no celular. Aos poucos, seu queixo e seus lábios começam a tremer, então ele se encolhe, perde o equilíbrio, cai de joelhos, enterra o rosto nas mãos e começa a chorar.

Então vou até ele, subo correndo os cinco degraus e me agacho, estendendo as mãos.

— Está tudo bem, Will, deixe eu te ajudar a levantar.

— As coisas saíram do meu controle — diz ele por entre os dedos.

— Eu sei.

— Eu não queria que nada disso tivesse acontecido. Posso te mostrar...

Ele afasta as mãos do rosto e tira a mochila das costas, sentando-se com as pernas esticadas, um pouco dobradas no joelho. Abre o zíper da mochila e a vasculha, tirando lá de dentro um caderno verde com espiral.

— Eu escrevi tudo — diz ele, me entregando o caderno.

— Isso é bom, Will. Obrigada por compartilhar comigo. Vou ler tudo, se você deixar.

Ele abre a boca para falar, mas depois solta outro soluço e se curva sobre a mochila, tentando esconder o rosto de mim.

— Mas primeiro precisamos encontrar Ellen Garcia, não é? Você pode me levar até ela?

Ele murmura algo, mas as palavras se perdem em meio ao choro e na abertura da mochila.

Eu me agacho.

— Não consegui ouvir. O que você disse? — pergunto gentilmente.

Ele funga e resmunga algo dentro da mochila, depois respira fundo e levanta a cabeça. Seu rosto está molhado, coberto de lágrimas, mas ele parece ter parado de chorar abruptamente.

Ele me olha com aqueles olhos azul-claros e diz:

— Red Rover, vamos lá, mande Nelson para cá.

— Will...

Antes que eu consiga dizer qualquer coisa, antes que eu consiga convencê-lo de que ele não tem uma identidade alternativa, ele tira um pequeno frasco preto da mochila e borrifa algo nos meus olhos, no meu nariz e na minha boca.

É como se a minha cabeça fosse um palito de fósforo que acabou de ser riscado — tudo queima, pega fogo, e eu nem percebo que estou gritando até que Will me agarra pelos cabelos e berra no meu ouvido:

— Cala a boca, sua imbecil.

E então ele me arrasta pelo chão, e eu dou pontapés, mas não consigo abrir os olhos, não consigo fazer nada além de gritar, e só me calo quando ele me golpeia duas, três vezes no rosto, até eu desmaiar.

Gordon Strong

De repente, sinto cada corte da lâmina de barbear na minha cabeça, cada um deles queimando e se mexendo como se estivesse vivo e em chamas. Depois, na lombar, como se alguém estivesse bombeando um macaco entre as vértebras, os músculos quentes e vibrando. Meu olho roxo está quase totalmente fechado, então vejo Evelyn embaçada e plana, mas com tudo no rosto dela, olhos e boca, bem abertos e tomados pelo choque.

— Lembra, Gordon? — diz ela, com a voz trêmula. — Ele morreu. De câncer de pulmão, depois do derrame.

Tento me lembrar. Fui vê-lo no hospital perto do fim. Ele parecia já estar morto, só um monte de ossos com um pouco de pele jogada por cima, como um cobertor. Estava inconsciente, conectado a um monte de máquina. Segurei sua mão fria. Disse: "É isso, pai. Diga olá para todo mundo no inferno."

— Fizemos o velório aqui porque ele não tinha amigos em Eau Claire — continua Evelyn. — Então nossos amigos vieram. Todos os seus amigos do trabalho, os vizinhos.

— Até os Strange? — pergunto.

— Eles também. Você não se lembra? — pergunta ela, começando a chorar.

O velório foi na Caldwell Brothers Home, em uma sala com carpete verde, paredes revestidas com papel de parede verde e uma coroa de cravos rosa em forma de coração ao lado do caixão. Havia algumas fileiras vazias, mas o salão estava praticamente cheio. Savannah leu: "Aqueles que andam retamente entrarão na paz." Deixamos Caroline se sentar na frente conosco para que Savannah não ficasse tão nervosa.

— Eu lembro — respondo, dispensando Evelyn com a mão. — Só me confundi. Tomei umas a mais.

Evelyn acena com a cabeça como se entendesse, mas não está sendo sincera.

— Um sujeito pode se confundir, Evelyn. Me dá um desconto, pelo menos nisso.

Ela para de balançar a cabeça e diz com um ar severo de repente, como se estivesse falando com as crianças:

— Quero que você pare de beber, Gordon. Amanhã.

— Qual é, Evelyn. Só estou aliviando o estresse. Às vezes você também gosta de beber, você sabe, aquelas *frozen margaritas* lá no Botanas.

— A bebida está te deixando maluco. Você raspou a cabeça... está tendo conversas imaginárias de três horas com o seu pai.

— E se eu te disser que isso não tem nada a ver com a bebida? — retruco. — A bebida só faz eu me sentir bem para variar, me ajuda a não pensar em você me traindo.

Ela abre a boca e leva a mão ao rosto, como se eu tivesse lhe dado um tapa. Depois, balança a cabeça e diz:

— Nunca, Gordon. Eu nunca te traí.

— Ah, não? Então como é que Chuck Strange conseguiu uma foto sua de biquíni?

Ela franze as sobrancelhas, balança a cabeça e gagueja:

— Que... que foto?

— Que foto? E todas aquelas coisas que você começou a fazer na cama? Todas aquelas mordidas nos meus mamilos e lambidas no meu peito, você nunca tinha feito nada disso antes. Foi Chuck que te ensinou?

Então ela para de balançar a cabeça, os olhos cheios de lágrimas, mas a boca apertada de frustração. As mulheres nunca ficam apenas com raiva; é sempre uma mistura de raiva e tristeza.

— Eu li sobre essas coisas na *Cosmo*! — grita ela. — Não estou te traindo!

— Ah, é? — rebato, chegando bem perto dela. Mas Evelyn não ousa se mexer. — E hoje de manhã? O que foi que Chuck te entregou? Um bilhete.

Ela está confusa agora.

— Como você...

— Como eu sei disso? Caroline me contou.

— Caroline? — diz Evelyn. — Você está pedindo que Caroline espione para você?

— Não, ela... ela só me conta o que vê. E ela me contou que você foi até lá hoje de manhã para implorar que o seu namoradinho deixasse ela dormir aqui porque assim você ia se sentir mais segura.

— Espera — diz ela, ondas de preocupação se abatendo sobre seu rosto. — Foi você que mandou que ela escrevesse aqueles bilhetes?

— Não, não foi isso que aconteceu. Os bilhetes foram ideia dela.

— Você mentiu — diz Evelyn, atônita. — Caroline estava dizendo a verdade o tempo todo. E você viu Chuck castigar a menina e ficou lá parado.

— Não — respondo, esfregando o olho não inchado. — Quer dizer, está bem, a ideia foi dos dois.

— Dos dois. Ela tem 13 anos, Gordon. Você é adulto. Você criou esse plano maluco e convenceu uma criança a te ajudar e achou que isso era um comportamento totalmente normal.

Ouço um zumbido no ouvido direito, um mosquito ou uma mosca, e o afasto com a mão.

— Você só está tentando me distrair — digo. — Que tipo de bilhete Chuck te entregou, hein? Vocês estão fazendo planos? Ele te disse para se encontrar com ele?

Ela começa a soltar ar com força pelo nariz e seca as lágrimas dos olhos.

— Era o nome de um psiquiatra que ele conhece do trabalho — responde ela. — Para você, Gordon. Para você se tratar.

— Você acha que eu preciso de um psiquiatra? Talvez quem esteja precisando de um psiquiatra seja você, Evelyn, se acha que é disso que preciso.

— Talvez eu esteja precisando mesmo — rebate ela, erguendo o queixo na minha direção, se fazendo de corajosa. — Preciso contar para alguém que você perdeu o juízo.

Eu a agarro pelos ombros, aproximo o rosto do dela e digo:

— Foi você que me deixou assim. Eu não era assim antes. Não consigo confiar em você.

Ela fecha os olhos, provavelmente porque estou gritando, e percebo que estou cravando os dedos em sua pele — ela é tão pequena, os ombros tão ossudos; eu poderia quebrar partes do corpo dela como se fossem giz.

Ela se desvencilha de mim, e eu deixo.

— Hoje você vai dormir no sofá aqui embaixo — diz ela, chorando, apontando para o sofá. — Não quero você perto das crianças.

— Não vou ficar perto das crianças se estiver no nosso quarto.

Sei o que ela vai dizer. Só quero obrigá-la a dizer.

— Não quero você perto de mim, Gordon.

Então, ela sobe a escada correndo, e eu fico sozinho.

Deito no sofá e fecho os olhos, sem ter certeza se de fato adormeço. Quando os abro novamente, o relógio na parede marca 23h29. Mal consigo abrir o olho esquerdo agora, a pele ao redor dele está quente, todos os pequenos músculos latejando.

Subo a escada e a casa está escura. Vou até a cozinha, abro o freezer e tiro uma bandeja de gelo, viro os cubos em um pano de prato e o pressiono no olho. Abro a geladeira com a outra mão, pego mais uma Lite, abro a lata e bebo. Não tinha me dado conta de que estava com tanta sede e bebo tudo. Inclino a cabeça para trás e pouso a lata na bancada, soltando um arroto. Então vejo Caroline, no pé da escada. Paralisada, me observando.

— Era o número de um psiquiatra — digo. — Era isso que estava no bilhete que o seu pai deu para a minha mulher. Você sabe o que é isso? Um psiquiatra?

Ela faz que sim com a cabeça.

— Pelo menos foi o que ela disse — continuo, me voltando para a geladeira. Pego outra cerveja e abro, sorvendo a espuma do topo.

Caroline ainda está parada ao pé da escada, assustada demais para se mover.

— O que você quer, Caroline? — pergunto. — Quer um refrigerante, um lanche ou algo assim?

— Eu disse para Savannah que ia descer para pegar batata chips — responde ela.

— Batata chips? Claro.

Abro o armário da despensa, pego um pacote de Lay's sabor churrasco e jogo para ela, que o pega no ar. Olha para o saco nas mãos, mas não sai do lugar. Parece que quer me dizer algo.

— Você quer me dizer alguma coisa? — pergunto.

Ela dá de ombros, ainda olhando para o pacote de batata chips.

— Bem, eu tenho uma coisa a dizer — começo. — Me desculpa por não ter sido sincero com o seu pai sobre nós dois termos inventado aqueles bilhetes.

— Tudo bem — responde ela, dando de ombros outra vez.

— Então a gente está bem, você e eu?

Ela faz que sim com a cabeça, mas não olha para mim. Em seguida diz, tão baixinho que quase não consigo ouvir:

— Está.

***

Já bebi toda a cerveja e o Kahlúa com tampa grudenta que estava no fundo do armário, mas não sinto nada. Sóbrio e desperto. Eu poderia dirigir até o condado de Door. Poderia fazer uma prova de matemática. Não vou fazer nenhuma das duas coisas, no entanto.

Estou sentado no porão, e o cheiro do uísque se espalhou e tomou o ambiente, de modo que o sinto na garganta e no nariz toda vez que respiro. Fico olhando os cacos de vidro no carpete. Há um que é maior do que os outros, e o pego e o viro, observando o reflexo da luz nele.

É engraçado, parece que acabei de falar com Caroline, cinco minutos atrás, mas já se passaram três horas. Todo mundo está dormindo. Menos eu.

Levanto do sofá e subo a escada. A casa está silenciosa. Então, pelo canto do olho, vejo algo brilhante no chão, próximo à porta da frente.

Há malas. A mala de mão rosa de Savannah, a mala com estampa de oncinha de Evelyn, a bolsa de ginástica de Brendan.

Não tomo a decisão de correr até a porta; é como se algo invisível me puxasse pela cintura. Abro a mala de Evelyn: blusas, roupas íntimas, meias, meias-calças. Pego um punhado de roupas e as deixo cair dos dedos.

Subo a escada e paro em frente à porta de Savannah. Não ouço nada lá dentro, nem risadas nem música, então abro a porta devagar e vejo Savannah dormindo por cima da coberta, e Caroline no velho saco de dormir de Brendan no chão, usando fones de ouvido.

Fecho a porta e vou até o quarto de Brendan. Ele está na cama, dormindo, com uma perna para fora e um braço sobre os olhos. Saio.

Então abro a porta do nosso quarto, meu e de Evelyn. Ela está encolhida como uma bola sob o lençol, de costas para a porta.

Saio do quarto, mas deixo a porta entreaberta.

Desço a escada e saio de casa; vou até a cerca viva, onde deixei a tesoura de poda no meio da bagunça. Eu me abaixo, pego a tesoura com uma das mãos, seguro-a na direção da luz do poste e observo o brilho se refletir nas lâminas.

Depois, volto para dentro de casa e, antes de subir a escada, vejo meu reflexo em um pequeno espelho na parede. Talvez eu devesse estar ainda mais chocado com a minha aparência, com os cortes na cabeça cobertos de crostas e meu olho totalmente inchado, mas só consigo pensar que pareço um bebê recém-nascido antes de ser limpo, careca, machucado e ensanguentado.

Dra. Caroline

Não fico inconsciente de fato, não por mais do que alguns segundos — não perco a percepção da minha existência; a questão é que toda a minha consciência foi sequestrada pela dor.

Estou sendo arrastada pelas raízes do cabelo, que gasto cento e setenta e cinco dólares a cada cinco semanas para pintar, o que não é uma sensação muito agradável, mas essa dor estaria lá embaixo naquelas escalas de "teste a sua força", enquanto a dor aguda e lancinante em cada cavidade exposta do meu rosto atingiria o sino no topo. Meus olhos talvez sejam o pior, porque as lágrimas que escorrem dos canais lacrimais são como fogo, queimando sulcos nas minhas bochechas.

— Will, Will — digo, repetidamente. — Will, me escuta.
— Cala a boca.

Então ele me puxa escada acima, e eu agarro seus pulsos com ambas as mãos, enquanto minhas costas e minha bunda raspam e batem com força nos degraus. Por mais que resistir pareça uma boa ideia, tenho que *ajudá-lo* a me arrastar para reduzir meu próprio desconforto, então me impulsiono e flexiono as pernas.

— Will, me escuta. Você não precisa fazer nada disso — digo, tentando pensar em algo que possa dizer para ganhar tempo. — Ou será que é Nelson?

Ele para por um segundo e, em seguida, sua respiração e sua voz estão no meu ouvido.

— Tem uma coisa que nenhum de vocês entende — diz ele. — Na verdade, nós estamos todos aqui ao mesmo tempo. Ajudando uns aos outros.

Viro a cabeça para ele e digo:

— Que seja, Will.

Ele solta um grunhido de desaprovação e me arrasta de forma ainda mais violenta — sinto os folículos se rompendo quando ele puxa com mais força.

Agora, estou em terreno plano e percebo que também estou emitindo sons, gritos agudos enquanto as lágrimas continuam jorrando como cachoeiras gêmeas em chamas.

Tento abrir os olhos, mas eles ardem ainda mais quando faço isso, então estreito as pálpebras e tudo fica borrado e bege, com luzes de LED a cada poucos metros acima da minha cabeça. Então me ocorre que, se Ellen Garcia estiver morta, talvez essa tenha sido a última coisa que ela viu.

Mas também me ocorre que ela talvez ainda não esteja morta.

— Ellen — digo.

— Eu mandei calar a boca — esbraveja Will. — Você nunca cala a boca?!

— Na verdade, não — respondo, então tusso, minha garganta seca e queimando como se eu tivesse engolido acidentalmente a pimenta habanero inteira no fundo do ceviche. Vai doer gritar, vai queimar, arder e estrangular o pouco ar que me resta, mas tenho que tentar.

Então, inspiro o máximo de oxigênio que consigo pelo nariz e pela boca ao mesmo tempo e grito:

— Ellen Garcia!

Ellen Garcia

Ainda estou sentada, encostada na parede ao lado da porta, tentando não respirar pelo nariz para evitar o cheiro de vômito, segurando o canivete com força.

Bobby está encostado na parede à minha esquerda, os olhos se fechando e se abrindo lentamente.

— Ei — digo a ele. — Não apaga, está bem? Não vai ser bom para você.

— Eu sei, eu sei — responde ele, mas, sinceramente, não parece nada bem.

A bola formada pelo lenço já está encharcada e, toda vez que ele a pressiona contra o pescoço, sangue escorre para o braço e depois para o chão. Há sangue no chão e nas roupas dele, e acho que talvez eu devesse deixá-lo dormir — com a concussão e a perda de sangue, talvez ele esteja se encaminhando para um estado de coma de qualquer maneira.

Fico esperando e acabo caindo no sono em algum momento, mas me sacudo para despertar quando começo a tombar para o lado. Vejo que Bobby está dormindo, mas respirando, de boca aberta, sentado com as costas apoiadas na parede, e acho que isso é um bom sinal, o fato de ele não estar caído no chão inconsciente.

Começo a cochilar de novo e, então, ouço barulho vindo do corredor — vozes, depois movimento, passos. Vários passos, definitivamente mais de uma pessoa. Abro a boca para gritar, mas então ouço a voz de uma mulher berrando meu nome.

Sinto uma onda no peito — o alívio do reconhecimento. Acho que li um artigo sobre isso — ou pelo menos o primeiro parágrafo de um artigo sobre isso —, alguma coisa acontece neurologicamente quando você ouve seu nome, o cérebro diz: tem outra pessoa me vendo, então não devo estar morta. E não estou.

Bato na porta com o punho e grito em resposta:

— Eu estou aqui!

Dra. Caroline

O uço batidas e um "eu estou aqui" abafado, mas Will não gosta e me acerta na boca outra vez, abrindo ainda mais meu lábio inferior, já inchado como uma batata assada, sangue escorrendo quente pelo meu queixo.

Fico tonta com o choque, sem conseguir registrar a dor de imediato; há muitas fontes para processar. Consigo abrir um pouco mais os olhos e tento de novo.

— El...

Então ele bate minha cabeça com força contra o chão, e juro que ouço um estalo, como se fosse apenas um coco quebrando contra uma árvore.

Ellen Garcia

Ouço um baque do lado de fora e, depois, um choro, que parece de mulher. Em seguida, um homem sussurrando, e eles estão perto, os dois, do outro lado da porta. Eu me sento o mais ereta que consigo, a cabeça ainda latejando de todos os lados, e me sinto fraca, sei que não conseguiria correr nem se tentasse, mas estou totalmente alerta, droga, toda a endorfina e a adrenalina correndo por minhas veias cansadas, velhas e cheias de álcool. É impressionante como o corpo sabe quando está prestes a morrer.

Aperto o canivete e penso: ainda não, droga. Ainda não.

Então, faz silêncio lá fora. As vozes param; o movimento para. As únicas coisas que ouço são os gemidos baixinhos de Bobby — ele finalmente tombou para o lado — e minha própria respiração, meu coração disparado pulsando nos meus ouvidos.

A porta se abre, mas, antes mesmo que eu consiga erguer o canivete, o rosto de um homem surge bem na minha frente, olhos azuis, uma mulher no chão atrás dele, e tudo acaba rápido demais. É como se ele soubesse exatamente onde eu estaria, então sou atingida, ele esmaga o meu nariz; ouço o estalo antes mesmo de sentir o golpe, e caio de lado no chão, mas não solto o canivete, mantenho-o preso sob o quadril.

Ele arrasta uma mulher para dentro do cubículo, e minha visão não está boa, tenho dificuldade de focar, meu nariz começa a inchar, mas consigo ver o rosto dela, a pele vermelha como se tivesse sido queimada, sangue escorrendo da boca. Toda de branco.
— Dra. Caroline?

Dra. Caroline

Ouço meu nome e tento virar o pescoço na direção do som, mas parece que uma gaze embebida em vinagre foi enfiada na minha boca. Abro os olhos um pouco mais e vejo um homem que parece um caminhoneiro desmaiado em um canto do cubículo, depois, perto da porta, uma mulher — não consigo distinguir os detalhes do rosto dela, percebo apenas os contornos.

— El... El — digo.

Will se abaixa, puxa minha cabeça para o rosto dele e diz:

— Ah, agora você quer ser amiguinha dela, é?

E, assim que ele termina a frase, vejo a mulher se levantar e erguer o braço, algo na mão dela cintila à luz.

Ela abaixa o braço de uma só vez, e Will grita e me solta.

Ellen Garcia

N ão miro em nada específico, não tenho tempo para planejar, apenas enfio a lâmina mais longa do canivete com toda a força na panturrilha dele, perto do joelho.
    Ele grita e solta a cabeça da Dra. Caroline, que bate no chão com força. Ele cai de joelhos, estica a mão para trás na direção do canivete, machucado, mas longe de estar incapacitado, e sei que tenho trinta segundos, talvez um minuto, para fugir, então começo a me arrastar na direção da porta, mas você já viu esse filme: a garota tenta escapar, talvez por uma janela ou por um duto de ventilação e, no último segundo, quando parece que ela vai conseguir, o assassino agarra seu tornozelo e a puxa de volta para dentro.

Dra. Caroline

Estou de lado e consigo enxergar um pouco agora, mas está tudo rodando, o ponto de foco não fica parado — Will se abaixa e, então, puxa Ellen Garcia de volta para o cubículo. Ela o chuta no peito com o pé livre, o que o faz recuar um segundo, mas ele não a solta e a puxa ainda mais enquanto ela tenta se arrastar pelo chão com as mãos. Ele solta as pernas e dá um soco no rosto dela, acertando o queixo.

Ela grita, os braços cedendo. Will se vira para mim, mancando, e se ajoelha na minha frente. Estende a mão para trás e tira algo vermelho e prateado da perna, o objeto que Ellen deve ter usado para golpeá-lo. Um canivete suíço.

Ele pressiona a maior lâmina, já coberta de sangue, na carne macia do meu pescoço; se a enfiar exatamente onde está, talvez atinja minha tireoide, minha traqueia ou minha laringe. É uma lâmina pequena, mas ele parece ser do tipo criativo. Coloco as mãos em torno do pulso dele, mas não faço nenhum outro movimento.

Vejo Ellen se arrastando lentamente para a porta. Se eu conseguir manter Will ocupado por pelo menos alguns minutos, talvez ela tenha uma chance de chegar até a minha bolsa, com o celular

— imagino que esteja perto da porta da frente; eu não estava no meu estado mais alerta quando a alça escorregou do meu ombro.

— Você estava certa sobre uma coisa, doutora — diz Will. — Você e eu somos iguais. A única diferença é que eu matei a minha família e você matou a família da casa ao lado. Talvez você estivesse apenas começando, eu entendo.

Então, ele olha rapidamente por cima do ombro na direção de Ellen e volta a me encarar, a lâmina ainda pressionada no meu pescoço.

— Ela não vai longe. A porta da frente está trancada — comenta ele. — Era você que eu queria, de qualquer forma. Ela foi só o começo.

— Então você não precisa mais dela. Deixa ela ir.

— De jeito nenhum, doutora — responde ele. — Ela foi tão cruel com você. Ela sabia de tudo pelo que você passou e mesmo assim escreveu o que escreveu. Estou fazendo tudo isso por você.

Com um aceno de cabeça, ele indica Ellen, no corredor, e o homem no chão.

— Sinto muito, Will — digo. — Mas tudo isso, assim como quando matou a sua família, você fez por você e por mais ninguém.

Ellen Garcia

Estou me arrastando pelo corredor, sangue escorrendo de ambas as narinas, o nariz inchado sob os olhos, e parece que não há ar ao meu redor e que vou desmaiar a qualquer momento, mas mantenho os olhos fixos no fim do corredor e continuo rastejando.

Ouço a voz do sujeito, o verdadeiro sequestrador; ele está falando com a Dra. Caroline, e parece que a parte do assassinato ainda não começou. Eu gostaria de poder ajudar, mas acho que ela sabe melhor do que ninguém que a única chance de qualquer um de nós — eu, ela, Bobby — se salvar é se um de nós conseguir fugir.

Mas, para ser sincera, não é isso que me move.

A única coisa que me faz continuar é a imagem de Bella, é pensar na respiração dela no meu pescoço quando estamos abraçadas como coalas no sofá, também conhecido como minha cama.

Quer dizer, mal consigo me mover; meus pés parecem estar presos em blocos de concreto, então meus braços estão fazendo a maior parte do trabalho. Consigo ver a placa vermelha de saída com uma seta no alto da parede, a cinco ou seis metros de distância, e não sei ao certo quanto tempo seria necessário para matar ou pelo menos ferir gravemente alguém, mas imagino que seja menos tempo do que eu levaria para rastejar feito o Exterminador do Futuro até o fim do corredor e sair daqui.

— Bel — digo, tentando evocá-la.

Não sei o que diria se ela estivesse aqui.

Na verdade, é mentira. Mesmo quase morta, sou uma mentirosa. É claro que eu sei o que diria. Algo que é mais importante do que "eu te amo".

— Desculpa, Bel. Me perdoa.

Então ouço um estalo alto vindo do fim do corredor e, em seguida, passos. E não é Bella subindo os degraus, mas uma mulher negra e grande, com uma arma na mão.

Ela leva o dedo aos lábios, me mandando ficar em silêncio. Eu levo o dedo aos lábios, sinalizando que entendi: *Pode deixar, senhora*. Então, tombo no chão, lágrimas de gratidão transbordando dos meus olhos, rasos demais para contê-las.

Dra. Caroline

— Ellen nunca foi forte, não como você — diz Will, segurando meu rosto com a mão esquerda.

Não tenho muitas opções no momento. Ou ele enfia a lâmina no meu pescoço imediatamente, ou eu tento golpeá-lo ou empurrá-lo e ele me esfaqueia por acidente, então continuo apertando o pulso dele e penso: "Será que eu sempre estive esperando por isso, desde que saí correndo da casa dos Strong naquela manhã de verão? Será que sempre estive esperando para cumprir meu destino?"

Fecho os olhos e solto os pulsos dele.

— Larga a arma. Mãos para o alto — diz uma voz.

A voz rouca e familiar de uma deusa.

Abro os olhos e lá está ela: Makeda. Sei que estou no chão e que minha perspectiva está distorcida de várias maneiras, mas ela parece mais alta do que Padma, apresentadora do *Top Chef*, de patins, como se estivesse prestes a bater no teto com seu sensato e imóvel cabelo com um corte pixie em camadas.

Sei que é parte do trabalho dela empunhar uma arma sem demonstrar nenhum sinal de ansiedade, mas de fato não há um pingo de tensão em seus dedos, mão ou rosto. Ela está do mesmo jeito que estava quando sugeriu que eu ficasse na delegacia para um interrogatório, quando me entregou o mandado de busca, quando tocou a campainha do meu consultório pela primeira vez.

— Você primeiro, policial — diz Will, virando um pouco a cabeça para olhar para ela.

— Largue a arma, senhor — ordena ela. — Mãos para o alto.

Ele ainda está segurando a lâmina no meu pescoço, mas a pressão não é a mesma de antes. Eu me pergunto se Makeda sabe disso, então penso: é claro que ela sabe. Ela sabe que, se estiver olhando para ela por cima do ombro e depois para mim, a atenção dele vai estar dividida. É fácil perder o equilíbrio dessa forma.

Por uma fração de segundo, o olhar dela encontra o meu, e tento imaginar o que ela diria: *Dra. Strange* (tão teimosa, se recusa a me chamar de Dra. Caroline), *não faça nada que possa colocá-la mais em risco do que já está. Fique parada e deixe a polícia cuidar disso.*

Tenho certeza de que é exatamente isso que ela diria, dando instruções até mesmo nos últimos segundos da minha vida.

Mas Makeda já deveria me conhecer a essa altura.

Ela volta a falar:

— Senhor...

Vejo seu rosto ser tomado pela frustração, as narinas dilatadas e, assim que ele vira a cabeça mais uma vez para ela, tento dar um tapa na mão dele, que quase não se move, a lâmina raspando meu pescoço. Ele não solta meu rosto e se volta para mim com determinação no olhar. Então essa é a última coisa que você vê. Para ele, você não passa de uma tarefa a ser executada agora.

Então, Makeda dá um salto e acerta uma coronhada na cabeça dele. Ele deixa o canivete cair e desaba sobre mim, não inconsciente, mas também não totalmente alerta, respirando junto ao meu peito, levando as mãos à cabeça, atordoado. Makeda se agacha, tira-o de cima de mim e o deita de lado no chão, segurando-o pelos ombros, depois o vira de barriga para baixo, afasta as mãos dele da cabeça e solta as algemas do cinto.

Levo a mão ao pescoço, olho para os meus dedos e vejo sangue. Não muito.

— Tenho certeza de que foi só superficial — diz ela enquanto o algema.

Faço que sim com a cabeça.

— Makeda, obrigada... você salvou a minha vida.

— De nada — responde ela, se levantando e estendendo a mão para me ajudar a me erguer. — Mas prefiro que me chame de detetive Marks.

Ellen Garcia

Homens de branco, como anjos, aparecem, me levantam do chão e me levam para fora, onde há um desfile de luzes piscando: ambulâncias, viaturas, um caminhão dos bombeiros. Lanterna nos meus olhos, de um lado para o outro. Eu sei o meu nome? Acesso intravenoso com soro no meu braço, bolsa de gelo no nariz, gaze nas narinas. Dobre o joelho, dobre o cotovelo. Cobertor térmico de alumínio sobre os ombros.

— Meu marido — digo. Parece melhor perguntar pelo marido em vez de pelo ex-marido quando se escapou da morte por pouco, acabei de perceber.

Há uma maca na ambulância e tudo o que quero fazer é me deitar nela, mas o paramédico diz:

— Não faça isso, ainda tem sangue escorrendo de três lugares diferentes dentro do seu nariz. Vão cauterizar no hospital.

Eu os observo tirando Bobby do prédio de maca. Ele também está recebendo soro e tem uma atadura em volta do pescoço.

— Ele está bem?

— Está, ele vai ficar bem. Ninguém dá soro para um homem morto — responde o meu paramédico.

Em seguida, surge a Dra. Caroline, as roupas brancas encharcadas de sangue, o braço em volta da policial que nos salvou. Outra dupla de paramédicos corre até ela e a ampara, liberando a policial, cada um segurando-a por um braço. Eles a colocam sentada na parte de trás de uma ambulância estacionada em frente à minha e repetem os procedimentos: lanterna, dobrar os membros, soro, cobertor térmico.

Uma maca aparece: o sequestrador, o sujeito que a Dra. Caroline chamou de Will. Ele está desacordado, com as mãos presas sob o corpo. É levado para outra ambulância, e as portas se fecham imediatamente.

Pelo canto do olho, vejo movimento, alguém correndo, e tomo um susto — acho que os meus nervos ainda vão ficar à flor da pele por um tempo. Mas então foco melhor e vejo que é Bella, de vestido xadrez laranja e branco e tênis, com Chris correndo atrás dela.

Tento me levantar do banco da ambulância, e um dos paramédicos diz:

— A senhora tem que ficar sentada. Eles vão vir até aqui.

— Devagar, Bella, devagar — pede Chris.

Bella não diminui a velocidade e logo está agarrada à minha cintura, com a cabeça no meu peito.

— O que aconteceu com o seu nariz? — pergunta ela.

Estou chorando agora, pressionando a testa na dela, tentando sentir seu cheiro, mas não consigo por causa do nariz quebrado. A pele dela, no entanto, é a mesma, macia e quente, os olhos semicerrados, sempre tentando adivinhar o que está por vir.

— Eu cheirei uma daquelas flores que explodem — respondo.

— Como assim? — pergunta ela.

— Depois te conto — digo, quando Chris se aproxima por trás dela.

Seus olhos estão cheios de lágrimas, e ele balança a cabeça.

— Você está bem?

Faço que sim, então ele beija a minha testa e coloca o outro braço ao redor de Bella, e nós três ficamos assim, prontos para uma foto de cartão de Natal.

Na versão cinematográfica, tudo o que aconteceu seria um catalisador para Chris e eu ficarmos juntos de novo e, embora eu não veja isso acontecendo na realidade, neste momento é um lugar que fico feliz em visitar.

Olho para a Dra. Caroline na ambulância dela, enquanto um dos paramédicos limpa seu rosto com um pano. Em seguida, ele começa a pegar curativos e bolsas de gelo, e nossa visão uma da outra fica desobstruída. Nós nos encaramos.

Ela sorri primeiro.

Dra. Caroline

Ellen Garcia acena para mim e sorri enquanto abraça a filhinha e o marido, um sujeito desajeitado, mas emocionalmente atencioso.

— Doutora!

É Jonas: o pobre coitado parece que não dorme há dez dias e dez noites, o rosto pálido de preocupação, olheiras profundas sob os olhos brilhantes. Ele dobra os joelhos, se agachando um pouco até ficarmos cara a cara, e coloca as mãos nas minhas bochechas.

— Você está bem? — pergunta ele.

— Sim, Jonas, estou bem. Eu estou bem.

Então ele me beija nas bochechas, nos lábios e nos olhos, mas tento afastá-lo — acredito que o paramédico não tenha conseguido limpar todo o spray de pimenta com um pano úmido.

— Para, Jonas, você vai se queimar.

Ele se afasta, meu rosto ainda nas mãos, em seguida sorri e ri, lágrimas brotando nos olhos, e diz:

— Já estou acostumado com isso de tanto te beijar.

O resto você já sabe, é óbvio.

Ellen Garcia escreveu sua matéria para a *New York Times Magazine*, com uma foto em preto e branco de nós três, ela na frente, eu e a detetive Marks uma de cada lado: a história de três mulheres. Menção honrosa para Miguel e Bobby Santuzza.

Desta vez, dou permissão que ela escreva sobre mim e sobre a minha história, sobre como Will Wall ficou obcecado por mim e se convenceu de que eu havia cometido o mesmo crime do qual ele havia se safado. E por isso ele sequestrou Ellen, não apenas para demonstrar lealdade a mim mas também para me colocar na berlinda. Seus objetivos eram um pouco confusos: ele queria me ter para si ao mesmo tempo que queria me matar. Estava tudo misturado: o sexo, as questões relacionadas a pai e mãe e o prazer proporcionado pela violência. Minha teoria pessoal é que ele experimentou o maior prazer de sua vida quando matou o pai, que abusava dele, e talvez tenha matado a mãe e o irmão porque queria que a sensação perdurasse, como uma criança quando é girada pelo pulso e pelo tornozelo pela primeira vez por um tio gentil: "De novo, de novo", diz o cérebro.

Não tenho certeza de quanto disso ele vai experimentar enquanto cumpre a pena de no mínimo vinte anos, podendo se estender a prisão perpétua, em Attica.

Você se lembra do que eu disse sobre omissão narrativa? Deixamos de fora o que pode fazer o ouvinte se desinteressar ou, mais provavelmente, o que pode fazer com que ele não queira mais ouvir. Se for algo nojento ou confuso demais, o ouvinte já era.

Foi horrível, abominável, inimaginável o que vi na casa dos Strong. Acordei como havia adormecido às dez da noite, com *Check Your Head* tocando sem parar nos meus ouvidos, o que pode parecer uma escolha estranha de música para dormir, mas sempre funcionou comigo. Eu costumava pegar no sono antes de chegar a "Something's Got to Give". Era cedo, 5h35, de acordo com o despertador digital de Savannah, e eu precisava ir ao banheiro.

A cama de Savannah estava vazia.

No corredor, vi sangue nas paredes e no carpete, uma faixa grossa levando até o quarto de Brendan. Empurrei a porta e os vi, ambos no chão, mortos, ainda pingando sangue. Mais tarde, fiquei sabendo que Gordon apunhalou o bondoso coração da filha linda e popular até ele parar de bater. E Brendan a ouviu gritar, acordou e tentou contê-lo, então Gordon primeiro deu um soco nele, depois cortou seu pescoço. Então Evelyn também despertou, e Gordon enfiou as lâminas no peito dela enquanto terminava com as crianças.

Ele arrastou os filhos até o quarto de Brendan, depois voltou para Evelyn no corredor e cortou os dedos da mão direita dela, acho que para impedi-la de escrever bilhetes insinuantes na vida após a morte. Em seguida, levou-a de volta para o quarto do casal e a deitou na cama. Arrumou os dedos ao redor da cabeça dela no travesseiro, como um halo.

Naquela manhã, corri do quarto de Brendan para o quarto deles, e meus olhos não sabiam para onde se voltar primeiro. O sangue, os dedos, o rosto dela congelado em uma expressão de sofrimento eterno.

Comecei a gritar, é claro, desci a escada correndo e saí da casa. Não fui até o porão, onde Gordon havia se enforcado. Saí em disparada da casa no momento em que meu pai estava estacionando na entrada da garagem, voltando do trabalho. Eu me lembro dele saindo do carro, correndo até mim, chamando meu nome várias vezes, provavelmente em um esforço para me fazer parar de gritar.

Eu gritei por um longo tempo.

Era isso que você queria saber, certo? Sobre o sangue e os detalhes terríveis? É isso que todo mundo quer saber.

Acredite ou não, essa não é a cena principal, nem mesmo Evelyn com os dedos decepados.

Como eu disse, Savannah e eu ouvíamos *Check Your Head* sem parar naquele verão, além dos sucessos que tocavam no rádio e na MTV. Sem querer soar como uma integrante da Família Manson, mas muitas dessas músicas tinham mensagens genuinamente violentas escondidas em letras aparentemente inofensivas. A favorita de Gordon, por exemplo, "Achy Breaky Heart", e "Everything About You", do Ugly Kid Joe. Até a doce Shanice tem uma ponte estranha e sombria em "I Love Your Smile". Pontes estranhas e sombrias por toda parte em 1993.

Nossos versos preferidos, meus e de Savannah, eram, obviamente, os de "So What'cha Want", que toquei bem alto para Gordon naquele dia para ter certeza de que ele ia ouvir.

Mas me deixe retroceder um pouco.

Não sei ao certo como tive a ideia. A inspiração nem sempre é um raio; às vezes, é um gotejamento constante em diversos pontos de um telhado, pinga aqui, pinga ali, até que a coisa toda vem abaixo.

Em uma das noites em que fui dormir na casa de Savannah, ela me mostrou um álbum com um monte de fotos da mãe dela de biquíni.

— Ela está de dieta e tira uma foto por dia — disse ela. — Nem o meu pai sabe. Ela é tão esquisita.

Não sei exatamente o que me levou a descolar uma das fotos da página adesiva enquanto Savannah escovava os dentes. Talvez eu tenha achado que Evelyn parecia provocante e sexy, com a boca ligeiramente aberta e os lábios reluzentes. Talvez eu achasse que, se tivesse aquela aparência, um garoto como Brendan Strong poderia gostar de mim. Não como ele gostava da mãe, é claro, mas de uma garota pequena e de olhos grandes, seios fartos, mas não grotescos, barriga chapada e bumbum empinado. Eu ainda não havia saído da puberdade, mas já estava tomando a forma de uma menina mais alta e com traços mais angulares, todas as superfícies do corpo retas feito uma tábua.

Portanto, não sei ao certo o que aconteceu primeiro, eu ter roubado a foto ou eu ter visto Gordon lá fora, destruindo a cerca viva.

Minha mãe tinha proibido que eu fosse para a colônia de férias, diferente de todas as outras meninas da minha idade, porque não queria que eu me aproximasse de rapazes, o que era engraçado, já que os rapazes não queriam nada comigo. Meu pai não discutiu com ela, ele nunca discutia com ela, simplesmente deixava que ela criasse regras arbitrárias que restringiam todos os aspectos da nossa vida. Quando penso nele, me lembro do quanto o amava mas também sinto pena — eu tinha tanta pena dele que podia sentir o gosto no fundo da garganta, como o gotejamento de um sangramento nasal. Às vezes, eu ficava com raiva dele, mas, na maior parte do tempo, minha ira era direcionada, com razão, à minha mãe.

E naquele dia, no quintal, quando contei a Gordon sobre o meu pai ter ensinado Evelyn a virar um hambúrguer na churrasqueira, eu não tinha ideia de que isso acenderia um fusível no lobo central dele, consumindo o pouco de raciocínio e cognição que ainda lhe restavam depois de anos de alcoolismo moderado e transtorno de estresse pós-traumático não tratado desde a infância.

Mas vi o quanto isso o incomodou, como ele ficou tentando decepar aquele galho grosso, girando-o entre as lâminas da tesoura porque não conseguia cortá-lo de jeito nenhum. Como ele era ineficaz e impotente. Ver aquilo me deixou furiosa. Corta, corta esse galho de uma vez. Arruma uma tesoura mais afiada e corta essa porcaria de galho. Seja homem.

Então desenhei o coração no verso da foto de biquíni e comecei a inventar coisas.

Eu não o odiava. Não estava buscando vingança. Não tinha nada contra Evelyn. Tinha sentimentos enormes e absurdos por Brendan que eu sabia que começariam e terminariam com minhas tentativas infrutíferas de me masturbar. E Savannah era, afinal de contas, minha melhor amiga.

Como a maioria das meninas de 13 anos, no entanto, tínhamos um relacionamento complicado. Passávamos horas ouvindo música, pintando as unhas uma da outra e passando trote para garotos, mas ela também sabia que era mais bonita do que eu e, de vez em quando, sutilmente, ou talvez nem tanto, fazia questão de me lembrar disso, para que eu soubesse qual era o meu lugar. Eu me lembro de nós duas nos admirando no espelho de corpo inteiro que ficava na porta do guarda-roupa dela e ela dizendo:

— Não é engraçado como algumas pessoas têm certas formas e outras pessoas têm outras formas?

Ainda assim, eu não a odiava por isso. Eu a amava, tanto quanto era capaz de amar alguém. Não rangia os dentes de ressentimento quando comecei a destruir a sanidade e o senso de identidade do pai dela. Na verdade, eu nem estava pensando nela.

De quem eu tinha tanta raiva? Por que uma menina de 13 anos sentiria tanta raiva?

No começo, foi o galho. Como já disse, passei por anos de psicoterapia clínica como parte da minha formação, então falei bastante sobre aquele galho. Ou melhor, comecei a falar sobre o galho, mas guardei isso para mim quando me dei conta do que o galho de fato representava, muito antes de o Dr. Ringo ter a chance de perceber.

Ou melhor, quem o galho representava.

Você já descobriu? Você já viu como eu faço isso.

Foi ficando cada vez mais fácil, porque o velho Gordon já estava desmoronando por conta própria. Bebendo, falando sozinho e alucinando conversas com o pai. É claro que eu sabia que o pai dele estava morto — eu estava no velório quando Savannah leu o salmo como um anjo, ou pelo menos foi o que todos os adultos ficaram dizendo.

Meu pai sabia que eu era capaz de imitar a letra das pessoas — eu já tinha me metido em encrenca por causa disso no ano anterior, quando escrevi um bilhete com a letra dele para o professor de educação física dizendo que eu tinha torcido o tornozelo e não poderia fazer as aulas de natação naquela semana, quando na verdade só não queria ter que usar maiô na frente dos meus colegas. Então, quando surgiu a oportunidade, tudo o que precisei fazer foi sugerir o esquema dos bilhetes e levar Gordon a acreditar que a ideia tinha sido dele.

Eu sabia que aquilo poderia ser o fim de tudo e que eu poderia sofrer uma repreensão considerável, mas o fato de Gordon ter me jogado na fogueira sem pensar duas vezes foi um pouco inesperado. Isso me deixou furiosa. Minhas lágrimas foram quase todas genuínas, ainda mais quando vi como meu pai ficou bravo.

Embora Gordon tenha ficado feliz com Evelyn por um breve período e cheio de otimismo por causa do emprego novo, eu queria ver até onde eu conseguiria levar essa situação.

Sei que parece cruel, mas mesmo agora não consigo esconder a verdade: eu estava me divertindo, entende? Àquela altura, não tinha mais a ver com o galho. Tinha virado um jogo, não exatamente de xadrez, porque adolescentes de 13 anos não têm toda essa capacidade de antecipar movimentos. Quer dizer, tenho certeza de que é impossível virar uma esquina que seja na Rússia sem se deparar com um prodígio do xadrez de 13 anos, mas nem mesmo eles conseguem fazer esse tipo de planejamento na vida real, apenas no tabuleiro.

Na verdade, era um jogo muito mais simples, com um único objetivo: Red Rover, vamos lá, mande o Gordon para cá.

Então, o novo emprego dele não deu certo, o que foi pura sorte. Embora tenha se encaixado perfeitamente nos meus planos, não tive nada a ver com isso. Quando vi Gordon cortando aquela cerca viva até os tocos, eu soube que só precisava forçar um pouco mais a mão.

E então, naquela noite, *a* noite, eu o ouvi lá embaixo, na cozinha, e disse a Savannah que ia pegar um lanche. Eu tinha testemunhado o mesmo que todo mundo no jantar: a cabeça raspada, o olho roxo e o humor claramente instável. Savannah e eu ouvimos o som da garrafa sendo quebrada no porão, e Gordon e Evelyn brigando. Claro que aquela violência delirante e imprevisível foi assustadora. Mas eu estava tão perto. Então, quando o vi, bebendo cerveja com um saco de gelo no olho, se esforçando para manter o equilíbrio, soube que bastaria mais um sopro, uma lufada de ar em sua direção, para derrubá-lo.

Não foi difícil. Eu sabia que eles guardavam as malas no armário do corredor e que usavam o cesto de vime grande do banheiro como cesto de roupa suja. Então, joguei algumas roupas sujas nas três malas e as deixei junto à porta da casa. Calculei que, quando subisse do porão e as visse, Gordon perderia os últimos resquícios de sanidade, porque ele já era um homem por um fio. Hesito em chamá-lo de monstro, porque isso implica que não era humano. E ele era absolutamente humano. Se tem uma coisa que ele era, era humano. Assim como o pequeno Will Pearleater e seu pai antes dele. Assim como eu e você.

Assim como meus queridos pais. Você entendeu agora, não é? Freud básico. Aquele galho grosso e esponjoso era a minha mãe, e Gordon, fraco e inútil, era o meu pai, e, naquele momento, a única coisa que eu sabia era que odiava os dois e queria que alguém pagasse por isso.

Como pode ver, "So What'cha Want" não foi a verdadeira trilha sonora daquele verão. Embora só fosse ser lançada dali a um ano, há apenas uma música dos Beastie Boys que deveria ter ocupado minha mente: *Listen all y'all, it's a sabotage*. Ouçam, todos vocês, é uma sabotagem.

Estou sendo totalmente sincera quando digo que não tinha ideia do que Gordon ia fazer. De que ele iria tão longe. Honestamente, pensei que ele ia se entregar ao alcoolismo e à depressão, como uma pessoa normal. Não me culpo pelo que aconteceu. Mas aprendi desde bem jovem que poderia partir alguém ao meio se tentasse, então fiz disto a missão da minha vida: recompor as pessoas.

Agora há uma nova variante por aí; todo mundo está de máscara de novo. Agora somos todos a menina do filme tentando escapar pela janela, e a pandemia é o psicopata que nos puxa de volta pelos tornozelos.

Você pode matar uma pessoa dizendo apenas "eu te amo" enquanto olha nos olhos dela, portanto, sim, vou fazer tudo o que puder para ajudá-las. Eu *vou* ajudá-las.

E vou ajudar você também.

Agradecimentos

Tenho muita, muita sorte por Daphne Durham ter lido minha história pela primeira vez no celular enquanto fazia as unhas dos pés e não ter conseguido parar de rolar a tela. Devo agradecimentos infinitos a ela pela orientação sincera, pela competência editorial e por ter defendido essa história até o fim.

Também sou profundamente grata a Sean McDonald por ter feito com que eu me sentisse em casa e por ter traçado o caminho para este livro.

Muitos agradecimentos às pessoas extremamente talentosas e generosas da MCD x FSG: Caitlin Cataffo, Dave Cole, Flora Esterly, Brianna Fairman, Nina Frieman, Abby Kagan, Spenser Lee, Alex Merto, Andrea Monagle, Bri Panzica, Elizabeth Schraft, Sheila O'Shea e Claire Tobin.

Meu agente, Mark Falkin, continua sendo um cara fantástico, que me entende e entende minha loucura. Nada disso seria possível se ele não estivesse ao meu lado.

Ouvi e reouvi muitos episódios de *Psychiatry & Psychotherapy*, com o Dr. David Puder, e eles foram imensamente úteis, esclarecendo muitos tópicos e termos obscuros para uma leiga como eu. Também fiquei impressionada com a generosidade dele e de seus convidados/colegas profissionais de saúde mental e com o quanto estão comprometidos com a saúde mental de seus pacientes.

O podcast *Ask Lisa: The Psychology of Parenting*, com a Dra. Lisa Damour, também é sempre revelador e tem a capacidade única de me fazer lembrar como era ser uma menina no início da adolescência.

O livro *Sybil Exposed*, de Debbie Nathan, foi fundamental para moldar as opiniões da Dra. Caroline sobre esse estudo de caso e o tópico do transtorno dissociativo de identidade (TDI).

Além disso, a série *As 24 personalidades de Billy Milligan*, da Netflix, foi o que me fez refletir inicialmente sobre o TDI.

Muitos agradecimentos perfumados a Bill Wei, da Saks Fifth Avenue, em Midtown, por ter passado vários minutos explicando a arte e a ciência dos perfumes de luxo para mim e borrifando amostras em pequenos cartões para eu levar para casa (mesmo depois que ficou claro que eu não ia comprar nada).

Meu irmão, Zach Luna, é a única testemunha da minha infância e, de alguma forma, consegue não tirar sarro das bobagens que vomitei dentro e fora das páginas durante nossos cinquenta anos de convivência. Não tenho palavras para expressar como é maravilhoso ter uma ideia potencialmente absurda para um livro, ligar para alguém que sempre te apoia e ouvir: "Legal, cara! Vê aonde isso vai dar." O que, por acaso, é exatamente o que mais precisava ouvir naquele momento do processo.

Minha mãe, Sandra Luna, é a mulher mais forte, gentil e deslumbrante que conheço. Ela prepara *chiles rellenos*, cogumelos *bourguignon*, massas, pães e donuts para mim. Uma vez pescou minha bonequinha da Princesa Leia do vão atrás da última fileira do ônibus 41 Union com um cabide. Ela me apoiou, assim como apoiou toda essa coisa de vida criativa antes mesmo de eu ter um nome para ela. Não há doces de agradecimento suficientes na Piñata da Gratidão...

E, por fim, é estranho pensar que nunca lhes agradeci formalmente antes, mas ofereço meus mais profundos agradecimentos aos psiquiatras que me tiraram de algumas situações difíceis ao longo dos anos: Dr. Roger Lauer, Dra. Susanne Ahmari, Dr. Eduardo David Leonardo e Dr. Brian Jacobson. Prometo que *não* baseei a Dra. Caroline em nenhum de vocês.

Este livro foi composto na tipografia Berling LT Std,
em corpo 11,5/16, e impresso em
papel off-white no Sistema Cameron da
Divisão Gráfica da Distribuidora Record.